HEYNE BÜCHER

SCIENCE FICTION

Herausgegeben
von Wolfgang Jeschke

STAR TREK in der Reihe
HEYNE SCIENCE FICTION & FANTASY:

Vonda N. McIntyre, *Star Trek II: Der Zorn des Khan* · 06/3971
Vonda N. McIntyre, *Der Entropie-Effekt* · 06/3988
Robert E. Vardeman, *Das Klingonen-Gambit* · 06/4035
Lee Correy, *Hort des Lebens* · 06/4083
Vonda N. McIntyre, *Star Trek III: Auf der Suche nach Mr. Spock* · 06/4181
S. M. Murdock, *Das Netz der Romulaner* · 06/4209
Sonni Cooper, *Schwarzes Feuer* · 06/4270
Robert E. Vardeman, *Meuterei auf der Enterprise* · 06/4285
Howard Weinstein, *Die Macht der Krone* · 06/4342
Sondra Marshak & Myrna Culbreath, *Das Prometheus-Projekt* · 06/4379
Sondra Marshak & Myrna Culbreath, *Tödliches Dreieck* · 06/4411
A. C. Crispin, *Sohn der Vergangenheit* · 06/4431
Diane Duane, *Der verwundete Himmel* · 06/4458
David Dvorkin, *Die Trellisane-Konfrontation* · 06/4474
Vonda N. McIntyre, *Star Trek IV: Zurück in die Gegenwart* · 06/4486
Greg Bear, *Corona* · 06/4499
John M. Ford, *Der letzte Schachzug* · 06/4528
Diane Duane, *Der Feind – mein Verbündeter* · 06/4535
Melinda Snodgrass, *Die Tränen der Sänger* · 06/4551
Jean Lorrah, *Mord an der Vulkan Akademie* · 06/4568
Janet Kagan, *Uhuras Lied* · 06/4605
Laurence Yep, *Herr der Schatten* · 06/4627
Barbara Hambly, *Ishmael* · 06/4662
J. M. Dillard, *Star Trek V: Am Rande des Universums* · 06/4682
Della van Hise, *Zeit zu töten* · 06/4698
Margaret Wander Bonanno, *Geiseln für den Frieden* · 06/4724
Majliss Larson, *Das Faustpfand der Klingonen* · 06/4741
J. M. Dillard, *Bewußtseinsschatten* · 06/4762
Brad Ferguson, *Krise auf Centaurus* · 06/4776
Diane Carey, *Das Schlachtschiff* · 06/4804
J. M. Dillard, *Dämonen* · 06/4819 (in Vorb.)
Diane Duane, *Spocks Welt* · 06/4830 (in Vorb.)

STAR TREK: DIE NÄCHSTE GENERATION:
David Gerrold, *Mission Farpoint* · 06/4589
Gene Deweese, *Die Friedenswächter* · 06/4646
Carmen Carter, *Die Kinder von Hamlin* · 06/4685
Jean Lorrah, *Überlebende* · 06/4705
Peter David, *Planet der Waffen* · 06/4733
Diane Carey, *Gespensterschiff* · 06/4757
Howard Weinstein, *Macht Hunger* · 06/4771
John Vornholt, *Masken* · 06/4787
David & Daniel Dvorkin, *Die Ehre des Captain* · 06/4793
Michael Jan Friedman, *Ein Ruf in die Dunkelheit* · 06/4814 (in Vorb.)
Peter David, *Eine Hölle namens Paradies* · 06/4837 (in Vorb.)

STAR TREK: DIE ANFÄNGE:
Vonda N. McIntyre, *Die erste Mission* · 06/4619
Margaret Wander Bonanno, *Fremde vom Himmel* · 06/4669
Diane Carey, *Die letzte Grenze* · 06/4714

DAS STAR TREK-HANDBUCH:
von Ralph Sander · 06/4670

Diese Liste ist eine Bibliographie erschienener Titel
KEIN VERZEICHNIS LIEFERBARER BÜCHER!

MELINDA SNODGRASS

DIE TRÄNEN DER SÄNGER

Die neuen Abenteuer des Raumschiffs ›Enterprise‹

Science Fiction Roman

Deutsche Erstausgabe

WILHELM HEYNE VERLAG
MÜNCHEN

HEYNE SCIENCE FICTION & FANTASY
Band 06/4551

Titel der amerikanischen Originalausgabe
THE TEARS OF THE SINGERS
Deutsche Übersetzung von Andreas Brandhorst
Das Umschlagbild schuf Boris Vallejo

3. Auflage

Redaktion: Rainer Michael Rahn

Printed in Germany 1991
Umschlaggestaltung: Atelier Ingrid Schütz, München
Gesamtherstellung: Ebner Ulm

ISBN 3-453-03140-7

PROLOG

Die Wellen eines eisgrünen Meeres spülten sanft über funkelnden Sand, vorbei an den kristallenen Felsen einer Welt, über der eine silberne Sonne gleißte. Auf dem langen, breiten und glänzenden Strand spielten die jungen Sänger – unbeaufsichtigt von den Eltern, die in ihren Kristallgrotten blieben und weder väterliches noch mütterliches Interesse an ihren pelzigen Kindern zeigten. Die kleinen Geschöpfe summten und zirpten tief unten, tollten am Rande der Klippen entlang.

Vorsichtig und doch gleichgültig traten die Jäger an den umherhüpfenden silberweißen Geschöpfen vorbei. In den hellblauen Augen der kleinen Wesen blitzte Intelligenz, und mit ihren lächelnden Mienen sahen sie recht niedlich aus, aber nur die erwachsenen Exemplare brachten Geld. Sie waren groß und schlank, blieben in den Höhlen, vor dem kalten Wind geschützt, der über die Schaumkronen des Ozeans hinwegzischte. Ihre Augen schimmerten in einem kostbaren Mitternachtsblau, und während sie mit ihren seltsamen Sirenenstimmen einen melodischen und immerwährenden Gesang anstimmten, schienen sie in einen zeitlosen Kosmos zu starren, der nur für sie existierte.

Die Männer wußten, daß sie nicht in jene Augen sehen durften, wenn sie die tödlichen elektrischen Impulse auslösten, die eine weitere Stimme im Chorus der Sänger für immer zum Schweigen brachten. Die Jäger, die sich nicht an diesen Vorsatz gehalten hatten, berichteten davon, einen Blick in die Ewigkeit geworfen zu haben. Und viele von ihnen reagierten mit tiefer Erschütterung auf das, was sich ihnen dort zeigte.

Aus diesem Grund lernten sie, rasch und routiniert

zu arbeiten, dachten nur an den Verkaufserlös, der sich mit den kristallenen Tränen auf der Erde, Rigel oder einer der hundert anderen Föderationswelten erzielen ließ, deren Bewohner Schmuck begehrten.

Die Wesen rührten sich nicht von der Stelle, unternahmen keinen Versuch, vor den Fremden zu fliehen. Sie schienen ihre Mörder nicht einmal zu bemerken. Als die Menschen die steilen Klippen erkletterten und mit ihren Schockstäben auf den Schädel des ersten Sängers zielten, kam es zu keiner Dissonanz in der reinen Melodie. Einer der Jäger feuerte, und plötzlich erklang ein schrilles Heulen in der perfekten Harmonie des Gesangs. Das Wesen fiel schwer auf die Seite, und die Augen sonderten eine klebrige, blaue Substanz ab. Die ›Tränen‹, wie sie die Menschen nannten, härteten innerhalb weniger Sekunden und wurden zu den Edelsteinen, für die man auf zivilisierten Planeten hohe Preise zahlte.

Ein Mann schob sieben Kristalle in einen weichen Lederbeutel. Irgend etwas weckte seine Aufmerksamkeit, und daraufhin nahm er die letzte Träne noch einmal zur Hand. Er hielt sie ins matte Licht und runzelte die Stirn, als er einen kleinen Fleck bemerkte. Ein Sandkorn war hineingeraten und beeinträchtigte Struktur und Farbe des Kristalls. Der Jäger brummte enttäuscht und warf ihn fort. Das prächtige Glitzern zerstob an einer Felswand, und als der Edelstein splitterte, klang es so, als schlügen tausend winzige Glocken – ein unheimliches und melancholisches Geräusch, das dumpf in der Grotte widerhallte.

KAPITEL 1

James Kirk langweilte sich. Normalerweise gab es für den Captain der U.S.S. *Enterprise* eine Menge zu tun, aber wenn er aufgrund eines routinemäßigen Wartungsprogramms in einer Starbase festsaß, wußte er nicht, wie er sich die Zeit vertreiben sollte.

Er streckte die Hand nach dem Tischkommunikator aus und dachte daran, die attraktive Inspektionstechnikerin anzurufen, die er am Vortag kennengelernt hatte – eine kecke junge Frau, die es sich nicht nehmen ließ, auch die Computer des Raumschiffes zu untersuchen, sehr zum Unwillen Spocks.

Kirk zögerte, lehnte sich wieder zurück und schüttelte den Kopf. Eigentlich lag ihm gar nichts an einem Ausflug in weiblicher Begleitung – ganz gleich, wie hübsch die entsprechende Dame sein mochte. Er wünschte sich in erster Linie die Gesellschaft seiner Kameraden, aber nur der Himmel mochte wissen, wo sie sich derzeit aufhielten. Wenn er eine Runde durch die exotischen Kneipen der Starbase machte, so überlegte er, würde er bestimmt Scott oder McCoy finden, vielleicht auch beide. Aber die Vorstellung, stundenlang durch irgendwelche Bars zu ziehen, behagte ihm ebenfalls nicht sonderlich.

Seufzend genehmigte er sich einen Drink, schaltete das Lesegerät ein und versuchte, alle Gedanken an die vier Tage zu verdrängen, die sie noch in der Starbase verbringen mußten, bevor sie ins All zurückkehren konnten. In der Datenkassette war ein Werk gespeichert, das Nelsons grandiosen Seesieg bei Trafalgar beschrieb, und als Kirk die Stelle wiederfand, an der er zuvor die Lektüre unterbrochen hatte, summte der Türmelder.

»Herein!« rief er und desaktivierte den Projektor. Angesichts seiner gegenwärtigen Stimmung spielte es gar keine Rolle, wer ihn zu sprechen wünschte. Er war jedem dankbar, der ihn von sich selbst und dem neunzehnten Jahrhundert ablenkte.

»Captain«, sagte Uhura und betrat die Kabine. »Ich bin froh, daß wir Sie hier antreffen.« Sie hatte ihren schlanken und geschmeidigen Leib in ein goldenes Gewand gehüllt, das die linke Schulter frei ließ. In dieser Aufmachung wirkte die dunkelhäutige Frau besonders eindrucksvoll. Große, gelb glänzende Ringe baumelten an ihren Ohrläppchen und klirrten leise, wenn sie sich bewegte. Spock folgte ihr durch die Tür, die Hände wie üblich auf den Rücken gelegt. Erstaunlicherweise trug er seine Galauniform.

Kirk hob eine Augenbraue, womit er unbewußt seinen Ersten Offizier nachahmte, und ein dünnes Lächeln umspielte seine Lippen. »Sie haben sich ja mächtig in Schale geworfen. Was ist los?«

»Ich weiß nicht, was das Exoskelett eines Krustentiers mit unserer Kleidung zu tun haben soll, Captain«, antwortete der Vulkanier.

Kirk seufzte lautlos. »Eine auf der Erde gebräuchliche Redensart«, erklärte er. Der hochgewachsene Spock nickte, und sein Gesicht blieb eine ausdruckslose Maske.

»Ich dachte mir, Sie könnten vielleicht ein wenig Abwechslung gebrauchen«, meinte Uhura. »Deshalb kamen wir hierher. Was halten Sie davon, mit uns ein Konzert zu besuchen?«

»Ein Konzert?« wiederholte Kirk skeptisch. Er war kein besonderer Musikliebhaber, obgleich er großen Gefallen an den improvisierten Vorstellungen fand, die Spock und Uhura manchmal an Bord der *Enterprise* gaben.

»Sehr anspruchsvolle Stücke, Captain – aber sie sind es wert, angehört zu werden. Guy Maslin ist nur für zwei Tage hier und er spielt Chopin, Rachmaninoff, Weston, S'urak und auch einige seiner eigenen Werke.« Uhuras Blick kam einer stummen Bitte gleich.

»Das *enfant terrible* der klassischen Musik, wie?« fragte Kirk und schürzte die Lippen.

»Man sollte ihn eher als den Mozart oder S'urak dieses Jahrhunderts bezeichnen«, bemerkte Spock.

»Aber für jemanden wie mich, der nicht voller Stolz auf ein Musikstudium zurückblicken kann, sind seine interstellaren Wutanfälle weitaus interessanter.« In Kirks Augen funkelte es amüsiert.

»Es ist mir gelungen, Commander Li eine zusätzliche Eintrittskarte abzuluchsen«, sagte Uhura. »Und es wäre sehr nett, wenn Sie sich uns anschließen würden.«

»Was ist mit Ihnen, Spock?« Kirks Lächeln wuchs in die Breite, und mit einem doppeldeutigen Blick auf die überaus attraktive Uhura fügte er hinzu: »Ich möchte mich Ihnen keineswegs aufdrängen.«

»Machen Sie sich in diesem Punkt keine Sorgen, Sir. Was mich und Lieutenant Uhura verbindet, ist einzig und allein unser gemeinsames Interesse für klassische Musik. Ihre Gegenwart stört uns nicht.«

Kirk kapitulierte und breitete die Arme aus. »Dann bleibt mir wohl nichts anderes übrig, als Ihr Angebot anzunehmen.« Er ließ seine Freunde und Offiziere einige Minuten lang allein, um sich umzuziehen.

Das Konzert gefiel Kirk. Maslin war tatsächlich ein außerordentlich begabter und fähiger Pianist, und die Pracht der weiten, offenen Halle dämpfte die Nervosität, an der er schon seit Stunden litt. Er ließ seinen Blick über die hohen Schirmbäume am Rande des Saales schweifen, beobachtete ihre Silhouetten, die sich vor einem dunklen Himmel abzeichneten, an dem Myriaden Sterne gleißten. Nach einer Weile lehnte er sich in dem bequemen Kontursessel zurück und lauschte der Musik. Das Symphonieorchester der Starbase 24 konnte es zwar nicht mit der Terranischen Philharmonie aufnehmen, aber es war begeistert bei der Sache. Außerdem gewann Kirk den Eindruck, daß Maslins Talent und Anwesenheit selbst die Mitglieder einer drittklassigen Provinzband befähigt hätte, geniale Leistungen zu vollbringen.

Nach der Pause wurde es wieder dunkel, und Spock zog sich in einen tranceartigen Zustand zurück. Uhura hingegen beugte sich aufgeregt vor, die Hände fest ums Programmheft geschlossen, den Blick starr auf den noch leeren Stuhl vor dem Klavier gerichtet.

Kirk neigte den Kopf und flüsterte ihr zu: »Schwärmen Sie ebenso für ihn wie zehntausend andere Frauen auf vielen Planeten?«

Uhura bedachte ihn mit einem ziemlich empörten Blick und richtete ihre Aufmerksamkeit wieder auf die Bühne. Kurzer Applaus erklang, als Maslin zurückkehrte. Er nahm vor dem Klavier Platz und strich mit einer ungeduldig wirkenden Geste seine schwarze Stirnlocke beiseite.

Kirk hatte sich gerade wieder zurückgelehnt, als er eine Berührung am Arm spürte. Er sah auf und erkannte einen jungen Fähnrich, der im Gang neben ihm stand.

»Sir«, raunte der junge Mann, als das Orchester mit dem Auftakt begann. »Ich bin beauftragt, Ihnen eine dringende Nachricht von Commander Li zu übermitteln. Er möchte Sie sofort in seinem Büro sprechen, Sir.«

Kirk beugte sich an Uhura vorbei und klopfte Spock auf die Schulter. Der Vulkanier erwachte sofort aus seiner meditativen Starre und sah ihn an. »Ich glaube, es gibt ein Problem, und wahrscheinlich ist es angebracht, daß Sie mich nach oben begleiten.«

Spock nickte und folgte dem Captain in den Mittelgang. Uhura stand ebenfalls auf, aber Kirk bedeutete ihr, sich wieder zu setzen. »Bleiben Sie ruhig hier und genießen Sie die Vorstellung. Ich gebe Ihnen Bescheid, wenn ich Sie brauche.«

»Ja, Sir«, erwiderte sie dankbar.

Kirk und Spock verließen die Halle, als Maslin mit einer großartigen Allegro-Sequenz begann, die den Anfang seines Werkes *Konzert für eine sterbende Welt* darstellte. Spock blieb kurz stehen und lauschte, nickte dann zufrieden und trat auf den Hof vor dem offenen Theater.

Commander Lis Büro befand sich im obersten Stock eines gewaltigen Wolkenkratzers am Rande des Raumhafens. Neben dem Schreibtisch erstreckte sich ein breites, vom Boden bis zur Decke reichendes Panoramafenster, durch das man den für Shuttles reservierten Landebereich beobachten konnte. Li stand auf und streckte seinen Besuchern die Hand entgegen. Als Kirk vortrat, um ihn zu begrüßen, fragte er sich, warum alle Basiskommandeure so hoch gelegene Arbeitszimmer bevorzugten. Handelte es sich dabei um eine bürokratische Anordnung von Starfleet, oder wollten die an ihren Schreibtisch gebundenen Kommandanten auf diese Weise den verlorenen Sternen näher sein?

Allerdings war Lis Büro nicht ganz so spartanisch eingerichtet wie die meisten anderen. Einige dünne chinesische Bambusrollen zierten die Wände, und auf dem breiten Tisch stand eine blaßgrüne Vase. Spock griff vorsichtig danach und drehte sie mit seinen langen Fingern fast ehrfürchtig hin und her.

»Tang-Dynastie«, sagte Li mit einem stolzen Lächeln. »Ein wunderschönes Exemplar, nicht wahr?«

»In diesem Fall halte ich das Adjektiv ›exquisit‹ für angemessener, Commander.«

»Danke, Mr. Spock.« Kirk nahm Platz und lehnte eine der dünnen, kastanienfarbenen Beleteguese-Zigarren ab, die der hochgewachsene chinesische Commander so gern rauchte – was die Leistungsfähigkeit der Klimaanlage auf eine harte Probe stellte.

»Tut mir leid, daß ich Sie aus dem Konzert holen mußte. Ich wäre jetzt selbst im Theater, wenn sich nicht ein gewisses Problem ergeben hätte. Meine Frau hält sich noch immer dort auf – und ist bestimmt sauer auf mich, weil ich sie allein zurückließ.« Er unterbrach sich kurz, entzündete die Zigarre und paffte.

Spock hob den Kopf. »Aufgrund Ihrer Nachricht an Captain Kirk vermute ich, es geht um ein Außenweltproblem, das den Einsatz eines Raumschiffes erfordert.«

»Stimmt.« Li betätigte eine Taste der Kontrolleinheit seines Schreibtisches, und eine große Projektionsfläche schob sich vors Fenster. »Vor einer Woche entdeckte der Frachter *Wanderlust* eine seltsame Raumanomalie in der Nähe von Taygeta V. Das Schiff kehrte zurück, um einige Jäger abzuholen, die zuvor auf Taygeta abgesetzt wurden – dem einzigen interessanten Planeten in jenem Sonnensystem. Dabei bemerkte die Besatzung das Phänomen.

Sie setzte sich mit uns in Verbindung und bat um Anweisungen, und wir forderten sie zu einer genaueren Untersuchung auf. Dabei muß irgend etwas mit der *Wanderlust* geschehen sein, denn unsere später eintreffende Patrouilleneinheit fand nur eine vom Frachter ausgeschleuste Kommunikationsboje.«

»Keine Wrackteile?« fragte Kirk.

»Nein. Offenbar geriet Captain Ridly in irgendwelche Schwierigkeiten, startete die Boje – und verschwand dann einfach, zusammen mit seinem Schiff.«

»Was hat es mit dem Phänomen auf sich?« erinnerte ihn Spock höflich.

»Oh, entschuldigen Sie.« Der Commander führte eine weitere Schaltung durch, und es wurde dunkel im Zimmer. Hologramme leuchteten – die letzten Aufzeichnungen der *Wanderlust* glitten über den Schirm. Captain Ridlys ruhige Stimme kommentierte die rasch wechselnden Bilder:

»So etwas habe ich noch nie zuvor gesehen. Man könnte meinen, der Vorfahr aller Nordlichter sei zusammengerollt und in diesen fernen Winkel der Galaxis gebracht worden. Wir kommen jetzt etwas näher heran, und das Schiff beginnt zu vibrieren. Ich... halt, einen Augenblick...« Ridly lachte nervös. »Was für ein verrücktes Gefühl... Ich habe gerade Musik *geschmeckt.*« Eine lange Pause schloß sich an: Einige Sekunden lang tanzten strahlende und funkelnde Lichter über die Projektionsfläche. »Wir alle erleben sonderbare Halluzinationen. Eine eigentümliche Stimulierung der Sinne. Die Besatzungsmitglieder fühlen Farben, schmecken und riechen Geräusche. Es ist gespenstisch... Himmel, was ist das denn? Irgend etwas geschieht mit dem Schiff!« Laute Stimmen übertönten die hysterischer werdenden Bemerkungen des Captains. »Taru!« rief er. »Taru! Die Kommunikationsboje...«

Schlagartig verblaßten die Darstellungen.

Kirk ließ den Atem entweichen und spürte plötzlich, daß er während des Todeskampfes der *Wanderlust* die Luft angehalten hatte. An seinen Nervenenden fühlte er ein fast unterschwelliges Zittern, und es lief ihm kalt über den Rücken – obgleich es in dem Zimmer recht warm war.

Sicher wäre es ihm wesentlich leichter gefallen, den Verlust des Frachters zu akzeptieren, wenn eine vernichtende Energieentladung das Schiff zerstört hätte. Aber es blieben keine glühenden Stahlfragmente zurück. Nichts. Die Vorstellung, daß die *Wanderlust* und ihre Besatzung einem völlig rätselhaften Etwas zum Opfer gefallen waren, erfüllte ihn mit neuerlicher Unruhe. Dunkle Ahnungen regten sich in ihm.

»Sie möchten also, daß die *Enterprise* aufbricht, um festzustellen, um was für ein Phänomen es sich handelt?«

»Ich fürchte, es bleibt uns keine andere Wahl. Die vom Scoutschiff vorgenommene Computeranalyse deutet darauf hin, daß sich die Raum-Zeit-Verzerrung im Taygeta-System ausbreitet und bald auch die interstellare Region erreichen wird. Ich weiß, daß Sie den Auftrag erhielten, zur romulanischen neutralen Zone zu fliegen, und ich habe bereits eine Anfrage an Starfleet gerichtet. Dort vertritt man ebenfalls die Ansicht, daß dieser Angelegenheit Vorrang gebührt. Später können Sie immer noch mit dem Säbel rasseln.«

Kirk lächelte bei den letzten Worten Lis, sah den Vulkanier an und hob fragend die Brauen. »Irgendwelche Fragen, Spock?«

Der Erste Offizier lehnte sich zurück und faltete die Hände. »Nun, weisen die Planeten des entsprechenden Sonnensystems irgendwelche Besonderheiten auf? Oder ist das beim Zentralgestirn und den nahegelegenen Raumsektoren der Fall?«

Li schüttelte den Kopf. »Uns liegen nur die Informationen vor, die aus den Datenspeichern des Erkundungsschiffes stammen, von dem das System damals kartographiert wurde. Abgesehen von Taygeta sind die Planeten entweder Gasriesen oder leblose Steinwüsten.«

»Und Taygeta?«

»Jene Welt wird erst seit kurzer Zeit erforscht und dürfte nur für Exobiologen und Zoologen von Interesse sein. Unglücklicherweise fehlte es bisher an Geld, um eine voll ausgerüstete Expedition nach Taygeta zu schicken.«

»Gibt es dort irgend etwas, an dem der Föderation etwas gelegen sein könnte?« fragte Kirk.

»Ja.« Li nickte. »Eine einheimische Säugetierspezies. Ziemlich seltsame Wesen.«

»Intelligent?«

»Ich hoffe nicht, denn Taygeta wurde inzwischen zu einem Mekka für Glücksritter.« Kirk musterte ihn verwirrt, und daraufhin fügte der Commander hinzu: »Kristalltränen.«

»Oh«, machte der Captain. »Ich verstehe.«

»Entschuldigen Sie bitte«, wandte sich Spock an Kirk. »Ich höre diese Bezeichnung zum erstenmal. Was sind Kristalltränen?«

»Der neueste und teuerste Fimmel in der Galaxis«, erklärte Li. »Meine Töchter bedrängen mich dauernd, eine solche Träne zu kaufen. Bisher gelang es mir, sie hinzuhalten – die Dinger kosten ein Vermögen.«

»Und sie werden auf Taygeta gesammelt?«

»Nicht so, wie Sie sich das vorstellen, Mr. Spock. Sie stammen von den Eingeborenen. Die Tränen formen sich aufgrund einer Augensekretion, wenn einer der Sänger stirbt.«

»Sänger, Commander?« wiederholte Spock.

»So nennt man die Geschöpfe, die auf Taygeta leben. Offenbar singen sie ständig. Es sind keine Melodien, wie man sie von Menschen oder anderen humanoiden Völkern her kennt, aber eins steht fest: Es handelt sich wirklich um einen Gesang, der sich durch harmonische Komplexität auszeichnet. Das ist eine der Fragen, auf die die ausstehende Expedition eine Antwort finden müßte. Ein weiteres Rätsel kommt hinzu: Niemand weiß, wie der Metabolismus der Sänger funktioniert: Offenbar nehmen sie nie irgendwelche Nahrung zu sich.«

»Es erstaunt mich, daß der Föderationspolitik ein solcher Fehler unterlief«, sagte Spock. »Ihre Ausführungen geben allen Anlaß zu der Vermutung, daß die Sänger eine intelligente Spezies darstellen. Und wenn das tatsächlich der Fall ist... Wenn die Föderation den Jägern weiterhin die Landung auf Taygeta erlaubt, macht sie sich an einem Völkermord mitschuldig.«

Li breitete die Arme aus. »Wissen Sie, Mr. Spock: In allen Regierungen gibt es Leute, die kurzsichtig sind und denen Fehler unterlaufen. Bei dem gegenwärtigen Problem geht es jedoch nicht um die Bewohner Taygetas – ganz gleich, ob sie intelligent sind oder nicht –, sondern um das gestörte Raum-Zeit-Gefüge.« Er lehnte sich in seinem Sessel zur Seite und sah Kirk an. »Captain, wieviel Zeit brauchen Sie, um das Dock zu verlassen?«

»Sobald ich wieder an Bord der *Enterprise* bin, rufe ich alle Besatzungsmitglieder zurück. Und mit Scotts Hilfe dürfte es uns gelingen, die Inspektoren innerhalb weniger Stunden zur Starbase zu schicken.«

»Gut«, brummte Li. »Wenn es notwendig werden sollte, die Wartungszertifikate zu frisieren, so lassen Sie es mich wissen.«

»Mir gefallen Leute, die es verstehen, den Papierkrieg zu verkürzen«, erwiderte Kirk und lächelte. Er stand auf und schüttelte Li die Hand. Nachdem Spock dem Basiskommandeur höflich zugenickt hatte, verließen sie das Büro.

Als Kirk in Richtung Lift schritt, zögerte der Vulkanier. »Captain, mit Ihrer Erlaubnis möchte ich noch etwa eine Stunde warten, bevor ich ins Schiff zurückkehre.«

»Was soll das denn bedeuten, Spock?« Kirk grinste. »Sagen Sie bloß, Sie trauern irgendeinem Mädchen nach, das Sie hier kennenlernten...«

Der Erste Offizier straffte seine Gestalt. »Natürlich nicht, Captain! Es geht mir nur darum, einige Ermittlungen anzustellen, solange mir noch die Bibliotheken der Starbase zur Verfügung stehen.«

Kirk schwieg und musterte den Vulkanier nachdenklich. Manchmal wirkten die logischen oder intuitiven Sprünge Spocks übertrieben, aber der Captain wußte aus Erfahrung, wie sinnlos es war, sie in Frage zu stellen. Schon des öfteren hatten gerade die absurd erscheinenden Nachforschungen seines Ersten Offiziers die Lösung besonders schwieriger Probleme ermöglicht. Wenn Spock darum bat, Informationen über eine fremde Sängerrasse zu sammeln, so gab es bestimmt einen guten Grund dafür.

»Erlaubnis erteilt, Mr. Spock. Aber bleiben Sie nicht länger als eine Stunde fort. Ich beabsichtige, morgen früh startbereit zu sein.«

Spock nickte. »In Ordnung, Captain.«

Als Kirk die Liftkabine betrat und den Knopf für die erste Etage drückte, spürte er, daß sich die letzten Reste seiner Langeweile verflüchtigt hatten.

Allmählich ließ das Gedränge in der Garderobe nach, aber Uhura geduldete sich weiterhin. Insgeheim machte sie sich Vorwürfe, weil sie befürchtete, sich wie ein närrisches, unreifes Mädchen zu verhalten, aber es nützte nichts. Sie konnte sich einfach nicht dazu durchringen, den Raum zu verlassen.

Eine große und von Kopf bis Fuß in goldenen Ssravat-Pelz gehüllte Frau machte eine letzte überschwengliche Bemerkung, hakte sich bei ihrem Begleiter ein und hielt auf die Tür zu. Maslin blieb hinter ihnen stehen, schnitt eine kurze Grimasse und wandte sich dann dem Umkleideraum zu. Unmittelbar darauf spürte er den aufmerksamen Blick Uhuras, verharrte abrupt und drehte langsam den Kopf.

Smaragdgrüne Augen sahen argwöhnisch aus einem schmalen und blassen Gesicht, das einen auffallend hellen Kontrast zu dem dunklen Haar über der hohen Stirn des Mannes bildete. In den Pupillen schimmerten Erschöpfung und Zynismus, und Uhura zuckte fast zusammen, als Maslin in einem ausgesprochen müden und spöttischen Tonfall fragte: »Ich vermute, Sie möchten ebenfalls ein Autogramm, oder?«

Schlagartig legte sich Uhuras Verlegenheit. Sie reagierte mit Verärgerung auf den mangelnden Takt ihres Idols, war plötzlich wütend auf sich selbst, weil sie wie ein naives Schulmädchen hinter der Bühne gewartet hatte, vom Ruhm des Stars geblendet.

»Jetzt nicht mehr, danke«, erwiderte sie kühl. »Es war mein Wunsch, als ich hierher kam, aber nachdem ich einige Minuten lang Gelegenheit hatte, mir ein Bild von Ihrem Charakter zu machen, habe ich es mir anders überlegt.« Mit hoch erhobenem Kopf hielt sie auf den Ausgang zu.

»Warten Sie«, sagte Maslin und beobachtete sie neugierig. »Sie gehören nicht zu der geistlosen Schickeria. Was sind Sie?«

Es erschien ihr seltsam, daß er *was* fragte und nicht etwa *wer*. Doch Uhura achtete nicht weiter darauf und antwortete: »Ich bin Starfleet-Offizier, der U.S.S. *Enterprise* zugewiesen.«

»Beeindruckend – wenn man etwas von solchen Institutionen hält. Aber was macht eine Technokratin wie Sie bei einem meiner Konzerte, Madam Starfleet?«

»Ich interessiere mich auch für Musik, Mr. Maslin. Und wenn Sie glauben, daß es allen Starfleet-Angehörigen an Kunstverständnis mangelt, so beweisen Sie damit nicht nur bemerkenswerte Ignoranz, sondern auch eine armselige Voreingenommenheit.«

Maslin kam langsam auf sie zu, und zum erstenmal fiel Uhura auf, wie klein er war. Ihre Augen befanden sich auf einer Höhe – obgleich sie nur Sandalen trug.

»Was haben Sie jetzt vor?« fragte er scharf.

»Jetzt? Ich kehre ins Hotel zurück.«

»Warum begleiten Sie mich nicht zum Essen? Die meiste Zeit über mag ich ein unausstehlicher Mistkerl sein, aber ich tröste mich damit, allem Neuen aufgeschlossen gegenüberzustehen. Helfen Sie mir dabei, mich von der Bürde der Voreingenommenheit zu befreien, verehrte Madam Starfleet. Das würde mir sehr gefallen.«

Uhura war nahe daran, die Einladung abzulehnen, aber als Maslin sein schroffes und sarkastisches Gebaren ablegte, als er seinen nicht unbeträchtlichen Charme auf sie konzentrierte, ging eine starke Ausstrahlungskraft von ihm aus.

»Na schön«, erwiderte sie schließlich. »Aber ich leiste Ihnen nur dann Gesellschaft, wenn Sie endlich damit aufhören, mich Madam Starfleet zu nennen. Ich glaube, ich verdiene zumindest ein wenig Höflichkeit.«

»Und noch weitaus mehr als das«, entgegnete Maslin

und bedachte sie mit einem anerkennenden Blick. »Wie heißen Sie?«

»Uhura.«

»Ein hübscher Name für eine hübsche Frau. Bitte geben Sie mir nur Gelegenheit, mich umzuziehen. Anschließend können Sie mir bessere Manieren beibringen.«

»Ich glaube, ein Abend allein genügt dafür nicht, Mr. Maslin«, sagte Uhura leichthin.

Er deutete eine Verbeugung an und lächelte plötzlich. Dadurch glätteten sich die tiefen Falten in seinen Mundwinkeln, und er wirkte wesentlich jünger. Der Pianist verschwand im Umkleideraum, und Uhura stellte fest, daß sie schon seit Jahren nicht mehr so aufgeregt gewesen war. Sie beschloß, dieses Gefühl ebenso zu genießen wie den bevorstehenden Abend.

Als Maslin kurz darauf aus dem Zimmer kam, trug er keine förmliche Kleidung mehr, sondern eine weite Hose samt Pullover und eine knielange Jacke. Uhura bemerkte die hohen Absätze der Stiefel und kam zu dem Schluß, daß Guy Maslin unter seiner kleinen Statur litt.

Der Komponist hielt die Bühnentür für sie auf, und einige Minuten später traten sie in die warme Nacht. Capella war eine Welt mit üppiger Vegetation und einem sehr angenehmen Klima. Der Wind trug den Duft von Zitrusgewächsen und exotischen Früchten heran, und Uhura atmete ihn tief ein.

»Haben Sie etwas dagegen, wenn wir auf ein Taxi verzichten?« fragte Maslin. »In einer solchen Nacht gehe ich lieber zu Fuß.«

»Einverstanden. Ich habe nur selten Gelegenheit, einen Planeten zu besuchen, und ich mag es, festen Boden unter mir zu spüren.«

»Wie halten Sie das nur aus?« erkundigte sich Maslin, schob die Hände in die Jackentaschen und ging neben ihr.

»Was?«

»Die ganze Zeit über in einem Raumschiff eingeschlossen zu sein.«

Uhura lächelte. »Sie gehen von falschen Annahmen aus, wie viele andere Leute auch. Zuerst einmal ist die *Enterprise* eins der größten Schiffe in der Flotte und bietet uns eine Menge Platz. Darüber hinaus gibt es an Bord Freizeiträume, Sporthallen und einen botanischen Garten, wo man sich entspannen kann. Aber was noch wichtiger ist: Ich liebe es, im Weltraum unterwegs zu sein. Meine Arbeit gefällt mir, und wenn man sich an Bord eines Forschungsschiffes wie der *Enterprise* befindet, wird man ständig mit neuen Erfahrungen konfrontiert. Der normale Pendelverkehr, zum Beispiel zwischen der Erde und Vulkan, würde mich bestimmt nicht zufriedenstellen.«

»Sie sind also nicht nur hübsch, sondern auch abenteuerlustig«, sagte Maslin und warf ihr einen kurzen Blick zu.

»Tragen Sie jetzt nicht ein bißchen zu dick auf?«

»Ich mache nie leere Komplimente.«

»Und ich frage mich, wie viele Frauen vor mir diese Worte gehört haben.«

»Oh«, machte Maslin. »Eine schöne Dame, die auch die Klatschspalten liest.«

Rote Flecken der Verärgerung bildeten sich auf Uhuras Wangen. »Sie irren sich. Ihr Ruf beschränkt sich nicht nur auf die Regenbogenpresse.«

»Touché.« Der Komponist blieb stehen und holte ein goldenes Etui hervor. Als er eine kleine Taste an der einen Seite betätigte, schob sich eine bereits entzündete Zigarette aus dem Ausgabefach. Beim Anblick des teuren Spielzeugs hob Uhura die Augenbrauen. Maslin schob das Etui in die Innentasche der Jacke zurück und musterte sie nachdenklich. »Wie hat ein Mann bei Ihnen Erfolg?« fragte er nach einer Weile.

»Indem er nicht versucht, irgendwelche Spielchen mit mir zu treiben.«

»Das klingt fair. Nun gut, also keine leeren Komplimente mehr. Aber Sie erlauben mir doch, das Abendessen für Sie zu bezahlen, oder?«

»Selbstverständlich. Immerhin haben Sie mich eingeladen.«

Sie gingen schweigend weiter, bis sie ein Portal erreichten, über dem sich eine Markise spannte.

Maslin deutete zum blauen Vordach empor. »So etwas hält man auf dieser rückständigen Welt wohl für Eleganz.« Als er die Tür öffnete, fügte er hinzu: »Ich glaube, ich sollte dankbar sein, daß hier um diese Zeit nicht nur Bars und Spelunken geöffnet sind.«

»Ich nehme an, Sie sind noch nie zuvor in den Randsektoren gewesen, oder?« fragte Uhura.

»Dies ist das erste und letzte Mal. Ich mag keinen synthetischen Kaviar, und ich trinke nur echten Champagner. Außerdem hasse ich es, bei Raumreisen von einem Planeten zum anderen zuviel Zeit zu verlieren. In dieser Hinsicht geht es in den zivilisierteren Quadranten weitaus besser zu.«

»Ein Mann, der Wert auf Luxus legt und *nicht* besonders abenteuerlustig ist«, murmelte Uhura und erinnerte Maslin damit an eine seiner früheren Bemerkungen.

»Nein, der Umgang mit Ihnen ist wirklich alles andere als leicht«, erwiderte der Komponist leise, als sie dem Oberkellner zum Tisch folgten. Er bestellte rasch und entschied sich für einige ebenso leckere wie teure Spezialitäten. Als sie wieder allein waren, lehnte er sich in der Nische zurück und sah Uhura an. »Ich hatte noch nie zuvor Gelegenheit, mit einem Starfleet-Offizier zu sprechen.«

»Nun, trotzdem scheinen Sie sich eine feste Meinung über uns gebildet zu haben – auf der Grundlage nur weniger Informationen.«

Maslin zuckte mit den Schultern und nippte an seinem Champagner. »Sie repräsentieren viele Dinge, von denen ich nichts halte.«

»Zum Beispiel?«

»Disziplin.«

»Als Musiker muß man ebenfalls diszipliniert sein.«

»Das ist Selbstdisziplin und kein Kadavergehorsam, der einem aufgezwungen wird.«

»Wir werden nicht gerade ausgepeitscht, wenn wir mal über die Stränge schlagen. Und denken Sie daran: Wir entscheiden uns aus freiem Willen für den Dienst. Starfleet zieht niemanden ein.«

»Sie erwähnten vorhin Ihr Interesse für Musik«, sagte Maslin und wechselte damit das Thema. »Spielen Sie ein Instrument?«

»Nein, ich singe. Außerdem komme ich einigermaßen mit der vulkanischen Lyra zurecht – obwohl Spock meint, ich sei bestenfalls mäßig talentiert.«

»Es überrascht mich, daß sie überhaupt damit fertig werden. Die auf Vulkan gebräuchliche Lyra ist ein außerordentlich schwieriges Instrument.«

»Ich liebe Herausforderungen, Mr. Maslin.«

»Bitte nennen Sie mich Guy.«

»Wie Sie wollen. Guy.«

»Und wer ist jener Spock, der sich offenbar in der Lage fühlt, Ihr musikalisches Talent zu beurteilen?«

»Unser Erster Offizier – zur Hälfte Vulkanier. Er spielt die Lyra ziemlich gut und hat mir gezeigt, wie man damit umgeht.«

»Würden Sie nach dem Essen für mich singen?«

Uhura spürte, wie bei dieser Vorstellung ein Kloß in ihrem Hals entstand. Maslin war zusammen mit den besten Sängern in der Föderation aufgetreten. Was an Bord der *Enterprise* noch unterhaltsam sein mochte, mußte in der Gegenwart dieses Mannes trivial und banal werden. Rasch schüttelte sie den Kopf.

»Ich bitte Sie, Uhura... Wenn Sie ablehnen, könnte ich zu meiner ursprünglichen Einstellung zurückkehren und annehmen, alle Starfleet-Angehörigen seien nichts weiter als Technokraten.«

Die dunkelhäutige Frau lachte und griff nach ihrem Champagnerglas. »Wenn Sie die Sache so sehen, bleibt mir wohl keine Wahl. Schließlich steht die Ehre der Flotte auf dem Spiel.«

»Das ist die richtige Einstellung.«

Genau in diesem Augenblick summte Uhuras Kommunikator. Sie zog ihn aus einer Falte ihres weiten Gewands und schaltete das kleine Gerät ein. Maslin beobachtete sie neugierig.

»Lieutenant Uhura«, meldete sie sich.

»Lieutenant«, klang eine ihr vertraute Stimme aus dem winzigen Lautsprecher, »ich muß Ihnen mitteilen, daß der Landurlaub aller Besatzungsmitglieder gestrichen wurde. Sie werden sobald wie möglich an Bord zurückerwartet.«

»Danke, T'zeela. Ich bin unterwegs.« Sie klappte den Kommunikator zusammen und sah Maslin an.

»Es tut mir leid, aber ich muß los. Bestimmt finden Sie eine andere Frau, die Ihnen beim Essen Gesellschaft leistet.« Als Uhura aufstand und sich vom Tisch abwandte, streckte Maslin ruckartig die Hand aus und hielt sie am Arm fest. Seine langen und dünnen Finger waren überraschend kräftig. Sie sah ihn fragend an.

»Warten Sie. Es hieß eben ›sobald wie möglich‹. Und ich glaube, in diesem Fall heißt das: nach dem Abendessen.«

»Das klingt gut, aber leider kann ich Ihnen nicht zustimmen. Ich kenne Captain Kirk. ›Bald‹ bedeutet für ihn ›sofort‹.«

»Ganz plötzlich sind Sie wieder kühl und militärisch«, klagte der Komponist. »Wo ist die verständnisvolle Künstlerin, die mich eben noch aus Ihren wundervollen Augen ansah?«

»Sie macht dem Offizier Platz, so wie es sich gehört.«

»Es geht doch nur um dreißig Minuten, höchstens eine Stunde«, drängte er. »Und vermutlich bekommen wir nie wieder Gelegenheit, uns zu unterhalten.«

Uhura zögerte und entsann sich an Pflicht und Verantwortung. Aber der unternehmungslustige und sorglose Aspekt ihres Ichs, der zu Beginn des Abends dominant geworden war, erinnerte sie an die Inspektionen – und daran, daß die *Enterprise* erst nach Abschluß aller Wartungsarbeiten starten konnte.

Maslins Hand ruhte warm auf der ihren, als sie wieder in der Nische Platz nahm.

KAPITEL 2

Auf der Brücke herrschte rege Aktivität. Kirk verließ den Turbolift, blieb kurz stehen und genoß das Gefühl einer tiefen Zufriedenheit, das immer dann in ihm entstand, wenn er die Kommandozentrale des großen Raumschiffs betrat. Als er sich dem Sessel des Befehlsstandes näherte, nickten ihm einige der Offiziere zu, die an ihren Stationen saßen.

Der Captain sah sich aufmerksam um in dem runden Raum und stellte fest, daß keiner seiner erfahrensten Leute zugegen war. Lieutenant Riley nahm Sulus Platz an der Navigationskonsole ein. T'zeela bediente die Kommunikationsanlagen, und Scottys junge und recht hübsche Assistentin saß an den Triebwerkskontrollen. Einige Sekunden lang bewunderte Kirk die bemerkenswert gute Figur Lieutenant Bethany Wilsons und beneidete den Chefingenieur, der sie dazu überredet hatte, die für die Lebenserhaltungssysteme zuständige Abteilung zu verlassen und sich dem Team der technischen Sektion anzuschließen.

Der Captain ließ sich in seinen Sessel sinken, und ein Unteroffizier reichte ihm mehrere Dokumente. Kirk unterschrieb sie, ohne sich eingehender mit ihnen zu befassen. Er wußte, daß es eine schlechte Angewohnheit war, aber er las die Berichte schon seit Jahren nicht mehr – seit er begriffen hatte, daß sie nur dazu dienten, die Bürokraten auf der Erde zufriedenzustellen.

Die Doppeltür des Lifts schob sich mit einem leisen Zischen auseinander.

Scotty, dachte Kirk, als er das charakteristische Kratzen der Stiefel auf dem Deck hörte. Er verabschiedete den Unteroffizier mit einem knappen Nicken und gab ihm die Dokumente zurück.

»Captain! Ich halte das einfach nicht mehr aus!« Der sonst nur leichte schottische Akzent war diesmal ganz deutlich zu hören: Offenbar war der Chefingenieur ziemlich erregt.

»Was ist denn los, Mr. Scott?« fragte Kirk und schwang den Sessel herum.

Scottys Wangen glühten in einem dunkleren Rot als sonst, und er preßte einige Sekunden lang die Lippen aufeinander, bevor er antwortete: »Es geht um den verdammten Ssasenach-Inspektor. Der Kerl bringt meine Leute und mich noch um den Verstand. Dauernd kriecht er durch die Wartungstunnel der Generatoren und macht dabei ein Gesicht, als rechne er jeden Augenblick mit irgendeiner Katastrophe – obgleich ich ihm *gesagt* habe, daß alles in Ordnung ist. Wenn es so weitergeht, dauert es noch ein Jahr, bevor wir die Startfreigabe erhalten.«

»Haben Sie ein bißchen Mitleid mit ihm, Scotty. Wahrscheinlich ist er ein frustrierter Starfleet-Bewerber.«

»Er ist ein verdammter Pedant! Und ich kann seine rotznäsige Arroganz nicht mehr ertragen! Als würde ich meine Maschinen vernachlässigen...«

»Immer mit der Ruhe, Scotty. Wenn es unbedingt nötig ist, setze ich mich mit Li in Verbindung. Der Commander wird dann schon dafür sorgen, daß man die Inspektoren zurückpfeift. Außerdem: Manchmal entdekken sie tatsächlich irgendwelche Komponenten, die ausgetauscht werden müssen.«

Der Chefingenieur schnaufte verächtlich. »Vielleicht in irgendeinem verbeulten Erzfrachter. Aber bestimmt nicht an Bord der *Enterprise*.«

»Kehren Sie jetzt in den Maschinenraum zurück, Mr. Scott. Wenn wir grünes Licht bekommen, will ich nicht noch mehr Zeit verlieren.«

»Aye, Sir.« An der Tür des Turbolifts blieb er noch einmal stehen. »Aber eins sage ich Ihnen, Captain: Sie sollten rasch etwas unternehmen – bevor ich zum Mörder werde.«

Kirk lachte. »Machen Sie sich keine Sorgen, Scott.«

Der Chefingenieur verließ die Brücke. Kirk lehnte sich in seinem Sessel zurück und dachte über ihren jüngsten Auftrag nach. Das Gefahrenpotential der seltsamen Raum-Zeit-Verzerrung war noch immer unklar. Aber es ging nicht nur darum: Sowohl die Föderation als auch die Klingonen expandierten in den betreffenden Raumsektor. Irgendwann ließ sich eine Konfrontation kaum vermeiden, und vielleicht gelang es dann, neue Grenzlinien zu vereinbaren und den unsicheren Frieden zu wahren. Doch bis das geschah, setzten beide Seiten alle zur Verfügung stehenden Mittel ein, um sich ein möglichst großes Territorium zu sichern. Kirk hoffte, daß man auf Klinzhai noch nichts von dem sonderbaren Phänomen wußte. Andernfalls war es durchaus möglich, daß er in der Nähe von Taygeta auf einige klingonische Zerstörer stieß. Der Captain schloß die Augen und überlegte, wie er sich verhalten, für welche Strategie er sich entscheiden sollte, wenn es tatsächlich zu einer Begegnung mit den Klingonen kam.

Erneut zischte die Tür des Turbolifts, und Sulu betrat die Brücke. In seinen dunklen Augen funkelte es, und die Lippen deuteten ein verträumtes Lächeln an.

»Hat es Ihnen auf Capella gefallen, Sulu?« fragte Kirk unschuldig.

»Das ist ja gerade das Problem, Sir. Es fällt einem Mann sehr schwer, in die Wirklichkeit zurückzukehren, nachdem er eine Zeitlang im Paradies weilte.«

»Lassen Sie mich raten: Sie haben an einem Fechtturnier teilgenommen, stimmt's?«

»Nun, die Dame konnte fechten – und wie.« Sulu näherte sich der Navigationskonsole und klopfte Riley auf die Schulter. »Okay, Riley. Rücken Sie rüber und überlassen Sie den Fahrersitz einem Experten.«

»Lieber Himmel!« Der Lieutenant verzog das Gesicht, als er Sulus Atem roch. »Hat Sie noch niemand darauf hingewiesen, wie gefährlich es ist, einige Gläser zu kippen und sich anschließend ans Steuer zu setzen?«

»Ha-ha«, machte Sulu. »Ich habe eine Ernüchterungsdroge eingenommen, bevor ich an Bord kam. Was wollen Sie eigentlich? Mich beim Captain anschwärzen?«

»Oh, das käme mir nie in den Sinn, Sir«, erwiderte Riley hastig, sah Kirk an, salutierte beiläufig und eilte in Richtung Lift.

»Eines Tages«, meinte Kirk fast wie zu sich selbst, »schaffen wir es vielleicht, einen Offizier aus ihm zu machen.«

»Aber bestimmt keinen Gentleman«, erwiderte Sulu spitz und prüfte die Anzeigen seiner Instrumente.

Der Captain wartete noch einige Minuten, aber Uhura traf nicht ein. Als er sich nach dem Grund für ihre Verspätung fragte, vermutete er, daß sie sich möglicherweise erst noch umziehen mußte. Und da er nicht daran zweifelte, daß die Brücke in fähigen Händen war, stand er auf und verließ die Kommandozentrale der *Enterprise*, um sich eine Dosis Dr. McCoy zu genehmigen.

Der Bordarzt marschierte in der Krankenabteilung auf und ab, in der einen Hand eine Flasche Brandy, in der anderen ein Glas. McCoy schien völlig aus dem Häuschen zu sein. Als Kirk hereinkam, wirbelte er herum und knurrte: »Verdammt, Jim...«

»Reg dich ab«, erwiderte der Captain und hob wie abwehrend die Hände. »Mich trifft keine Schuld.«

»Ach, nein? Wessen Stimme war es denn, die aus dem Lautsprecher meines Kommunikators drang und mich *eine halbe Stunde vor Mitternacht* zur *Enterprise* zurückbeorderte? Uhuras?«

»Nein. Außerdem: Uhura ist noch immer fort.«

»Kluges Mädchen. Ich wünschte, ich wäre geistesgegenwärtig genug gewesen, einen derart blöden Befehl zu ignorieren. Nun, da du es ja so eilig hattest, uns alle zurückzuholen... Wann brechen wir auf?«

Einige Sekunden lang wirkte Kirk recht verlegen. »Ich fürchte, wir müssen den Start so lange verschieben, bis die obligatorischen Inspektionen beendet sind. Einige der Wartungsingenieure sind offenbar entschlossen, stur zu bleiben.«

»Wundert dich das? Ich wette, du hast sie aus dem Bett geholt, damit sie die Kontrollen beenden.«

Unangenehm berührt verzog Kirk das Gesicht. Dann deutete er ein dünnes Lächeln an. »Das stimmt.«

»Und vermutlich hast du deinen Spaß dabei gehabt«, warf ihm McCoy vor.

»Ja. Die Regierungsbürokraten scheinen zu glauben, wir seien voll und ganz von ihrem Wohlwollen abhängig. Und als mir einfiel, wie oft der Bordalarm unsere Besatzungsmitglieder um den Schlaf gebracht hat, dachte ich mir, eine ähnliche Erfahrung könnte den Paragraphenreitern nicht schaden.«

McCoy lächelte ebenfalls und reichte dem Captain die Flasche. »Hier, nimm einen Schluck.«

Kirk schenkte sich ein kleines Glas saurianischen Brandy ein und nahm auf der anderen Seite des Tisches Platz. »Um ganz ehrlich zu sein: Es war nicht nur Boshaftigkeit, die mich dazu veranlaßte, die Nachtruhe der Inspektoren zu stören. Wir sind tatsächlich mit einer dringenden Mission beauftragt worden und müssen so rasch wie möglich starten. Li bestellte mich zu sich und zeigte Spock und mir...«

McCoy hob die eine Hand. »Nein. Ich will gar nichts davon wissen. Informier mich erst dann, wenn es absolut notwendig ist. Vielleicht gelingt es mir doch noch, einige Stunden lang an der Matratze zu horchen, und ich möchte dabei nicht von Alpträumen geplagt werden.«

Der Wandkommunikator summte. »Captain Kirk«, erklang die samtene Stimme Uhuras.

Kirk schaltete das Tischgerät ein. »Hier Kirk. Was haben Sie auf dem Herzen, Lieutenant?«

»Mr. Spock hat sich gerade an Bord gebeamt und möchte Sie und Dr. McCoy sprechen. Er wartet im Beratungszimmer sieben.«

»Danke, Lieutenant. Wir machen uns sofort auf den Weg. Übrigens: Es freut mich, daß Sie wieder bei uns sind.«

»Ja, Sir«, murmelte Uhura und klang dabei ein wenig unsicher.

»Ich schätze, es dauert wohl noch eine Weile, bis ich ins Bett kriechen kann«, brummte McCoy und leerte sein Glas.

Spock saß bereits im Besprechungszimmer, als sie eintraten. Er starrte auf einige Datenkassetten, die vor ihm auf dem Tisch lagen, und seine Miene wirkte sehr ernst. Wer den hochgewachsenen Vulkanier nicht kannte, hielt sein Gesicht zunächst immer für völlig ausdruckslos, aber Kirk hatte es im Verlaufe einiger Jahre gelernt, subtile Nuancen in den Zügen seines Ersten Offiziers zu deuten.

»Ich hoffe, es handelt sich wirklich um eine wichtige Sache«, knurrte McCoy und zog sich einen Stuhl heran.

»Glauben Sie mir, Doktor: Ich hätte Sie nicht um diese Zeit gestört, wenn es um irgendeine Routineangelegenheit ginge.«

»Sie sind uns gegenüber im Vorteil«, stellte McCoy mürrisch fest. »Ihr Metabolismus hat einen höheren Energieumsatz, und deshalb brauchen Sie weniger Schlaf. Emotionsbelastete Menschen hingegen...« Er unterbrach sich, als er den scharfen Blick Kirks bemerkte.

»Was haben Sie herausgefunden, Spock?« fragte der Captain.

»Ich wies den zentralen Bibliothekscomputer an, die aufgezeichneten Gesänge der Taygetianer zu analysieren und nach ähnlichen Tonmustern zu suchen. Der Rechner fand insgesamt drei.«

Der Vulkanier schob eine Kassette ins Abspielgerät

auf dem Tisch und lehnte sich zurück. Nach wenigen Sekunden vernahmen die drei Männer seltsame Geräusche. Ein dumpfes, niederfrequentes Brummen ertönte, gefolgt von fast schrillem Quietschen und Klicken.

»Was Sie jetzt hören«, sagte Spock, »sind die Gesänge der inzwischen ausgestorbenen irdischen Buckelwale. Glücklicherweise wurden viele Lieder digital gespeichert, bevor das letzte Exemplar starb.«

Andere Laute erklangen, und Kirk und seine beiden Begleiter lauschten einem flötenden Zirpen. »Das sind die Kommunikationssignale einer im Meer beheimateten Säugetierspezies auf Regulas V.« Erneut veränderte sich die akustische Struktur, und kurz darauf hallten hupende Schreie aus den Lautsprechern. »Das letzte Beispiel stammt von Süßwassergeschöpfen aus den denebianischen Seen.« Spock zögerte kurz. »In allen drei Fällen haben wir es mit dem Verständigungscode intelligenter Wesen zu tun.«

Kirk nickte langsam und lehnte sich zurück. McCoy beobachtete ihn verwirrt und fragte schließlich in einem klagenden Tonfall: »Wäre vielleicht jemand so gütig, mir zu erklären, worum es überhaupt geht?«

»Ich dachte, der Captain hätte Sie bereits unterrichtet.«

Kirk bedachte den Vulkanier mit einem ironischen Blick. »Gelegentlich mache selbst ich einen Schnitzer, Mr. Spock. Ich lege hiermit ein Geständnis ab: Dr. McCoy und ich entspannten uns, anstatt über die bevorstehende Mission zu sprechen.«

Spocks Miene machte deutlich, daß er genau wußte, was Kirk mit ›entspannen‹ meinte. Dann richtete er seine Aufmerksamkeit auf den Bordarzt. Mit einigen knappen Sätzen erläuterte er ihm die Situation, und nach einer Weile hob McCoy verwundert den Kopf.

»Es besteht also eine große Wahrscheinlichkeit dafür, daß die Bewohner Taygetas intelligent sind. Aber was hat das mit der Raum-Zeit-Anomalie zu tun?«

»Ich vermute, daß es zwischen der Existenz der Sänger auf Taygeta und dem eben erwähnten Phänomen einen direkten Zusammenhang gibt.«

»Was führt Sie zu dieser Annahme, Mr. Spock?« Der Vulkanier gab zunächst keine Antwort und schien nach den richtigen Worten zu suchen. »Ist es nur eine Ahnung?« fügte Kirk hinzu.

Spock hob eine Braue. »Das von mir angewendete logische Erkenntnissystem zeichnet sich durch ein hohes Komplexitätsniveau aus, und ich bezweifle, ob ich es Ihnen einigermaßen verständlich machen könnte.«

»Ich verstehe«, entgegnete Kirk langsam. Er schwieg einige Sekunden lang und dachte über das nach, was er gerade gehört hatte. »Seltsamerweise handelt es sich in allen vier Fällen um Wasserlebewesen.«

Spock nickte. »Was jedoch einen gewissen Sinn ergibt. Durch eine Laune der Evolution mangelt es den betreffenden Geschöpfen an ausgebildeten Greifwerkzeugen. Da sie nicht dazu in der Lage sind, zu bauen oder zu schreiben, beschränkt sich ihre Intelligenz auf eine rein geistige Ebene. Sie kommt in der Musik zum Ausdruck – oder in der Entwicklung einer komplizierten philosophischen Struktur, wie zum Beispiel auf Deneb.«

»Wären Sie imstande, ein taygetianisches Lied zu transkribieren?«

»Captain, ich bedauere Ihnen mitteilen zu müssen, daß ein solcher Versuch fehlschlug. Vielleicht läßt sich tatsächlich eine Übersetzung der Begriffsinhalte durchführen – aber sie müßte von einem weitaus fähigeren Musiker vorgenommen werden.«

»Ich fasse es nicht«, brachte McCoy verblüfft hervor. »Spock gibt zu, an seine Grenzen gestoßen zu sein.«

»Irgendwelche Vorschläge, Spock?« fragte Kirk rasch, um einer längeren Auseinandersetzung zwischen McCoy und dem Vulkanier vorzubeugen.

Spock stützte die Ellenbogen auf den Tisch und faltete die Hände. »Wir brauchen einen außerordentlich begabten Musiker, jemanden, der Lautfolgen unmittelbar in mathematische Symbole transkribieren kann. Denn eins steht fest: Allen Liedern liegt eine ausgeprägte mathematische Basis zugrunde.«

»Gütiger Himmel«, warf McCoy ein. »Wie wollen Sie eine solche Person finden, ausgerechnet hier, am Rande der Föderation?«

»Ich habe den Computer beauftragt, unter Berücksichtigung der eben genannten Voraussetzungen nach einem derartigen Individuum zu suchen, Doktor. Das Ergebnis listet fünf Namen auf. Zwei in Frage kommende Personen befinden sich auf Vulkan, eine auf der Erde und eine weitere auf Capica. Die fünfte aber hält sich derzeit in der Starbase 24 auf.«

»Guy Maslin«, murmelte Kirk.

»In der Tat, Captain. Ich schlage vor, wir setzen uns mit ihm in Verbindung. Er könnte uns sehr bei der Lösung dieses Problems helfen.«

Kirk schaltete den Kommunikator ein. »Lieutenant Uhura.«

»Ja, Captain?«

»Bitte nehmen Sie Kontakt mit Mr. Guy Maslin auf und bitten Sie ihn, an Bord der *Enterprise* zu kommen.«

Uhura zwinkerte verwirrt, und Kirk glaubte zu erkennen, wie sie errötete. Doch gleich darauf verschwand der purpurne Schimmer von ihren Wangen, und der Captain nahm an, sich getäuscht zu haben. »Aye, aye, Sir. Wann wünschen Sie ihn zu sprechen?«

»So schnell wie möglich. Lassen Sie ihn von einer Eskorte zum Konferenzzimmer sieben begleiten.«

»Ja, Captain.« Die Darstellung auf dem kleinen Bildschirm verblaßte, und Kirk wandte sich wieder an Spock und den Bordarzt.

»Sobald Maslin an Bord ist, geht es nur noch darum, die Inspektoren loszuwerden. Anschließend können wir los.«

»Immer dann, wenn du eine angebliche unproblematische Situation schilderst, kommt es irgendwann zu Komplikationen«, bemerkte McCoy trocken.

»Kopf hoch, Pille. Die eigentlichen Schwierigkeiten beginnen erst, wenn wir Taygeta erreichen.«

Uhura ließ es sich nicht nehmen, Maslin und seinen dicken, kahlköpfigen Begleiter persönlich zum Besprechungszimmer zu führen. Sie blieb im Raum, nahm abseits der anderen Platz und hörte schweigend zu. Kirk entschied, das eigentümliche Verhalten der dunkelhäutigen Frau zu ignorieren und musterte den Musiker.

Er stand auf, um Maslin die Hand zu schütteln, stellte dabei fest, wie klein der Künstler war. Auf der Bühne wirkte der Komponist überaus beeindruckend, doch aus der Nähe betrachtet, sah er eher unscheinbar aus. Kirk schätzte ihn auf knapp eins fünfundsechzig. Der durchdringende Blick des Captains schien Maslin nicht zu behagen, und als Kirk beobachtete, wie rote Flecken auf seinen Wangen entstanden, ließ er sich auf seinen Stuhl zurücksinken.

»Es freut mich, daß Sie hierher kommen konnten, Mr. Maslin«, sagte er.

»Blieb mir eine Wahl?« Trotzig blieb der Musiker vor dem Tisch stehen.

Der dicke und nervöse Mann zupfte an Maslins Ärmel und deutete auf einen Sessel. »Warum setzen Sie sich nicht, Guy? Dann haben Sie es bestimmt bequemer.«

Barsch stieß der Komponist die Hand seines Begleiters fort. »Lassen Sie mich in Ruhe, Cubby. Ich falle schon nicht vor Schwäche um.«

Kirk richtete seinen Blick auf den Dicken und fragte: »Bitte entschuldigen Sie... Wer sind Sie, und was führt Sie hierher?«

»Ich bin Mr. Maslins Manager, Harvey Cumberland.« Der Umstand, sich vorstellen zu können, schien ihm neue Selbstsicherheit einzuflößen. Cumberland trat an den Tisch heran, stützte die Hände darauf und beugte sich zu Kirk vor. »Ich hoffe für Sie, daß es einen guten Grund dafür gibt, uns um diese Zeit hierher zu bestellen.«

»Da ich mich nicht daran erinnere, Sie eingeladen zu haben, Mr. Cumberland, ist es mir völlig gleich, was Sie hoffen oder nicht. Ich bin nur an Mr. Maslin interessiert.« Der Captain sah den kleinen Musiker an. »Wenn Sie jetzt bitte Platz nehmen und uns anhören würden...« Der Komponist nickte abrupt und setzte sich an die andere Seite des Tisches.

»Die *Enterprise* hat den Auftrag erhalten, ein seltsames Phänomen im System von Taygeta V zu untersuchen. Es gibt dort nur einen bewohnbaren Planeten, und bei den dortigen Eingeborenen handelt es sich um eine maritime Säugetierspezies, die zu singen scheint.« Maslin gab sich zunächst desinteressiert und blickte starr auf seine Hände, doch bei den letzten Worten Kirks hob er ruckartig den Kopf. »Mr. Spock, bitte beginnen Sie.«

Der Erste Offizier legte eine Kassette ein, und kurz darauf klangen die sonderbaren Melodien der Taygetianer aus dem Lautsprecher. Maslin schloß die Augen, beugte sich vor und lauschte aufmerksam. Nach einigen Minuten runzelte er andeutungsweise die Stirn und hob die Lider.

»Es fehlen größere Abschnitte.«

»Bitte?« fragte Kirk erstaunt.

»Ich weiß nicht, was jene Geschöpfe mit ihren Liedern bezwecken, aber die Musik ist mindestens so komplex wie ein Bach-Choral – und die mathematische Struktur steht dem in nichts nach. Andererseits sind mir einige Stellen aufgefallen, an denen es zu einer Unterbrechung der logischen Progression kommt. Vermutlich singen die Wesen wenigstens teilweise im Ultraschallbereich.«

»Faszinierend«, murmelte Spock. »Auf welche Weise würden Sie versuchen, die entsprechenden Gesangssequenzen zu ermitteln?«

»Dazu brauchen Sie einen leistungsfähigen Compusynthesizer. Ich benutze einen fürs Komponieren.« Maslin verzog kurz das Gesicht. »Allerdings bezweifle ich, ob sich hier irgendwo ein solches Gerät auftreiben läßt.«

Kirk räusperte sich demonstrativ. »Nun, damit wären wir bereits beim eigentlichen Problem, Mr. Maslin. Mein Erster Offizier glaubt, die Raum-Zeit-Anomalie, der bereits ein Schiff zum Opfer fiel, stünde in irgendeinem Zusammenhang mit dem Gesang der Taygetianer. Deshalb schlug er vor, bei dieser Mission einen besonders begabten Musiker zu Rate zu ziehen. Eine Datenbanksondierung ergab ihren Namen, und zum Glück befinden Sie sich hier. Es würde zu lange dauern, Kontakt mit einem Ihrer vier Kollegen aufzunehmen, die ebenfalls in Frage kämen.«

»Ich verstehe noch immer nicht ganz, worauf Sie hinauswollen, Captain.«

»Wir möchten, daß Sie uns nach Taygeta V begleiten und bei der Lösung des Problems helfen.«

»Nein«, sagte Maslin scharf. Er schob den Stuhl zurück, stand auf und wandte sich der Tür zu.

Die Starfleet-Offiziere wechselten erstaunte Blicke. »Darf ich Sie nach dem Grund Ihrer Ablehnung fragen?« erkundigte sich Kirk.

»Das dürfen Sie«, erwiderte Maslin gleichgültig, ohne Auskunft zu geben.

Der Captain spürte, wie dumpfer Zorn in ihm zu brodeln begann. Er schob die Hände unter den Tisch, ballte sie zu Fäusten und versuchte, sich zu beherrschen. Der Manager Cumberland schien Kirks Verärgerung zu erahnen, denn er drehte sich um und breitete hilflos die Arme aus.

»Mr. Maslin hat eine Tournee begonnen und muß diverse Verpflichtungen wahrnehmen. Sie wissen ja, wie das ist.«

»Nein, das weiß ich nicht«, erwiderte Kirk schroff und erhob sich ebenfalls. »Konzerte lassen sich verschieben. Und wir haben es möglicherweise mit einer Gefahr zu tun, die die ganze Föderation bedrohen könnte. Vielleicht stehen Hunderte von Planeten auf dem Spiel, Millionen Leben. Im Vergleich dazu fallen die Wünsche einer einzelnen Person wohl kaum ins Gewicht. Es gibt Dinge, die weitaus wichtiger sind als das Individuum. Den Besatzungsmitgliedern dieses Schiffes ist das klar, und darum widmen sie ihr Leben der Föderationsgemeinschaft.«

Maslin blieb stehen und drehte sich langsam um. »Gut. Dann sollen sich doch Ihre militärischen Genies um diese Sache kümmern. Und übrigens: Sparen Sie sich Ihre Rhetorik für die Mannschaft auf. Sie läßt sich vielleicht davon beeindrucken – ich nicht.« Maslin unterbrach sich und holte eine Zigarette hervor. Er nahm einen langen Zug, beobachtete Kirk durch eine Wolke aus dichtem Rauch und fügte hinzu: »Es hat mir nie gefallen, mit meinen Steuergeldern Leuten Arbeit zu geben, die im zivilen Leben nicht zurechtkommen. Und angesichts einer solchen Einstellung bin ich nicht bereit, dieser Institution meine Hilfe zu gewähren.«

»Jetzt hören Sie einmal gut zu, Mr. Maslin«, brachte McCoy gepreßt hervor und stand auf. »Das, was Sie eben als *Institution* bezeichneten, steht zwischen Ihnen und einigen recht unangenehmen Zeitgenossen, die großen Gefallen daran finden, unschuldigen Leuten den Hals umzudrehen. Ohne uns wären Sie kaum in der Lage, auf einem Klavier herumzuklimpern und über Starfleet zu lästern.«

»Pille«, sagte Kirk ruhig und bedeutete dem Arzt, wieder Platz zu nehmen. In seinen Augen blitzte noch immer Verärgerung, aber in den Mundwinkeln zeigte sich jetzt ein dünnes Lächeln. Spock und McCoy kannten diesen Gesichtsausdruck. Sie wußten, daß ihr Captain einen Trumpf in der Hand hielt.

Kirk lehnte sich zurück. »Mr. Spock, bitte frischen Sie mein Gedächtnis auf. An welchen Abschnitt des Notstand-Verteidigungsgesetzes versuche ich mich zu erinnern?«

Die Frage schien Spock zu überraschen, denn er schwieg einige Sekunden lang. Dann nickte er langsam. »Ich glaube, Sie meinen Artikel 9, Sektion 5, Paragraph 7, einen Abschnitt mit dem Titel ›Das Gesetz für zivile Mobilisierung im Notfall‹.«

»Danke, Mr. Spock. Sie haben recht. Genau den meinte ich.«

Cumberland riß die Augen auf. Maslin wurde noch blasser, als er es ohnehin schon war, und Uhura stöhnte leise. Die ganze Zeit über war sie völlig still gewesen, und Kirk hatte fast vergessen, daß sie sich ebenfalls im Besprechungszimmer aufhielt.

Schließlich stieß Maslin hervor: »Versuchen Sie etwa, mich zu zwingen, Captain?«

»Es handelt sich nicht etwa um eine Zwangsverpflichtung, sondern um eine Mobilisierung. Und ich versuche nichts, sondern wende ein bestehendes Gesetz an.«

»Das ist unmöglich«, entfuhr es Cumberland. Empört wankte der dicke Mann dem Tisch entgegen.

»Himmel, Cubby, halten Sie die *Klappe!*« zischte Maslin.

»Und was sollte Captain Kirk davon abhalten, entsprechende Maßnahmen zu ergreifen?« fragte Spock und hob die Augenbrauen. Schweiß glänzte auf der Stirn des Managers, und nervös ruderte er mit den Armen.

»Guy hat das Richart-Syndrom.«

»*Verdammt,* Cubby!« platzte es aus Maslin heraus. Abrupt wandte er sich von den anderen ab.

»Guy darf sich nie zu weit von der nächsten medizinischen Behandlungsstelle entfernen, die mit allen notwendigen Geräten ausgestattet ist...«

»An Bord der *Enterprise* gibt es eine modern ausgerüstete Krankenstation«, sagte Kirk.

»Es geht nicht nur um den technischen Aspekt, Jim«, ließ sich McCoy vernehmen. »Das Richart-Syndrom wird von Streß ausgelöst und verstärkt. Es gibt keine Heilungsmöglichkeit, und wenn der Kranke zu großen Belastungen der physischen und psychischen Widerstandsfähigkeit ausgesetzt wird, verbrennt er innerlich.«

Kirk gab Spock und McCoy ein Zeichen, und zusammen mit seinen beiden Offizieren verließ er den Besprechungsraum. Im Korridor fragte er: »Irgendwelche Vorschläge, meine Herren?« Plötzlich stand Uhura neben ihm.

»Captain«, sagte sie besorgt. »Sie dürfen nicht von ihm verlangen, uns zu begleiten, wenn er dadurch sterben könnte.«

»Vielleicht bleibt uns nichts anderes übrig, Lieutenant. Was meinen Sie, Spock? Wäre es möglich, auf die Hilfe eines anderen Musikers zurückzugreifen?«

»Negativ, Captain. Die Raum-Zeit-Verzerrung dehnt sich mit alarmierender Geschwindigkeit aus. Wir müssen unverzüglich etwas dagegen unternehmen.«

»McCoy?«

»Oh, ich bin durchaus in der Lage, ihn in der Krankenabteilung zu behandeln. Aber das Richart-Syndrom ist eine sehr seltene Krankheit, die leicht außer Kontrolle gerät. Noch etwas anderes kommt hinzu: Bei besonders komplexen Persönlichkeiten ist das Syndrom atypisch. Mit anderen Worten: Maslins Zustand könnte praktisch von einem Augenblick zum anderen destabil werden.«

Uhura setzte zu einer Erwiderung an, überlegte es sich dann aber anders und schwieg. Kirk musterte sie kurz und fragte sich, welchen Gedanken sie nachhing.

Als sie weiterhin stumm blieb, seufzte er und strich sich mit der Hand über den Mund.

»Ich sehe keine Alternative. Wir brauchen einen Experten. Und da wir nur Maslin haben, können wir keine Rücksicht auf ihn nehmen.«

»Eine logische Entscheidung, Captain.«

»Und wenn er stirbt?« fragte Uhura leise. »Ist es dann noch immer eine logische Entscheidung, Mr. Spock?«

»Sie gelangen zu einer falschen Schlußfolgerung, Lieutenant. Wenn man unter bestimmten Voraussetzungen einen solchen Beschluß faßt, bleibt er logisch, denn die Ausgangsposition ändert sich nicht.«

»Diesem Standpunkt kann ich mich nicht anschließen«, warf McCoy ein. »Aber jetzt ist wohl nicht der geeignete Zeitpunkt, um darüber zu diskutieren.«

»Bringen wir es hinter uns«, sagte Kirk fest.

Sie kehrten ins Konferenzzimmer zurück. Cumberland entnahm ihren Mienen sofort, zu welchem Ergebnis die Offiziere gekommen waren. Sein Gesicht schien wie eine erhitzte Wachsmasse zu schmelzen, als er eine kummervolle Grimasse schnitt.

»Mr. Maslin, bitte glauben Sie mir: Wir würden auf Sie verzichten, gäbe es die Möglichkeit, die Hilfe eines anderen Musikers in Anspruch zu nehmen. Aber das ist leider nicht der Fall. Aus diesem Grund sehe ich mich gezwungen, das vorhin erwähnte Gesetz anzuwenden und Sie vorübergehend in die Flotte aufzunehmen. Ich gebe Ihnen hiermit den Ehrenrang eines Lieutenants. Wenn Sie irgendwelche persönlichen Dinge benötigen, so beamen wir sie an Bord. Wir möchten so schnell wie möglich aufbrechen.«

Maslins Lippen verzogen sich zu einem spöttischen Lächeln. »Habe ich das Recht, einen offiziellen Protest beim Kommandeur der Starbase 24 zu hinterlassen?«

»Sie können so viele Proteste aktenkundig werden lassen, wie Sie möchten – solange Sie bis um drei Uhr nachts zurückkehren. Ich gebe Ihnen zwei Männer aus der Sicherheitsabteilung mit, die Ihnen dabei helfen sollen, Ihre Sachen zu packen.«

»Fürchten Sie, ich könnte versuchen, mich aus dem Staub zu machen, Captain?«

»Ich gehe von der Annahme aus, daß Sie ein Ehrenmann sind und sich mit der Realität abfinden.«

»Ich werde versuchen, mir Sie als Beispiel zu nehmen«, erwiderte Maslin sarkastisch.

Cumberland nahm in einem Sessel Platz, ließ den Kopf hängen und murmelte eine verzweifelte Litanei, bei der es um geplante Konzerte ging, um Datumsangaben und Orte. Maslin klopfte ihm auf die Schulter.

»Nur Mut, Cubby. Denken Sie an den Spaß, alle weiteren Vorstellungen zu streichen und neue Termine anzuberaumen. Tja, mein Lieber, zum ersten Mal in Ihrer beruflichen Laufbahn haben Sie jetzt Gelegenheit, sich Ihre zwanzig Prozent wirklich zu verdienen.«

Uhura trat an die Seite des Komponisten und berührte ihn zögernd am Arm. »Kann ich irgend etwas...« begann sie, aber Maslin unterbrach sie sofort.

»Es gibt also keine eingezogenen Rekruten bei Starfleet, wie?« Uhura sah die Verbitterung in seinen Zügen und wich ein wenig zurück. »Ich würde ja gern vor Ihnen salutieren, Captain, aber ich weiß leider nicht, wie man das macht. Sie sollte es mir zeigen, wenn ich wieder an Bord bin. Kommen Sie, Cubby.« Hinter ihnen schloß sich die Tür mit einem leisen Zischen.

Kirk seufzte und musterte seine Offiziere. Spock wirkte nachdenklich; McCoy blickte ins Leere und runzelte die Stirn. Uhura starrte betroffen und erschüttert auf die Tür. Kirk preßte sich die Handballen auf die Augen. Er fühlte sich müde und erschöpft.

»Die Schwierigkeiten beginnen erst, wenn wir Taygeta erreichen, nicht wahr, Jim?«

Kirk rieb sich die Stirn und lächelte humorlos. »Hoffen wir nur, daß wir es nicht mit ernsteren Problemen zu tun bekommen, Pille.«

KAPITEL 3

Vorsichtig legte Maslin den Violinkoffer auf den Tisch in der Mitte des Zimmers und warf die Tasche mit seinen restlichen Sachen aufs Bett. Es war eine nutzlose, verärgerte Geste, aber sie machte seinem Zorn ein wenig Luft. Anschließend verschränkte er die Arme und sah sich in seinem neuen Quartier um. Trotz des relativ niedrigen Ranges hatte man ihm eine für VIPs reservierte Kabine zugewiesen. Eine nach den an Bord geltenden Maßstäben fast luxuriöse Unterkunft – doch die militärische Strenge des Dekors weckte erneut die Abscheu des Komponisten.

Er wanderte umher, betrachtete die einzelnen Einrichtungsgegenstände und verharrte schließlich an der Frisierkommode, die man aus der Wand klappen konnte. Dort stützte er die Arme auf die schmale Unterlage und blickte in den Spiegel. Das Gesicht des Mannes, der ihm entgegensah, wirkte eingefallen und übernächtigt: dunkle Ringe unter den tief in den Höhlen liegenden Augen, die Haut bleich und wächsern. Er fühlte sich an die glücklicheren Zeiten bei Juilliard und am römischen Konservatorium erinnert, an die vielen Feiern und ausgelassenen Feste. Nichts weiter als ferne Vergangenheit. Seit er an der Krankheit litt, war Ruhe sein Lebenselixier.

Die erste lange Nacht seit Jahren. Und bei Gott: Er zahlte einen hohen Preis dafür, spürte, wie heftig das Herz pochte, so als wolle es ihm die Brust zersprengen. Maslin griff in die Jackentasche und holte eine Schachtel mit Tabletten hervor. Er nahm gleich mehrere Pillen zur Hand, schluckte sie und wartete darauf, daß das Hämmern nachließ.

Kurz darauf drehte er sich wieder um, ließ seinen Blick noch einmal durch die Kabine schweifen und unterdrückte ein Schaudern. Er bedauerte es nun, nur wenige persönlichen Dinge mitgenommen und keine Möglichkeit zu haben, Farbe in die graue Eintönigkeit des Zimmers zu bringen. Die Zeit hatte nicht ausgereicht. Viel wichtiger war der große Compusynthesizer – ein Gerät, das beim Beamen besondere Sorgfalt erforderte. Kirks Zeitlimit hing wie ein Damoklesschwert über ihm, und deshalb blieb ihm keine andere Wahl, als schnell einige Sachen zusammenzuraffen und an Bord der *Enterprise* zurückzukehren. Er entsann sich an das klagende Plappern und die kummervollen Abschiedsgrüße Cubbys, schnitt eine Grimasse und seufzte.

Meine Güte, wie sehr ich Raumreisen hasse, dachte Maslin, als er die Tasche öffnete. Die unendliche Weite des Alls erfüllte ihn nicht mit Ehrfurcht, weckte auch keine Abenteuerlust in ihm. Statt dessen assoziierte er den Kosmos mit den Begriffen ›Ewigkeit‹ und ›Tod‹ – was ihn viel zu sehr an seinen eigenen Zustand erinnerte.

Nachdem er seine Sachen ausgepackt hatte, sah er auf die Uhr. Er wußte nicht, wann der ›Tag‹ an Bord des Raumschiffes begann, aber eins war ihm klar: Wenn er sich nicht recht bald hinlegte und schlief, würde er seinen ersten Tag in der Krankenstation verbringen. Nachdenklich blickte er auf die Koje und überlegte, ob er sich voll angezogen darauf ausstrecken sollte. Doch er widerstand dieser Versuchung, zwang sich dazu, die Kleidung abzulegen und streifte sich einen Pyjama über, der aus capellianischer Spinnenseide bestand. Er wollte an seiner Würde festhalten, hatte nicht die geringste Absicht, seinen bisherigen Lebensstil aufzugeben, nur weil ihn ein moderner Captain Bligh dienstverpflichtet hat. Mit diesem Gedanken schlief Maslin ein.

Das Summen des Türmelders überraschte ihn so sehr, daß er heftig zusammenzuckte und Tee über die Notenblätter goß. Maslin fluchte leise, wischte die Bogen mit dem Ärmel ab und rief: »Herein!«

Uhura betrat das Zimmer und erfaßte die Situation mit einem Blick. »Ich hole Ihnen ein Handtuch«, sagte sie und verschwand in der Hygienezelle.

»Ich wollte Sie fragen, ob Sie Lust haben, mit uns zu frühstücken«, sagte sie, als sie ihm dabei half, die Blätter zu trocknen.

»Hat man Sie ausgeschickt, um mich aufzumuntern? Gehört das ebenfalls zu Ihren Pflichten an Bord? Oder bekommen Sie dafür eine Zulage?«

Uhura warf das Handtuch auf den Tisch und musterte den Komponisten kühl. »Wenn Sie wieder so eklig sein wollen wie gestern abend, müssen Sie auf meine Gesellschaft verzichten.«

»Ich dachte eigentlich, ich sei recht nett gewesen.«

»Ansichtssache. Wie dem auch sei: Sie hatten kein Recht, mir gegenüber jene Bemerkung über eingezogene Rekruten zu machen.«

»Ach? Aber es stimmt doch, oder?«

»Wir haben es mit einer ganz besonderen Situation zu tun, und das wissen Sie auch.«

Maslin zögerte und sortierte nervös die Notenblätter. »Als Sie mit Kirk und den anderen im Korridor waren... Haben Sie sich gegen meine Zwangsverpflichtung ausgesprochen?«

»Ja, und dazu hatte ich kein Recht.« Uhura wandte sich ab und starrte auf die Haarbürsten und mit Duftöl gefüllten Fläschchen auf der Frisierkommode. »Ich hätte nicht einmal im Besprechungszimmer zugegen sein dürfen«, fügte sie schließlich hinzu.

»Und warum blieben Sie dort?«

Uhura drehte sich zu Maslin um. »Ich weiß nicht.«

Einige Sekunden lang sahen sie sich schweigend an, und dann sagte der Musiker leise: »Hätten Sie etwas dagegen, wenn ich Ihnen sage, daß ich dankbar für Ihre Gegenwart war?«

Die dunkelhäutige Frau schüttelte den Kopf, und Maslin wußte nicht so recht, wie er diese Geste interpretieren sollte. Uhura trat an ihn heran und fragte: »Was ist mit dem Frühstück?«

»Nein, danke. Ich ziehe es vor, meinen Tee allein zu trinken. Bestimmt habe ich noch früh genug Gelegenheit, mich bei meinen neuen Bordkameraden unbeliebt zu machen.«

»Sie sollten sich dazu durchringen, zumindest einen Mann der Besatzung zu tolerieren«, riet ihm Uhura. »Captain Kirk wünscht, daß Sie sobald wie möglich zur Brücke kommen.«

»Und ›so bald wie möglich‹ bedeutet ›sofort‹.«

»Sie lernen schnell.«

»Nein, ich habe ein gutes Gedächtnis. Und das Frühstück?«

»Ich dachte, Sie wollten darauf verzichten. Und in diesem Fall sollten Sie sich zuerst beim Captain melden.«

»Na schön.« Maslin griff nach einigen Kleidungsstücken und begab sich in die Hygienezelle. »Übrigens: Haben Sie gestern abend Ärger bekommen, weil Sie zu spät zurückkehrten?« rief er durch die offene Tür.

»Nein. Es gab zu viele andere Dinge, um die sich der Captain kümmern mußte.«

»Begleiten Sie mich zur Brücke?«

»Wenn Sie möchten...«

»Es wäre sehr nett von Ihnen«, sagte Maslin. Und als er den kleinen Nebenraum verließ, fügte er bissig hinzu: »Andernfalls bestünde die Gefahr, daß ich zwei oder drei Tage lang durchs Schiff irre.«

»Ich sagte ja, es sei ziemlich groß.«

»Und häßlich«, brummte Maslin, als sie in den Korridor traten.

»Die *Enterprise* ist kein Luxusliner. Und vermeiden Sie es, dem Chefingenieur gegenüber derartige Bemerkungen zu machen. Scott liebt dieses Schiff, und es würde Ihnen bestimmt nicht gefallen, seinen schottischen Zorn auf sich zu lenken.«

»Ich werde daran denken.«

Auf dem Weg zum Turbolift begegneten sie einigen Besatzungsmitgliedern, und des öfteren fühlte Maslin neugierige Blicke auf sich ruhen. Er wußte nicht genau, ob sich das Interesse auf den Umstand gründete, daß er keine Uniform trug – oder auf seinen Ruf, der ihm vorausgeeilt war.

In der Liftkabine betätigte Uhura eine Taste der Kontrolleinheit und sagte: »Brücke.« Die Transportkapsel setzte sich unverzüglich in Bewegung und raste mit unglaublicher Geschwindigkeit davon. Maslin schwieg, und Uhura sah nachdenklich zu Boden. Der Komponist betrachtete die sanften Züge ihres hübschen Gesichts und fragte sich, warum er sich so sehr bemühte, freundlich zu ihr zu sein. Sie repräsentierte all das, was er verachtete, und deshalb hätte er eigentlich einen Feind in ihr sehen müssen. Statt dessen aber fühlte er sich in ihrer Nähe als Gast wider Willen und nicht so sehr als verbitterter Gefangener.

Kurz darauf schob sich die Doppeltür vor ihnen mit einem dumpfen Fauchen auseinander, und Maslin betrat die Brücke. Der große Wandschirm zeigte langsam dahingleitende Sterne, und dieser Anblick erschreckte ihn. Gleichzeitig aber empfand er eine gewisse Faszination. An Bord von Luxuslinern blieben solche Projektionsflächen entweder ausgeschaltet, oder sie stellten friedliche Landschaften dar, um die Passagiere zu beruhigen. Für abenteuerliche Gemüter standen spezielle Beobachtungskammern zur Verfügung, die Maslin jedoch noch nie aufgesucht hatte. Er wandte den Blick von dem stellaren Glitzern ab und hütete sich davor, seine Aufmerksamkeit erneut auf das fast hypnotische Funkeln zu richten.

»Captains Logbuch, Sternzeit 3126.7: Wir haben Starbase 24 vor drei Stunden verlassen und sind unterwegs nach Taygeta V, um dort ein sonderbares Phänomen zu untersuchen, das in dem betreffenden Sektor Raum-

Zeit-Verwerfungen bewirkt.« Maslin hörte Kirks Stimme und sah in Richtung des Befehlsstandes. »Guy Maslin, der auf vielen Planeten bekannte Komponist und Pianist, begleitet uns – wenn auch widerstrebend – als Berater.

Ich hoffe, er ist die Mühe wert, die es kostete, ihn für die Mission zu gewinnen. Es fiel mir nicht leicht, vom Gesetz für zivile Mobilisierung im Notfall Gebrauch zu machen. Spock ist davon überzeugt, daß Maslin uns wertvolle Hilfe leisten kann, aber angesichts seiner Einstellung zweifle ich daran.«

Uhura wollte vortreten, um Kirk auf ihre Anwesenheit aufmerksam zu machen, aber Maslin griff nach ihrem Arm und hielt sie zurück. Kirk warf einen kurzen Blick auf die Kommunikationsstation, nickte zufrieden und fuhr mit der Logbucheintragung fort.

»Es wäre durchaus möglich, daß Lieutenant Uhura einen positiven Effekt auf Maslins Verhalten hat. Sie scheint an ihm interessiert zu sein. Ich hoffe nur, daß sie aufgrund ihrer Gefühle für den Musiker nicht in einen Gewissenskonflikt gerät.«

Maslin bedachte Uhura mit einem ironischen Blick, aber sie reagierte nicht darauf. Ihr Gesicht wirkte wie eine starre Ebenholzmaske, als sie sich Kirks Sessel näherte.

»Captain«, sagte sie scharf. »Mr. Maslin ist hier.«

»Danke, Lieutenant.« Kirk stand auf und musterte ihre ausdruckslose Miene. »Sind Sie gerade eingetroffen?« fragte er wie beiläufig und strich seinen Pulli glatt.

»Vor einigen Minuten, Sir.«

Maslin beobachtete den Captain, um festzustellen, wie er diese Antwort aufnahm. Seine widerstrebende Bewunderung für den Raumschiffkommandanten verstärkte sich, als er sah, daß Kirk sich nichts anmerken ließ.

»In Ordnung, Lieutenant. Sie können jetzt wieder an Ihrer Konsole Platz nehmen.«

»Ja, Sir.«

»Willkommen an Bord, Mr. Maslin. Ich hatte eigentlich vor, Sie persönlich zu begrüßen, als Sie sich heraufbeamten, aber ich wurde von einigen Inspektoren aufgehalten, die auf weiteren Wartungskontrollen bestanden. Ich hoffe, bei Ihnen lief alles glatt.«

Maslin ergriff die ausgestreckte Hand des Captains. »Es kam zu keinen Problemen beim Transport des Synthesizers und des Pianos. Was mich betrifft: Ich habe einige Angewohnheiten, die ich beibehalten möchte. Zum Beispiel liegt mir viel daran, den Morgen allein und in aller Ruhe zu verbringen. Deshalb bitte ich Sie darum, sich möglichst kurz zu fassen.«

Kirk hob die Augenbrauen, als er den herablassenden Tonfall hörte. »Nun, ich glaube, es bleibt Ihnen nichts anderes übrig, als einige Ihrer Gewohnheiten aufzugeben, Mr. Maslin.« Und mit einem schiefen Lächeln fügte er hinzu: »Wir alle müssen das eine oder andere Opfer bringen.«

»Und von mir haben Sie ein verdammt großes verlangt, Kirk. Kommen Sie also endlich zur Sache. Warum beorderten Sie mich zur Brücke? Um mir mit der gewaltigen Macht zu imponieren, über die Sie gebieten? Na schön: Ich *bin* beeindruckt. Diesen Punkt können Sie als erledigt abhaken.«

»Sie sind ein ziemlich schwieriger Mann, Mr. Maslin.«

»Wie Sie, Captain. Aber ich glaube, Sie haben mich nicht hierher bestellt, nur um mir das zu sagen.«

»In Ordnung. Zur Sache. Ich möchte mit Ihnen über die Zusammenstellung der Gruppe sprechen, die Sie bei Ihrer Tätigkeit unterstützen soll. Außerdem muß geklärt werden, wer das Team befehligt.«

»Es ist meine Arbeit. Und deshalb gebührt mir das Kommando.«

»Kommt nicht in Frage.«

»Dank Ihrer so überaus netten Intervention gehöre

ich jetzt zu Starfleet und nehme den Rang eines Leutenants ein.«

»Nur ehrenhalber. Sie gehören nicht – ich wiederhole: *nicht* – zu den kommandierenden Offizieren. Sie werden sich an alle Anweisungen halten, die Sie von den Besatzungsmitgliedern dieses Raumschiffes bekommen. Und Sie können erst dann selbst Befehle erteilen, nachdem ich Ihnen ausdrücklich eine oder mehrere Personen unterstellt habe. Ist das klar?«

»Völlig«, brummte Maslin und preßte die Lippen zusammen.

»Gut. Nun, was für Assistenten brauchen Sie?«

»Da wir eine musikalische Analyse durchführen müssen, benötige ich Leute, die nicht gerade auf beiden Ohren taub sind.«

Spock legte seinen Decoder beiseite, wandte sich von der wissenschaftlichen Station ab und näherte sich den beiden Männern. »Captain, wenn man logische Maßstäbe anlegt, komme eigentlich nur ich als Befehlshaber der Landegruppe in Frage. Ich habe eine extensive musikalische Ausbildung hinter mir, und darüber hinaus ist meine akustische Wahrnehmungsfähigkeit wesentlich ausgeprägter als die von Menschen.«

Es zuckte in Kirks Mundwinkeln, als er die großen und spitz zulaufenden Ohren des Vulkaniers betrachtete. Maslin folgte dem Blick des Captains und lächelte ebenfalls.

»Ich nehme Ihren Hinweis zur Kenntnis, Mr. Spock. Einverstanden: Sie kommandieren die Landegruppe.«

»Und ich möchte, daß Lieutenant Uhura zum Team gehört«, warf Maslin ein.

»Sie ist mein erster Kommunikationsoffizier. Es bleiben nicht genügend Leute von meiner Brückencrew übrig, wenn Sie außer Spock auch noch Uhura mitnehmen.«

»Aber sie ist auch Sängerin, und ich *brauche* sie auf dem Planeten.«

Die beiden Männer starrten sich schweigend an. Die meisten Offiziere auf der Brücke wagten es nicht, den Blick von ihren Instrumenten abzuwenden. Nur Chekov riskierte es, den Kopf zu drehen und die Kontrahenten zu beobachten. Als er den besonderen Gesichtsausdruck Uhuras bemerkte, pfiff er leise durch die Zähne.

»Was ist denn?« flüsterte ihm Sulu zu, ohne die Lippen zu bewegen.

»Später«, erwiderte der Fähnrich ebenso leise. »Aber eins ist klar: Jetzt wird die Sache *sehr* interessant.«

Die Tür des Turbolifts öffnete sich, und McCoy kam herein. Sofort spürte er die spannungsgeladene Atmosphäre, näherte sich dem Befehlsstand und hörte zu.

Uhura wandte sich von der Kommunikationsstation ab. »Mit Ihrer Erlaubnis, Captain... Ich würde mich gern Mr. Spock und Mr. Maslin anschließen.«

»Es wäre durchaus logisch, Captain. Ich halte es für unwahrscheinlich, daß sich viele ausgebildete Musiker an Bord der *Enterprise* befinden; und deshalb erscheint es mir angeraten, dieses besondere Talent Lieutenant Uhuras zu nutzen.«

Kirk kaute auf der Unterlippe und musterte die drei Gestalten vor ihm. »Na schön. Genehmigung erteilt, Lieutenant. Und nun: Was ist mit den anderen Leuten der Gruppe?«

»Ich werde all diejenigen vorsingen lassen, die die Ansicht vertreten, gewisse Erfahrungen zu haben und uns helfen zu können.«

»Das dürfte dazu führen, daß vierhundertdreißig Personen vor Ihrer Tür Aufstellung beziehen, ausgerüstet mit Maultrommeln, Klingeln, Rasseln und ähnlich hochentwickelten Musikinstrumenten«, brummte McCoy.

Maslin sah ihn an und lächelte kühl. »Sie können sich darauf verlassen, daß nur die Hartnäckigsten die Prüfung überstehen werden.«

»Wann soll ich mich bei Ihnen zum Vorsingen einfinden?« fragte Uhura.

»In Ihrem Fall können wir darauf verzichten«, erwiderte Maslin knapp.

»Damit bin ich nicht einverstanden. Sie haben mich noch nie singen gehört, und es wäre unfair den anderen gegenüber, wenn Sie mich ohne einen Test in Ihre Gruppe aufnehmen.«

»Lieutenant Uhura hat recht«, warf Spock ein. »Wir beide müssen uns ebenfalls der Prüfung unterziehen.«

Offenbar gefiel es Maslin nicht, auf Widerspruch zu stoßen, denn er runzelte unwillig die Stirn. Schließlich nickte er.

McCoy lachte leise. »Haben Sie keine Angst durchzufallen, Spock?«

Der Vulkanier bedachte ihn mit einem gelassenen Blick. »Eine solche Möglichkeit ist extrem unwahrscheinlich, Doktor. Tatsächlich sind die Aussichten...«

»Übrigens...« wandte sich McCoy an Maslin und unterbrach Spock, bevor dieser mit einem längeren Vortrag beginnen konnte. »Ich freue mich, daß Sie hierher gekommen sind. Das erspart mir den Weg zu Ihrer Kabine. Sie sollten mich in die Krankenstation begleiten, damit ich Sie dort untersuchen kann. Ich möchte mir ein detailliertes Bild von Ihrem Zustand machen.«

Aus einem Reflex heraus ballte Maslin die Fäuste. »Danke, Doktor«, entgegnete er sarkastisch. »Dreizehn Jahre lang ist es mir gelungen, das Geheimnis meiner Krankheit zu hüten. Bisher waren nur Cubby und meine Ärzte informiert. Aber mit Ihrer Hilfe dürfte bald die halbe Galaxis darüber Bescheid wissen.«

»Wen kümmert's?« McCoy sah ihn ruhig an. »Sie nehmen sich entschieden zu wichtig, mein lieber Maslin. Wenn Sie jetzt bitte mitkommen würden...«

»Ist das einer der Befehle, von denen Sie vorhin sprachen?« fragte der Musiker und richtete seinen Blick auf Kirk.

»Es hört sich ganz danach an.«

Spock trat einen Schritt vor. »Und wenn Sie Dr. McCoy keine Gelegenheit geben, seine beschränkten medizinischen Kenntnisse bei Ihnen anzuwenden, wird er Ihnen so lange nachstellen, bis Sie sich fügen.«

Maslin zwinkerte verwirrt, und der Captain lachte. »Seien Sie unbesorgt. Zwischen Spock und McCoy findet ein dauernder Wortkrieg statt, und Sie haben gerade eine der verbalen Schlachten erlebt. Vertrauen Sie sich unserem Bordarzt an. Bei ihm sind Sie in guten Händen.«

»Ich fürchte, in dieser Beziehung sind Sie ein wenig zu optimistisch, Captain«, gab der Vulkanier zu bedenken.

»Wenn Sie so weitermachen, Spock«, knurrte McCoy, »nehme ich bei der nächsten routinemäßigen Medkontrolle Ihr ach so logisches Gehirn auseinander und pumpe Sie mit einem Emotiostimulierer voll.« Er warf dem Ersten Offizier einen drohenden Blick zu, bevor er zusammen mit Maslin den Turbolift betrat.

Kirk und McCoy schlenderten durch die Korridore der *Enterprise* und näherten sich dem Freizeitraum C. Inzwischen waren sie schon seit drei Tagen unterwegs und flogen mit Warp 6 in Richtung Taygeta V.

»Ich mache mir große Sorgen, Jim«, sagte der Bordarzt. »Ich verstehe jetzt, warum der Manager so außer sich war. Wir haben den Zielplaneten noch nicht einmal erreicht, und Maslin arbeitet bereits viel zu hart.«

»Du überwachst ihn, nehme ich an?«

»Ich habe ihn angewiesen, jeden Tag zu mir zu kommen, damit ich einen gründlichen Checkup durchführen kann. Das bringt ihn jedesmal an den Rand eines Wutanfalls, aber es bleibt uns wohl keine Wahl, oder?«

»Nein«, bestätigte Kirk. »Es war verdammt schwer, ihn für diese Mission zu gewinnen. Und es wäre nicht nur sehr bedauerlich, sondern geradezu fatal, den wichtigsten Experten zu verlieren, bevor er eine Gelegenheit erhält, sich mit dem eigentlichen Problem zu befassen.«

Bevor McCoy darauf eine Antwort geben konnte, sahen sie Chefingenieur Scott, der ihnen entgegeneilte. Er hielt einen großen Dudelsack in den Armen und wirkte aufgeregt und erwartungsvoll.

»Was soll das denn, Mr. Scott?« fragte Kirk erstaunt. »Wollen Sie bei Mr. Maslin vorspielen?«

»Aye, Captain«, entgegnete er stolz.

»Jim«, sagte McCoy. »Ich dachte, es sei unsere Absicht, mit den Taygetianern zu kommunizieren. Aber wenn Scotty in das komische Ding bläst, erschreckt er die Sänger zu Tode, bevor wir ihnen irgend etwas erklären können.«

»Ganz offensichtlich halten Sie nichts von guter Musik, Doktor.«

»Ach, wir sprechen von Musik? Ich dachte, es ginge um einen Dudelsack.« Scotty bedachte McCoy mit einem finsteren Blick und marschierte weiter.

»Was hältst du davon, Maslin einen Besuch abzustatten, Pille? Soweit ich weiß, hat er nichts gegen Publikum. Und bei den Besatzungsmitgliedern ist das Vorsingen inzwischen beliebter als Rileys Wettrunden.«

McCoy nickte, und daraufhin setzten sie den Weg zum Freizeitraum fort. Kirk hielt sich dort besonders gern auf, um mit Spock eine Partie Schach zu spielen oder Kaffee zu trinken und zuzuhören, wenn Uhura sang. Außerdem befand sich die entsprechende Halle in der Nähe der Brücke, und das bedeutete, daß er schnell ins Kommandozentrum der *Enterprise* zurückkehren konnte, wenn Alarm gegeben wurde.

Man hatte die Tische an die Wände zurückgeschoben, um am Ende des Saals eine Art Bühne zu bilden. Der große Block mit dem dreidimensionalen Schachbrett Spocks stand mit der Längsseite zum Podium, und die Figuren waren an den Rand der Vorrichtung verbannt worden. Maslin saß am Schachtisch und blätterte gelangweilt in einigen Unterlagen. Uhura leistete ihm Gesellschaft.

Chefingenieur Scott blies hingebungsvoll in seinen Dudelsack, und die dröhnenden Klänge von ›Scotland the Brave‹ hallten durch den Saal. Kirk und McCoy blieben einige Dutzend Meter entfernt stehen und beobachteten das allgemeine Geschehen. Maslin hielt seinen Blick die ganze Zeit über auf Scotty gerichtet, und mit der einen Hand klopfte er den Takt auf die Tischfläche. Uhura beobachtete den Musiker. Nach einer Weile ließ Scott das Instrument sinken, und die anwesenden Besatzungsmitglieder spendeten ihm begeisterten Applaus. Sicher fanden viele von ihnen kein Gefallen an den besonderen Klängen eines Dudelsacks, aber sie alle mochten den Chefingenieur und gewährten ihm mit einer langen Ovation moralische Unterstützung.

»Können Sie Noten lesen, Mr. Scott?« fragte Maslin, während sich der Ingenieur mit einem strahlenden Lächeln bei seinem Publikum bedankte.

»Aye, Sir. Das kann ich.«

Maslin wandte sich an Uhura und beriet sich kurz mit der dunkelhäutigen Frau. Dann: »Nun, Mr. Scott, wenn Sie keine dringenden Aufgaben an Bord der *Enterprise* wahrzunehmen haben, möchte ich Sie in die Landegruppe aufnehmen.«

Der Schotte grinste breit. »Aye, Sir, vielen Dank. Ich bin sicher, ich finde jemanden, der mich vertritt.«

»Und damit habe ich einen weiteren Offizier verloren«, brummte Kirk. McCoy starrte ihn ungläubig an.

»Zum Teufel auch, Jim...«

»Reg dich nicht auf.« Kirk hatte angenommen, Maslins Geschmack zu verstehen, als sich der Komponist für Spock entschied und mit überraschender Höflichkeit Rileys Angebot ablehnte, nachdem der Lieutenant seine eher zweifelhaften Gesangskünste zum besten gab. Aber die Entscheidung des Musikers, auch Scotty und seinen Dudelsack zu verwenden, machte ihn völlig perplex.

Maslin griff nach einem Becher mit Tee, als Lieutenant Donovan von der biologischen Abteilung seine Gitarre stimmte. Er schloß die Hand fest um die große Tasse, doch die Finger zitterten so sehr, daß er einen Teil der Flüssigkeit verschüttete. Uhura schob rasch die Notenblätter beiseite und berührte den Komponisten behutsam an der Schulter. Er krümmte sich ein wenig zusammen, kniff die Augen zu und ballte die Fäuste, um das heftige Vibrieren der Hände unter Kontrolle zu bringen. Uhura flüsterte ihm etwas zu, woraufhin Maslin barsch mit dem Kopf schüttelte. Die Frau an seiner Seite runzelte verärgert die Stirn, zögerte einige Sekunden lang und sagte laut: »Das ist alles für heute. Morgen wird Mr. Maslin weitere Personen auswählen.«

Die enttäuschten Besatzungsmitglieder verließen den Saal, und Kirk und McCoy gesellten sich den beiden am Schachtisch sitzenden Personen hinzu.

»Lieber Himmel, es geht mir gut, *verdammt*!«

»Machen Sie mir nichts vor. Und hören Sie auf zu fluchen. Ich gehöre nicht zu Ihren Groupies und brauche mir so etwas nicht bieten zu lassen.«

Als er ihren scharfen Tonfall hörte, hob Maslin den Kopf und lächelte schief. »Nein, Sie sind kein naiver Fan, sondern eine recht schwierige und launische Frau«, erwiderte der Komponist und schnappte keuchend nach Luft.

»Wie Sie meinen«, brummte Uhura und half ihm auf.

»Gut so, Uhura«, sagte McCoy und nahm auf der Tischkante Platz. »Bringen Sie ihm Manieren bei. Mir ist das bisher noch nicht gelungen.«

»Lieutenant Uhura hat Ihnen gegenüber einige unleugbare Vorzüge, Doktor.«

»Sprechen Sie nicht dauernd wie Spock«, klagte McCoy. »Ein solcher Typ an Bord dieses Schiffes genügt mir.«

»Sie sollten sich schonen, Mr. Maslin«, warf Kirk ein. »Der Flug dauert noch vier Tage, und Sie können erst damit beginnen, nach einer Lösung des Rätsels zu suchen, wenn wir Taygeta erreicht haben.«

»Aber es wäre möglich, wichtige Vorarbeit zu leisten, indem ich versuche, die Aufzeichnung des taygetianischen Gesangs zu analysieren.«

»Sie haben selbst gesagt, daß ihr einige wichtige Teile fehlen, weil der damaligen Erkundungsgruppe die Ultraschall-Sequenzen entgingen. Kümmern Sie sich zunächst nicht weiter darum. Ich gebe Ihnen hiermit den Befehl, sich den Rest des Tages freizunehmen. Und ich verbiete Ihnen, heute abend mit Ihrem Synthesizer zu arbeiten. Dr. McCoy wies mich darauf hin, daß Sie zu wenig Schlaf bekommen.«

»Ihre Besorgnis ist rührend, Captain«, erwiderte Maslin mit unverhohlener Ironie.

»Ach, meinen Sie? Eigentlich sind Sie mir völlig gleichgültig, Maslin. Um ganz offen zu sein: Ich kann Leute nicht ausstehen, die Zynismus für eine optimale Lebenseinstellung halten und glauben, alle anderen Personen müßten sich derartigen Maßstäben beugen. Wenn ich mir in Hinsicht auf Sie irgendwelche Sorgen mache, so geht es dabei um unsere Mission. Es fiele uns sehr schwer, den Auftrag durchzuführen, wenn wir Sie verlieren. Und angesichts des Protests, den sie Starfleet Command übermittelten, würde mich Ihr Tod in Schwierigkeiten bringen.«

Maslin bemerkte das zornige Funkeln in den nußbraunen Augen Kirks. Er seufzte. »Warum gelingt es mir nie, Sie zum Schweigen zu bringen, Captain?« Er wandte sich an Uhura. »Sind Sie ebenfalls der Meinung, ich sollte jetzt zu Bett gehen, Madam Starfleet?«

»Einen Augenblick«, warf McCoy ein. »Schon seit drei Tagen bestehen Ihre einzigen Bewegungen darin, Notenblätter zu sortieren und auf den Tasten ihres Synthesizers herumzuspielen. Machen Sie einen Spaziergang. *Entspannen* Sie sich. Und versuchen Sie dann, einige Stunden zu schlafen. Lassen Sie sich von Uhura durchs Schiff führen.«

»Keine besonders entzückende Vorstellung.«

Uhura hakte sich bei ihm ein. »Ach, kommen Sie. Ich muß Ihnen noch zeigen, warum ich an Bord der *Enterprise* keine Platzangst bekomme.«

Maslin nickte langsam und lächelte. Verblüfft beobachtete Kirk, wie sich dadurch die tiefen Falten in dem schmalen und eingefallen wirkenden Gesicht des Komponisten glätteten, seine Züge einen fast freundlichen und sanften Ausdruck gewannen. Uhura lächelte ebenfalls und griff nach der Hand des Musikers. Maslin deutete auf die Tür, und daraufhin verließen sie den Raum.

»Meine Güte!« entfuhr es McCoy. »Was hältst du davon?«

»Ich glaube, es kündigen sich neue Probleme an«, erwiderte Kirk leise und runzelte nachdenklich die Stirn.

»Wohin bringen Sie mich?« fragte Maslin, als sie durch den Korridor schritten. Sie gingen dicht nebeneinander, doch ohne sich zu berühren. Trotzdem spürte Uhura die enorme Ausstrahlungskraft des Musikers. »Ich hoffe, Sie wollen mir nicht den botanischen Garten zeigen«, fügte er hinzu. »Ich kann Blumen nicht ausstehen.«

»Und warum nicht?«

»Weil ich nach jeder Vorstellung damit überschüttet werde.«

»Der Zynismus, den Captain Kirk vorhin erwähnte.« Uhura sah ihn vorwurfsvoll an. »Nein, ich bringe Sie nicht zum botanischen Garten. Ich möchte Ihnen einen anderen Ort zeigen, den die Besatzungsmitglieder dann und wann aufsuchen, um zu meditieren und in sich zu gehen. Es ist ein Platz, an dem wir in aller Ruhe nachdenken können, ein Refugium, wenn Sie so wollen.«

»Klingt interessant.«

Sie verließen den Turbolift auf Deck fünf, Ebene sieben, und Uhura führte ihren Begleiter durch eine Tür in die Beobachtungskammer. Jenseits der breiten Fenster, die während jedes Gefechts abgeschirmt wurden, schimmerten Myriaden Sterne. Sonderbarerweise kam es hier zu keinen perspektivischen Verzerrungen. Es schien fast, als schwebe die *Enterprise* völlig bewegungslos im All.

Uhura trat auf eine der transparenten Flächen zu, preßte die Hände an den durchsichtigen Plexistahl und genoß den grandiosen Anblick. Einige Sekunden verstrichen, bevor sie feststellte, daß Maslin neben der Tür stehengeblieben war. Als sie sich umdrehte, sah sie, daß er am ganzen Leib bebte.

»Guy?« fragte sie besorgt und näherte sich ihm.

»Es ist... entsetzlich«, brachte er schließlich hervor. Und seine Stimme war nur ein heiseres Krächzen, als er fragte: »Wie ertragen Sie es nur, dem Tod so nahe zu sein?« In seinen Augen flackerte es, als er durch die Fenster ins All starrte. Und obgleich in der Beobachtungskammer nur ein trübes Zwielicht herrschte, konnte Uhura deutlich die kalkweiße Blässe des Komponisten erkennen. Seine Frage ergab keinen Sinn für sie, und deshalb ignorierte sie sie einfach. Maslin litt. Rasch trat sie auf ihn zu und schlang die Arme um seinen zitternden Körper.

Der Musiker seufzte erleichtert und stützte den Kopf an ihre Schulter. Zärtlich strich sie ihm übers Haar, genoß es, mit den Fingerkuppen die seidenweichen Strähnen zu berühren. Nach einer Weile ließ das Zittern nach, und ruhig stand er vor ihr, hob den Kopf und musterte sie ernst.

»Ich... möchte... leben«, brachte er unsicher hervor, schob die eine Hand unter Uhuras Kinn und küßte sie.

Sie hatte sich diesen Augenblick schon mehrfach vorgestellt und überlegt, wie sie darauf reagieren mochte.

Trotzdem war sie völlig überrascht. Alle ihre Vorbehalte diesem Mann gegenüber – der Lebensstil, seine vielen Frauen, der Umstand, daß er nichts von ihrer Arbeit hielt – lösten sich schlagartig auf, als sie seine Lippen auf den ihren spürte.

Sie schmiegten sich aneinander, und die Intensität ihrer Reaktion verblüffte Uhura. Maslin war nicht der erste Mann in ihrem Leben, aber noch nie zuvor hatte sie ein Kuß allein so sehr beeindruckt.

Nach einer Weile wandte sich der Musiker von ihr ab und näherte sich zögernd einem Fenster. Das trübe Licht in der Kammer betonte die schmalen Konturen seines eingefallenen Gesichts und die dunklen Schatten unter den Augen. Fasziniert betrachtete er die vielen Sterne, wirkte plötzlich wie jemand, der einen Ruf aus einer anderen Welt vernahm.

Dunkle Ahnungen regten sich in Uhura, wichen unmittelbar darauf trotzigem Zorn. Sie ergriff Maslin an den Schultern und drehte ihn ruckartig zu sich um.

»Was wollen Sie?« fragte sie leise und ließ ihn nicht los.

»Ich möchte spüren, daß ich lebe.«

»Nun gut«, erwiderte sie langsam und musterte ihn eingehend. »Ich bin bereit, Ihnen diesen Wunsch zu erfüllen. Aber wagen Sie es bloß nicht, die ganze lange Nacht über passiv zu bleiben. Ich schlüpfe nicht gern in die Rolle einer Ärztin, die einen Patienten behandelt, und von depressiven Märtyrern halte ich erst recht nichts.«

»Einverstanden«, sagte Maslin. »Keine großen Opfer – das verspreche ich Ihnen. Und jetzt möchte ich Sie, Uhura.«

Sie holte tief Luft. »Sie können mich haben.« Die Hand des Komponisten berührte sie warm an der Hüfte, als sie die Beobachtungskammer verließen.

KAPITEL 4

»Captains Logbuch, Sternzeit 3127.1: In wenigen Minuten erreichen wir das Taygeta-System. Ich habe Bereitschaftsalarm gegeben, für den Fall, daß sich feindliche Raumschiffe in der Nähe des Zielplaneten befinden. Ich hoffe, daß sich meine Befürchtungen als unbegründet erweisen und wir in der Lage sind, den Auftrag ohne eine Konfrontation mit den Klingonen durchzuführen.«

Kirk schaltete den Recorder aus, beugte sich vor und beobachtete die Darstellung des großen Wandschirms. Das Bild erzitterte kurz, als die *Enterprise* den Warp-Transfer beendete und auf Unterlichtgeschwindigkeit ging. Die dahingleitenden Sterne verharrten und bildeten neue Konstellationen, und direkt vor ihnen erstreckte sich das Taygeta-System. Das Raumschiff passierte einen Gasriesen vom Jupitertyp. Einige kleinere Planeten gerieten in Sichtweite und blieben zurück, als sie sich der Zielwelt näherten.

Plötzlich sah Kirk die Raum-Zeit-Anomalie. Wie ein schimmernder Vorhang gleißte sie zwischen dem Schiff und der Sonne. Uhura seufzte verwundert, und Sulu pfiff tonlos durch die Zähne. Der Captain mußte zugeben, daß das Phänomen tatsächlich einen beeindrukkenden Anblick bot. Vor dem tintenschwarzen Hintergrund des Alls tanzten bunte Farbschleier und verwehrten den Blick auf entferntere Sterne. Plasmatentakel lösten sich aus der Korona der Sonne und verschmolzen mit dem funkelnden Nebel. Die peripheren Bereiche der Störzone strahlten in einem goldfarbenen Ton. Die Pracht der Erscheinung war ebenso ehrfurchtgebietend wie tödlich: Kirk konnte deutlich erkennen, daß sich in der vierdimensionalen Raum-Zeit-Struktur ein Mahlstrom gebildet hatte, ein gewaltiger Wirbel, der alles verschlingen mochte, was sich in seine Nähe wagte.

Die *Enterprise* glitt besonders langsam am Rande der Anomalie entlang, um Spock die Gelegenheit zu geben, erste Daten zu ermitteln. Anschließend lehnte sich Kirk zurück und wies den Navigator an: »Bringen Sie uns nach Taygeta, Mr. Sulu. Ich glaube, von diesem Raumungeheuer haben wir jetzt genug gesehen. Ich möchte nicht noch näher heran.«

»Aye, Sir.«

Der Planet schien ihnen entgegenzuspringen, schwoll wie ein Ballon an und füllte schließlich den ganzen Wandschirm aus. Drei kleine Monde stiegen über den gewölbten Horizont Taygetas. Grauweiße Wolken drifteten über die Oberfläche der Welt hinweg, und durch einige Lücken in der faserigen Dunstmasse beobachtete der Captain einen blaugrünen Glanz. Kurz darauf verflüchtigten sich die Wolken, und als der Planet seine endlose Rotation fortsetzte, sah Kirk tief unten einen mittelgroßen Kontinent.

»Die größere von zwei Landmassen, Captain«, ließ sich Spock von der wissenschaftlichen Station her vernehmen.

»Orbit in drei Minuten, Captain«, meldete Sulu und warf einen kurzen Blick auf das in die Navigationskonsole integrierte Chronometer.

Die Doppeltür des Turbolifts schob sich zischend auseinander. Kirk hob den Kopf, und sein Blick fiel auf Maslin und McCoy, die gerade die Brücke betraten. Das schmale und blasse Gesicht des Musikers wirkte angespannt, als er seine Aufmerksamkeit auf den Schirm richtete. Rasch trat er an Uhuras Platz heran. McCoy setzte sich ebenfalls in Bewegung und blieb dicht hinter dem Sessel des Befehlsstandes stehen. Nachdenklich beobachtete er die Darstellungen auf der großen Projektionsfläche und wippte dabei kaum merklich auf den Zehen.

»Das ist also der Zielplanet«, wandte sich Maslin leise an Uhura.

»Ja«, bestätigte sie, sah weiterhin auf den Wandschirm und tastete mit der einen Hand nach dem Decoder in ihrem Ohr.

»Wann bricht die Landegruppe auf?«

»Erst müssen wir in eine stabile Umlaufbahn gehen, und dann braucht Spock vermutlich rund eine Stunde, um eine gründliche Sondierung mit den Sensoren vorzunehmen. Wenn das geschehen ist, werden sich die anderen Angehörigen des Teams...« Uhura unterbrach sich plötzlich, und die Fingerkuppen ihrer rechten Hand tanzten flink und geschickt über die Kontrollen der Kommunikationskonsole.

»Was ist denn?« fragte Maslin. Die dunkelhäutige Frau winkte, und daraufhin schwieg der Komponist.

»Captain«, ich empfange codierte Signale.«

»Ursprung?«

»Ungewiß, Sir. Mir blieb nicht Zeit genug für eine Anpeilung.«

Kirk rieb sich das Kinn und dachte kurz nach. Die anwesenden Offiziere beobachteten ihn und warteten auf Anweisungen.

»Neuer Kurs, Mr. Sulu. Fort von Taygeta. Ich möchte nicht im Orbit festsitzen, wenn wir Gesellschaft bekommen sollten.«

»Aye, aye, Sir.«

Sofort entfernte sich die *Enterprise* von dem Planeten. Spock behielt die Anzeigen seiner Scanner im Auge, und nach einigen Sekunden drehte er ruckartig den Kopf. »Raumschiffe, Captain! Zwei fremde Einheiten.« Der Vulkanier wandte sich wieder seinen Instrumenten zu. »Und wenn die Emissionsanalyse korrekt ist, sind es...«

»Klingonen«, sagte Kirk. Er nickte langsam, als er auf dem Wandschirm zwei klingonische Schlachtkreuzer sah, die sich ihnen aus verschiedenen Richtungen näherten. Spock bemerkte sie ebenfalls und hob eine Augenbraue.

Kirk betätigte eine Taste der Kontrolleinheit, die zur Sessellehne gehörte, aktivierte damit das gesamte Interkomsystem der *Enterprise*. »Alarmstufe Rot! Gefechtsstationen besetzen! Dies ist ein Notfall. Ich wiederhole: Dies ist ein Notfall. Es handelt sich nicht um eine Übung.«

Das Heulen der Sirenen hallte durch die Gänge und Kammern des Schiffes. Sulu schaltete die Deflektoren ein und leitete Energie in die Lademodule der Phaser und Photonentorpedos. Maslin legte Uhura eine zitternde Hand auf die Schulter. Aus einem unbewußten Reflex heraus hob sie den Arm und berührte die Finger des Musikers. Der Blick ihrer dunklen Augen blieb nach wie vor auf den Wandschirm gerichtet.

»Die Klingonen wahren eine Distanz von hundertfünfzig Kilometern«, berichtete Sulu.

»Interessant. Offenbar sind sie ebenso unsicher wie wir.« Kirk schwieg einige Sekunden lang. »Lieutenant Uhura, öffnen sie einen externen Kommunikationskanal. Ich möchte herausfinden, warum die Klingonen diesmal nicht zuerst schießen und später Fragen stellen.«

»Aye, Sir.«

Das Bild auf dem Schirm flackerte und zeigte dann die Brücke eines klingonischen Kriegsschiffes. Kirk sah einen Mann, der ihnen den Rücken zuwandte. Langsam drehte der Unbekannte seinen Sessel herum, sah in die Übertragungsoptik und lächelte ironisch.

»Ich grüße Sie, Captain Kirk. Ich wußte, daß Ihr Oberkommando jemanden mit dem Auftrag hierher schicken würde, das Phänomen zu untersuchen, aber mit Ihnen habe ich nicht gerechnet. Unsere letzte Begegnung liegt schon eine Weile zurück, nicht wahr?«

Kirk und Spock wechselten einen raschen Blick. »Ja, Commander«, erwiderte der Captain schließlich. »Es ist viel Zeit verstrichen. Und wer hätte gedacht, daß wir uns so weit von Organia entfernt wiedersehen?«

Kors Lächeln wuchs in die Breite. Weiße Zähne bildeten einen auffallenden Kontrast zu dem dunklen Gesicht des Klingonen. Der Mann hob die Hand und strich sich über den breiten Oberlippenbart, dessen Enden sich mehrere Zentimeter weit nach unten neigten. »Ich bin überrascht, daß Sie sich an mich erinnern, Kirk.«

»Es war ein einzigartiges Erlebnis, Commander.«

»Auch für mich. Ich bedaure noch immer, daß uns die organianische Intervention vom vereinbarten Duell abhielt.«

»Wollen Sie vorschlagen, dort weiterzumachen, wo wir damals aufhörten?«

»Das hängt ganz von Ihnen ab, Kirk. Und von dem Ding dort.« Kor deutete nach links. »Von der Anomalie, die immer größere Bereiche der Raum-Zeit-Struktur destabil werden läßt.«

»Ich habe noch eine Rechnung mit Ihnen zu begleichen.«

»Lassen Sie sich nicht zuviel Zeit damit. Einige meiner Besatzungsmitglieder sind nicht annähernd so geduldig wie ich.« Das Bild auf dem Schirm verblaßte.

McCoy ließ den angehaltenen Atem entweichen. »Lieber Himmel, was soll ich denn davon halten?«

»Kor machte sich Sorgen über das Phänomen, ebenso wie wir«, erklärte Kirk. »Und er möchte es nicht riskieren, sein Schiff bei einem Gefecht zu verlieren.«

»Dem kann ich nur beipflichten, Captain«, warf Spock ein. »Derzeit stellt die Raum-Zeit-Verwerfung für die Klingonen eine größere Gefahr dar als für die Föderation. Einige ihrer Kolonien befinden sich in unmittelbarer stellarer Nähe. Ganz offensichtlich hat Kor den Befehl erhalten, sich eingehend mit der Anomalie zu befassen. Bestimmt wird ihn nicht einmal die Aussicht darauf, ein Raumschiff der Föderation zu vernichten, dazu bewegen, ein militärisches Wagnis einzugehen.«

»Zum Teufel auch«, knurrte McCoy. »Woher wollen Sie wissen, wozu Kor bereit ist oder nicht? Meine Güte, wir haben es mit *Klingonen* zu tun. Die Kerle sind ebenso vertrauenswürdig wie eine verdammte Klapperschlange.«

»Vielleicht hast du recht, Pille«, sagte Kirk. »Vielleicht aber auch nicht. Sie haben ein Problem an der Grenze ihres Imperiums, und zur Zeit ist die Frontlinie des klingonischen Einflußbereichs länger als die der Föderation. Ich halte es durchaus für möglich, daß sie besondere Vorsicht walten lassen.«

»Ich hoffe, du hast recht, Jim. Aber für den Fall, daß du dich irrst... Ich kehre in die Krankenstation zurück und bereite alles für die Behandlung von Verwundeten vor.« McCoy nickte knapp und verließ die Brücke.

»Wie lauten Ihre Order, Captain?« fragte Sulu.

»Alarmstufe Rot bleibt bestehen. Wir warten und überlassen den nächsten Zug unseren klingonischen Freunden.« Sulu lächelte und wandte sich wieder seiner Konsole zu.

»Hoffentlich macht er keinen Fehler«, murmelte Maslin. Uhura sah zu ihm auf und stellte fest, daß sich trotz des skeptischen Tonfalls Respekt und widerwillige Bewunderung in den Zügen des Komponisten zeigten.

»Sei unbesorgt«, erwiderte sie leise. »Der Captain weiß genau, welche Entscheidungen es zu treffen gilt.«

Im Konferenzraum an Bord des klingonischen Flaggschiffes herrschte Chaos. Kandi, der Captain des zweiten Kreuzers, hatte in einem Sessel in unmittelbarer Nähe der Tür Platz genommen, starrte mißmutig auf die Spitzen seiner Stiefel und fragte sich, ob Kor den Verstand verloren hatte. Die berühmt-berüchtigte *Enterprise* befand sich im Erfassungsfokus aller Bordgeschütze, und es war Kandi ein Rätsel, warum Kor die gute Gelegenheit ungenutzt ließ, das Föderationsschiff zu zerstören. Die anderen Männer im Zimmer teilten seinen Standpunkt und machten kein Hehl daraus. Karsul, Kors Stellvertreter, trat besonders leidenschaftlich für einen sofortigen Vernichtungsschlag ein, und einige der anderen Anwesenden nickten nachdrücklich.

Kandi strich nachdenklich über seinen spitz zulaufenden Bart und beobachtete Karsul aus zusammengekniffenen Augen. Ehrgeiz war eine gute Eigenschaft für einen Offizier, der es zu etwas bringen wollte – aber nur dann, wenn er dabei nicht die freundschaftlichen Gefühle eines Kameraden verletzte.

Vielleicht sollte ich Kor nahelegen, einen tragischen Unfall für Karsul zu arrangieren, überlegte Kandi.

Die Tür öffnete sich, und Kor betrat das Besprechungszimmer. Sofort wurde es still im Raum, und die ranghöchsten Offiziere der beiden klingonischen Schlachtkreuzer musterten ihren Commander. Kor ließ sich mit einem leisen Seufzer in den Sessel am oberen Ende des Tisches sinken.

»Irgendwelche Vorschläge?« fragte er.

»Angriff!« platzte es aus Karsul heraus. »Unverzüglicher Angriff!« Um seine Worte zu unterstreichen, hieb er mit der geballten Faust auf den Tisch.

»Mehr fällt Ihnen nicht ein?« erkundigte sich Kor ruhig. Einige der anderen Offiziere brummten verwirrt.

»Es würde uns sicher helfen zu erfahren, wie Sie die Situation beurteilen«, meinte Kandi, stand auf und trat an den Tisch heran.

»Nicht schlecht, Kandi«, murmelte Kor seinem alten Freund zu. »Sie wollen, daß meine Einschätzung der Lage aufgezeichnet wird. Und wenn anschließend irgend etwas schiefgeht, läßt sich problemlos nachweisen, daß nur ich die Verantwortung dafür trage.«

»Es liegt mir nichts daran, Ihnen irgendeine Falle zu stellen«, entgegnete Kandi ebenso leise. »Was man von den anderen wohl kaum behaupten kann«, fügte er mit einem bezeichnenden Blick auf Karsul hinzu.

»Dessen bin ich mir durchaus bewußt. Leider bleibt uns nicht genug Zeit, diese Problematik eingehender zu erörtern.« Kor hob den Kopf und musterte die dunklen

Gesichter seiner Offiziere. »Es fällt mir ebenso schwer wie Ihnen, auf die Vernichtung der *Enterprise* zu verzichten«, sagte er in einem normalen Tonfall. »Sie stellt ein verlockendes Ziel dar; daran kann gar kein Zweifel bestehen.«

»Und warum sollen wir nicht das Feuer eröffnen?« fragte Karsul scharf.

»Dafür gibt es einen ganz offensichtlichen Grund: den Raum-Zeit-Riß. Die Computer-Extrapolation deutet darauf hin, daß die destabile Zone erschreckend rasch größer wird. Wenn sie sich mit der bisherigen Geschwindigkeit weiter ausdehnt, wird sie in fünfzehn Tagen zu einer Bedrohung der imperialen Routen – und in dreißig weiteren bringt sie unsere ersten Kolonien in Gefahr.«

»Mit anderen Worten: Es bleibt uns Zeit genug, zuerst die *Enterprise* zu zerstören. Später können wir uns immer noch um das Phänomen kümmern.«

»Das klingt so, als hätten wir es nur mit einem Scoutschiff zu tun. Doch unser Gegner ist nicht irgendein Captain, sondern James T. Kirk. Zwar sind wir der *Enterprise* überlegen, aber wenn wir uns auf ein Gefecht mit ihr einlassen, müssen wir damit rechnen, daß beide Kreuzer beschädigt werden und anschließend nur noch beschränkt manövrierfähig sind. Es könnte sogar zur völligen Vernichtung einer unserer Einheiten kommen. Und unter solchen Umständen wäre es verdammt schwierig, das Phänomen zu untersuchen.«

»Kor hat recht. Die *Enterprise* ist das beste Raumschiff der Föderationsflotte, und in Kirk dürfen wir keinen durchschnittlichen Terraner sehen. Wenn man versucht, ihn in die Enge zu treiben, kämpft er wie ein Klingone.« Kandi schüttelte den Kopf. »Ich wäre nur dann bereit, gegen ihn anzutreten, wenn er weit unterlegen ist. Hinzu kommt, daß wir es mit einer Anomalie zu tun haben, von der vielleicht eine weitaus größere Gefahr für uns ausgeht als von der Föderation.«

»Mit wie vielen Schiffen würden Sie einen Angriff wagen?« fragte Karsul. Sein Tonfall war höflich, aber irgendein Aspekt der Mimik machte deutlich, daß er Kor und Kandi für feige Greise hielt.

»Meiner Ansicht nach sind mindestens drei voll ausgerüstete Schlachtkreuzer erforderlich«, erwiderte Kandi, ohne sich provozieren zu lassen.

»Nun gut«, brummte Kaandal, Kors Adjutant. »Was sollen wir jetzt unternehmen? Einfach abwarten, bis das Phänomen sowohl den Menschen als auch uns den Garaus macht?«

Kor legte die Hände auf den Tisch, faltete sie und starrte auf seine Finger. »Was die Technik angeht, sind uns die Menschen in einigen Bereichen überlegen.« Er sah die Offiziere scharf an, als er ein unwilliges Brummen vernahm. »Es hat keinen Sinn, das zu leugnen. Die Welten der Föderation sind reicher, und das gibt ihnen einen großen Vorteil. Möglicherweise verfügt der Erzfeind über Instrumente, die ihn in die Lage versetzen, das Rätsel der Raum-Zeit-Verzerrung schneller zu lösen als wir.«

»Sollen wir etwa die Hände in den Schoß legen und alles den Terranern überlassen?«

»Nein. Wir arbeiten mit ihnen zusammen. Wenn wir uns gegenseitig unterstützen, erhöhen sich unsere Erfolgsaussichten.«

»Gemeinsame Sache mit Menschen?« zischte Karsul. Er schnitt eine zornige Grimasse. »Niemals!« Wütend wandte sich Karsul von den anderen Männern ab. Kor kniff verärgert die Augen zusammen, stand auf, stieß den Stuhl zurück, trat auf seinen Stellvertreter zu und packte ihn an den Schultern.

»Lautet Ihre Antwort auch dann ›niemals‹, wenn ich ausdrücklich darauf hinweise, daß es sich um einen Befehl handelt?« Stille schloß sich an. Karsul keuchte und versuchte, sich zu beherrschen. »Überlegen Sie gut, Karsul«, fügte Kor leiser hinzu. »Mit dem Schmerzstimulator kann man selbst das heißeste Temperament abkühlen.«

Einige Sekunden lang mahlten die Kiefer des jüngeren Mannes, und dann nickte er abrupt. »Wenn es ein Befehl ist, Commander, bin ich bereit, mit den Menschen zusammenzuarbeiten.«

»Eine kluge Entscheidung.« Kor wandte sich wieder den anderen Offizieren zu. »Begeben Sie sich jetzt wieder an Bord Ihres Schiffes, Kandi. Die anderen kehren zu ihren Stationen zurück. Es wird sich bald herausstellen, ob Captain Kirk bereit ist, einen vernünftigen Kompromiß zu schließen.«

Kandi blieb an der Tür stehen und sah zu Kor zurück. »Und was geschieht nach der Untersuchung des Phänomens?«

Ein dünnes, fast boshaft wirkendes Lächeln umspielte die Lippen des klingonischen Commanders. »Dann besteht noch immer die Möglichkeit, die *Enterprise* anzugreifen.«

Die Offiziere lachten schallend, und Kandi machte mit einem knappen Nicken deutlich, daß er die Taktik Kors akzeptierte.

Kor verabschiedete die Männer mit einem stummen Wink und schloß sich seinem alten Freund an. Vor ihnen erstreckten sich die leeren Korridore des Flaggschiffes. Nach der Ortung des Föderationsschiffes hatte der Commander Alarm gegeben, und die Besatzungsmitglieder des Kreuzers befanden sich noch immer auf den Gefechtsstationen. Als sie eine Abzweigung erreichten, blieben die beiden Klingonen stehen. Hier mußten sie sich trennen: Kandi würde den Transporterraum aufsuchen, um sich an Bord seines Schiffes zu beamen, und Kor beabsichtigte, seinen Posten auf der Brücke einzunehmen.

»Wollen Sie sich an Kirk für die Schwierigkeiten rächen, in die er Sie damals gebracht hat?«

Kor seufzte, lehnte sich an die Wand und verschränkte die Arme. »Vielleicht – obgleich es vermutlich angebrachter wäre, an den Leuten im Flottenkommando Vergeltung zu üben, die mich maßregelten. Kirk und ich waren nur Opfer der Organianer. Und in dieser Hinsicht spielt es keine Rolle, wer auf Organia die Entscheidungen traf – es hätte nichts am Ergebnis geändert.« Bitter fügte er hinzu: »Ich habe mich so verhalten, wie es die Umstände erforderten. Ich brauche mir nichts vorzuwerfen.«

»Nicht so laut«, warnte Kandi. »Bestimmt gibt es an Bord dieses Schiffes einige Leute, die nicht zögerten, auf Klinzhai von derartigen Bemerkungen zu berichten. Wollen Sie sich ein Verfahren wegen Aufsässigkeit einhandeln?«

»Glauben Sie etwa, ich sei nicht imstande, meine Offiziere zu kontrollieren?«

»Ich bin nur skeptisch in Hinblick auf Ihre Fähigkeit, bei den anderen Männern die Bereitschaft zum Verrat realistisch zu beurteilen.«

Kor lächelte schief. »Es sind gute Klingonen.«

»Und indem Sie ihnen einen Strich durch die Rechnung machen, werden Sie zu einem besseren«, erwiderte Kandi. Er klopfte Kor auf die Schulter. »Ich muß jetzt gehen. Denken Sie daran: Halten Sie sich den Rükken frei.«

»Ich passe auf.« Kor sah ihm nach, als Kandi durch den Korridor davonschritt, und plötzlich fühlte er sich allein. Er wünschte sich, Kandi wäre sein Stellvertreter gewesen. Dann hätte er sich in bezug auf irgendwelche Intrigen keine Sorgen machen müssen. Aber der jüngere Offizier war zu fähig, um ins zweite Glied zurückzutreten. Er verdiente ein eigenes Kommando.

Kor starrte auch dann noch in den Gang, als die schlanke Gestalt seines Freundes längst verschwunden war. Schließlich stieß er sich seufzend von der Wand ab und setzte den Weg zur Brücke fort. Es hatte keinen Sinn, mit sich selbst zu hadern.

Als er die Brücke betrat, drehten sich die dort anwesenden Klingonen erwartungsvoll zu ihm um. Kor winkte sie zu ihren Stationen zurück und blieb neben dem Kommunikationsoffizier stehen.

»Setzen Sie sich mit Kirk in Verbindung.«

»Ja, Sir.«

»Sir, wir empfangen Signale von einem der beiden klingonischen Schlachtkreuzer.«

»Visueller Kontakt, Lieutenant.« Kirk lächelte zufrieden, lehnte sich zurück und faltete die Hände überm Bauch. Maslin wandte sich von Uhura ab und trat an den Befehlsstand heran.

»Ich nehme an, Sie haben mit einer solchen Entwicklung gerechnet, Captain«, sagte Spock und verließ die wissenschaftliche Station.

»In der Tat, Mr. Spock.«

»Darf ich mich nach dem Grund dafür erkundigen, Captain?«

»Ganz offensichtlich sind die Klingonen ebenso an dem Phänomen interessiert wie wir. Und der Umstand, daß gleich zwei Schiffe ausgeschickt wurden, läßt eine ganz bestimmte Schlußfolgerung zu.«

»Was für eine?«

»Zwei Kreuzer... Zwei wissenschaftliche Analysegruppen? Vermutlich sind sie alles andere als sicher, das Rätsel der Anomalie lösen zu können.«

»Ich verstehe. Deshalb nehmen Sie an, man wird uns eine Zusammenarbeit vorschlagen?«

»Das halte ich für sehr wahrscheinlich.«

»Aber können wir ihnen vertrauen?« warf Maslin ein und trat noch näher an den Sessel des Captains heran. »Ich habe viele Geschichten über verräterische Klingonen gehört.«

»Sind Sie jetzt froh, sich an Bord eines Raumschiffes der Starfleet zu befinden und nicht etwa in irgendeinem Luxusliner unterwegs zu sein, Mr. Maslin?« fragte Kirk.

In seinen Augen blitzte es spöttisch. »Nun, was Ihre nicht völlig unbegründeten Befürchtungen angeht: Wir haben es mit Kor zu tun. Er ist Klingone, ja, aber auf Organia erschien er mir wie ein vernünftiger Mann. Ich hoffe, daß er sich seine rationale Einstellung bewahrt hat. Wie dem auch sei: Es bleibt uns keine andere Wahl, als…« Er unterbrach sich, als der große Wandschirm wieder die Brücke des klingonischen Schiffes zeigte.

»Wie ich sehe, warten Sie noch immer, Captain Kirk.«

»Aus gutem Grund, Commander. Dachten Sie etwa, ich träte den Rückzug an? Immerhin habe ich hier eine Aufgabe zu erledigen. Und daran hat Ihre Anwesenheit in diesem Sonnensystem nichts geändert.«

»Auch mir geht es darum, einen Auftrag durchzuführen, Captain. Und da er ähnlich beschaffen zu sein scheint wie der Ihre, schlage ich eine Kooperation vor. Vielleicht gelingt es uns auf diese Weise, schneller zum Ziel zu gelangen.«

»Eine überaus interessante Anregung, Commander. Angesichts der Ausbreitungsgeschwindigkeit des Phänomens halte ich es für angeraten, so schnell wie möglich zu handeln. Ich glaube, unter diesen Umständen kann sich niemand von uns den Luxus eines Gefechts leisten.« Kirk lächelte, und Kor antwortete mit einem wölfischen Grinsen.

Der Klingone seufzte enttäuscht und schüttelte den Kopf. »Wirklich schade, daß wir erneut an einer Kraftprobe gehindert werden.«

»Es wäre durchaus möglich, daß der Raum-Zeit-Riß unseren gesamten Einsatz erfordert, Commander.« Kirk zögerte. »Wir lassen also die Waffen ruhen?«

Kor nickte. »Was für eine Art von Sicherheit verlangen Sie, Kirk?«

»Wir bereiten eine Kom-Boje vor, legen unsere Übereinkunft in den entsprechenden Datenspeichern ab und ›unterzeichnen‹ Sie mit unseren Stimmustern. Auf diese Weise sollte es uns gelingen, Verrat auszuschließen.«

»Sie haben großes Vertrauen, Kirk.«

»Geiseln wären nur eine Belastung, Commander. Und ich bin sicher, Ihnen liegt ebensowenig an der Anwesenheit von Menschen an Bord Ihres Schiffes wie mir daran, Klingonen in der *Enterprise* zu begrüßen.«

»Nun gut«, brummte Kor zustimmend. »Wo fangen wir an? Wir haben die peripheren Bereiche der Anomalie untersucht, doch die gewonnenen Daten sind bedeutungslos.«

»Mein Erster Offizier vertritt die Ansicht, die Ursache des Problems befinde sich nicht etwa im All, sondern auf dem Planeten unter uns.«

Kor runzelte die Stirn. »Was veranlaßte ihn zu dieser Vermutung?«

Kirk bedachte Spock mit einem ironischen Blick. »Logische Intuition«, erwiderte er trocken. »Ich habe die Absicht, eine Landegruppe hinunterzuschicken.«

»In dem Fall möchten wir nicht darauf verzichten, ebenfalls mit einem Team präsent zu sein.«

»Das dachte ich mir.«

»Es ist nur vernünftig, Kirk. Ich weise meine Wissenschaftler an, alle notwendigen Vorbereitungen zu treffen. Bitte teilen Sie uns mit, an welchen Ort Sie Ihre Gruppe beamen werden. Wir wollen in der Nähe sein – aber nicht zu nahe.«

»Eine kluge Vorsichtsmaßnahme, Commander. Wir sollten vermeiden, daß es zwischen unseren beiden Teams zu Spannungen kommt. Bis später.« Kirk gab dem Kommunikationsoffizier ein Zeichen, und daraufhin unterbrach Uhura die Verbindung.

Der Captain drehte den Kopf und sah den Komponisten an. »Nun, Mr. Maslin, was halten Sie von der Art und Weise, in der die ›Institution‹ jenen Gefahren begegnet, deren Existenz Sie leugneten, als Sie an Bord der *Enterprise* kamen?«

»Ich bin... beruhigt«, erwiderte Maslin ein wenig unsicher. »Um ganz ehrlich zu sein: Ich habe nicht damit gerechnet, Klingonen zu begegnen.«

»Sie tauchen immer überraschend auf, Mr. Maslin. Das ist eine Spezialität von ihnen.« Der kleinere Mann errötete, als er den gelinden Spott in Kirks Stimme vernahm.

Der Captain beugte sich in seinem Sessel vor. »Mr. Sulu...«

»Aye, Sir?«

»Folgende Anweisungen sind sowohl für Sie als auch für Mr. Chekov bestimmt. Ich möchte, daß Sie im Notfall unverzüglich reagieren.« Die beiden Männer drehten sich um und sahen Kirk an. »Die klingonischen Kreuzer müssen ständig überwacht werden. Wenn Sie irgend etwas Ungewöhnliches feststellen, fahren Sie die Deflektoren hoch. Kümmern Sie sich nicht um die Landegruppe. Die Sicherheit der *Enterprise* hat absoluten Vorrang. Verstanden?«

»Ja, Sir«, erwiderte Sulu leise. Der besorgt wirkende Chekov bestätigte ebenfalls. Offenbar begriff der junge Russe erst jetzt, welche Verantwortung auf ihm lastete, wenn das Einsatzteam aufbrach, dem auch Spock, Scott und Uhura angehörten.

»Mr. Sulu, Sie haben das Kommando.« Kirk stand auf und näherte sich dem Turbolift.

»Ich kann mich nicht daran erinnern, Sie in die Landegruppe aufgenommen zu haben, Captain«, sagte Maslin.

»Ich teile mich ihr selbst zu«, entgegnete Kirk spitz. »Ich bin nicht immer zugegen, sehe nur dann und wann nach, welche Fortschritte gemacht werden. Aber jetzt beabsichtige ich, mich ebenfalls hinunterzubeamen, um einen unmittelbaren Eindruck zu gewinnen.«

»Aber das bedeutet, daß sich die vier ranghöchsten Offiziere der *Enterprise* auf Taygeta aufhalten. Und wenn es zu irgendeiner Krise kommen sollte, befinden sich nur die Junioroffiziere an Bord, um die notwendigen Entscheidungen zu treffen.« Maslin trat vor die Lifttür und versperrte Kirk den Weg.

»Sie haben sich gut informiert, Mr. Maslin.«

»Ich halte nichts von halben Sachen. Da Sie mich in diese unglaubliche Organisation zwangen, beschloß ich, mehr über sie in Erfahrung zu bringen – soviel wie möglich.«

»Sehr lobenswert.«

»Ja, nicht wahr? Aber jetzt möchte ich wissen, warum Sie das Schiff überhaupt verlassen wollen. Die Landegruppe ist doch bestimmt fähig, auch ohne Ihre direkte Aufsicht eine Basis einzurichten.«

»Ich liebe kleine Ausflüge«, sagte Kirk und lächelte spöttisch. Als der kleinere Mann keine Anstalten machte, zur Seite zu treten, begann es in den Augen des Captains zornig zu funkeln.

»Sie führen sich wie ein Narr auf.« Die Offiziere auf der Brücke versteiften sich unwillkürlich, als sie den abfälligen Tonfall des Musikers hörten. Einige von ihnen duckten sich, als befürchteten sie, jeden Augenblick könne ein Sturm losbrechen. Kirk setzte zu einer Antwort an, aber Maslin kam ihm zuvor.

»Starfleet hat viele Millionen in Ihre Ausbildung zum Raumschiffkommandanten investiert. Ich möchte nicht erleben, wie Steuergelder verschwendet werden, indem Sie sich unnötigen Gefahren aussetzen und dabei vielleicht ums Leben kommen. Es wäre weitaus besser, Sie blieben an Bord der *Enterprise,* wo Sie uns mit Ihren Erfahrungen helfen könnten. Ich begreife einfach nicht, warum Sie so versessen darauf sind, einen Spaziergang auf dem gottverlassenen Planeten dort unten zu machen. Außerdem liegt mir nichts daran, mir von irgendeinem Idioten die Haut retten zu lassen, falls wir in Schwierigkeiten geraten.«

Sulu und Chekov starrten den Komponisten finster an.

»Danke, Mr. Maslin«, sagte Kirk ruhig und beherrschte sich. »Ihre Einwände werden hiermit zu Protokoll genommen. Ich darf Ihnen jedoch versichern, daß alle meine Offiziere fähig sind, das Kommando über die *Enterprise* zu übernehmen.« Sulu und Chekov nickten zufrieden. »Können wir jetzt endlich los? Wie ich schon Commander Kor erklärte: Das Phänomen scheint nicht bereit zu sein, sich so lange zu gedulden, bis wir unsere eher banalen Differenzen überwunden haben.« Mit diesen Worten schob er sich an dem kleineren Mann vorbei und betrat den Turbolift.

Kor saß in seiner Kabine, sah auf die Darstellungsfläche des Projektors und beobachtete die schimmernde Raum-Zeit-Anomalie. Die Erscheinung ließ sich weder mit einer Salve aus den Intervallern noch mit einem gut gezielten Torpedo aus der Welt schaffen. Auch sein Verstand bot ihm keine Instrumente für eine Neutralisierung des Phänomens. Er mußte sich auf andere Leute verlassen, um das Rätsel zu lösen. Und das behagte ihm überhaupt nicht.

Plötzlich glitten schmale Hände über seine Schultern und tasteten sanft über das metallische Gewebe der Jacke. Überrascht drehte er den Kopf und sah Kali. Seit fünf Monaten war sie seine Frau.

»Du bist heute recht früh zurück, nicht wahr?« meinte er, sah in ihre golden glänzenden Augen und betrachtete die gabelförmig geteilten Brauen darüber.

»Nein, du hast nur das Zeitgefühl verloren«, entgegnete sie. Kali trat ans Bett heran, zog die hohen Stiefel aus und streifte anschließend die Tunika ab.

»Hm«, machte Kor und beobachtete das Spiel der Muskeln unter ihrer bronzefarbenen Haut, als sie sich in eine dünne Robe hüllte. »Wie war dein Tag?«

»Könnte besser gewesen sein.«

Bei dieser unerwarteten Antwort runzelte er die Stirn. »Wie meinst du das?«

Kali kam auf ihn zu, nahm auf seinem Schoß Platz und schlang den einen Arm um ihn. Ihr zartes Gesicht mit den hohen Jochbeinen und dem spitzen Kinn wirkte ernst. »Warum bist du bereit, mit den Menschen zusammenzuarbeiten? Damit gibst du Karsul den Vorwand, nach dem er schon seit einer ganzen Weile sucht.«

»Zuerst Kandi, und jetzt auch du«, brummte Kor. »Karsuls Ehrgeiz ist mir kein Geheimnis, aber andererseits sind mir auch die Gefahren klar, die von *dort* ausgehen.« Er deutete auf den kleinen Bildschirm, auf die wogenden Farbschlieren der Anomalie.

»Aber *Menschen*?« wandte Kali ein.

»Im Gegensatz zu dem, was die imperiale Propaganda behauptet, sind die Menschen eine sehr fähige und hochentwickelte Spezies. Es wäre töricht, unter den gegebenen Umständen gegen sie zu kämpfen – obgleich sie uns bei der Durchführung eines sehr schwierigen Auftrages helfen könnten. Außerdem müßten wir damit rechnen, daß bei einem Gefecht unsere Raumschiffe beschädigt werden. Nein.« Kor schüttelte den Kopf. »Falls es notwendig werden sollte, haben wir später immer noch die Möglichkeit, etwas gegen sie zu unternehmen.«

Kali stand auf und wanderte in dem kleinen und schlicht eingerichteten Raum auf und ab. »Ich mache mir große Sorgen, wenn ich höre, wie du so über das Imperium sprichst.« Sie strich sich das schulterlange schwarze Haar zurück und musterte ihn aufmerksam. »Es gefällt mir gar nicht. Und wenn du schon nicht an dich denkst, so solltest du wenigstens Rücksicht auf mich nehmen.«

»Ach, Kali...« Kor seufzte, erhob sich und blieb vor seiner Frau stehen. Er drückte sie sanft an sich und spürte die Anspannung in ihrem schlanken Leib. »Halt mich bitte nicht für einen Renegaten, aber ich bin in unserer verrückten Galaxis weit genug herumgekommen, um Wahrheit von Doktrin zu unterscheiden. Das Phänomen in diesem Sonnensystem ist viel zu gefährlich, um es einfach zu ignorieren, während wir gegen die Menschen kämpfen. Irgendwann gelingt es uns bestimmt, ihnen eine vernichtende Niederlage beizubringen. Es kommt nur darauf an, Geduld zu haben und einen möglichst günstigen Zeitpunkt abzuwarten.«

»Das erscheint mir als eine sehr vernünftige Einstellung. Aber was ist mit Karsul?«

»Bisher bin ich mit solchen Typen immer noch fertig geworden«, erwiderte er verächtlich.

»Werde bitte nicht unvorsichtig. Du bist jetzt nicht mehr allein, mußt bei allen deinen Plänen auch mich berücksichtigen.«

»Wie könnte ich das vergessen?« murmelte Kor und strich mit den Lippen über die weiche Haut an Kalis Nacken.

»Ich meine es ernst, Kor«, sagte sie und wich von ihm zurück. »Was soll aus mir werden, wenn man dich von deinem Posten entfernt?«

Ein dünnes, ironisches Lächeln erhellte die dunklen Züge seines Gesichts, als er sich auf die Bettkante sinken ließ. »Bestimmt würde Karsul dich zu seiner Partnerin wählen. Mach dir also keine Sorgen über deinen Rang.«

Mit einem jähen Schritt trat Kali auf ihn zu und versetzte ihm eine Ohrfeige. »Wie kannst du es wagen! Wenn es mir nur um Rang und Stellung ginge... Ich kannte einen Flottenadmiral, der mich sofort zu seiner Frau gemacht hätte, wenn ich einverstanden gewesen wäre. Ich habe nichts dagegen, wenn du an der Loyalität aller anderen zweifelst – aber in meinem Fall finde ich das empörend! Offenbar fällt es dir noch immer schwer zu begreifen, daß ich dich *liebe*. Ich möchte keinen anderen Mann, nur dich, und mich entsetzt die Vorstellung, dich durch eine Meuterei zu verlieren, die du selbst herausforderst.«

»Kali, Kali«, murmelte Kor zärtlich, griff nach ihren Händen und zog sie auf sich herab. »Du hast die vergangenen zwei Jahre für mich erträglich gemacht.« Er gab ihr einen Kuß. »Und ich will dich nicht verlieren, für nichts in der Welt. Wir lösen dieses Problem, und bestimmt komme ich auch mit Karsul zurecht.« Er stemmte sich auf einem Ellenbogen in die Höhe, musterte Kali und fügte leise hinzu: »Wer weiß, vielleicht wirst du doch noch mit einem Flottenadmiral verheiratet sein.«

»Was für ein Unfug«, erwiderte sie. »Ein Commander genügt mir völlig.« Sie umarmte ihn. Hinter ihnen wallte und wogte das Phänomen, dehnte sich einige weitere Kilometer der taygetianischen Sonne entgegen.

KAPITEL 5

Die Vorbereitungen dauerten länger als erwartet. Es mußten verschiedene Ausrüstungsmaterialien zusammengepackt werden, und Spock wollte nicht darauf verzichten, vor dem Aufbruch des Teams eine gründliche Oberflächensondierung vorzunehmen. Nachdem Kirk zwei Stunden auf der Brücke verbracht und anderen Leuten bei der Arbeit zugesehen hatte, begann er sich zu langweilen. Er überließ das Kommando Spock und wanderte unruhig durch das große Raumschiff. Schließlich beschloß er, den Freizeitraum C aufzusuchen und dort zu warten. Wie er kurz darauf feststellte, waren bereits andere vor ihm auf diese Idee gekommen. Als er durch die Tür trat, hörte er Maslins scharfe Stimme und einige andere Geräusche, die er zunächst nicht zu deuten vermochte.

»Eins *und* zwei und...« rief der Komponist und gab mit dem Geigenbogen den Takt an. Uhura war so konzentriert, daß sich einige Falten auf ihrer sonst so glatten Stirn zeigten, und sie neigte den Kopf, um die Noten zu lesen. Maslin beugte sich so weit über ihre Schulter, daß sich fast ihre Wangen berührten. Mit einer unbewußten Geste strich er der dunkelhäutigen Frau übers Haar, doch seine Stimme klang nicht zärtlich und sanft, sondern ziemlich barsch.

»*Das* ist eine Achtelnote. Begreif das doch endlich. Wenn du zu lange bei ihr verweilst ruinierst du die ganze Harmonie.«

Inzwischen duzen sie sich also, dachte Kirk erstaunt. *Interessant.*

Uhura gab eine für den Captain unhörbare Antwort, und unmittelbar darauf begannen sie erneut. Ihre volle Stimme stand in einem angenehmen Kontrast zu den hellen Klängen der Violine.

Kirk schüttelte den Kopf, blieb vor dem automatischen Ausgabegerät stehen und bestellte sich einen Kaffee. Da inzwischen kein Alarm mehr herrschte, hielten sich mehrere Zuhörer in dem Raum auf. Seit Maslin alle Angehörigen der Landegruppe ausgewählt hatte, übte er täglich mit ihnen, und inzwischen erfreuten sich die ›Vorstellungen‹ großer Beliebtheit. Die musikalische Qualität des neuen Orchesters war hervorragend, doch Kirk vermutete, daß sich das Interesse des Publikums nicht nur auf die akustisch-ästhetischen Aspekte beschränkte. Viele Besatzungsmitglieder spürten zumindest, daß sich zwischen Uhura und dem Komponisten etwas anbahnte, und da es sich bei der Mannschaft der *Enterprise* um eine isolierte und in sich geschlossene Gemeinschaft handelte, brutzelte es wieder einmal in der Gerüchteküche.

Inzwischen machte sich Kirk keine Sorgen mehr in Hinsicht auf die Beziehung zwischen Maslin und Uhura. Uhura fühlte sich nicht zum erstenmal zu einem Mann hingezogen, und bisher hatten ihre Romanzen noch nie zu einer Vernachlässigung der Dienstpflichten geführt. Kirk verzog das Gesicht, als er einen Schluck von dem bereits lauwarm gewordenen Kaffee nahm, und er fragte sich, ob er sich ein typisch männliches Vorurteil zu eigen machte. Immerhin hatte er auch als Captain der *Enterprise* nicht auf amouröse Abenteuer verzichtet – ohne daß es für irgend jemanden Anlaß gab, an *seiner* Tüchtigkeit zu zweifeln.

Das Summen des Interkom schuf eine Dissonanz im melodischen Bach-Duett. Eine junge Frau stand auf und betätigte die Einschalttaste. Einige Sekunden lang hörte sie ruhig zu, und dann gab sie dem Captain ein Zeichen. Kirk erhob sich, leerte seine Tasse im für Abfälle vorgesehenen Terminal der Recyclinganlage und näherte sich dem Wandgerät.

»Hier Kirk.«

»Captain.«

»Was haben Sie auf dem Herzen, Mr. Spock?«

»Ich bitte um Erlaubnis, die *Enterprise* aus dem gegenwärtigen Orbit zu steuern und den vierten Planeten des Sonnensystems anzufliegen, um dort weitere Daten zu ermitteln.«

»Haben Sie etwas Interessantes entdeckt, Spock?«

»Ich glaube schon, Captain. Ich bin noch einmal die Scanner-Aufzeichnungen durchgegangen, die wir anfertigten, als wir das System erreichten, und dabei fand ich einige sonderbare Anomalien auf dem vierten Planeten. Ich würde die entsprechenden Werte gern überprüfen.«

»Sie sind der wissenschaftliche Offizier an Bord, Mr. Spock. Geben Sie nur unseren klingonischen Freunden Bescheid, damit sie nicht nervös werden und auf die Feuerknöpfe drücken.«

»Selbstverständlich, Captain.«

»Halten Sie mich auf dem laufenden. Kirk Ende.« Er schaltete das Interkom aus, bestellte sich einen neuen Kaffee, nahm wieder Platz und seufzte. Wenn die Landegruppe erst einmal auf Taygeta eingetroffen war, hatte er sicher kaum noch Gelegenheit, sich zu entspannen.

Spock beendete das Gespräch mit Kor und schüttelte den Kopf, als er an die absurde Unlogik des klingonischen Verstandes dachte. Als Kor zu dem Schluß gelangte, daß Spocks Untersuchungen des vierten Planeten höchstwahrscheinlich nichts mit dem Raumphänomen zu tun hatten, verlor er sofort das Interesse daran und lehnte es ab, einem seiner beiden Kreuzer den Befehl zu geben, sich der *Enterprise* anzuschließen. Wissen an sich übte auf Klingonen offenbar keinen Reiz aus – eine Einstellung, die Spock nicht nachvollziehen konnte.

»Mr. Sulu, bitte steuern Sie uns in einen Orbit des vierten Planeten. Sie haben das Kommando, während ich diverse Messungen vornehme.«

»Aye, aye, Mr. Spock.« Die dünnen Finger des Navigators huschten über die Tasten der Konsole. »Kurs berechnet und eingespeist. Flugdauer: zwölf Minuten.«

»Danke, Lieutenant.« Spock nickte ernst und gab den Sessel des Befehlsstandes für Sulu frei. Der Vulkanier kehrte zur wissenschaftlichen Station zurück und wartete geduldig darauf, mit der Analyse zu beginnen.

Der große Wandschirm zeigte die öde Felslandschaft des vierten Planeten. Sulu rutschte unbehaglich hin und her und fragte sich, was Spock an der Steinwüste des Planeten unter ihnen so sehr faszinierte.

»Mr. Spock«, sagte er schließlich. »Die Welt sieht aus, als sei sie einem dichten Geschoßhagel ausgesetzt gewesen. Sie ähnelt den Planeten, die während des romulanischen Krieges verheert wurden.«

Spock sah von dem Beobachtungsschlitz des Scanners auf. »Sie haben völlig recht, Lieutenant. Die von den Sensoren ermittelten Werte deuten darauf hin, daß dieses Sonnensystem vor etwa dreitausend Jahren von der Strahlungsfront einer gewaltigen Nova erfaßt wurde. Auf der Welt unter uns existieren nur wenige Lebensformen.«

»Vor dreitausend Jahren?« wiederholte Sulu. »Seltsam, Mr. Spock. Wie kommt es dann, daß...«

»Daß die Sänger nach wie vor auf Taygeta leben? Eine interessante Frage, Mr. Sulu.« Der Vulkanier wandte sich von der Konsole ab und trat auf den Befehlsstand zu. Sulu stand auf und nahm wieder seinen vorherigen Platz ein. Spock beobachtete nach wie vor die Darstellung des öden Planeten, schaltete das Interkom ein und setzte sich mit dem Freizeitraum in Verbindung. Kirk meldete sich sofort.

»Dachte mir schon, daß Sie es sind«, sagte der Captain. »Irgend etwas herausgefunden?«

»Ich bin auf einen faszinierenden Widerspruch gestoßen, Captain. Wenn Sie bitte zur Brücke kommen könnten...«

»Bis gleich.«

Als Kirk eintrat, stand der Vulkanier reglos vor den Instrumentenpulten der wissenschaftlichen Station. Bevor der Captain eine Frage stellen konnte, führte der Vulkanier mehrere Schaltungen durch.

»Das sind die Ergebnisse der Sondierung während der letzten halben Stunde. Ich projiziere sie auf den Wandschirm, Vergrößerungsstufe acht.«

Kirk drehte sich um und beobachtete die Darstellung. Sein Blick fiel auf eine langsam dahingleitende Landschaft, die nur aus Felsen und losem Geröll zu bestehen schien. Jeder einzelne Riß im Gestein zeichnete sich deutlich ab. Plötzlich bemerkte er eine rechteckige Formation. Der Captain kniff die Augen zusammen und kaute nachdenklich auf der Unterlippe. Spock berührte einen Sensorpunkt, und das Bild verharrte.

»Ganz offensichtlich ein Artefakt. Solche exakt geometrischen Formen kommen in der Natur nicht vor. Was halten Sie davon, Mr. Spock?«

»Der Schluß liegt auf der Hand: Auf der Welt unter uns lebten einmal intelligente Wesen. Angesichts der elaborierten Struktur jener Gebäude nehme ich an, daß jene Kultur zum Zeitpunkt ihrer Zerstörung einen Entwicklungsstand erreichte, den man mit dem der irdischen Babylonier vergleichen könnte.«

»Vor der Zerstörung?«

»Ja, Captain.« Der wissenschaftliche Offizier schaltete den Bildschirm über der Hauptkonsole ein. »Nach den vorliegenden Analyseresultaten wurde dieses Sonnensystem von der vollen Wucht einer Stoßwellenfront getroffen, die von einer nahen Nova ausging.« Der Schirm verwandelte sich in eine geodätische Sternenkarte, und ein roter Pfeil zeigte auf einen hellen Lichtfleck inmitten der Sonnen. »Ich habe einige Berechnungen in bezug auf die Herkunft der Strahlung angestellt, und daraus folgt: Die Wellenfront erreichte das System vor ziemlich genau dreitausendeinhundertundfünf

Jahren. Eine Fernabtastung der anderen Planeten ergab ähnliche Strahlungsmuster wie auf dem vierten Planeten. Nur Taygeta bildet eine Ausnahme.«

Kirk lehnte sich an ein nahes Instrumentenpult. »Ist es möglich, daß sich das Leben auf Taygeta schneller entwickelte als auf den anderen Welten?«

»Die Wahrscheinlichkeiten dafür sind vernachlässigbar gering, Captain. Wenn wir evolutionäre Maßstäbe anlegen, sind dreitausend Jahre kaum mehr als eine Sekunde für uns. Ich halte es für völlig ausgeschlossen, daß das maritime Leben und die Vegetation auf Taygeta in nur drei Jahrtausenden entstehen konnten. Die Vorstellung von einer intelligenten Spezies, die sich in der gleichen Zeitspanne entwickelte, ist geradezu absurd. Nein, wir müssen davon ausgehen, daß die Taygetianer hier waren, als die Strahlungsfront der Nova durch das hiesige Sonnensystem raste.«

»Und wie konnten sie überleben?«

»Das ist mir nach wie vor ein Rätsel. Ich bin jedoch sicher, daß wir die Antwort auf diese Frage nicht etwa an Bord der *Enterprise* finden. Wenn wir feststellen wollen, wie die Taygetianer dem Verderben entgingen, müssen wir uns auf ihrer Heimatwelt umsehen.«

»Offenbar können Sie es gar nicht abwarten, sich endlich mit der Landegruppe auf den Weg zu machen.«

Spock sah ihn an und hob eine Braue. »Nein, Captain. Es ist nicht etwa Ungeduld, sondern reine Logik, die es mir angeraten erscheinen läßt, dem Team sofort den Einsatzbefehl zu geben. Von der Brücke der *Enterprise* aus lassen sich in diesem Zusammenhang keine weiteren Erkenntnisse gewinnen.«

»Na schön, Mr. Spock. Die Ausrüstung liegt bereit, und wenn Sie hier fertig sind, können wir los.« Kirk trat an den Sessel des Befehlsstandes heran und aktivierte das Interkom. »Hier spricht der Captain. Die für eine Landung auf Taygeta vorgesehene Gruppe soll sich sofort im Transporterraum einfinden.«

»Sollten wir die Klingonen nicht besser darüber informieren, daß das Team jetzt hinuntergebeamt wird?«

»Lieber Himmel, ja. Wenn wir den Klingonen die Möglichkeit nehmen, uns von Anfang an zu beobachten, vermuten sie vielleicht ein doppeltes Spiel.«

»Es ist nicht gerade sehr angenehm, es mit Leuten zu tun zu haben, die sich durch eine ausgesprochen mißtrauische Einstellung auszeichnen«, bemerkte Spock abfällig.

»Ich ziehe die derzeitige Situation auf jeden Fall einem Gefecht vor, Spock«, erwiderte Kirk. »Und es macht mich ziemlich nervös zu wissen, daß wir uns gleich zwei klingonischen Schlachtkreuzern gegenübersehen.«

»Eine durchaus logische Reaktion, Captain. Andererseits möchte ich Sie darauf hinweisen, daß zahlenmäßige Überlegenheit bei einer militärischen Konfrontation nicht unbedingt ausschlaggebend sein muß. Taktische Sachkenntnis spielt dabei ebenfalls eine große Rolle, und in dieser Hinsicht genießen Sie einen guten Ruf.«

»Danke für Ihr Vertrauen. Leider haben wir keine Informationen über das diesbezügliche Geschick Kors. Als wir uns zum erstenmal begegneten, war er Garnisonskommandeur auf Organia.«

»Dann wollen wir nur hoffen, daß wir auf einen Test ihrer militärischen Fähigkeiten verzichten können.«

»Da bin ich ganz Ihrer Meinung, Spock. So, und jetzt sputen wir uns besser.« Kirk deutete auf den Turbolift. »Mr. Sulu, Sie haben das Kommando. Teilen Sie unseren klingonischen Verbündeten alles Notwendige mit.«

»Ja, Sir.«

»Du hättest schon vor fünf Minuten im Transporterraum eintreffen müssen«, sagte Uhura vorwurfslos, während Maslin nervös durchs Zimmer eilte und kurz vor einer hysterischen Krise stand. Die dunkelhäutige Frau trug Kaltwetterkleidung: eine dicke, grauweiße

Hose, hohe Stiefel und eine fast unförmig wirkende Parka, die ihre Figur verbarg.

»Verdammt!« fluchte der Komponist und warf einige Notenblätter hoch in die Luft. »Ich bin kein Uhrmacher, sondern Künstler«, fügte er hinzu, als die Papiere wie exotische Schneeflocken zu Boden sanken. »Ich hasse es, mich beeilen zu müssen!«

»Ich weiß, daß du völlig außer dir bist«, erwiderte Uhura scharf. »Aber laß deinen Ärger bloß nicht an mir aus. Du hättest auf die zusätzliche Vorstellung im Freizeitraum verzichten und die Zeit nutzen sollen, um deine Sachen zu packen. Und wenn du nicht bald damit fertig wirst, wird der Captain höchstpersönlich hierher kommen, um nach dem Rechten zu sehen.«

Hilflos ließ Maslin die Schultern hängen und sank auf die Bettkante. »Ich weiß einfach nicht, was ich mitnehmen soll«, gestand er kleinlaut ein.

Uhura trat an den Wandschrank heran und zog ein Bündel Unterwäsche hervor. Anschließend holte sie Maslins Toilettenartikel aus der Hygienezelle und drückte sie ihm in die Hände. Die spezielle Kaltwetterkleidung, die aus den Bordmagazinen der *Enterprise* stammte, lag bereits am Fußende des Bettes bereit.

»Ich schlage vor, du ziehst dich jetzt um. Ein milder Tag auf Taygeta bedeutet, daß wir mit Temperaturen knapp über dem Gefrierpunkt rechnen müssen. In deinen Anzügen dürfte es dir also kalt werden. Was deine musikalische Ausrüstung angeht...« Uhura lächelte. »Ich glaube, damit kommst du selbst zurecht.«

Er sah auf und musterte die anmutigen Züge ihres Gesichts. »Du läßt mir nichts durchgehen, oder?«

»Nein. Ich finde keinen sonderlichen Gefallen an Wutanfällen und arroganter Gereiztheit; ich habe keine Lust, mich damit aufzuhalten.«

»Ich dachte, du liebst mich«, erwiderte Maslin im Tonfall eines Kindes, das von seiner Mutter gerade einen Klaps bekommen hatte.

»Ich schlafe mit dir«, berichtigte Uhura. »Das ist etwas völlig anderes. Und selbst wenn du recht hättest: Das gibt dir noch lange nicht das Recht, mich wie einen Fußabtreter zu behandeln.« Nervös mied Maslin ihren Blick und konzentrierte sich statt dessen darauf, seine Sachen in einen Rucksack zu stopfen. »Deine Medizin«, fügte Uhura abrupt hinzu, als er den Reißverschluß zuziehen wollte.

»O ja.« Der Musiker blieb vor der Kommode stehen, holte das Fläschchen mit den Tabletten hervor und legte es zu den anderen Dingen, bevor er die Säume schloß und auf die Tür zuhielt.

»Brauchst du das hier?« fragte Uhura und deutete auf die verstreuten Notenblätter.

»Nein, ich benutze sie nur, um ein wenig herumzukritzeln – und sie durch die Gegend zu werfen, wenn ich sauer bin.« Er bedachte die Frau mit einem verlegenen Blick.

Ein dünnes Lächeln zuckte in ihren Mundwinkeln. »Ich schätze, das soll ich als Entschuldigung verstehen, nicht wahr?« fragte sie.

»Ja«, bestätigte er knapp und trat in den Korridor.

Uhura seufzte und schüttelte den Kopf. »Nun, ich schätze, ich muß mich damit zufriedengeben.«

»Kompromisse lassen sich nicht ganz vermeiden«, hielt ihr Maslin doppeldeutig entgegen.

Ihr fiel keine passende Antwort ein, und deshalb schwieg sie und führte ihn rasch zum Transporterraum.

Kirk wanderte unruhig auf und ab, als sie dort eintrafen. Der Captain musterte Maslin mit einem durchdringenden Blick und setzte zu einer scharfen Bemerkung an, überlegte es sich dann aber anders. Er wandte sich an Lieutenant Kyle hinter der Transporterkonsole und gab ihm einige letzte Anweisungen. Uhura sah sich um und beobachtete die Angehörigen der Landegruppe, die ohne ihre Uniformen einen seltsamen Eindruck machten. Die einzigen Unterschiede bestanden in den goldenen Symbolen auf den Ärmeln der dicken weißen Jacken.

»Wir sind fertig, Sir«, sagte Lieutenant Kyle und beendete die letzten Justierungen der Instrumente. »Sie werden in der Nähe einer großen Gruppe junger Taygetianer rematerialisieren.«

»In Ordnung, Mr. Kyle.« Kirk trat auf ein Transferfeld und fügte hinzu: »Dann finden wir gleich heraus, ob uns die Eingeborenen feindlich gesinnt sind. Weisen Sie die Techniker des Frachttransporters an, uns die Ausrüstung zu schicken, sobald wir Gelegenheit hatten, einen geeigneten Lagerplatz zu finden.«

»Ja, Sir.«

Spock, Uhura, Maslin, Scott und Unteroffizier Chou – eine junge Chinesin, die ihren seidenen Kimono gerade erst gegen einen Phaser eingetauscht zu haben schien – stiegen ebenfalls auf die Transporterplattform. Lieutenant Donovan hob den Koffer mit seiner Gitarre und beobachtete, wie sich die Gestalten des Captains und seiner Begleiter in schimmernde Lichtsäulen verwandelten. Zusammen mit drei Männern aus der Sicherheitsabteilung würde er der ersten Gruppe auf die Oberfläche Taygetas folgen.

Noch während der Rematerialisierung hörten sie den Gesang. Die seltsame Melodie schien in den inneren Gewölben der Seele widerzuhallen und eine reaktive Resonanz zu bewirken. Selbst Kirk, der keine besondere musikalische Ausbildung genossen hatte, spürte sofort, daß sie nur einen kleinen Teil des gesamten Liedes vernahmen. Wunderschön klingende Harmonien wehten ihnen entgegen, verflüchtigten sich dann einem akustischen Nebelhauch gleich in den Frequenzbereichen, die Menschen nicht mehr wahrnehmen konnten. Einige Klänge bildeten ein zartes Gespinst, doch der Captain konnte sich nicht des Eindrucks erwehren, daß einige Stimmen fehlten und Lücken im Gewebe der Melodien entstanden. Die sirenenhaften Gesänge führten einige Sekunden lang zu einer übermäßigen Stimulation der Sinne, und die Angehörigen der Landegruppe blieben wie erstarrt stehen und lauschten der fremden Musik.

Spock gab sich wie immer völlig unbeeindruckt. Unmittelbar nach dem Retransfer schaltete er seinen Tricorder ein und nahm erste Messungen vor. Maslin schien völlig hingerissen zu sein, trat einen Schritt vor – und hätte in dem weichen und unter ihm nachgebenden Sand fast das Gleichgewicht verloren. Uhura streckte den Arm aus und stützte ihn. Der Komponist ignorierte die Frau an seiner Seite, konzentrierte sich ganz auf den melodischen Gesang der Taygetianer.

Über ihnen wölbte sich ein sonderbarer, silbergrauer Himmel. Weit und breit keine Wolken. Grüne Wellen rollten gegen den glitzernden Strand und schäumten mit einem dumpfen Zischen über funkelnde Felsen. Kleine, vogelartige Geschöpfe glitten übers Meer, die schimmernden blauen Schwingen weit ausgebreitet. Sie piepten und zirpten, und wenn die Gischt der Brandung davonsprühte, ließen sie sich dem Sand entgegenfallen und schnappten nach irgendwelchen Dingen, die das Wasser dort zurückgelassen hatte. Der vom Ozean her wehende Wind war bitterkalt und roch nach Salz und Tang.

»Gütiger Himmel«, brummte Chefingenieur Scott und preßte die Hand aufs Ohr. »Wenn die Wesen Tag und Nacht singen werden wir wohl kaum richtig schlafen können.«

»Es deutet alles darauf hin, daß die Taygetianer ihren Gesang niemals beenden, Mr. Scott«, sagte Spock. »Aber vermutlich gewöhnen wir uns nach einigen Stunden daran.«

»Sehen Sie nur, Captain«, ließ sich Unteroffizier Chou vernehmen und zeigte auf den Strand. »Unsere Ankunft ist nicht unbemerkt geblieben.«

Alle blickten in die entsprechende Richtung. In einer Entfernung von einigen hundert Metern sahen sie etwa dreißig Taygetianer, die sie aus großen blauen Augen beobachteten. Einige von ihnen lagen übereinander, und es hatte den Anschein, als seien sie von den Menschen bei irgendeinem Spiel gestört worden. Einige Sekunden lang rührte sich niemand von der Stelle, und dann stimmten die Wesen eine wahre Kakophonie an: Sie zirpten und trällerten, summten und pfiffen, und immer wieder starrten sie besorgt und furchtsam an den kristallenen Klippen empor, die am Rande des Strandes wie die Mauern von märchenhaften Eisschlössern in die Höhe ragten. Von dort ging der wesentlich melodischere Gesang aus. Der strahlende Glanz des Sandes und der Kristallformationen blendete die Menschen, aber als sie die Augen zusammenkniffen, konnten sie einige erwachsene Taygetianer in ihren Grotten erkennen.

»Es ist fast so, als warnten sie die Erwachsenen«, sagte Uhura leise.

»Aber es erfolgt keine Reaktion«, meinte Maslin, hob die schmale Hand und beschattete sich die Augen. »Sie singen einfach weiter.«

»Das Verhalten der Jungen stellt einen eindeutigen Hinweis auf Intelligenz dar. Aber die erwachsenen Exemplare...« Spock schüttelte den Kopf. »Offenbar schenken sie einer potentiellen Gefahr nicht die geringste Beachtung. Ein solches Gebaren entspricht nicht dem von vernunftbegabten Geschöpfen.«

»Da muß ich Ihnen widersprechen, Mr. Spock«, warf Kirk ein. »Tiere geraten in Panik und fliehen, wenn sie sich bedroht sehen. Nur Intelligenzen sind imstande, solche Instinkte zu unterdrücken und sich ganz bewußt einer Gefahr zu stellen.«

Der Vulkanier musterte den Captain erstaunt. »Vermuten Sie etwa, die erwachsenen Taygetianer warten einfach nur ab?«

»Soweit wir wissen, reagieren sie nicht einmal dann, wenn die Jäger kommen und töten, um kristallene Tränen zu erbeuten«, sagte Kirk nachdenklich. »Vielleicht nehmen sie eine Aufgabe wahr, der nach ihrem Wertesystem eine wesentlich größere Bedeutung zukommt.«

Hinter ihnen erklang das leise Summen eines Transporterfeldes, und einige Sekunden später rematerialisierten Donovan und die drei Männer aus der Sicherheitsabteilung.

»Lieutenant Kyle bittet um eine kurze Nachricht, wenn Sie einen Lagerplatz gefunden haben. Er schlägt vor, die Basis in unmittelbarer Nähe der Klippen einzurichten, so daß wir bei einem Unwetter geschützt sind.«

»Danke, Donovan. Ich glaube, wir sollten Kyles Rat beherzigen.«

Sie setzten sich in Bewegung und wanderten über den Strand. Nach etwa dreihundert Metern fanden sie eine Höhle am Fuß der Klippen. Es handelte sich um einen Platz, der sich gut verteidigen ließ, und deshalb gab Kirk die Anweisung, dort das Lager aufzuschlagen. Er setzte sich mit Lieutenant Kyle in Verbindung, und kurz darauf formten sich im Schimmern des Transporterstrahls die Konturen der vielen Ausrüstungsgegenstände. Der Captain nickte zufrieden.

»In Ordnung, verlieren wir keine Zeit. Sobald wir hier alle Vorbereitungen getroffen haben, errichten wir eine Abschirmung. Und dann können wir uns einigermaßen sicher fühlen.«

»Glauben Sie, uns droht Gefahr, Captain?« fragte Uhura.

»Zwei klingonische Schlachtkreuzer umkreisen diesen Planeten, und außerdem müssen wir bald mit der Ankunft einer aus Klingonen bestehenden Landegruppe rechnen. Darüber hinaus hocken fremde Wesen in den Klippengrotten über uns.« Kirk lächelte und schüttelte den Kopf. »Nein, wir haben überhaupt nichts zu befürchten.« Uhura sah das ironische Blitzen in den nußbraunen Augen des Captains und lachte leise. Doch als sie sich Maslin näherte, wurde sie wieder ernst.

Die jungen Taygetianer beobachteten Kirk und seine Begleiter beim Auspacken. Als sich die Landegruppe den Klippen näherte, erklang ein fast hysterisches Schrillen, das kurz darauf zu einem verwirrt klingenden, melodischen Zirpen wurde. Ganz offensichtlich überraschte es die Eingeborenen, daß die Menschen die Sänger in den Grotten ignorierten.

»Sie fürchten, wir sind gekommen, um die Erwachsenen zu töten«, sagte Maslin, als er seinen Synthesizer überprüfte.

»Und sie sind verwirrt, weil wir nicht an den Klippen emporklettern, um den älteren Taygetianern irgendein Leid zuzufügen«, meinte Uhura und zog die Schutzhülle von dem Tastenfeld des Instruments, das Maslin fürs Komponieren verwendete. »Bisher beschränkten sich ihre Kontakte mit der Außenwelt nur auf die Jäger.«

»Nun, vielleicht nähern sie sich uns, wenn sie begreifen, daß wir nicht gekommen sind, um ihnen irgend etwas anzutun. Ich möchte die Laute der jungen Exemplare aufzeichnen, ihnen damit antworten und versuchen, mit Hilfe des Synthesizers eine Art Basisvokabular zusammenzustellen.«

Kirk wandte sich an die einzelnen Mitglieder der Landegruppe, gingen ihnen hier und dort zur Hand und überwachte die Sicherheitsmaßnahmen. Nach einer Weile trat er auf Uhura und Maslin zu. »Vielleicht lassen sie sich davon überzeugen, daß *wir* keine Gefahr für sie darstellen. Aber was ist mit unseren klingonischen Freunden? Ich hoffe nur, daß sie nicht auf die Idee kommen, Zielübungen mit ihren Intervallern zu veranstalten und auf die jungen Taygetianer zu schießen.«

»Sie sind so niedlich«, sagte Maslin. »Ich kann mir nicht vorstellen, daß jemand in der Lage wäre, ihnen etwas zuleide zu tun.«

»Für Klingonen spielen Begriffe wie Niedlichkeit keine Rolle«, erwiderte Uhura. Sie sah Kirk an und fügte hinzu: »Denken Sie nur an die Tribbles.«

Die Miene des Captains verfinsterte sich. »Meine Güte, erinnern Sie mich nicht daran. Wenn zwischen den Taygetianern und Klingonen eine derartige Antipathie entsteht…«

»Ich verstehe nicht ganz.« Maslin runzelte die Stirn.

»Das überrascht mich nicht«, sagte Uhura und berührte den Komponisten am Arm. »Es geschah auf einer anderen Welt. Eine ziemlich üble Geschichte. Ich erzähle sie dir später.«

»Nun, kehren wir an die Arbeit zurück«, brummte Kirk und blickte über den Strand. »Die Klingonen werden bald eintreffen, und bis dahin sollten wir hier fertig sein.«

»Sie rechnen doch nicht mit Schwierigkeiten, Captain, oder?« fragte Maslin.

»Ich rechne nicht mit ihnen, Mr. Maslin, aber ich habe es mir zur Angewohnheit gemacht, mich darauf vorzubereiten«, erwiderte Kirk und schritt davon.

»Das klingt nicht sonderlich beruhigend«, wandte sich der Musiker an Uhura.

»Sollte es aber. Gerade Captain Kirks Vorbereitungen haben uns schon mehrmals das Leben gerettet.«

Kor beobachtete, wie sich Kali den Gurt mit dem Intervaller umschnallte und ihn anschließend festzurrte. Die Lederriemen faszinierten und erregten ihn, obgleich er natürlich wußte, daß sie keineswegs nur einen erotischen Zweck erfüllten. Trotz ihrer zarten Schönheit war Kali eine hochintelligente, gründlich ausgebildete und überaus fähige Frau. Tatsächlich stand sie in dem Ruf, einer der besten Scharfschützen in der ganzen imperialen Flotte zu sein. Als er das seidene Haar betrachtete, das ihr über die Wangen strich, fühlte er sich mehr denn je zu Kali hingezogen, und plötzlich bedauerte er die Entscheidung, sie der Landegruppe zugeteilt zu haben.

Sie schien seine Gedanken erraten zu haben, hob den Kopf und sah ihn an. »Ich wünschte, ich könnte hierbleiben.«

»Ich auch, Liebste. Aber ich brauche dich, um Quarag und Jennas zu überwachen.«

»Wenn es zu irgendwelchen Problemen kommt, so beginnen sie bestimmt hier. Es gefällt mir gar nicht, dich mit Karsul alleinzulassen.«

»Mach dir keine Sorgen: Ich werde schon mit ihm fertig. Und falls nicht: Du könntest mir hier kaum helfen.«

»Aber ich wäre wenigstens bei dir.«

»Ach, Schatz, wenn es wirklich zum Schlimmsten kommt... Man wird uns wohl kaum die Möglichkeit geben, gemeinsam einen ehrenvollen Tod zu sterben.«

»Ich weiß. Und das bedaure ich sehr.«

»Komm her«, sagte Kor und hob die eine Hand. Kali trat an das Bett heran, auf dem er lag, und er zog sie auf sich herab. Er hauchte ihr einen Kuß auf das weiche Haar, roch den Duft ihres Parfüms. »Ich schicke dich nur ungern auf den Planeten, aber leider ist es notwendig, sowohl unsere eigenen Leute im Auge zu behalten als auch die Menschen. Und bei dir kann ich sicher sein, genaue Informationen zu bekommen.«

»Die Landegruppe wird von Quarag geleitet. Und das bedeutet: Er übermittelt die täglichen Berichte.«

»Stimmt schon. Aber du wirst dich jeden Abend bei mir melden. Benutz dabei einen speziellen Code.«

»Und wenn die Kommunikationsabteilung die Signale empfängt?«

»Macht weiter nichts«, entgegnete Kor. »Die Dechiffrierung dauert eine Weile – vorausgesetzt, sie ist ohne den Codeschlüssel überhaupt möglich. Karsul wird sich den Kopf darüber zerbrechen. Und seine Verunsicherung kann uns nur zum Vorteil gereichen.«

»Vielleicht hast du recht«, sagte Kali leise und rieb ihre Wange an der seinen. »Mir ist trotzdem nicht wohl bei der Sache.«

»Es kommt darauf an, dem Gegner immer einen Schritt voraus zu sein«, sagte Kor ernst. Gleich darauf lächelte er. »Das sollten wir auch unseren Söhnen und Töchtern lehren – wenn wir lange genug leben, um Kinder zu bekommen.«

»Du bist unmöglich, Kor – aber gerade deswegen liebe ich dich so sehr. Sehen wir uns erst nach der Mission wieder, oder hast du die Absicht, dem Planeten einen Besuch abzustatten?«

»Nun, ich glaube, ich werde mich mindestens einmal hinunterbeamen lassen. Ich möchte einen unmittelbaren Eindruck von den Taygetianern gewinnen.«

»Glaubst du wirklich, daß sie in direktem Zusammenhang mit der Raum-Zeit-Anomalie stehen?«

»Nein. Aber wenn die Menschen eine Landegruppe ausschicken, muß ich ihrem Beispiel folgen. Strategie, meine Liebe.«

»Nein, Politik, mein Lieber.« Kali ahmte seinen Tonfall nach und lächelte. »Ich glaube, ich sollte jetzt besser gehen.« Sie gab ihm einen Kuß und stand auf. »Heute abend setze ich mich mit dir in Verbindung.«

Kor stemmte sich ebenfalls in die Höhe und strich seine Tunika glatt. »Ich begleite dich zum Transporterraum. Zumindest das bin ich dir schuldig.«

Die anderen Angehörigen des Einsatzteams warteten bereits in der Transferkammer. Kor trat an den Offizier hinter der Kontrollkonsole heran.

»Sind die Menschen schon unten?«

»Ja, Sir. Seit zwanzig Minuten.«

»Gut. Unsere Gruppe soll einen knappen Kilometer von ihrem Lager entfernt rematerialisieren.«

»Ja, Sir.«

»Kor«, sagte Kali leise und gesellte sich an seine Seite. »Hältst du das für klug?«

»Ich möchte, daß sie nervös werden. Sie sollen sich nicht zu sicher fühlen.«

Sie musterte ihn verwundert und schüttelte den

Kopf. »Betrifft diese Taktik nur die Menschen?« fragte sie so leise, daß nur Kor sie verstehen konnte.

»Nein«, hauchte er.

Die anderen Klingonen traten auf die Transferfelder. Kor legte Kali die Hände auf die Schultern und sah ihr ernst in die Augen. »Überlebe und hab' Erfolg«, sagte er sanft.

»Ich werde mich bemühen.« Und dann: »Ich wünsche dir ebenfalls alles Gute.«

Kor nickte, ließ sie los und wich zur Konsole zurück. Im Vergleich zu den hochgewachsenen und kräftig gebauten Männern auf der Transporterplattform wirkte Kali besonders klein und zart. Energie schimmerte, und einige Sekunden später war die Landegruppe verschwunden. Kor unterdrückte ein Seufzen und kehrte in Richtung Brücke zurück. Ohne Kali fühlte er sich allein und völlig isoliert, und er hoffte, daß es ihm gelang, das empfindsame Gleichgewicht zwischen den Terranern und seiner aufsässigen und ehrgeizigen Crew zu wahren.

Wie dem auch sei, dachte er fatalistisch und zuckte mit den Schultern. *Wenn ich versage, wird Karsul dafür sorgen, daß ich mir nicht allzu lange Gedanken darüber zu machen brauche.*

Einige Sekunden lang fragte sich Kor, ob Kirk mit ähnlichen Problemen zu kämpfen hatte. Aus irgendeinem Grund zweifelte er daran.

»Wir bekommen Gesellschaft, Captain«, sagte Scott und nickte ruckartig. Die Stimme des Chefingenieurs klang fest, und seine Züge verhärteten sich. Kirk und Spock drehten sich um und sahen in die entsprechende Richtung. Etwas weiter entfernt am Strand sahen sie das Leuchten eines klingonischen Transporterfeldes. Ragsdale, Brentano und Lindenbaum, die drei Männer aus der Sicherheitsabteilung, zogen ihre Phaser und gingen in Deckung. Scott wandte sich von dem großen

Zelt ab, das er gerade montiert hatte, und lief los, um die linke Flanke abzusichern. Uhura holte ihren Kommunikator hervor und klappte ihn auf.

»Klingonen, Mr. Kyle«, sagte sie scharf. »Justieren Sie die Kontrollen auf unsere Koordinaten und halten Sie sich dafür bereit, uns an Bord zurückzuholen, wenn die Situation kritisch werden sollte.«

Nervös beobachtete Maslin die wachsamen Sicherheitsbeamten, musterte dann Kirk und Spock, die nach wie vor die Klingonen beobachteten. Aus den Augenwinkeln bemerkte er, wie Scott seinen Strahler entsicherte. Schließlich richtete er den Blick auf Uhura, in deren Miene er Besorgnis zu erkennen glaubte.

»Ich glaube, ich ziehe andere Gesellschaft vor«, brummte der Komponist und deutete auf die jungen Taygetianer, die sich inzwischen neugierig dem Lager genähert hatten.

»Leider kann man sich seine Freunde manchmal nicht aussuchen«, erwiderte Uhura. »Geh besser in Deckung.«

»Und du?«

»Ich kann mich sehr gut um mich selbst kümmern. Und außerdem ist es meine Pflicht, hier draußen zu sein.«

»Dann bleibe ich bei dir.«

»Ach, Guy, warum fühlst du dich bloß immer herausgefordert?« hielt ihm Uhura scharf entgegen. »Ich bin für eine solche Aufgabe ausgebildet, du nicht.«

»Warum glaubst du nur immer, mein Verhalten werde allein von übertriebenem Ehrgefühl bestimmt? Ist es dir noch nie in den Sinn gekommen, daß dabei auch Freundschaft und Zuneigung im Spiel sein könnten?«

Sie sahen sich an, und plötzlich schienen die Klingonen lichtjahrweit entfernt zu sein und keine Gefahr mehr darzustellen. Betroffen senkte Uhura den Kopf, als sie den besonderen Glanz in den Augen des Musikers bemerkte. Einige Sekunden lang war sie zutiefst erschüttert und sehnte sich nach einfacheren Empfindungen. Das Flirten, die intimeren Beziehungen, die darauf folgten – das alles erschien ihr weitaus sicherer als das Feuer der Liebe, das nun in Maslin brannte.

»Es tut mir leid«, brachte sie schließlich hervor. »Ich hatte kein Recht, deine Motive in Frage zu stellen.«

»Braves Mädchen«, sagte er und strich mit den Fingerkuppen über ihre Wange. »Muß ich mich jetzt in einem Zelt verkriechen oder darf ich hier bei dir stehenbleiben?«

Uhura war dankbar dafür, das Thema wechseln zu können. Es lag ihr nichts daran, über die jähe Veränderung in ihrem Verhältnis zu sprechen. »Jetzt ist es ohnehin zu spät, irgendwo Schutz zu suchen. Und da bisher noch niemand geschossen hat, droht uns wohl keine unmittelbare Gefahr.«

»Ich dachte, wir hätten eine Vereinbarung mit den Klingonen getroffen.«

»Sei doch nicht so naiv, Guy. Gesetze sind für die Klingonen nur dazu da, um gebrochen zu werden. Sie nutzen jede Gelegenheit, um Verrat zu üben.«

»Das wußte ich nicht«, sagte Maslin leise und beobachtete die fünf finsteren Männer, die sich ihnen in Begleitung einer kleinen, dunkelhaarigen Frau näherten. »Ich hielt das nur für Propaganda, um Steuergelder für Starfleet lockerzumachen.«

»Gestehst du uns inzwischen zumindest ein gewisses Existenzrecht ein?« fragte Uhura mit gelindem Spott. Kirk gab ihr ein Zeichen, und daraufhin schob sie den Phaser ins Halfter zurück. Die Sicherheitsbeamten zögerten, bevor sie ihrem Beispiel folgten.

Die Klingonen blieben stehen und starrten verwirrt auf die jungen Taygetianer am Rande des Lagers. Die Eingeborenen musterten sie furchtsam aus ihren blauen Augen. Uhura schauderte unwillkürlich, als sie sah, wie einige der Neuankömmlinge die herrlich schimmernden Pelze der kleinen Sänger betrachteten. Vielleicht überlegten sie bereits, welche Preise sich dafür erzielen ließen.

»Ich grüße Sie, Kirk«, sagte ein besonders großer Klingone und stieg über einen Taygetianer hinweg. »Ich bin Lieutenant Commander Quarag, wissenschaftlicher Offizier der *Klothos.*«

»Willkommen auf Taygeta, Commander«, sagte Kirk und deutete ein Lächeln an.

»Erheben Sie bereits Anspruch auf diese Welt? Sind Sie deshalb so vermessen, uns wie Gäste zu begrüßen?« Quarag lächelte ebenfalls, doch sein Gesicht wirkte dabei alles andere als freundlich.

»Weder Ihr Imperium noch die Föderation haben das Recht, diesen Planeten zu beanspruchen«, warf Spock ein. »Er ist bereits bewohnt. Und nur die Eingeborenen können entscheiden, ob und mit wem sie ein Bündnis eingehen.«

»Die Eingeborenen?«

»Überall um Sie herum«, sagte Kirk.

Quarag starrte auf die pelzigen Wesen. »Diese *Tiere*?«

»Die dominierende Lebensform auf Taygeta V«, stellte Kirk fest.

»Wenn das ein Trick von euch Terranern ist, um diese Welt zu übernehmen...«

»Keineswegs«, widersprach Spock. »Bei den Taygetianern, die Sie hier sehen, handelt es sich um vernunftbegabte Geschöpfe. Sie haben eine sehr komplexe Sprache entwickelt, und allein deswegen verdienen sie es, als intelligente Spezies klassifiziert zu werden.«

»Mein wissenschaftlicher Offizier Mr. Spock, der unsere Landegruppe leitet, ist davon überzeugt, daß es eine Verbindung zwischen den Taygetianern und der Raum-Zeit-Anomalie gibt«, sagte Kirk ruhig.

»Das haben wir schon gehört«, entgegnete Kali. »Aber der Grund dafür ist mir nach wie vor unklar.«

Die Angehörigen des von der *Enterprise* stammenden Einsatzteams musterten Kali neugierig, denn an Bord klingonischer Raumschiffe hielten sich nur selten Frauen auf. Nur bei einer anderen Gelegenheit hatten sie eine Klingonin kennengelernt: Mara, Kangs Frau. Kirk entsann sich an sie und sah ein entsprechendes Erinnerungsbild: hochgewachsen und schlank, ein Gesicht mit scharfgeschnittenen Zügen, kantig und doch nicht ohne eine gewisse Eleganz. Bisher hatte Kirk Mara für eine typische Klingonin gehalten, doch nun begriff er, daß er sich irrte. Die Frau vor ihm war klein und zart, und irgendein Aspekt ihrer dunklen, honiggelben Haut erinnerte an feines Porzellan. Der durchdringende Blick des Captains schien Kali nicht weiter zu stören. Nach einer Weile drehte sie den Kopf, musterte die anderen Menschen aus topasfarbenen Augen und richtete ihre Aufmerksamkeit schließlich auf Uhura.

»Geht es dabei um den Gesang?« fragte sie plötzlich und sah an den Klippen hoch.

»Woraus schließen Sie das?« erwiderte Maslin, trat einen Schritt auf sie zu und beobachtete sie wachsam.

»Ich weiß nicht genau. Die Melodie... berührt irgend etwas in meinem Innern. Ich habe das Gefühl, ihre Bedeutung verstehen zu können, wenn es mir gelänge, mich intensiv genug darauf zu konzentrieren. Sie scheint von... von vielen Dingen zu berichten«, fügte sie verwirrt hinzu. Maslin fragte sich, aus welchem Grund sie sich mitten im Satz unterbrochen hatte.

»Sie sind sehr scharfsinnig«, sagte Kirk und lächelte besonders freundlich. Das Glitzern in seinen Pupillen deutete darauf hin, daß er Gefallen an der schönen Klingonin fand. »Ja, es geht um den Gesang. Deshalb haben wir einen der besten Musiker in der Föderation mitgebracht.« Er zeigte auf den Komponisten. »Mr. Guy Maslin.«

Kali nickte höflich, und Quarag verzog verächtlich das Gesicht. Ganz offensichtlich waren die Klingonen nicht auf eine wissenschaftliche Untersuchung vorbereitet, die derartige Kenntnisse erforderte.

»Nun, ich bin sicher, wir sind mit unseren eigenen Methoden in der Lage, das Rätsel zu lösen«, sagte Quarag schroff.

»Oh, das bezweifle ich nicht«, erwiderte Kirk. »Wo wollen Sie Ihr Lager aufschlagen?«

»Dort«, sagte der Klingone und deutete auf einen hohen Hügel. Von jener Stelle aus hatte man einen guten Blick auf das Lager der Menschen.

»Wie sehr sie uns doch vertrauen«, wandte sich Ragsdale leise an Brentano.

»Ich habe nichts dagegen, daß sie uns beobachten«, erwiderte der blonde Sicherheitsbeamte. »Aber ich wünschte, sie würden dabei einen Abstand von mindestens fünf Kilometern wahren. Es gefällt mir nicht, sie so nahe zu wissen.«

»Das reicht«, sagte Scott scharf. Kirk drehte den Kopf und bedachte die beiden Männer aus der Sicherheitsabteilung mit einem verweisenden Blick. Verlegen begriffen Ragsdale und Brentano, daß die Klingonen ihren kurzen Wortwechsel gehört hatten.

»Wir richten unsere Basis ein und machen uns sofort an die Arbeit«, sagte Quarag.

Kirk nickte. »Es steht Ihnen frei, unsere Instrumente zu verwenden. Je enger wir zusammenarbeiten, desto wahrscheinlicher ist es, daß es uns bald gelingt, das Problem aus der Welt zu schaffen.«

»Ich schätze, das wird nicht notwendig«, entgegnete einer der anderen Klingonen herablassend. »Es gibt nichts, was wir von Terranern lernen könnten.«

»Seien Sie kein Narr, Jennas«, warf Kali ein und seufzte. »Unsere wichtigste Aufgabe besteht darin, die Ursache des Raum-Zeit-Risses festzustellen und die von dort ausgehenden Gefahren zu beseitigen.«

»Wer befehligt dieses Team?« fragte Quarag bissig. »Sie oder ich? Ich warne Sie, Kali: Ich werde nicht zögern, notwendige disziplinarische Maßnahmen zu ergreifen.«

»Sie kennen meine Autorität«, gab die Klingonin mehrdeutig zurück.

»Der Umstand, daß Sie mit Kor ins Bett steigen, gibt Ihnen keine Macht über mich!« sagte Jennas. »Nehmen Sie sich nicht zuviel heraus!«

Kirk wechselte einen kurzen Blick mit Spock, trat vor und berührte Kali vorsichtig am Arm. Sie zuckte zurück, und der Captain überlegte, ob man ihr – ebenso wie Mara – Geschichten von Folterungen und Todeslagern auf der Erde erzählt hatte.

»Seien Sie unbesorgt. Von uns haben Sie nichts zu befürchten.«

»Mein Mann behauptete, Sie unterschieden sich von den meisten anderen Menschen.«

»Und was ist mit Ihnen?«

»Wir beginnen jetzt mit der Einrichtung unserer Basis«, verkündete Quarag besonders laut, so als wolle er Kirk und Kali voneinander trennen und noch einmal betonen, wer das Kommando führte.

»Brauchen Sie Hilfe dabei?« fragte Kirk zuvorkommend. Er machte sich einen Spaß daraus, die Geduld des Klingonen auf die Probe zu stellen.

»Nein, danke«, preßte Quarag hervor und versuchte, nicht die Beherrschung zu verlieren. »Kommen Sie, Kali.« Er drehte sich ruckartig um und marschierte über den Strand davon, gefolgt von den anderen Klingonen. Die jungen Taygetianer schienen indessen den Zorn der Fremden wie auf der Haut zu spüren, denn die krochen nervös zur Seite.

»Eine interessante Frau«, meinte Spock, als Kirk nachdenklich die dunklen Gestalten beobachtete.

»Kann man wohl sagen. Und ich frage mich, aus welchem Grund sie hier ist.«

»Glauben Sie, es steckt mehr dahinter?«

»Ich weiß es nicht. Bisher ist es nur so eine Ahnung. Ich habe das Gefühl, daß es bei den Klingonen nicht ganz mit rechten Dingen zugeht.«

»Wäre das nicht ein Vorteil für uns?« warf Scott ein und trat an Kirk und den Vulkanier heran.

Der Captain verzog das Gesicht und schüttelte skeptisch den Kopf. »Vielleicht. Vielleicht auch nicht. Manchmal drohen am Rande des Schlachtfeldes größere Gefahren als mitten im Getümmel. Nun, wir sollten die Augen offenhalten.«

»Hast du einige Minuten Zeit oder bist du noch immer Madam Starfleet?«

Uhura sah von dem stationären Tricorder auf, den sie gerade justiert hatte, runzelte die Stirn und strich eine lockere Haarsträhne zurück. »Ich habe dich doch gebeten, mich nicht mehr so zu nennen.«

Maslin zuckte mit den Schultern. »Du sahst so unnahbar aus, daß ich die Bezeichnung für gerechtfertigt hielt.«

»Ich bin *beschäftigt*, nicht unnahbar. Diese Tricorder sollen am Rande des Lagers aufgestellt werden. Sie kontrollieren unsere Umgebung bis zu einer Entfernung von knapp zweihundert Kilometern und übermitteln dem Bordcomputer der *Enterprise* alle ermittelten Daten.«

»Wie beeindruckend«, brummte Maslin und hockte sich in den Sand. Er grub die Hand in die muskovitartige Masse, hob sie und beobachtete, wie die feinen Körner durch seine Finger rieselten. Uhura seufzte und ließ sich neben dem Komponisten auf die Knie sinken.

»Gibt es irgendeinen Grund für deine Griesgrämigkeit? Oder handelt es sich wieder nur um die Laune eines Künstlers?« Sie versuchte, möglichst ruhig zu sprechen, aber in ihrer Stimme ließ sich trotzdem eine gewisse Schärfe vernehmen.

Maslin errötete, und dadurch wirkten seine Wangen nicht mehr ganz so blaß. »Entschuldige bitte. Bestimmt hast du es inzwischen satt, daß ich mich dauernd wie ein nörgelnder Fünfjähriger aufführe.«

»Lieber Himmel«, erwiderte Uhura. Als sie lächelte, bildeten sich einige dünne Falten in ihren Augenwinkeln. »Du bist nicht griesgrämig, sondern krank. Habe ich mich eben verhört, oder hast du dich tatsächlich entschuldigt?«

Maslin schnitt eine Grimasse. »Oh, manchmal erinnere ich mich daran, wie man sich benimmt. Aber solche Phasen dauern nie lange, und deshalb rate ich dir, dich nicht daran zu gewöhnen.«

»Wie du meinst. Und nun: Was ist los?«

Er runzelte die Stirn, stützte die Ellenbogen auf die Knie und blickte übers Meer. »Ich langweile mich, komme mir überflüssig vor. Alle anderen hantieren mit diversen Instrumenten, führen Messungen durch oder stehen Wache. Für mich hingegen gibt es nichts zu tun. Man scheint mich für einen Teil des allgemeinen Inventars zu halten.«

»Es ist schon recht spät«, entgegnete Uhura sanft. »Es hat keinen Sinn, noch heute abend mit der Analyse des taygetianischen Gesangs zu beginnen. Außerdem: Wenn hier im Lager alle Vorbereitungen beendet sind, kommt dein großer Auftritt. Dann werden *wir* zu Statisten. Uns geht es praktisch nur darum, dir zu helfen. Du bist derjenige, der das Rätsel der Lieder lösen muß. In diesem Zusammenhang sind wir nichts weiter als deine Assistenten.«

Er berührte sie an der Wange. »Du hättest Psychologin werden sollen. Du hast die erstaunliche Fähigkeit, andere Leute mit wenigen Worten davon zu überzeugen, sie seien wichtig.«

Uhura drehte den Kopf und hauchte ihm einen Kuß auf die Hand. »Danke.« Sie stand auf und strich den Sand von der Hose. »Gedulde dich noch ein wenig. Ich bin in fünf Minuten fertig.«

»Und dann?«

»Dann können wir vielleicht einen Spaziergang machen.«

»Großartig. Ich möchte weitere Eindrücke von dieser Welt gewinnen.«

»Ich auch. Aber frag zuerst bei Spock nach.«

»Brauchen wir etwa eine Erlaubnis, um uns die Beine zu vertreten?«

»Einen knappen Kilometer von hier entfernt haben Klingonen ein Lager am Strand aufgeschlagen, und außerdem befinden wir uns auf einem unerforschten Planeten.«

»Schon gut, schon gut«, sagte Maslin hastig und hob wie abwehrend die Hände. »Ich verstehe. Vielleicht gelingt es mir mit deiner Hilfe, demnächst einsichtiger zu sein.«

Uhura sah ihm nach, als er zu den aus Fertigteilen errichteten Unterständen zurückging, und erneut verspürte sie eine Mischung aus Freude und Aufregung – ihre typische Reaktion auf die Gegenwart des Musikers. Irgend etwas geschah mit ihr. Sie wußte jetzt, daß ihre Zuneigung und Begehren nicht mehr nur einseitig waren, sondern erwidert wurden. Bald blieb ihr nichts anderes mehr übrig, als sich der neuen Lage zu stellen und eine gründliche Situationsanalyse vorzunehmen, doch im Moment schreckte sie noch davor zurück. Zu sehr befürchtete sie, einige Entscheidungen treffen zu müssen, und deshalb zögerte sie nach wie vor, die veränderte Realität zu akzeptieren.

Sie hoffte, daß sie Spocks Genehmigung für einen kleinen Ausflug bekamen. Uhura fühlte sich ebenfalls von der silbernen Schönheit des Planeten fasziniert, von dem eindringlichen und bezaubernden Gesang, dessen Melodien über den stillen Ozean hinwegwehten.

Die pelzigen Geschöpfe dicht an der Wassergrenze... Uhura suchte nach einer angemessenen Bezeichnung für die Gruppe. Herde? Schar? Sie hielt das zweite Wort für angebrachter. Die jungen Taygetianer gruben Mulden in den feuchten Sand und bereiteten sich auf die

Nacht vor. Die ganze Zeit über trällerten und zirpten sie, tollten immer wieder umher. Mit schaufelartigen Gliedmaßen schoben sie die körnige Masse beiseite und rollten sich anschließend zusammen.

Guy kehrte zurück und wankte durch den weichen Sand. »Spock hat nichts gegen einen Spaziergang einzuwenden, betonte allerdings, wir müßten in einer halben Stunde zurück sein.« Maslin keuchte, und erst als Uhura die weiße Fahne seines Atems sah, stellte sie fest, daß die Temperatur bereits merklich gesunken war.

»Dann bleibt uns nicht viel Zeit.«

»Nein. Vermutlich möchte der Vulkanier vermeiden, daß wir uns in der Dunkelheit verirren. Die Sonne geht gleich unter.« Maslin deutete auf den Horizont.

Uhura drehte sich um und beschattete sich die Augen. Das Zentralgestirn des taygetianischen Sonnensystems neigte sich dem grünen Ozean entgegen, und die Wolken am Himmel erglühten in goldenen und purpurnen Tönen. Zum erstenmal seit ihrer Ankunft auf dem Planeten sah Uhura andere Farben als das silberne und weiße Schimmern der Kristalle, und sie genoß den Anblick.

Als ihr einfiel, daß sie wertvolle Zeit vergeudete, griff sie rasch nach dem Tricorder und schlang sich den Trageriemen über die Schulter. Sie hakte sich bei Guy ein, und zusammen mit dem Komponisten wanderten sie nach Norden. Sie mieden die Nähe der Taygetianer, um die pelzigen Wesen nicht zu erschrecken, aber die Präsenz der beiden Menschen schien die jungen Sänger nicht zu beunruhigen. Sie beobachteten sie aus hellblauen Augen, rührten sich aber nicht von der Stelle. Als Uhura und Maslin den Weg fortsetzten, begannen einige von ihnen zu trällern und wackelten mit den Köpfen.

»Sie sind ganz bestimmt intelligent«, meinte Maslin. »Ich meine: Jene Laute eben klangen wie ein Gruß.«

»Den Eindruck hatte ich auch.«

»Wie war es nur möglich, daß die Föderation diese Wesen als Tiere klassifizierte? Jäger, die ihre Schockstäbe an die Schädel der Sänger halten und sie mit einer elektrischen Entladung töten... Man sollte die verdammten Bürokraten, die dazu ihren Segen gaben, auf die gleiche Art und Weise behandeln. Sie müßten es am eigenen Leib spüren.«

Uhura musterte ihn überrascht. »Woher weißt du davon?«

»Eine ehemalige Freundin wünschte sich eine Kristallträne. Und wenn ich die Absicht habe, eine Menge Geld auszugeben, stelle ich vorher einige Nachforschungen an.«

»Hast du ihr eine gekauft?«

»Nein. Ich fand die Art und Weise, wie die Tränen auf dieser Welt gewonnen werden, abscheulich und barbarisch.«

Sie schoben sich an einem Felsvorsprung vorbei und entdeckten weiter vorn etwas, das wie ein an den Klippen emporführender Pfad aussah. Dort war der Sand glatt und wirkte wie von schweren Körpern zusammengepreßt. Maslin und Uhura sahen sich erstaunt an.

»Ein Weg zu den Erwachsenen?« fragte der Komponist.

»Möglicherweise. Wir haben noch ein paar Minuten Zeit. Laß uns noch etwas weiter gehen; vielleicht finden wir irgend etwas Interessantes.«

Der Pfad wand sich an kristallenen Formationen und rissigen Felsen vorbei, dicht am Fuß der Klippen, gesäumt von geborstenem Gestein. Nach einer Weile blieb Uhura stehen, runzelte die Stirn, drehte sich langsam um die eigene Achse und beobachtete die Umgebung.

»Stimmt etwas nicht?«

»Keine Ahnung. Der Weg ist ganz offensichtlich ziemlich alt, aber in der letzten Zeit scheint er nicht mehr sehr oft benutzt worden zu sein. Wenn du verstehst, was ich meine...«

Maslin sah sich ebenfalls um und zuckte dann mit den Schultern. »Ich kann nichts Besonderes erkennen.«

»Ich bin mir gar nicht sicher, ob es *irgend etwas* zu erkennen gibt. Aber ich habe das Gefühl, daß dieser Pfad nicht in erster Linie dazu dient, Begegnungen zwischen den jungen und erwachsenen Taygetianern zu ermöglichen.«

»Und?«

»Es ist doch seltsam, daß die älteren Exemplare dieser Spezies so wenig Interesse an ihrem Nachwuchs zeigen. In evolutionärer Hinsicht führt das zu einer Reduzierung des Überlebenspotentials.«

Guy schürzte nachdenklich die Lippen und schüttelte den Kopf. »Vielleicht glauben die Erwachsenen, etwas Wichtigeres zu tun zu haben, als ihre Kinder zu beaufsichtigen.«

»Auch Spock vermutet etwas in der Art. Aber es erscheint mir trotzdem sonderbar.«

Schweigend kletterten sie weiter, und einige Sekunden später erstarrte Uhura plötzlich. Maslin hatte in Richtung Meer gesehen und stieß gegen die Frau vor ihm. Er setzte zu einer Bemerkung an, schloß den Mund jedoch wieder, als Uhura abrupt abwinkte. Dann begriff er, warum sie so überraschend stehengeblieben war. Hinter einigen nahen Felsen führte jemand ein leises Gespräch in einer Sprache, die der Musiker nicht verstand. Uhura hob ihren Tricorder und schaltete ihn behutsam ein. Das Murmeln und Brummen dauerte noch eine Zeitlang an, und dann ertönte ein scharfes Klicken. Offenbar war irgendein Gerät desaktiviert worden. Uhura hakte den Tricorder hinter ihren Gürtel zurück und sprang mit einem Satz vor.

Diesmal war Maslin vorbereitet, denn er hatte gesehen, wie Uhura die Muskeln anspannte. Er zögerte nicht und folgte ihr sofort, als sie losstürmte.

Die Klingonin Kali kniete vor ihnen im Sand und machte gerade Anstalten, einen Kommunikator einzustecken. Als sie die beiden Menschen sah, flackerte Entsetzen in ihren goldenen Augen, und die rechte Hand tastete nach dem Intervaller im Gürtelhalfter.

»Um Himmels willen, nein...« begann Guy, aber Uhura war schneller. Mit einer fließenden Bewegung trat sie an Kali heran und trat zu. Ihre Stiefelspitze traf die Waffe und schleuderte sie davon. Die fremde Frau verzog das Gesicht und hielt sich die schmerzende Hand.

»Tut mir leid«, sagte Uhura und ging neben Kali in die Hocke. Sie wich von ihr zurück, entspannte sich dann aber, als sie begriff, daß sie nichts zu befürchten hatte. Wachsam musterte sie den Kommunikationsoffizier von der *Enterprise*. »Gebrochen?«

»Nein«, antwortete Kali. »Nur ein blauer Fleck, weiter nichts.«

Uhura sah auf den im Sand liegenden Intervaller. »Wir neigen dazu, aus Reflexen heraus zu handeln und erst später nachzudenken, nicht wahr?« fragte sie in einem bedauernden Tonfall.

Kali seufzte und nickte langsam. »Vielleicht kommt es deshalb immer wieder zu kriegerischen Auseinandersetzungen zwischen unseren beiden Völkern.«

»Durchaus möglich«, erwiderte Uhura vorsichtig.

»Was machen Sie hier?« erkundigte sich Maslin und setzte sich auf einen nahen Felsen.

»Ich sehe mir den Planeten an.«

»Aber...« Maslin brach ab, als Uhura ihm einen warnenden Blick zuwarf.

»Bitte?«

»Nun... äh... das könnte gefährlich sein«, improvisierte der Komponist.

Kali lachte – ein fast melodisches Geräusch, das für einige Sekunden mit dem allgegenwärtigen Gesang der Taygetianer verschmolz. »Ich bin nicht so schwach und hilflos wie eine typische Terranerin. Ich kann auf mich selbst achtgeben.«

»Ich glaube, in dieser Hinsicht steht Ihnen Lieutenant Uhura in nichts nach«, bemerkte Guy herausfordernd.

Kali bedachte Maslin mit einem finsteren Blick, und Uhura sagte rasch: »Streitereien um rassische Überlegenheit haben noch nie zu etwas geführt, weder in meiner Heimatwelt noch im All. Captain Kirk hat recht: Wenn wir das Rätsel lösen wollen, müssen wir zusammenarbeiten. Was halten Sie jetzt von den Taygetianern, nachdem Sie Gelegenheit hatten, sich hier umzusehen?«

»Einige unserer Offiziere wären sofort bereit, sie als Tiere zu klassifizieren.« Kali beobachtete die beiden Menschen. »Solche Einstufungen erleichtern die Kolonisierung von Planeten, auf denen bereits Lebensformen existieren.«

»Und Ihre Ansicht?«

»Ich zweifle inzwischen nicht mehr an der Intelligenz der Eingeborenen. Aber ich frage mich nach wie vor, warum Sie annehmen, es gebe eine Beziehung zwischen den Taygetianern und der Raum-Zeit-Anomalie.«

»Ich ebenfalls, um ganz ehrlich zu sein«, brummte Maslin und ließ sich zwischen den beiden Frauen in den Sand sinken. »Spock hat diese Theorie entwickelt, und wir können sie erst verifizieren, nachdem wir eine gründliche Analyse des Gesangs durchgeführt haben.«

»Wenn es sich um eine Sprache handelt... Warum verwenden Sie dann nicht einfach Ihre automatischen Transkriptoren?«

»Das hat Spock heute nachmittag versucht«, sagte Uhura.

»Und das Ergebnis bestand aus wirrem Kauderwelsch«, fügte Guy aufgeregt hinzu. »Als ich zum erstenmal eine Aufzeichnung des taygetianischen Gesangs hörte, stellte ich sofort fest, daß lange Sequenzen fehlen. Offenbar waren die Übersetzungsgeräte nicht in der Lage, die akustischen Modulationen in allen Frequenzbereichen zu registrieren, und daher blieb das gewünschte Resultat aus.«

»Woher wollen Sie wissen, daß die Lieder nicht vollständig sind?« fragte Kali, rutschte dabei ein wenig zur Seite und lehnte sich mit dem Rücken an einen großen Stein.

»Musik ist hörbare Mathematik. In der mathematischen Wissenschaft gibt es das Prinzip der logischen Progression – ebenso wie bei der Musik.« Maslin beugte sich ein wenig vor. »Ich besitze ein besonderes Talent und bin daher imstande, Musik unmittelbar in Zahlen zu übertragen. Als ich mir die Aufzeichnung anhörte, spürte ich sofort, daß etwas fehlt.«

»Und jetzt?«

»Jetzt hat sich dieser Eindruck noch verstärkt.«

»Ich bin mir nicht sicher, ob ich verstehe, was Sie meinen. Aber es wäre bestimmt interessant, Ihnen bei der Arbeit zuzusehen.«

»Kommen Sie ruhig, um mich zu beobachten. Morgen beginne ich damit, den Synthesizer auf den Gesang der Taygetianer zu programmieren. Mit der Hilfe jenes Gerätes müßte ich mir eigentlich ein Bild von der Musiktheorie der hiesigen Eingeborenen machen können.«

»Und das gibt Ihnen die Möglichkeit, ihre Sprache zu entschlüsseln?«

»Wir kämen damit zumindest einen großen Schritt weiter.«

Die Klingonin schwieg einige Sekunden lang und dachte nach. Dann sah sie auf. »Vielleicht statte ich Ihrem Lager einen Besuch ab.«

»Wir würden uns freuen«, erwiderte Uhura, griff nach dem Intervaller und reichte ihn Kali, mit dem Kolben voran. Die klingonische Frau blickte auf die Waffe, hob den Kopf und starrte Uhura verwirrt an. »Nehmen

Sie sie ruhig. Ich glaube, wir wissen jetzt, daß keiner von uns die Absicht hat, jemanden zu töten.«

Kali schob den Intervaller hastig ins Halfter. »Es wird bald dunkel. Ich muß jetzt zu meinen Leuten zurückkehren.«

»Und auch wir sollten uns auf den Rückweg machen«, sagte Uhura, stand auf und klopfte den Staub von der Hose. »Spock wird uns den Hals umdrehen, wenn wir uns verspäten.«

»Wäre das nicht eine sehr unlogische Reaktion?« fragte Maslin.

»Er fände bestimmt einen logischen Grund, um sein Verhalten zu rechtfertigen.«

»Eine sehr praktische Eigenschaft des Vulkaniers, vergleichbar mit einem selektiven Gewissen oder Gedächtnis.« Er streckte die Hand aus, und Uhura half ihm beim Aufstehen.

»Besuchen Sie unser Camp, Kali. Sie sind uns ein willkommener Gast.«

»Mal sehen. Sind Sie Berufsmusiker?« wandte sie sich an Guy. Er nickte. »Nun, vielleicht können Sie einmal für mich spielen. Ich mag Musik.« Kali wandte sich um und ging davon. Maslin sah ihr verblüfft nach, und Uhura lachte leise, als sie seinen ungläubigen Blick bemerkte.

»Ich soll für sie spielen? Als sei ich eine Art Nachtclubmusiker, der für Geld bestimmte Stücke zum besten gibt? Hat sie überhaupt eine Ahnung, wer ich bin?«

»Nein«, erwiderte Uhura. »Wir wissen nicht besonders viel über die klingonische Gesellschaftsstruktur, aber Musiker genießen dort sicher kein besonders großes Ansehen. Außerdem: Du hast für uns gespielt, Guy.«

»*Mit* euch«, verbesserte er sie, als er nach ihrer Hand griff. Seite an Seite kehrten sie in die Richtung zurück, aus der sie gekommen waren. »Zumindest mit denen, die sich um Aufnahme in die Landegruppe bewarben.

Es waren Hörproben und Übungen.« Maslin seufzte. »Ich bin daran gewöhnt, für meine Vorstellungen bezahlt zu werden. Und zwar ziemlich gut. Im Vergleich dazu ist der Sold eines Lieutenants lächerlich gering.«

»Ich dachte, du hättest dich inzwischen an deine Funktion bei dieser Mission gewöhnt, Guy. Ich hoffte sogar, du fändest allmählich Gefallen daran.«

»Das musikalische Rätsel fasziniert mich, aber andererseits bin ich noch immer sauer, wenn ich daran denke, auf welche Art und Weise mich der Captain dienstverpflichtet hat. Ich habe die feste Absicht, Starfleet zu verklagen, wenn dies alles vorüber ist. Was die Dinge angeht, die mir gefallen...« Maslin blieb stehen und legte Uhura die Hände auf die Schultern. Sie standen nun vor dem Fuß der Klippen, und die Sonne war eine glühende, orangefarbene Scheibe, die am Horizont auf dem Meer zu ruhen schien. »Du bist der einzige Lichtblick bei dieser ganzen Angelegenheit.«

Er küßte sie, und Uhura wich nicht zurück. Während sie sich umarmten, gewannen sie den Eindruck, als tauche die Sonne in die schimmernden Fluten des Ozeans, und der Himmel gewann eine dunkelblaue Tönung. Die Sterne glänzten wie Diamanten am Himmel, und ihr funkelndes Licht fiel durch Lücken in den Wolkenschleiern. Die jungen Taygetianer am Strand stemmten sich auf ihren vorderen Flossen in die Höhe, sahen in Richtung der hohen Kristallwand und stimmten einen leisen und schwermütigen Gesang an, der sich mit den Melodien der Erwachsenen verwob.

Die pelzigen Geschöpfe neigten die Schädel hin und her, und die beiden Menschen waren wie hypnotisiert von den sanften, melancholischen Klängen. Einmal mehr ignorierten die erwachsenen Taygetianer das, was unterhalb ihrer Grotten geschah. Sie sangen weiter, reagierten überhaupt nicht auf die klagenden Lieder der Jungen. Maslins Hände begannen zu zittern, und in seinen Augen glänzte es feucht. Auch Uhura spürte das sehnsüchtige Verlangen und die tiefe Trauer in der Melodie, schmiegte sich an den Komponisten und fühlte, wie er erneut die Arme um sie schlang.

»So kummervoll«, sagte sie leise. »Wenn ich nur wüßte, was der Gesang bedeutet.«

»Das werden wir bald erfahren. Ich hoffe nur, wir können ihnen helfen.«

Das letzte Licht des Tages verblaßte, und das seltsame Lied endete. Die jüngeren Taygetianer ließen sich in ihre Sandmulden zurücksinken und bereiteten sich auf die Nachtruhe vor. In der Ferne sahen Maslin und Uhura die Lichter des Camps, jenseits davon die Lampen des klingonischen Lagers – wie aufmerksam blickende Augen, die die Menschen beobachteten.

Der Gesang der erwachsenen Taygetianer dauerte an. Guy und Uhura setzten sich wieder in Bewegung, hatten es plötzlich eilig, in die Sicherheit und Wärme des Camps zurückzukehren. Die gewaltige Weite des unerforschten Planeten und das Geheimnis der sirenenhaften Melodien weckten dumpfes Unbehagen in ihnen. Sie atmeten unwillkürlich auf, als sie das runde Gesicht Fred Ragsdales sahen, der am Rande des Lagers Wache hielt.

Später in jener Nacht lag Maslin stumm in seinem Zelt und lauschte den Melodien. Warm spürte er Uhuras Oberschenkel an seiner Seite. Sie war zu ihm in den Schlafsack geschlüpft, und ihr Atem strich ihm wie zärtlich über den Arm. Der Musiker rückte ein wenig von ihr fort, um eine bequemere Position zu finden und den Arm zu entspannen. Die dunkelhäutige Frau murmelte etwas und schlief weiter. Maslin hauchte ihr einen Kuß aufs Haar und ließ den Kopf aufs Kissen zurücksinken.

Der Gesang war verlockend, schien eine besondere Botschaft für ihn zu sein – doch während er lauschte, regte sich plötzlich irrationale Furcht in ihm. Der Chorus wurde leiser und sanfter, und es kam zu einer subtilen Veränderung in der Harmonie, die ihn an das Stück ›Die Winterreise‹ erinnerte. Er schlang die Arme ein wenig fester um Uhura und begann flüsternd zu singen.

»Als Fremder kam ich hierher,
und als Fremder muß ich wieder gehen.
Ich kann nicht bestimmen,
wann meine Reise beginnt.
Und den Weg muß ich selbst finden,
in der Dunkelheit.
Nur mein Schatten begleitet mich
durch den Mondschein.

Ich störe dich nicht in deinen Träumen,
denn du sollst ruhen.
Du wirst meine Schritte nicht hören...
Leise, leise, die Tür schließen!
Und bevor ich gehe,
schreibe ich aufs Tor: ›Gute Nacht.‹
Das soll dir zeigen,
daß ich an dich dachte.«

KAPITEL 6

»Hat Lieutenant Mendez inzwischen die Nachricht transkribiert, die Lieutenant Uhura empfing, Captain?« Spock saß auf einem zusammenklappbaren Stuhl am Rande der kleinen Bucht, die ihnen als Lagerplatz diente. Von dieser Stelle aus konnte er sowohl die Klingonen im Lager auf dem Hügel beobachten als auch die jungen Taygetianer, die auf dem Strand umhertollten und dann und wann ins eiskalte Wasser sprangen. Niemand störte ihn bei seinem Gespräch mit Kirk.

»In der Tat, Mr. Spock«, klang die Antwort des Captains aus dem kleinen Lautsprecher des Kommunikators. »Die Mitteilung bestätigt meinen Verdacht, daß Kor einige Probleme hat.«

»Wie meinen Sie das, Captain?« Als der Vulkanier erregt klingende Stimmen vernahm, drehte er den Kopf und sah über die Schulter hinweg zu der kleinen Gruppe, die sich an Maslins Compusynthesizer eingefunden hatte. Zwischen Maslin und Brentano schien es zu einem Streit gekommen zu sein. Spock spielte mit dem Gedanken, die Verbindung zur *Enterprise* zu unterbrechen, um schlichtend einzugreifen, doch als er Uhura sah, die ihr Zelt verließ und sich näherte, entspannte er sich wieder. Er war sicher, daß sie die Auseinandersetzung beenden konnte. Menschliche Emotionen verwirrten ihn noch immer, und der Grund für die Antipathie zwischen Maslin und dem untersetzten Sicherheitsbeamten war ihm nach wie vor ein Rätsel.

»Sind Sie noch da, Spock?«

»Ja, Captain. Ich wurde gerade abgelenkt. Was sagten Sie eben?«

»Offenbar wandte sich die Klingonin nicht an ihren unmittelbaren Vorgesetzten auf dem Planeten. Sie benutzte sowohl einen Richtstrahl als auch einen speziellen Code, um Kontakt mit ihrem Mann aufzunehmen.«

»Warum sollte sie es für notwendig halten, Commander Kor geheime Nachrichten zu übermitteln?«

»Das frage ich mich auch. Die von uns mitgeschnittene Botschaft enthielt keine Hinweise. Aber meiner Meinung nach deutet alles darauf hin, daß Kor keine volle Kontrolle über sein Schiff hat.«

»Befürchten Sie eine Meuterei?«

»So etwas geschieht bei den Klingonen recht häufig.«

»Wollen wir nur hoffen, Captain, daß Lieutenant Commander Kali ihren Mann weiterhin auf dem laufenden hält und er das Kommando nicht an einen weniger einsichtigen Mann abtreten muß.«

»Ich halte ständig nach irgendwelchen Anzeichen für ungewöhnliche Ereignisse Ausschau, Spock. Ich habe unsere zahlenmäßige Unterlegenheit nicht vergessen, und außerdem ist mir klar, daß die Klingonen heimtükkische Kämpfer sind. Wie sieht's bei Ihnen aus?«

»Alles läuft nach Plan. Mr. Maslin hat seine Vorbereitungen abgeschlossen und wird heute damit beginnen, den Synthesizer zu programmieren.«

»Und wie lange wird das dauern, Mr. Spock?«

»Das weiß ich nicht genau, Sir. Der Umstand, daß die automatischen Transkriptoren keine Bedeutungsanalyse des Gesangs vornehmen konnten, läßt mich vermuten, daß es um mehr geht als nur die Decodierung einer fremden Sprache.«

»Das klingt nicht besonders zuversichtlich, Mr. Spock.«

»Ich wußte nicht, daß Sie in erster Linie einen optimistischen Tonfall erwarteten, Captain. Ich nahm an, Ihnen seien Fakten wichtiger als aufmunternde Bemerkungen, die unter den gegebenen Umständen jeder Logik entbehren.«

Kirk seufzte. »Ein Scherz, Mr. Spock.«

Der Vulkanier zögerte. »Ich verstehe. Nun, gibt es sonst noch etwas, Captain?«

»Im Augenblick nicht. Vielleicht statte ich Ihnen morgen oder übermorgen einen Besuch ab, aber derzeit muß ich mich um andere Dinge kümmern. Ich werde mich jetzt in den Maschinenraum begeben. Riley berichtete von einigen seltsamen Fluktuationen in den Dilithiumkristallen.«

»Möchten Sie, daß ich Riley helfe? Ich hielte es für recht unangenehm, wenn wir aus irgendeinem Grund große Energiemengen benötigten, die uns die Kristalle nicht zur Verfügung stellen können.«

»Es wäre nicht nur unangenehm, sondern möglicherweise fatal. Nein, Spock. Bleiben Sie ruhig auf dem Planeten. Wenn sich herausstellt, daß wir es mit einem echten Problem zu tun haben, rufe ich Scotty zurück.«

»In Ordnung, Captain. Spock Ende.«

Der Vulkanier klappte den Kommunikator zu und hakte ihn wieder an den Gürtel. Im klingonischen Lager schien rege Aktivität zu herrschen, aber das Durcheinander wirkte unstrukturiert und ziellos. Spock schüttelte den Kopf und wunderte sich über die unwissenschaftlichen Methoden, die bei den Klingonen zur Anwendung kamen. Er hatte kaum Hoffnung darauf, daß ihre mißtrauischen Partner einen sinnvollen Beitrag zu den Forschungsarbeiten leisteten, argwöhnte sogar, daß sie sich feindselig verhalten könnten, wenn den Menschen eine wichtige Entdeckung gelang. Er beschloß, die Männer aus der Sicherheitsabteilung darauf hinzuweisen, weiterhin die Augen offenzuhalten und trotz der derzeitigen Ruhe nicht in ihrer Wachsamkeit nachzulassen. Der Vulkanier verlor keine Zeit und stand auf, um mit den betreffenden Besatzungsmitgliedern zu reden.

Uhura legte den Empfänger auf den großen, stationären Tricorder, der ständig die seismischen und klimatischen Bedingungen kontrollierte, griff dann nach dem sonischen Verbindungsmodul. Ihre Finger tasteten vergeblich über die Schachtel, und sie kam zu dem Schluß, daß das Instrument während ihrer Arbeit heruntergefallen war. Sie brummte leise, hielt mit der einen Hand den Empfänger fest und strich mit der anderen über den Sand.

Irgend etwas preßte sich an ihren linken Oberschenkel. Überrascht drehte sie den Kopf und blickte über die Schulter. Der Empfänger rutschte vom Tricorder herunter, und plötzlich sah sich Uhura einem jungen Taygetianer gegenüber. Das pelzige Wesen hielt das Verbindungsmodul vorsichtig im Mund, und dadurch bot das Geschöpf einen grotesken Anblick: Das kleine, schraubenzieherartige Instrument ragte zwischen den lächelnden Lippen des Taygetianers hervor, und in den großen, blauen Augen schimmerte offensichtliches Interesse. Uhura lachte leise und ging in die Hocke.

»Vielen Dank«, sagte sie freundlich und zog das Modul vorsichtig aus dem Mund des Wesens. »Willst du mir helfen?«

Der Taygetianer summte und piepste und wackelte begeistert mit dem runden Kopf.

»Wahrscheinlich verstehst du meine Worte ebensowenig, wie ich deine Laute zu deuten vermag. Ich hoffe, das ändert sich bald.«

Das pelzige Geschöpf zirpte und beschnüffelte den Tricorder.

»Du hältst das bestimmt für ein komisches Ding, nicht wahr?« fragte Uhura. Sie nahm den Empfänger und befestigte ihn an der Apparatur. »Es handelt sich um einen Tricorder. Er ist viel schwerer als die, die wir normalerweise verwenden, aber dafür hat er auch eine größere Reichweite. Er soll Daten über die auf deiner Heimatwelt herrschenden Umweltbedingungen ermitteln, und vielleicht können wir uns dadurch ein genaueres Bild von eurer Entwicklungsgeschichte machen. Na, was meinst du dazu?«

Der junge Taygetianer schien sich nicht besonders für die verschiedenen Evolutionsstadien seiner Spezies zu interessieren, richtete die Aufmerksamkeit statt dessen auf den Phaser an Uhuras Gürtel. Er kroch noch ein wenig näher heran und versuchte, die Waffe mit seinen erstaunlich flexiblen Lippen aus dem Halfter zu ziehen.

»Nein, das solltest du besser lassen. Du könntest dich verletzen, wenn du damit spielst.« Mahnend deutete Uhura auf den Phaser und schüttelte demonstrativ den Kopf.

Der Taygetianer reagierte mit einem lauten, zirpenden Gesang und tanzte um die Frau herum. Uhura erinnerte sich dabei an ihre kleinen Schwestern, die immer wieder versucht hatten, auf dem Rasen vor dem Haus der Eltern mit ihr Fangen zu spielen.

Sie lachte und strich dem Wesen über den Kopf. Der Pelz fühlte sich außergewöhnlich weich an, wie erlesene Seide. Nach einigen Sekunden stand sie abrupt auf und wich hastig von dem Geschöpf zurück. Der Taygetianer schien die Regeln des Spiels sofort zu begreifen, denn er folgte Uhura, sauste über den Sand und klopfte mit seiner Rückenflosse auf den Stiefel der Frau. Unmittelbar im Anschluß daran stob er davon, und Uhura nahm die Verfolgung auf. Auf diese Weise setzte sich das Spiel einige Minuten lang fort – bis der Taygetianer ins Meer hüpfte, auf dem Rücken im Wasser schwamm und Uhura einen kecken und herausfordernden Blick zuwarf. Sie blieb am Strand zurück.

»Wenn ich keine Uniform tragen würde und das Wasser nicht so kalt wäre, würde ich ebenfalls ein Bad nehmen!« rief sie und schüttelte die Faust. Der Sänger trällerte und ließ sich von den grünen Wellen tragen. Uhura lachte erneut und kehrte in Richtung des Lagers zurück. Inzwischen war es wesentlich wärmer geworden; sie öffnete die Parka und genoß die kühle Brise. Plötzlich war der Taygetianer wieder neben ihr und tollte im Sand. Wassertropfen glitzerten wie Kristalle auf seinem weißen Pelz.

Einige Stunden später leistete ihr der junge Sänger noch immer Gesellschaft. Er schmiegte sich an ihre Beine, als sie Spocks Lyra stimmte.

»Ich werde noch eifersüchtig, wenn dieser kleine Kerl weiterhin meinen Platz beansprucht«, sagte Guy. Er lächelte, aber seine Wangen waren aschfahl, und er bewegte sich langsam und ungelenk. Uhura unterdrückte die Versuchung, ihn zu fragen, wie er sich fühlte. Sie wußte, daß sie ihn damit nur verärgert hätte.

»Mach dir keine Sorgen. Dieser kleine Kerl ist doch nur ein Kind.«

»*Er,* hm? Vor einer Weile hast du noch von einem *es* gesprochen.«

Uhura strich über den weichen Rücken des Taygetianers, und der junge Sänger erschauerte wohlig. »Er vermittelt mir das sichere Gefühl, es mit einem männlichen Wesen zu tun zu haben.«

»Wieso?« erkundigte sich Maslin und ließ sich auf der anderen Seite des Stuhls zu Boden sinken.

»Weil er ziemlich frech und ungezogen ist«, erwiderte Uhura liebevoll und kraulte den Nacken des Wesens.

»Ach, Mädchen, Sie sollten nicht mit allen Vertretern des männlichen Geschlechts so hart ins Gericht gehen, nur weil Sie in dieser Hinsicht eine schlechte Erfahrung machen mußten.« Scotty deutete auf Maslin, als er in den Kreis der Unterkünfte trat. Er bedachte den Musiker mit einem breiten Grinsen. Maslin gab sich erzürnt und musterte den Chefingenieur finster. »Sie sollten sich einmal einem Mann widmen, der weiß, was gute Manieren bedeuten und Sie mit Respekt behandelt.« Deutlich war sein schottischer Akzent zu hören.

»Nun, Mr. Scott, ich wußte gar nicht, daß Sie interessiert sind«, erwiderte Uhura.

»Weil ich bisher immer glaubte, Sie würden mir nur die kalte Schulter zeigen.«

»Und ich nehme an, mit dieser Vermutung liegen Sie vollkommen richtig«, warf Maslin ein. »Uhura zieht jemanden vor, der Federation Basic sprechen kann, ohne dabei seine ethnische Abstammung zu verraten.«

»Oh, oh«, machte Uhura und musterte die beiden Männer abwechselnd. »Jetzt wird's ernst.«

Maslin lächelte hintergründig, und Scott runzelte die Stirn. Doch das amüsierte Funkeln in den Augen des Chefingenieurs zeigte deutlich, daß er keineswegs beleidigt war. »Na schön, Sie Ssasenach. Diese Runde geht an Sie. Aber ich warne Sie: Bei der nächsten sich bietenden Gelegenheit verlange ich Revanche.«

»Daran zweifle ich nicht. Schotten sind besonders nachtragend. Im Verlaufe der letzten sechs Jahrhunderte haben sie immer wieder den Krönungsstein* stibitzt.«

Scotty lächelte nachdenklich und legte die Hände auf den Rücken. »Stimmt genau. Zum letztenmal geschah das vor achtundzwanzig Jahren.«

»Und Sie waren daran beteiligt«, sagte Uhura und lachte. »Scotty, ich schäme mich für Sie.«

»Es ging um die Ehre Schottlands, Teuerste.«

»Ich wußte gar nicht, daß Schotten so etwas wie Ehrgefühl besitzen«, brummte Maslin leise.

»Das habe ich gehört.«

»Fangt nicht schon wieder an«, seufzte Uhura.

Die restlichen Angehörigen der Landegruppe kehrten nacheinander ins Camp zurück. Sie waren inzwischen schon an den spektakulären Sonnenuntergang gewöhnt, der den Himmel in bunten Regenbogenfarben erglühen ließ und die Klippen in ein gewaltiges, funkelndes Juwel verwandelte. Chou und Donovan bereiteten das Abendessen zu, und die anderen setzten sich ans Lagerfeuer und plauderten. Spock saß ein wenig abseits und sprach in seinen Recorder. Eigentlich war das Feuer überhaupt nicht notwendig, denn zu ihrer Ausrüstung gehörten auch zahlreiche Thermolater-

---

* Krönungsstein: in den Krönungssessel der englischen Könige eingelassener Sandsteinblock; Anmerkung des Übersetzers

nen und ein Nahrungsmittelprozessor. Aber die prasselnden Flammen schufen eine angenehme Atmosphäre. Spock hatte angesichts dieser unlogischen Form der Wärmeerzeugung nur verwirrt mit dem Kopf geschüttelt, jedoch keine Einwände erhoben, als einige Teammitglieder darum ersuchten, eine Stunde lang von ihren Pflichten befreit zu werden, damit sie Treibholz sammeln konnten. Nach den für ihn manchmal sehr erstaunlichen Erfahrungen an Bord der *Enterprise* wußte er, daß er von den Menschen nicht erwarten konnte, seine starre, logische Perspektive zu teilen.

Nach dem Essen blieben sie am Feuer und blickten gedankenverloren in die Glut. Maslin streckte sich aus und legte den Kopf auf Uhuras Schoß. Ihre dünnen Finger strichen ihm zärtlich durchs Haar und glätteten die dunklen Strähnen. Der junge Sänger zeichnete sich offenbar durch eine spezielle emotionale Wechselhaftigkeit aus, denn er machte jetzt Guy zum Objekt seiner Zuneigung und lag zusammengerollt auf den Beinen des Komponisten.

Maslin öffnete das eine Auge, hob den Arm, zog Uhuras Hand zu sich herab und hielt sie kurz an die Lippen. Sie lächelte, beugte sich vor und hauchte ihm einen Kuß auf die Stirn. An Bord der *Enterprise* hätte sie ihre Gefühle niemals so offen gezeigt, aber hier, auf der Oberfläche des Planeten, fühlte sich Uhura weniger gehemmt. Die anderen Angehörigen der Landegruppe akzeptierten die sich vertiefende Beziehung zwischen ihr und dem Musiker, und deshalb machte Uhura keinen Hehl aus ihren Empfindungen für den kleinen Mann.

Spock holte seine Lyra und zupfte behutsam an einer Saite. Ein zarter Klang wehte durch die Nacht, gefolgt von einer sanften Melodie. Uhura hob den Kopf, als sie die Einleitung zu ›Jenseits von Antares‹ erkannte, eines Stückes, das sie selbst verfaßt hatte, während einiger einsamer Stunden.

Sie begann zu singen, und die hellen Klänge der Leier trugen ihre Stimme davon, machten sie zu einem Teil der Melodien, die von den erwachsenen Taygetianern in den kristallenen Grotten ausgingen. Die anderen Leute am Feuer richteten sich auf, hörten zu und nickten anerkennend.

Mit der Sensibilität eines natürlichen Telepathen spürte Spock, daß sie beobachtet wurden. Seine langen Finger strichen weiterhin geschickt über die Saiten der Lyra, aber er hob den Kopf und sah in die Dunkelheit. Die Augen des Vulkaniers waren empfindlicher als die von Menschen, und daher erkannte er die schattenhafte Gestalt, die etwas weiter entfernt neben einem Felsvorsprung stand.

»Mr. Ragsdale«, sagte er leise. »Ich habe jemanden gesehen, dort drüben am Fuß der Klippen, auf der rechten Seite unseres Lagers. Überprüfen Sie diese Person – aber lassen Sie sich nichts anmerken.«

»Ja, Sir.« Der stämmige Sicherheitsbeamte stand auf, streckte sich und näherte sich einem der Zelte. Unterwegs gähnte er mehrmals.

Uhura saß mit dem Rücken zum Unbekannten, und deshalb konnte sie ihn nicht beobachten. Sie hatte plötzlich das Gefühl, als klebe ihr jemand eine Zielscheibe auf die Schultern, und jeden Augenblick rechnete sie damit, das Fauchen eines Intervallers zu hören. Sie fragte sich, warum die Klingonen nur eine Person ausgeschickt hatten. Aber vielleicht, so überlegte sie, befanden sich noch weitere in der Nähe, irgendwo zwischen den Felsen. Als Ragsdale in der Finsternis verschwand, begriff sie plötzlich, wer sich ihrem Lager genähert hatte.

»Mr. Spock«, sagte sie ruhig. »Ich glaube, es ist die junge Klingonin. Guy und ich haben Sie gestern bei unserem Ausflug getroffen und hierher eingeladen. Wenn wir ihr einen Schrecken einjagen, könnte sie den Waffenstillstand in Gefahr bringen.«

Spock sah sich um und suchte nach dem Sicherheitsbeamten. »Ich fürchte, jetzt ist es zu spät, Mr. Ragsdale zurückzurufen.« Gelassen fügte er hinzu: »Uns bleibt keine andere Wahl als abzuwarten, wie sich die Dinge entwickeln.«

»Ich habe eine bessere Idee«, sagte Guy und setzte sich auf. »Warum bitten wir Kali nicht einfach, hierher zu kommen, bevor der Hitzkopf über sie herfällt?«

Uhura wandte sich an Spock und hob die Augenbrauen. »Das wäre durchaus logisch.«

Für einen Sekundenbruchteil wirkte der Vulkanier betreten. Möglicherweise bereitete es ihm eine gewisse Verlegenheit, daß Maslin eine einfachere Lösung gefunden hatte. Dann aber nickte er. »In Ordnung. Geben Sie ihr Bescheid, Lieutenant. Sie hatten wenigstens Gelegenheit, sich kennenzulernen.«

Uhura stand auf und blickte in die entsprechende Richtung. Sie konnte niemanden sehen, wußte jedoch, daß sich Spock nicht irrte. Wenn er behauptete, auf etwas aufmerksam geworden zu sein, so konnte sie ihm vertrauen.

»Kali?« rief sie. »Bitte kommen Sie und leisten Sie uns Gesellschaft.«

Einige Sekunden lang regte sich nichts. Dann bemerkte Uhura die Klingonin: eine dunkle Gestalt, die plötzlich in der Finsternis Konturen gewann, sich aus leerer Luft zu formen schien.

Vorsichtig trat Kali in den Schein des Feuers. Ihr war klar, daß sie ein nicht unerhebliches Risiko einging und Kor ihre Verhaltensweise wahrscheinlich verurteilt hätte, aber die Menschen machten sie neugierig.

Die Blicke aller Anwesenden richteten sich auf sie, und Kali sah ihre Gesichter als weiße Flecken vor einem schwarzen Hintergrund. Nur Uhura bildete eine Ausnahme: Ihre Haut war noch dunkler als die eines Klingonen. Sie wirkten seltsam und fremdartig, und Kali erinnerte sich an all die Geschichten über Folter und

Verrat, die sie gehört hatte. Dumpfes Unbehagen regte sich in ihr, und die Finger der rechten Hand tasteten unwillkürlich nach dem Kolben des Intervallers. Sie wäre sofort bereit gewesen, von der Waffe Gebrauch zu machen, wenn sich einer der Menschen gerührt hätte. Aber sie blieben still und entspannt sitzen, als sie sich näherte. Ihre Ruhe stand in einem krassen Gegensatz zu der in Kali wachsenden Anspannung.

Aber warum sollten sie nervös werden? fuhr es ihr verärgert durch den Sinn. *Ich befinde mich auf ihrem Territorium, und sie sind mir zahlenmäßig weit überlegen.*

Als sie bis auf einige Meter heran war, ließ sie ihren Blick rasch über die Anwesenden schweifen. Nur der Captain und ein Sicherheitsbeamter fehlten. Sie hatte damit gerechnet, daß Kirk zur *Enterprise* zurückkehrte, aber die Abwesenheit eines Wächters erfüllte sie mit neuer Unruhe.

Ein großer, schlanker Mann mit dunklem Haar und freundlich blickenden, blauen Augen beugte sich vor und griff nach einer Kanne, die auf einem Rost über dem Feuer stand. »Möchten Sie eine Tasse Kaffee?« Er trug die Abzeichen der Sicherheitsabteilung. Sein blonder und stämmiger Begleiter runzelte unwillig die Stirn.

Interessant, dachte Kali. *Vielleicht gefällt es nicht allen, mit den verhaßten Klingonen zusammenzuarbeiten.*

»Ist das ein bei Menschen gebräuchliches Getränk?«

»Ja«, erwiderte der Vulkanier. »Menschen finden es recht schmackhaft, aber es enthält einen großen Koffeinanteil, gegen den ich einige Einwände erhebe. Wir Vulkanier brauchen keine solchen Stimulanzien.«

»Deshalb seid ihr auch immer so verdammt kühl«, brummte Scotty. »In euren Adern fließt kein Blut, sondern Eiswasser.« Er griff in seinen Rucksack und holte eine kleine Flasche hervor. »Was mich angeht: Ich mag es, das Koffeinstimulans mit einem anderen Anregungsmittel zu verstärken.« Im Anschluß an diese Worte füllte er seine Tasse mit einer braunen Flüssigkeit auf.

Verwirrt wechselte Kalis Blick zwischen den beiden Männern hin und her. Uhura stand auf, berührte sie sanft am Ellenbogen und deutete auf einen leeren Stuhl.

»Ich kann Ihre Verwunderung verstehen. Sie sind gerade Zeugin einer von vielen Konfrontationen zwischen der menschlichen Kultur und vulkanischen Traditionen geworden. Für gewöhnlich trägt unser Bordarzt das irdische Banner, aber in seiner Abwesenheit wird er von Mr. Scott vertreten. Bitte nehmen Sie Platz.«

Kali ließ sich langsam auf den Stuhl sinken, und der dunkelhaarige Sicherheitsbeamte reichte ihr einen Becher. Skeptisch schnupperte sie daran und nahm einen Schluck. »Nicht übel.«

»Sehen Sie, Mr. Spock?« fügte Scott triumphierend hinzu. »Eine weitere raumfahrende Spezies, die wohlschmeckende Dinge zu schätzen weiß.«

Ragsdale kehrte aus der Dunkelheit zurück und schüttelte enttäuscht den Kopf. »Ich habe überall zwischen den Felsen gesucht, Mr. Spock!« rief er schon von weitem. »Aber ich konnte nirgends etwas finden.«

»Der unbekannte Beobachter wurde inzwischen lokalisiert«, erwiderte Spock.

»Und ist unser Gast«, fügte Maslin hastig hinzu, woraufhin sich Kali wieder entspannte. Allem Anschein nach hatten die Menschen nicht die Absicht, sie zu einer Gefangenen zu machen. Um über ihre Nervosität hinwegzutäuschen, nippte sie erneut an dem Kaffee. Es war still geworden, und die Terraner blickten stumm ins Feuer oder starrten in die Dunkelheit. Ihre offensichtliche Unsicherheit half der Klingonin dabei, sich zu beruhigen. Nach einer Weile wandte sie sich an Uhura.

»Ich habe Ihr Lied gehört. Sie singen ziemlich gut.«

»Danke. Es macht mir Spaß.«

»Was halten Sie davon, eine Vorstellung für mich zu geben?«

»Wenn Sie möchten...«

»Ich hole nur rasch die Violine.« Maslin sprang auf. »Und dann demonstrieren wir der jungen Dame, wie gut menschliche Musik klingen kann.« Er eilte zu seinem Zelt, kehrte wenige Sekunden später zurück und stimmte sein Instrument mit Spocks Lyra ab. Die beiden Menschen und der Vulkanier sprachen kurz miteinander und begannen dann mit einer einfachen, aber bezaubernden Melodie. Kali begriff sofort, daß sie improvisierten, denn keine Sequenz wiederholte sich. Trotzdem verschmolzen die Klänge zu einer einheitlichen Harmonie.

Die Klingonin umfaßte den Becher mit beiden Händen, genoß die davon ausgehende Wärme und spürte, wie sich die letzten Reste ihrer Anspannung verflüchtigten. Die Intonationen unterschieden sich sehr von klingonischer Musik, aber sie fand Gefallen daran, entsann sich an eine bestimmte Nacht vor einigen Monaten: Zusammen mit Kor hatte sie einen Weingarten auf Klinzhai besucht und gesungen und getanzt, bis die drei Monde untergingen. Die Gedanken an Kor erinnerten sie an ihre Einsamkeit, und sie fragte sich, was derzeit an Bord des Kreuzers geschah. Die Sorgen in Hinsicht auf Karsul, die Raum-Zeit-Anomalie, die Melancholie angesichts der Trennung von ihrem Mann – all das führte dazu, daß sie sich immer mehr in ihrem inneren Kosmos verlor und nicht mehr auf die Umgebung achtete.

»Kali?« fragte schließlich jemand, und ruckartig hob sie den Kopf.

»Ich schätze, das läßt keinen Zweifel an der Qualität unserer Musik«, sagte Maslin trocken. »Wir sorgen dafür, daß unsere Zuhörer einnicken.«

»Ich habe nicht geschlafen«, widersprach Kali. »Nur nachgedacht.«

»Sie wirkten sorgenvoll«, stellte der dunkelhaarige Mann fest, der ihr den Kaffeebecher gegeben hatte.

»Können wir Ihnen irgendwie helfen?« Kali musterte ihn argwöhnisch, aber er schien es ehrlich zu meinen. Eine weitere Überraschung, die ihr bisheriges Bild von den Menschen in Frage stellte.

»Ich möchte Ihnen nicht zu nahe treten«, sagte Scott, »aber mir fiel eben ein, daß Sie aufgrund Ihres Besuchs bei uns vielleicht in Schwierigkeiten kommen könnten. Sind Sie sicher, nicht in ein Wespennest zu geraten, wenn Sie in Ihr Lager zurückkehren?«

Kali lächelte dünn und rückte sich die goldene Schärpe ihres Rangs zurecht, die auf der dicken Jacke verrutscht war. »Nein. Ich bin Kors Frau, und das gibt mir einige Vorteile.«

»Stimmt es, daß klingonische Frauen nur durch Heirat in die Flotte aufgenommen werden?« fragte Unteroffizier Chou.

»Ja, das ist im großen und ganzen richtig. Eine Klingonin kann nur dann militärische Dienste leisten, wenn sie einen männlichen Beschützer oder Förderer hat. Es muß nicht unbedingt ein Ehemann sein.« Ihre Lippen verzogen sich zu einem schiefen Lächeln. »In unserer Gesellschaft nahmen die Frauen keine so privilegierten Stellungen ein wie in der Ihren.«

»Von irgendwelchen Privilegien kann keine Rede sein. Wir sind nur gleichberechtigt.«

»Darum beneide ich Sie.«

»Und wie steigen Sie in der imperialen Hierarchie auf?« fragte Uhura.

»Durch harte Arbeit, eiserne Disziplin und tadellose Pflichterfüllung. Und indem man sich an einen Mann bindet, der eine aussichtsreiche Karriere vor sich hat.«

»Und was geschieht, wenn der Betreffende Mißerfolge hinnehmen muß?« Donovan warf ein weiteres Holzscheit ins Feuer.

Funken stoben, und Kali starrte in die lodernde Glut. »Dann ist nicht nur er erledigt, sondern auch seine Frau.«

»Was für eine hirnrissige Organisation für eine Flotte«, stieß Brentano abfällig hervor und sah Kali haßerfüllt an.

»Ich bin sicher, bei Ihnen gibt es ebenfalls Dinge, die verbessert werden könnten.«

»Aber Sie *wissen* es nicht, oder?« höhnte der Sicherheitsbeamte.

»Halten Sie endlich die Klappe, Brentano«, preßte Lindenbaum scharf hervor und stemmte sich in die Höhe.

»Sind Sie auf eine Abreibung scharf? Nun, wenn Sie unbedingt wollen...« Brentano vollführte eine drohende Geste.

»Das reicht jetzt, Mr. Brentano!« warf Spock ein. Die beiden Männer aus der Sicherheitsabteilung der *Enterprise* nahmen stumm Platz. »Ich rate Ihnen, sich nicht nur an Ihre Anweisungen zu erinnern, sondern auch an die IDIC-Philosophie.«

»Immerhin sind es gerade die Unterschiede, die das Universum so interessant machen, mein Bester«, brummte Scotty.

Kali blickte über den Strand und beobachtete die Lichter des klingonischen Lagers. »Ich muß mich jetzt auf den Rückweg machen. Vielen Dank für Ihre Gastfreundschaft.«

»Sie sind jederzeit willkommen«, sagte Uhura.

»Ich wünschte, das könnte ich ebenfalls behaupten. Aber gewisse Dinge sind leider nicht möglich.«

»Wenn sich die Prophezeiungen der Organianer erfüllen, wird sich das irgendwann ändern«, erwiderte Spock.

Kali lächelte und streckte dem Vulkanier die Hand entgegen. »Mach ich mich des Verrats schuldig, wenn ich sage, daß ich mich Ihrer Hoffnung anschließe?«

»Keineswegs«, gab Spock zurück und schlug ein. »Es ist nur vernünftig.«

Alle Menschen verabschiedeten die Klingonin, und

nur Brentano blieb stumm und brütete vor sich hin. Der dunkelhaarige und freundliche Lindenbaum bot sich an, Kali zu begleiten. Sie bedachte auch ihn mit einem Lächeln und bemerkte, wie jung er im Vergleich zu Kor war.

»Das ist nicht notwendig, danke. Ich brauche nur eine kurze Strecke zurückzulegen, und auf dieser Welt droht mir keine Gefahr.« Sie zögerte, beobachtete die funkelnden Sterne am dunklen Himmel, dann das silbrige Schimmern des Ozeans, dessen Wellen im Takt des taygetianischen Gesangs an den Strand rollten. Leise fügte sie hinzu: »Um ganz ehrlich zu sein: Ich habe mich noch nie an einem friedlicheren Ort aufgehalten.«

»Mir ergeht es ebenso. Diese Welt scheint etwas auszustrahlen, das einen mit Ruhe erfüllt. Ich wünsche Ihnen eine gute Nacht, Kali.«

»Gute Nacht, Mr. Lindenbaum.« Sie trat in die Nacht – und bedauerte es, nicht nur die Wärme des Feuers zu verlassen, sondern auch die der darin sitzenden Personen.

Sie spürte, wie Ärger darüber in ihr emporstieg, den Schmeicheleien der Menschen erlegen zu sein. Gleichzeitig aber wußte sie, daß sie ihr nichts vorgemacht hatten. Das Wesen der Terraner wies einige sehr ernste und aufrichtige Aspekte auf, und nach der Feindseligkeit und scheinheiligen Heuchelei an Bord des Kreuzers empfand sie so etwas als willkommene Erleichterung.

Erneut regte sich Besorgnis in ihr, doch sie unterdrückte dieses Empfinden. Derzeit war ich nicht in der Lage, irgend etwas in bezug auf die Gefahren zu unternehmen, die Kor drohten. Sie beschloß, die gute Gelegenheit wahrzunehmen und sich zu entspannen, den Frieden dieses unerforschten Planeten zu genießen – und Kraft für die nächste Schlacht zu sammeln.

Kali nutzte den Schutz der Dunkelheit aus, kletterte leise am Hang des Hügels empor und kroch in ein Zelt. Nachdem sie den Sand teilweise zur Seite gestrichen hatte, streckte sie sich auf dem Boden aus und dachte an die fünf Männer, die draußen vor dem tragbaren Heizgerät saßen und tranken. Es lag ihr nichts daran, Quarag den Grund für ihre Abwesenheit zu erklären. Sie war die einzige Frau in der klingonischen Landegruppe, und dieser Umstand bewirkte vage Unsicherheit in ihr. Sie befürchtete, der Alkohol könne Feindseligkeit und Begehren in ihren Kameraden wecken, und vorsichtshalber schob sie ihren Intervaller unters Kopfkissen.

Nach einer Weile stemmte sie sich wieder in die Höhe, streifte sich die Stiefel von den Füßen und schlüpfte in den Schlafsack. Eine Zeitlang lauschte sie dem Gesang der Taygetianer, jener zauberhaften Melodie, die niemals verklang. Das Lied schien von Frieden, Ruhe und Harmonie zu berichten, und für einige Sekunden bedauerte Kali die Umstände, die sie dazu zwangen, immer wachsam zu sein, ständig dazu bereit, zur Waffe zu greifen.

Sie schlang die Arme um ihren Leib, und als sie schließlich einschlief, träumte sie, neben Kor zu liegen, an irgendeinem sicheren Ort, weit entfernt von den Intrigen und Ränkespielen in der imperialen Flotte.

KAPITEL 7

»Mr. Spock! Mr. Spock!« rief Donovan und lief zusammen mit Chou ins Lager. Spock wandte sich von Maslin und dem Synthesizer ab, und die restlichen Angehörigen der Landegruppe ließen alles stehen und liegen und eilten herbei.

»Irgendwelche Probleme, Mr. Donovan?«

»Nein, Sir, ich glaube nicht.« Der Lieutenant schnappte atemlos nach Luft. »Ich habe gerade etwas Verblüffendes gesehen.«

»Wir gingen an einem kleinen Fluß entlang, der rund sieben Kilometer südlich von hier ins Meer mündet«, berichtete Chou. »Plötzlich sprangen Hunderte von Fischen aus dem Wasser und blieben am Strand liegen. Dieses Phänomen wiederholte sich auch an anderen Stellen, denn wir setzten den Weg noch einige Kilometer weit fort und beobachteten überall zuckende Schuppenleiber.«

»Und dann kamen die jungen Taygetianer«, fügte Donovan hinzu. »Sie versammelten sich vor den Fischen, stimmten ein seltsames Lied an und – zack!« Er ruderte aufgeregt mit den Armen. »Von einem Augenblick zum anderen war der Strand vor ihnen leer!«

Spock strich sich nachdenklich mit dem Zeigefinger über die Lippen und musterte die beiden Gestalten vor ihm. »Ich hoffe doch, Sie haben den Gesang aufgezeichnet.«

»Nur einen Teil«, gestand Chou ein. »Wir waren so überrascht, daß wir die Tricorder nicht sofort einschalteten.«

»Geben Sie mir das Band«, sagte Maslin und streckte die Hand aus. »Ich speise die Daten in den Synthesizer ein.« Und, etwas leiser: »Vielleicht helfen sie mir dabei, einen Sinn in die Klangmuster zu bringen.«

»Interessant. Wäre es möglich, daß es sich bei dem

Verhalten der Fische um eine Art Paarungsraserei handelt?«

»Das halte ich für ausgeschlossen, Mr. Spock«, erwiderte Donovan fest. »Ich bin Biologe, und ein derartiges Gebaren habe ich noch nie zuvor beobachtet. Man hätte fast meinen können, als seien die Fische von einer unsichtbaren Kraft aus dem Wasser gerissen worden.«

»Gute Arbeit, Lieutenant. Ich danke auch Ihnen, Unteroffizier Chou. Wegtreten.« Die anderen Mitglieder des Untersuchungsteams wandten sich wieder ihren verschiedenen Aufgaben zu, und Spock kehrte in sein Zelt zurück, schloß die Zugangsplane und klappte den Kommunikator auf.

»Spock an *Enterprise*.«

»Hier *Enterprise*«, antwortete ihm die kratzige Stimme T'zeelas.

»Verbinden Sie mich mit Dr. McCoy.«

»Sofort, Sir... oh, einen Augenblick. Lieutenant Mendez möchte Sie dringend sprechen.«

»Mr. Spock, entweder haben wir hier ein Problem mit den Sensoren, das sich einer Analyse entzieht, oder auf dem Planeten geht etwas vor, das jeder Logik widerspricht.« Mendez klang ziemlich nervös.

»Worum handelt es sich?«

»Ich habe mir noch einmal die Scanner-Aufzeichnungen angesehen, die wir während der ersten Sondierung Taygetas anfertigten. Anschließend verglich ich sie mit den später ermittelten Daten. Und genau da liegt das Problem, Sir. Ganze Abschnitte unterscheiden sich völlig voneinander. Wo sich zuvor Wüsten erstreckten, deutet die Sensorerfassung jetzt auf die Existenz ausgedehnter Wälder hin. Ich habe die Scanner mehrmals überprüft, aber...«

»Ich vermute, die Bordinstrumente funktionieren einwandfrei«, sagte Spock und unterbrach den besorgten Vortrag Lieutenant Mendez'. »Zwei Angehörige unseres Teams haben kürzlich ein Phänomen beobachtet, das Ihren Beschreibungen ähnelt. Bitte geben Sie dem Captain und auch Dr. McCoy Bescheid. Ich möchte mich mit ihnen beraten.«

»Ja, Sir.«

»Was ist denn los, Spock?« ertönte kurz darauf die Stimme McCoys aus dem Lautsprecher des Kommunikators. »Wenn Sie nicht gerade das verschollene Schiff des agraveanischen Kaisers entdeckt haben, möchte ich nicht gestört werden. Ich bin sehr beschäftigt.«

»Zuerst einmal: Wenn Sie schon an jene Legende glauben – warum bringen Sie sie dann ausgerechnet mit diesem Planeten in Ver...«

Der Vulkanier unterbrach sich abrupt, als er einen lauten, schmerzerfüllten Schrei vernahm. Er übertönte den taygetianischen Gesang, fügte der perfekten Harmonie eine schrille Dissonanz hinzu. Spock stieß die Zugangsplane zur Seite und trat rasch nach draußen.

Niemand rührte sich von der Stelle. Der gräßliche Laut hatte alle erstarren lassen. Bis auf Maslin. Der Musiker preßte sich beide Hände an die Schläfen und sank neben dem Synthesizer zu Boden.

»Gütiger Himmel, was war denn *das*?« fragte McCoy.

»Schwierigkeiten, Doktor. Bitte lassen Sie sich sofort zu uns beamen. Mr. Maslin ist zusammengebrochen.« Spock klappte den Kommunikator zu und näherte sich dem Komponisten mit eiligen Schritten.

Einige andere Leute kamen ihm zuvor.

»Ich bin in Ordnung, verdammt«, knurrte Maslin und stieß die Hände beiseite, die ihm aufhelfen wollten. Ein Blick in sein Gesicht genügte, um zu erkennen, daß er log. Kalkweiße Haut spannte sich straff über den Jochbeinen.

»Was ist passiert, Mr. Maslin?« fragte Spock, als er nach den Armen des kleineren Mannes griff und ihn hochzog.

»Ich brauche keine Hilfe, verflucht!« stieß der Musiker hervor.

»Was Sie brauchen oder nicht, ist mir derzeitig völlig egal. Ich möchte wissen, was Ihren Kollaps verursacht hat.«

Maslin stand auf, zitterte und spürte neugierige Blikke auf sich ruhen. »Ich bin mir nicht sicher«, antwortete er schließlich. »Ich habe mit dem Synthesizer gearbeitet und versucht, eine Resonanzabstimmung mit dem Gesang herbeizuführen. Plötzlich...« Er zögerte und suchte nach den richtigen Worten. »Plötzlich erklang ein schauderhafter Schrei, und ich hatte das Gefühl, als risse man mir den Schädel auseinander.«

Spock musterte den Komponisten und dachte über das nach, was er gerade gehört hatte. Maslins Schilderungen deuteten auf ein telepathisches Erlebnis hin, aber der Vulkanier wußte aus Erfahrung, daß solche Talente bei Menschen nur sehr selten vorkamen.

»Mr. Maslin«, begann er erneut – und wurde gleich darauf von einem melancholischen und klagenden Diskant unterbrochen. Die jungen Taygetianer blickten an den kristallenen Klippen hoch und sangen so voller Schmerz und Verzweiflung, daß einige Menschen den Kopf senkten und sich Tränen aus den Augen wischten.

»Stellen Sie ein Erkundungsteam zusammen, Mr. Scott. Irgendwo ist ein erwachsener Sänger gestorben. Vielleicht sogar mehrere. Ich möchte wissen, warum.«

»Aye, Sir. Es wird sich bald herausstellen, wer oder was für den Tod verantwortlich ist.«

»Bestimmt die verdammten Klingonen«, brummte Brentano.

»Mutmaßungen können keine Fakten ersetzen. Wir treffen uns hier in zehn Minuten.«

Etwas summte leise, und unmittelbar darauf bildete sich die schimmernde Lichtsäule eines Transporterfeldes. McCoy rematerialisierte und sah sich kurz im Camp um. Als er sicher war, daß niemandem unmittelbare Gefahr drohte, wandte er sich an Maslin.

»Was machen Sie hier?« fragte der Komponist schroff.

»Ich war ganz in der Nähe und dachte mir: Schau doch mal vorbei und mach einen Hausbesuch.«

»Das ist nicht notwendig«, schnappte Maslin. »Es geht mir gut.« Gleich darauf taumelte er und hielt sich an Uhuras Arm fest.

»O ja, das sehe ich«, erwiderte McCoy und griff nach seinem anderen Arm. Zusammen mit Uhura führte er Maslin ins Zelt.

Zehn Minuten später machten sich Scott, Spock, Ragsdale und Lindenbaum auf den Weg. Sie verließen das Camp und wanderten am Fuß der Klippen entlang. Spock hob seinen Tricorder, blickte auf die Anzeige und runzelte die Stirn.

»Gut drei Kilometer nördlich von uns befindet sich eine aus fünf Menschen bestehende Gruppe.«

»Menschen?« wiederholte Ragsdale verwirrt.

»Wie sind sie hierher gekommen?« fragte Lindenbaum.

»Diese Frage werden sie uns bald beantworten müssen.« Chefingenieur Scott lächelte grimmig.

Die beiden Gruppen entdeckten sich gleichzeitig. Fünf schwer beladene Männer kletterten quälend langsam an den zerklüfteten Klippen herab. Sie hatten sich dicke Rucksäcke und Schlafrollen auf den Rücken geschlungen, und an den Gürteln baumelten Schockstäbe. Einer der fünf Kletterer blickte in die Tiefe und sah Scott, Spock und die anderen. Er stieß einen freudigen Schrei aus und winkte ausladend. Zusammen mit seinen Begleitern setzte er den Abstieg fort, und kurz darauf begegneten sie den Besatzungsmitgliedern der *Enterprise*.

»Meine Güte, was sind wir froh, euch zu sehen«, entfuhr es einem großen und untersetzten Mann. Er schob sich an seinen Gefährten vorbei. Unter der Jacke wölbten sich deutlich die Muskeln der Oberarme, und der dicke Kopf schien übergangslos aus den breiten Schultern zu wachsen. Aufmerksam musterte er die Angehörigen des Einsatzteams.

»Schon seit Wochen warten wir darauf, abgeholt zu werden. Aber mit Starfleet haben wir nicht gerechnet.«

»Ich schätze, Sie werden weiterhin warten müssen«, knurrte Scott, dem der Mann auf Anhieb unsympathisch war. »Wir sind nicht wegen Ihnen hier. Wer auch immer Sie sein mögen...«

»Garyson. Max Garyson.«

»Lieutenant Commander Scott vom Raumschiff *Enterprise*. Was machen Sie hier? Wir wußten nicht, daß sich außer uns noch andere Menschen auf Taygeta V befinden.«

»Das sieht dem blöden Ridly ähnlich. Erst läßt er uns hier hängen, und dann gibt er niemandem Bescheid.«

Spock drehte sich zu Scott um und runzelte in einem Anflug von Ärger die Stirn. »Bitte entschuldigen Sie, Mr. Scott. Ich habe meine Pflichten vernachlässigt. Der Captain und ich wußten von der Anwesenheit einer Jägergruppe. Commander Li erwähnte sie während unseres Gesprächs in Starbase 24, aber als wir hier keine Spuren von ihr fanden, dachte ich nicht mehr daran.«

»Kein Problem, Mr. Spock«, erwiderte Scott. Mit dem Daumen deutete er auf Garyson und seine Begleiter. »Die Frage ist nur: Was machen wir jetzt mit ihnen?«

»He, was soll das?« sagte Garyson scharf. Offenbar ärgerte es ihn, einfach ignoriert zu werden, während man über ihn sprach. Herausfordernd schob er das Kinn vor und starrte Spock und Scott zornig an.

Der Vulkanier wandte sich ihm unbeeindruckt zu. »Captain Ridly war unterwegs, um Sie abzuholen, aber er geriet in den Einflußbereich der Raum-Zeit-Anomalie, die sich inzwischen in diesem Sonnensystem gebildet hat. Wir müssen davon ausgehen, daß sein Schiff zerstört wurde und alle Leute an Bord den Tod fanden.«

»Armer Ridly«, brummte Garyson und zuckte mit

den Schultern. »Hat Pech gehabt. Wie dem auch sei: Zum Glück sind Sie hier und können uns nach Hause bringen. Wird auch langsam Zeit: Unsere Vorräte gehen allmählich zur Neige.«

»Ja, und nach unserer Heimkehr lassen wir die Puppen tanzen«, warf einer von Garysons Begleiter ein.

»Übrigens«, sagte ein kleiner, schmutzig wirkender Mann mit langen, verfilzten Haaren. »Was hat Sie hierher geführt, wenn Sie gar nichts von uns wußten?«

»Wir hörten einen Todesschrei und stellten entsprechende Ermittlungen an. Möglicherweise ist ein Taygetianer ums Leben gekommen.«

»Stimmt haargenau«, entgegnete Garyson. »Und wir haben das Biest getötet.« Er klopfte sich auf die breite Brust. »Ein ziemlich großes Männchen. Aber es war die Mühe wert. Brachte uns dreizehn Tränen ein.«

»*Sie* haben das Wesen umgebracht?« fragte Lindenbaum fassungslos. In seinen sonst immer freundlich blickenden Augen blitzte Abscheu.

»Klar. Deshalb sind wir ja hier.«

»Waren Sie die ganze Zeit über auf der Jagd, Mr. Garyson?« fragte Spock.

»Ja, aber rund achtzig Kilometer von hier entfernt. Bei dieser Schar gab es nicht mehr viel zu holen, und deshalb zogen wir nach Norden, zu einer anderen großen Herde.«

»Das würde erklären, warum wir bis heute nichts von Ihnen wußten.« Spock zögerte und versuchte, möglichst taktvoll zu sein, als er hinzufügte: »Mr. Garyson, ich bin sicher, für Sie und Ihre Leute gibt es einen Platz in unserem Camp oder an Bord der *Enterprise*, bis unsere Mission abgeschlossen ist. Aber ich muß Sie darum bitten, die Jagd unverzüglich einzustellen.«

Die anderen Männer rissen verblüfft die Augen auf und brummten verwirrt. Garyson brachte sie mit einem Wink seiner spatenartigen Hand zum Schweigen. »Zum Teufel auch, wovon reden Sie überhaupt?«

»Die Taygetianer sind keine Tiere, wie man zuerst annahm. Vielmehr handelt es sich bei ihnen um eine intelligente Lebensform, und deshalb wäre es unverzeihlich, weitere Sänger zu töten.«

»Haben Sie einen Beweis dafür, Vulkanier? Ich besitze nämlich ein Dokument, in dem klipp und klar steht, daß die pelzigen Wesen Tiere sind. Darüber hinaus verfügen wir über eine offizielle Jagdlizenz. Solange Sie uns nicht demonstrieren können, daß die entsprechenden Gesetze geändert wurden, haben wir weiterhin das Recht, Kristalltränen zu sammeln.« Garyson spuckte aus, und der Speichel traf dicht vor Spocks Stiefel auf den Boden.

Ragsdale knurrte wütend und schob sich vor. Spock streckte ruckartig den Arm aus, und der Sicherheitsbeamte gewann den Eindruck, mit der Brust an einen stählernen Riegel zu stoßen. Er verharrte von einem Augenblick zum anderen. »Leider sehe ich mich außerstande, Ihnen entsprechende Unterlagen vorzulegen, denn erst im Verlauf der hiesigen Ermittlungen ergab sich, daß die Taygetianer intelligent sind. Aber ich versichere Ihnen: Sobald wir zur Föderation zurückkehren, werden die Gesetze revidiert.«

»Habt ihr das gehört, Jungs?« Garyson strahlte und wandte sich zu seinen Gefährten um. »Freund Spitzohr meint, die Schließung unserer Goldmine stehe unmittelbar bevor.« Langsam drehte er den Kopf und richtete seinen Blick wieder auf Spock. »Nun, in dem Fall sollten wir wohl keine Zeit verlieren und uns noch ein ordentliches Stück von der Torte abschneiden.« Sein breites Gesicht verzog sich zu einer verächtlichen Grimasse. »Bevor die Regierungstypen eingreifen und ehrlichen Männern wie uns die Lebensgrundlage nehmen.«

»Sie haben nicht das Recht, sich Ihren Lebensunterhalt zu verdienen, indem Sie vernunftbegabte Geschöpfe töten.«

»Solange die bisherigen Gesetze bestehen, machen

wir uns keines Verbrechens schuldig.« Garyson hob die Hand und deutete auf die Sänger. »Ich halte sie noch immer für Tiere.«

»Dann beabsichtigen Sie also, weitere Taygetianer umzubringen?«

»Hören Sie gut zu.« Garyson beugte sich vor, und der Vulkanier wich unwillkürlich zurück und schnitt eine Grimasse, als er den säuerlichen Atem des Mannes roch. »Wir holen uns noch mehr Tränen.«

»Ich werde Ihre Entscheidung Captain Kirk melden müssen.«

»Nur zu.« Garyson zögert und grinste. »Und da wir gerade dabei sind: Ich glaube, wir verzichten auf Ihre Gastfreundschaft.«

Spock drehte sich auf den Absätzen um und kehrte in Richtung Camp zurück. Er ging steifbeinig und hoch aufgerichtet, und in seinem Innern brodelte vulkanischer Zorn. Andererseits: Ihm waren die Hände gebunden. Nach den derzeit geltenden Gesetzen hatten Garyson und seine Begleiter tatsächlich das Recht, die Jagd fortzusetzen. Bis er keinen Beweis dafür vorlegen konnte, daß die Föderation neue Bestimmungen zum Schutz der Eingeborenen von Taygeta V erlassen hatte, gab es keine Möglichkeit, den Jägern einen Strich durch die Rechnung zu machen. Es sei denn natürlich, sie griffen zum Mittel der Gewalt.

McCoy schaltete seinen Tricorder aus und musterte Maslin grimmig, der sich auf seiner Liege ausgestreckt hatte. »Lieber Himmel, was haben Sie eigentlich angestellt? Die Meßwerte sind geradezu entsetzlich. Ihr Puls rast. Herzschlag und Atemrhythmus sind enorm beschleunigt. Und der Hämoglobinspiegel…«

»Ersparen Sie mir eine Predigt über meinen Zustand, Doktor«, unterbrach ihn Maslin und schwang die Beine über den Rand der Koje. »Er ist mir durchaus klar.«

»Wenn das stimmt: Warum ruhen Sie sich dann nicht

aus? Meine Güte, Sie sind erst seit drei Tagen hier, und schon finde ich das.« Er hielt dem Musiker den Tricorder vor die Augen. »Wenn sich diese Anzeige nicht innerhalb kurzer Zeit verbessert, hole ich Sie an Bord der *Enterprise* zurück und stecke Sie in die Krankenstation.«

»Nein, Doktor, ich bitte Sie.« Die Maske verärgerter Gleichgültigkeit löste sich schlagartig auf, und darunter kam Kummer zum Vorschein. »Ich verspreche Ihnen, daß ich versuchen werde, mich zu entspannen, aber... Ich kann jetzt nicht zurück. Ich habe gerade damit begonnen, ein Gefühl für den taygetianischen Gesang zu entwickeln.«

McCoy seufzte. »Na schön. Beweisen Sie mir Ihre guten Absichten, indem Sie jetzt liegenbleiben und sich eine Weile ausruhen.«

»In Ordnung.« Maslin streifte die Stiefel von den Füßen, öffnete den Schlafsack und kroch hinein. McCoy bereitete den Injektor vor, doch als er kurz darauf Maslin beobachtete, begriff er, daß der Musiker kein Sedativ benötigte. Er hatte bereits die Augen geschlossen und atmete tief und gleichmäßig. Bestimmt schlief er einige Stunden lang. McCoy verließ das Zelt und machte sich auf die Suche nach Uhura.

Er fand sie etwas weiter entfernt am Strand, in Begleitung eines jungen Taygetianers, der auf ihrem Schoß hockte und bewundernd zu ihr aufsah, während sie ihm den Nacken kraulte. Der Arzt ließ sich neben ihr in den Sand sinken und sah übers Meer.

»Wie geht es ihm?«

»Nicht besonders gut. Sieht ganz so aus, als stünde eine aktive Phase bevor.«

»Der Krankheit, meinen Sie?«

»Ja.«

»Können wir ihm irgendwie helfen?«

»Ruhe ist die beste Medizin für ihn. Wenn er sich nicht mehr so anstrengt, dürfte er sich bald erholen.«

Uhura schüttelte skeptisch den Kopf. »Er soll die Arbeit für einige Zeit einstellen? Dazu ist er bestimmt nicht bereit. Jedenfalls nicht freiwillig.«

»Dann zwingen Sie ihn dazu.«

»Warum ausgerechnet ich? Gehört das nicht zu Ihrem Aufgabenbereich?«

»Sie haben weitaus größeren Einfluß auf ihn.«

Uhura senkte den Kopf und beobachtete wieder das pelzige Geschöpf auf ihrem Schoß, strich weiterhin über das weiße, weiche Fell des jungen Sängers. »Ich versuch's.« Einige Minuten lang schwiegen sie. »Er sollte überhaupt nicht hier sein!« entfuhr es Uhura schließlich. Ihre Worte klangen viel schärfer, als sie beabsichtigt hatte, und verlegen mied sie den Blick des Arztes.

»Ich glaube, zur Zeit wünscht er sich an keinen anderen Ort.«

»O ja, da haben Sie recht. Er ist ganz darauf konzentriert, ein musikalisches Rätsel zu lösen. Und deshalb ignoriert er ein so banales Problem wie seine Gesundheit.« Sie klang verbittert.

»Ich habe Sie noch nie so erlebt. Sind Sie sicher, damit fertig werden zu können?«

»Spielen Sie nicht den besorgten Vater, Doktor. Ich lege Wert darauf, daß mein Privatleben privat bleibt.«

»Ich will Ihnen keineswegs zu nahe treten, Uhura. Ich mag Sie, und deshalb biete ich Ihnen meine Hilfe an.«

Sie streckte ihm die Hand entgegen. »Tut mir leid. Ich vermute, ich bin ein wenig gereizt.«

McCoys Finger schlossen sich behutsam um die ihren. »Ich weiß, was in Ihnen vor sich geht. Es sind recht schwierige Gefühle, und manchmal können solche Bedingungen ziemlich belastend sein.«

»Ich dachte immer, es sei wunderbar, jemanden zu lieben«, erwiderte Uhura leise.

»Das stimmt auch. Dadurch können wir den Schmerz des Lebens besser ertragen.«

»Selbst wenn dadurch eine andere Art von Schmerz entsteht?«

»Gerade das macht uns zu Menschen. Unsere Fähigkeit, zu fühlen und zu empfinden.«

Sie sah in seine freundlich blickenden blauen Augen, dachte über seine Worte nach und hauchte ihm einen Kuß auf die Wange. »Danke, Doktor. Ihr Verständnis kommt einer guten Arznei gleich.«

»Das freut mich.«

Vorsichtig schob sich Uhura das pelzige Bündel vom Schoß. Der Taygetianer zirpte enttäuscht, schüttelte sich und tollte dann davon.

»Sie kommen gut mit ihnen zurecht.«

»Ich bin sicher, niemand hätte irgendwelche Schwierigkeiten mit ihnen. Es sind die nettesten Wesen, denen ich jemals begegnet bin.«

»Und gerade deshalb fiele es den Klingonen sehr leicht, sich hier niederzulassen«, sagte McCoy, als sie zum Lager zurückkehrten. »Die Taygetianer scheinen völlig hilflos zu sein und wären wohl kaum in der Lage, etwas gegen eine Invasion zu unternehmen.«

»Ich fürchte, da haben Sie recht. Wenn ich daran denke, was die Klingonen mit dieser Welt anstellen könnten...« Uhura schauderte. »Ich hoffe nur, die Föderation erklärt Taygeta V zu einem Protektorat.«

»So etwas geschieht nur dann, wenn es besondere Umstände gibt, die den Schutz eines bestimmten Planeten wichtig erscheinen lassen.«

»Was ist mit den Taygetianern?« fragte Uhura. »Sind sie nicht wichtig genug?« Sie blieben vor Maslins Zelt stehen.

»Für uns mag das der Fall sein – aber nicht unbedingt für die Bürokraten auf der Erde. Solche Typen denken nur in unmittelbar konkreten Begriffen.«

»Und Musik ist nicht sonderlich konkret«, stellte Uhura fest, als sie den Zugang öffnete. »Bis später, Doktor«, fügte sie hinzu und betrat das Zelt.

McCoy blickte auf die silbernen Planen und fragte sich, warum Uhura dem Komponisten gerade jetzt Gesellschaft leisten wollte. Wahrscheinlich setzte sie sich nur ans Bett und beobachtete den Schlafenden, dachte er, runzelte die Stirn und wandte sich ab. Einmal mehr überlegte er, wohin die sich vertiefende Beziehung zwischen Uhura und Maslin führen mochte.

Am Rande des Camps sah er Spock und seine Begleiter, und er trat ihnen entgegen. Der Vulkanier preßte die Lippen so fest aufeinander, daß sie nur noch einen dünnen Strich bildeten; er ging mit weiten Schritten, ließ die anderen hinter sich zurück.

»Was ist Ihnen denn über die Leber gelaufen?« fragte McCoy und schloß sich dem Ersten Offizier an. »Irgendwelche Probleme?«

»Ja, Doktor. Menschen. Ich muß sofort dem Captain Bericht erstatten.« Er holte seinen Kommunikator hervor und verwandelte sich kurz darauf in eine Energiesäule. McCoy blieb unentschlossen in der Mitte des Camps stehen und überlegte, ob er zur *Enterprise* zurückkehren sollte. Bevor er eine Entscheidung treffen konnte, vernahm er das Summen eines Transporterfeldes. Riley rematerialisierte hinter ihm.

»Verkehr wie in einer Starbase«, murmelte McCoy.

»Hallo, Doktor. Wo ist Mr. Scott?«

»Eben war er noch da. Aber hier herrscht ein derartiges Kommen und Gehen, daß man kaum...«

»Danke«, unterbrach ihn Riley, schenkte der Bemerkung des Arztes keine Beachtung und eilte davon, um nach dem Chefingenieur zu suchen.

McCoy ahnte, daß sich eine Krise anbahnte, und deshalb folgte er ihm. Schließlich fanden sie Scott. Er hockte vor einem jungen Sänger, blies in seinen Dudelsack und zeichnete die akustischen Reaktionen des Taygetianers auf.

»He, komm schon, kleiner Kerl. Wiederhole den letzten Laut noch einmal.« Scott blickte auf die Anzeige seines Tricorders. »Wie sollen wir denn eure Sprache lernen, wenn ihr ständig neue Wörter benutzt?«

»Mr. Scott.«

»Aye, Riley. Was ist los?« Der Chefingenieur richtete sich seufzend auf.

»Ich weiß, daß Sie die Verantwortung mir übergaben, und es fällt mir wirklich nicht leicht, mich gleich beim ersten Problem an Sie zu wenden. Aber es geht um eine ernste Sache, und selbst der Captain konnte nicht helfen.«

»Heraus damit, Junge. Mit welchen Schwierigkeiten haben Sie es zu tun?«

»Es geht um die Dilithiumkristalle, Sir.«

»Die Dilithiumkristalle?« wiederholte Scott düster.

»Ja, Sir. Sie werden destabil.«

»Destabil!« ächzte der Chefingenieur. »Lieber Himmel, was haben Sie im Maschinenraum gemacht?«

»Nichts, Sir. Das ist es ja gerade, was mich so verwirrt. Der Energiepegel sinkt langsam ab. Wir haben mehrmals alle Systemkomponenten kontrolliert, aber sie sind vollkommen in Ordnung.«

»Irgendeine Vermutung?« fragte Scott über die Schulter hinweg, als er die Sachen zusammenpackte und sich seinem Zelt näherte.

»Ja, Sir. Ich glaube, es hat etwas mit dem Phänomen zu tun.«

Der Chefingenieur blieb ruckartig stehen und starrte Riley groß an. »Junge, könnten Sie mir nicht eine *einfachere* Erklärung anbieten?«

»Tut mir leid, Sir, aber das ist leider nicht möglich.«

»Donovan!« rief Scott.

Der junge Biologe eilte aus seinem Zelt. »Sir!«

»Sorgen Sie dafür, daß meine Sachen an Bord der *Enterprise* gebeamt werden.«

»Ja, Sir.«

»Und sagen Sie... Ach, lassen Sie nur. Das übernehme ich selbst.« Er hielt auf Maslins Zelt zu und trat ein.

Uhura saß neben dem Bett und stand jäh auf, als der Chefingenieur hereinkam. »Was ist denn, Scotty?«

»Schwierigkeiten, meine Teuerste. Ich muß sofort zur *Enterprise* zurück.«

»Klingonen?«

»Nein, technische Probleme. Ich wollte nur rasch Mr. Maslin Bescheid geben.«

»Wecken Sie ihn nicht auf. Ich sage es ihm später.«

»Was willst du mir später sagen?« fragte Guy, stemmte sich auf einem Ellenbogen in die Höhe und musterte Uhura und Scott aus trüben Augen.

»Ich werde an Bord der *Enterprise* gebraucht«, brummte Scott.

»So plötzlich?«

»Mit den Dilithiumkristallen ist irgend etwas nicht in Ordnung. Ich muß mich darum kümmern.«

»Ich dachte eigentlich, die erste Priorität dieser Mission bestünde darin, das Rätsel des taygetianischen Gesangs zu lösen, Mr. Scott. Und das dürfte schwieriger werden, wenn ich Leute verliere.«

»Nein, Mr. Maslin. Das Raumschiff ist wichtiger.«

»Handelt es sich um eine so ernste Angelegenheit?«

»Wenn die Dilithiumkristalle völlig destabil werden, fällt die Energieversorgung aus. Dann können wir weder fliehen noch kämpfen, wenn die Klingonen sich entscheiden, uns aufs Korn zu nehmen.«

Maslin setzte sich ganz auf. »Dann machen Sie sich sofort auf den Weg, Mr. Scott. Mit meinem Segen.«

»Dachte mir schon, daß Sie die Sache so sehen.«

»Trotz meines künstlerischen Temperaments habe ich mir einen gesunden Menschenverstand bewahrt. Sorgen Sie dafür, daß wir uns im Notfall verteidigen können. Unterdessen versuchen wir, hier weiterzukommen.« Scott drehte sich um, und als er das Zelt verließ, hörte er, wie Maslin zu Uhura sagte: »Da Scott uns verläßt, können wir es uns nicht leisten, die Hände in den Schoß zu legen.«

»McCoy betonte, wie wichtig es ist, daß du dich ausruhst«, wandte Uhura ein. »Einige Stunden machen bestimmt keinen Unterschied.«

Maslins Brummen verlor sich hinter der zufallenden Zugangsplane.

Ein weiterer schmerzerfüllter Schrei hallte von den kristallenen Klippen, und Kali preßte sich die Hände auf die Ohren. Als das letzte Echo verklang und die jungen Taygetianer einen kummervollen Klagegesang anstimmten, betrat Kali ihr Zelt, verließ es kurz darauf wieder und schnallte sich den Gürtel mit dem Intervaller um.

Quarag sah von einigen Meßinstrumenten auf. »Was haben Sie vor?« fragte er.

»Ich werde dieser Sache ein Ende machen. Vielleicht sind die Terraner zu feige dazu – aber ich gewiß nicht!«

»Es sind doch nur dumme Tiere. Was kümmert es sie, wenn einige von ihnen sterben?«

»Es handelt sich keineswegs um Tiere, und sie sind auch nicht annähernd so dumm, wie Sie glauben!« erwiderte Kali scharf. »Ich lasse nicht zu, daß man sie einfach abschlachtet!« Im Anschluß an diese Worte drehte sie sich um und ging los.

»He, bleiben Sie hier! Ich habe Ihnen nicht die Erlaubnis gegeben, das Lager zu verlassen!«

»Melden Sie mich doch.«

»Das werde ich auch! Verdammt, ich führe hier das Kommando!«

»Wie Sie meinen«, gab Kali trocken zurück und sprang am Hang des Hügels herunter.

»Ich *fasse* es einfach nicht!« knurrte Quarag und warf die Folienblätter mit den aufgezeichneten Meßwerten hoch in die Luft. Der böige Wind wehte sie sofort in Richtung Meer davon. »Und ob ich sie melden werde!« wandte er sich an Jennas. »Es muß doch *irgend jemanden* geben, der sie zur Räson bringen kann...«

»Wenn Sie glauben, dafür käme ihr Mann in Frage, sollten Sie noch einmal genauer darüber nachdenken«, schnaubte Jennas abfällig. »Kor ist nicht mehr der, der er einmal war. Er hat seinen alten Biß verloren, verhält sich nachsichtig Terranern gegenüber und fürchtet einen Kampf.«

»Vielleicht, vielleicht auch nicht«, erwiderte Quarag vorsichtig und erinnerte sich daran, daß Kor bisher allen Gefahren widerstanden hatte, die seiner Stellung drohten. »Wie dem auch sei: Ich habe es satt, mich dauernd mit ihr zu streiten. Soll er sich herunterbeamen und sie zur Vernunft bringen.«

»Wenn er sich von ihr nicht um den Finger wickeln läßt...« murmelte Jennas und nippte an seiner mit Quavas – dem heißen und würzigen Getränk der Klingonen – gefüllten Tasse.

»Ach, hören Sie endlich auf! Kor wird nicht davor zurückschrecken, Sie mit dem Schmerzstimulator zu behandeln, wenn er Ihr Gerede hört.« Quarag holte seinen Kommunikator hervor und setzte sich mit dem Kreuzer in Verbindung.

Unterdessen wanderte Kali mit langen Schritten über den Strand und überlegte, warum sich Männer so häufig wie Narren aufführten. Einen ganzen Tag lang hatten sowohl ihre klingonischen Gefährten als auch die Menschen über das Problem diskutiert – und nichts gegen die Abschlachtung der Taygetianer unternommen. Sie erinnerte sich an die kurze Begegnung mit Uhura, zwischen den beiden Camps, und die dunkelhäutige Frau stimmte mit ihr darin überein, der Tod sei eine viel zu gnädige Strafe für die Jäger. Kastration war weitaus angemessener. Unglücklicherweise sahen sie sich beide außerstande, maßgebliche Entscheidungen zu treffen, und so setzte sich die Debatte fort, während die erwachsenen Sänger starben und die jungen Taygetianer trauerten – bis es Kali nicht mehr ertragen konnte und beschloß, selbst einzugreifen.

Als sie die kleine Bucht mit der Klippenhöhle erreichte, vor der die Menschen ihr Lager aufgeschlagen hatten, zögerte sie kurz und erwog die Möglichkeit, Uhura zu bitten, sie zu begleiten. Nervös strich sie sich übers Haar und entschied sich dann dagegen. Sie mochte die Frau mit der seltsam dunklen Haut, aber das änderte nichts daran, daß sie eine Terranerin war. Vermutlich wäre es nicht besonders klug gewesen, sie ins Vertrauen zu ziehen. Ganz gleich, wie sympathisch sie ihr auch sein mochte: Die Vorstellung eines bewaffneten Menschen in ihrer unmittelbaren Nähe behagte ihr ganz und gar nicht. Mit einer ruckartigen Bewegung warf sie ihre dichte, schwarze Mähne zurück und setzte den Weg zum Camp der Jäger fort.

Dort hielt sich niemand auf. Kali sah sich um, beobachtete die Zelte und Felsen und hielt nach dem günstigsten Weg ins Lager Ausschau. Dann duckte sie sich hinter einen großen Steinblock, von dem aus sie das ganze Camp im Auge behalten konnte und der ihr gleichzeitig Schutz bot. Die Klingonin ging in die Hocke und wartete.

Sie roch die Jäger, bevor sie sie sah. Von den Menschen ging immer ein besonderer Duft aus, aber die Besatzungsmitglieder der *Enterprise* schienen die Angewohnheit zu haben, sich regelmäßig zu waschen, und deshalb war ihr Geruch erträglich. Die Männer hingegen, die jetzt ins Lager stapften und dabei laut und grölend miteinander sprachen, hielten offenbar nichts davon, dann und wann zu baden. Ihr fremdartiger Gestank weckte Übelkeit in Kali, und für einige Sekunden hielt sie unwillkürlich den Atem an. Sie versuchte, nicht durch die Nase zu atmen und schloß ihre Hand fester um den Kolben des Intervallers. Eine Zeitlang bemerkten die Jäger nichts von ihrer Anwesenheit, und Kali hatte ausgiebig Gelegenheit, sie zu beobachten. Was sie sah, erfüllte sie mit einer gewissen Unruhe, und plötzlich wünschte sie sich, nicht allein hierher gekommen zu sein. Die Männer waren groß und kräftig gebaut, wirkten ausgesprochen gefährlich. Kali rief sich ins Gedächtnis zurück, ein klingonischer Offizier zu sein, und einige Sekunden später trat sie hinter dem Felsen hervor und hob die Waffe.

Einer der Jäger – ein Mann mit einem hageren, sehnigen Leib – stellte seinen Rucksack auf den Boden. Als er sich wieder aufrichtete, starrte er direkt in die Mündung des Intervallers. Er stemmte die Hände an die Hüften, wippte auf den Zehen und pfiff leise durch die Zähne.

»Was für eine nette Überraschung«, brummte er. »He, seht mal, wer gekommen ist, um uns einen Besuch abzustatten.« Seine drei Begleiter drehten sich um, kamen näher und blieben im Halbkreis vor Kali stehen.

»Eine Klingonin«, sagte einer von ihnen und verzog das Gesicht.

»Ach, tatsächlich?« Der größte Jäger beugte sich vor und musterte Kali eingehend. »Ich habe noch nie eine klingonische Frau gesehen.« Er grinste, und das verlieh seinem Gesicht einen wilden, raubtierhaften Ausdruck. »Tja, Süße, vermutlich halten euch eure Männer versteckt. Würde mich gar nicht wundern, wenn ihr alle so verdammt hübsch seid.«

Diese Menschen entsprachen den Beschreibungen, die Kali so oft in der imperialen Flotte gehört hatte, und sie spürte, wie ihr Gaumen trocken wurde. Sie schluckte nervös und hielt die Waffe weiterhin auf die Jäger gerichtet. »Ich will keine Zeit mit euch verschwenden«, zischte sie. »Wenn ihr nicht damit aufhört, die Taygetianer umzubringen, erschieße ich euch.«

»He, sie ist nicht nur hübsch, sondern auch gefährlich«, spottete der besonders große Mann und sah seine Begleiter an. Die anderen Männer lachten, und Kali fühlte, wie sich ihre Wangen vor Zorn röteten. Sie betätigte den Auslöser ihrer Waffe, und direkt vor dem Anführer der Menschen stob Sand in die Höhe.

»Da Sie jetzt begriffen haben dürften, daß ich es ernst meinte«, sagte die Klingonin glatt, »möchte ich Ihnen einen *Vorschlag* machen.« Aufregung und ein Gefühl der Macht durchströmten sie, und allmählich fand sie Gefallen an der Situation.

Plötzlich sauste ein Stein an ihrem Kopf vorbei und ritzte ihr Ohr auf. Das kristallene Wurfgeschoß zersplitterte am Felsen hinter ihr. Kali stieß einen gedämpften Schrei aus und taumelte. Die Männer vor ihr nutzten die gute Gelegenheit, sprangen vor und packten sie. Irgend etwas hielt sie am Arm fest und zerrte ihr den Intervaller aus der Hand.

»Sieht ganz so aus, als hätten wir den Spieß umgedreht, Schätzchen«, höhnte der große Mann dicht vor ihr. Kali wandte den Kopf zur Seite, um dem stinkenden Atem zu entgehen. Er lachte, schloß die Hand um ihren Nacken und zwang sie dazu, ihn anzusehen. »Jetzt wird sich gleich herausstellen, welche Qualitäten klingonische Miezen haben.«

Sie versuchte sich loszureißen, und nur einen Sekundenbruchteil später klatschte eine Hand an ihre Wange. Es klang so, als triebe jemand die Schneide einer Axt tief in weiches Holz. Grauer Dunst wogte vor Kalis Augen, und ihre Knie gaben nach. Sie taumelte, und der Mann lachte kehlig und triumphierend. Erneut verspürte sie den schmerzhaft festen Druck am Nacken.

Kali kämpfte gegen die Panik an, die in ihr emporzusteigen drohte, und sie bemühte sich, die Situation richtig einzuschätzen. Wenn es ihr gelang, sich ein wenig nach links zu schieben, war sie in der Lage, dem Mann vor ihr das Knie zwischen die Beine zu rammen. Sie gab vor, sich zu entspannen, und unmittelbar darauf ließ der Druck an ihrem Nacken ein wenig nach.

Sie wollte gerade das Knie heben, als sie das Zischen eines Intervallers vernahm. Der muskulöse Hüne ächzte überrascht und fiel zurück. Durch seine plötzliche Bewegung verfehlte sie das Ziel, aber voller Genugtuung hörte Kali, wie er dumpf stöhnte, als ihr Knie an seine Lenden schlug. Kein direkter Treffer, dachte sie. Aber bestimmt alles andere als *angenehm.*

Der Intervaller fauchte noch zwei weitere Male, und dann herrschte Stille. Die *fünf* Männer – die vier, die sie zuvor beobachtet hatte, und der andere, der später eingetroffen war – lagen bäuchlings im Sand. Einer preßte sich die Hand auf die Schulter, und der Hüne starrte auf die schwarze Wunde in seinem Oberschenkel.

Kor stand neben den Jägern, blickte finster auf sie herab und senkte seine Waffe. Kali gab einen erfreuten Schrei von sich und lief auf ihren Mann zu. Er schlang den freien Arm um sie und drückte sie fest an sich, wandte den Blick dabei nicht von den Menschen ab und achtete darauf, daß Kali nicht ins Schußfeld geriet.

»Kor, o Kor, ich bin ja so froh! Wie hast du mich gefunden? Es tut mir leid, daß ich mich so dumm verhalten habe.«

Er bedachte sie mit einem amüsierten und nachsichtigen Blick, hauchte ihr dann einen Kuß auf die Stirn. »Ach, Schatz, wenn du schon die Heldin spielen mußt – warum läßt du dir dabei nicht helfen, um einen Erfolg sicherzustellen?«

Kali wirkte verlegen und senkte den Kopf. Doch nach einigen Sekunden sah sie auf, warf das Haar zurück und erwiderte fest: »Ich wäre bestimmt nicht allein losgezogen, wenn du eine Landegruppe zusammengestellt hättest, die nicht nur aus überheblichen Idioten besteht.«

»Oho – laß das bloß nicht Quarag, Jennas und die anderen hören.«

»Quarag ist ein verdammter Narr«, beharrte Kali. »Er unternahm nichts, um diese Tiere daran zu hindern, die Sänger zu töten.« Sie deutete auf die stöhnenden Jäger.

»Wissen die Menschen davon?«

»Ja. Aber Sie griffen ebenfalls nicht ein.«

»Und deshalb hast du beschlossen, auf eigene Faust

zu handeln.« Vorwurfsvoll fügte Kor hinzu: »Hättest du mich nicht wenigstens informieren können?«

»Ich wollte es vermeiden, dich zusätzlich zu belasten.«

»Ach, Kali, du überraschst mich immer wieder.« Er strich ihr über die Wange, starrte dann wieder auf die Gefangenen. »Diesmal lasse ich euch ungeschoren davonkommen, aber denkt daran: Wenn wir uns noch einmal begegnen sollten, geht es euch an den Kragen. Rührt euch zehn Minuten lang nicht von der Stelle, wenn ihr am Leben bleiben wollt.« Er feuerte einen Warnschuß ab, zielte dabei zwischen die Beine eines Jägers. Dann griff er nach Kalis Hand und verließ das Lager zusammen mit der Klingonin.

»Warum bringst du sie nicht um?« fragte Kali, als sie im Laufschritt über den Strand eilten.

»Weil es Menschen sind. Und vermutlich würde es Kirk nicht gefallen, wenn wir damit beginnen, Bürger der Föderation zu erschießen.«

»Aber sie töten die Taygetianer!« protestierte Kali.

»Ich weiß. Ich werde mit Kirk sprechen. Vielleicht finden wir gemeinsam eine Lösung für dieses Problem.« Sie schritten langsamer aus, und Kor sah seine Frau neugierig an. »Warum liegt dir soviel daran? Wenn das Imperium Anspruch auf diesen Planeten erhebt, werden die Sänger möglicherweise als Tiere klassifiziert, trotz ihrer Intelligenz. Vielleicht sähe man in ihnen ein Hindernis in bezug auf die Besiedlung.«

»Nein!« Kali blieb ruckartig stehen und preßte sich beide Hände auf die Brust. »Du verstehst nicht, Kor. Du warst nicht hier, hast sie weder beobachtet noch ihren Gesang gehört. Die Taygetianer sind wundervolle Geschöpfe. Ihnen darf kein Leid geschehen.«

Kor betrachtete ihre zarten und besorgten Züge und griff behutsam nach ihren Händen. »Du reagierst erstaunlich stark auf die Eingeborenen dieser Welt. Warum?«

»Ich weiß es nicht. Ich habe fast das Gefühl, als fänden Schönheit und Harmonie des Gesangs irgendwie Eingang in unser Bewußtsein.« Kali suchte nach den richtigen Worten, zuckte kurz darauf mit den Schultern. »Ich kann es nicht richtig erklären...«

»Vielleicht sollte ich eine Zeitlang auf dem Planeten bleiben, um festzustellen, welche Auswirkungen die Melodien der Taygetianer auf mich haben.«

»Eine ausgezeichnete Idee, Kor. Dann wirst du rasch erkennen, warum wir die Sänger schützen müssen.«

»Nun gut. Zuerst müssen wir mit Kirk reden und entscheiden, was wir in Hinsicht auf unsere aggressiven Freunde dort drüben unternehmen sollen. Bestimmt hören sie nicht mit der Jagd auf, nur weil wir das von ihnen verlangen. Und nach unserer kleinen Auseinandersetzung könnten sie auf den Gedanken kommen, auch Klingonen nachzustellen.«

KAPITEL 8

»Ich habe dir etwas zu essen gebracht«, sagte Uhura und trat zu Maslin. Er gab keine Antwort. Statt dessen huschten seine langen, dünnen Finger weiterhin über das breite Tastenfeld des Synthesizers. Sie gesellte sich an seine Seite und versuchte es erneut. »Guy...«

»Ich habe dich gehört«, erwiderte er, ohne aufzusehen. Sein Blick blieb auf den langen und schmalen Schirm gerichtet: Zwei sonderbare, aus Strichen und Punkten bestehende Balken wanderten übers Anzeigefeld.

»Du mußt etwas zu dir nehmen. Andernfalls endest du in der Krankenstation an Bord der *Enterprise* und könntest uns nicht mehr helfen.«

»Das spielt jetzt keine Rolle mehr. Ich habe endlich etwas entdeckt.«

»Was denn?« fragte Uhura. Sie stellte das Tablett zur Seite, vergaß sowohl das Essen als auch ihre Sorge um Maslin. Aufregung entstand in ihr, als sie an die Möglichkeit eines entscheidenden Durchbruchs dachte.

»Komm mit.« Der Komponist stand auf, griff nach ihrer Hand und eilte in Richtung Strand. »Wenn ich recht habe«, brachte er schnaufend hervor, als sie durch den Sand stapften, »wird gleich eine ganze Gruppe erwachsener Taygetianer den Gesang einstellen. Und wenn das geschieht, möchte ich zugegen sein.« Er deutete an den Klippen hoch.

»Ich verstehe nicht...«

»Aber ich. Endlich ergibt alles einen gewissen Sinn.«

»Freut mich, daß das zumindest für einen von uns der Fall ist«, erwiderte Uhura ironisch.

»Tut mir leid. Habe mich wohl nicht besonders klar ausgedrückt. Erinnerst du dich daran, als Chou und Donovan von dem seltsamen Verhalten der Fische berichteten?«

»Ja.«

»Nun, ich habe die entsprechenden Aufzeichnungen des Synthesizers untersucht. Ein Recorder bleibt ständig eingeschaltet, weil ich hoffe, zusätzlich Daten zu gewinnen. Ich dachte mir: Je mehr Gesangssequenzen für eine Analyse zur Verfügung stehen, desto einfacher müßte es sein, die Sprache der Taygetianer zu decodieren. Wie dem auch sei: Zu dem Zeitpunkt, als Donovan und Chou die Fische sahen, stimmten die jungen Sänger eine besonders laute und kohärente Melodie an. Sie unterschied sich völlig von dem zusammenhanglos erscheinenden Trillern und Zirpen, das sie sonst von sich geben. Kurz darauf schwiegen einige der erwachsenen Sänger. Seitdem habe ich mit besonderer Aufmerksamkeit darauf geachtet und festgestellt, daß sich dieser Vorgang genau alle zwölf Stunden wiederholt.«

»Und was steckt dahinter?«

»Ich vermute etwas, aber ich möchte zunächst einen eindeutigen Beweis finden, bevor ich dich und die anderen von meiner Theorie unterrichte.« Maslin zögerte und sah erneut an den Klippen hoch. »Ich glaube, hier sind wir richtig. Was hältst du von einer Kletterpartie?«

»Eine Menge. Aber was ist mit dir?« Besorgt musterte Uhura das eingefallene Gesicht des Komponisten.

»Ich schaffe es schon. Ich fühle mich wie neugeboren, seitdem ich das Gefühl habe, auf eine sehr wichtige Sache gestoßen zu sein.«

Uhura blieb weiterhin skeptisch, behielt ihre Befürchtungen jedoch für sich. Sie wollte keine neuerliche Auseinandersetzung mit Maslin herbeiführen, denn seit sie ihn ständig bedrängte, zu essen und auszuruhen, kam es immer wieder zu Streitereien zwischen ihnen. Seufzend drehte sie den Kopf, beobachtete die Klippen und suchte nach einem möglichst leichten Weg zu den kristallenen Grotten weiter oben. Nach einigen Sekunden fand sie eine Stelle, an der der Fels geborsten war und mehrere natürliche Stufen und Vorsprünge aufwies.

Zwischendurch: [redacted] Uhura muß den kleinen Komponisten bei Kräften halten – er überfordert sich leicht, weil er sich ganz seiner Aufgabe widmet. Wir sollten – auch wenn uns das faszinierende Buch ganz gefangen nimmt – aus Maslins Fehler lernen – und mal zwischendurch dem Körper etwas Gutes zukommen lassen. [redacted] Sie brauchen dazu das Raumschiff Enterprise für nur 5 Minuten zu verlassen, Wasser aufsetzen, einen Löffel bereitlegen und aus dem Schrank die... [redacted]

Selbst dort würde der Aufstieg nicht leicht sein, aber wenigstens konnte sie auf eine spezielle Ausrüstung verzichten.

Sie übernahm die Führung, kletterte mit besonderer Vorsicht und überprüfte jeden Halt auf Festigkeit. Erleichtert erinnerte sie sich daran, daß der Musiker klein und schlank war: Einige poröse Gesteinsformationen erweckten den Eindruck, als würden sie das Gewicht Spocks oder Kirks nicht aushalten.

Nach fünfzehn Minuten erreichten sie die erste Grotte. Uhura griff nach dem Rand eines nahen Simses und zog sich hoch.

Direkt vor ihr hockte ein erwachsener Taygetianer und verschlang in aller Seelenruhe einige Fische. Die blaugrünen Schuppen glänzten noch immer feucht, und hier und dort hatte sich abtropfendes Meerwasser in kleinen Pfützen gesammelt. Uhura war so sehr daran gewöhnt, von den erwachsenen Sängern ignoriert zu werden, daß sie unwillkürlich zusammenzuckte und fast den Halt verloren hätte, als sich das Wesen von den Fischen abwandte, den Kopf hob und sie aus dunkelblauen Augen ansah.

»Uhura, rück bitte zur Seite oder klettere weiter, aber verharre nicht an Ort und Stelle. Meine Arme sind schon ganz taub.«

Rasch schob sie sich vom Gesims in die Grotte, drehte sich um und beugte sich zu Guy herunter. Sie griff nach seiner Hand und spürte, wie der Arm zu zittern begann, als sie ihn in die Höhe zog. Sein Gesicht war kalkweiß, abgesehen von zwei roten Flecken auf den bleichen Wangen. Er ließ sich neben ihr zu Boden sinken, schnappte keuchend nach Luft und begann zu husten. Nach einer Weile beruhigte er sich wieder und atmete gleichmäßiger. Der Taygetianer beobachtete sie weiterhin – bis sich Guy schließlich aufsetzte. Daraufhin richtete der Sänger seine Aufmerksamkeit wieder auf die Fische.

»Hast du mit so etwas gerechnet?« fragte Uhura und deutete auf die Schuppenleiber.

»Ja.«

Sie setzte sich auf kühlen Kristall, schlang die Arme um die Knie und sah dem großen Wesen bei der Mahlzeit zu. »Lieber Himmel«, sagte sie leise. »Donovan ist völlig perplex und rätselt noch immer darüber, wovon sich die erwachsenen Sänger ernähren, da sie nie ihre Grotten verlassen.«

»Und er wird sich nicht besonders freuen, wenn er hiervon erfährt.«

»Du ahnst zumindest, was dies zu bedeuten hat, nicht wahr? Immerhin hast du eine Verbindung zwischen den Fischen und dem Gesang der jungen Taygetianer hergestellt.«

»Ich habe einige Vermutungen, aber keine davon ergibt einen Sinn. Wenn der dauernde Gesang doch nur frequenzstabiler wäre... Wir versuchen, eine fremde Sprache zu entschlüsseln, obgleich wir nur die Hälfte der Wörter verstehen und nicht eine einzige grammatikalische Regel kennen.« Eine Zeitlang blickte Maslin stumm übers Meer. Dann nickte er. »Aber diese Sache müßte uns eigentlich einen Schritt weiterbringen. Wenigstens wissen wir jetzt, daß mit dem Gesang konkrete Ereignisse ausgelöst werden können. Vielleicht ergibt eine neuerliche Analyse, daß sich einige Passagen und Lautfolgen in anderen Liedern wiederholen.«

»Möchtest du jetzt den Abstieg beginnen?«

Maslin spähte über den Rand des Grottenzugangs und schauderte. »Wir sind *da* hochgeklettert?« fragte er und deutete auf die Klippenwand.

»Ich fürchte ja. Von unten aus gesehen erschien sie nicht ganz so steil, oder?«

»Wenn wir hier lange genug sitzen bleiben... Meinst du, Wind und Wetter seien innerhalb einer überschaubaren Zeitspanne in der Lage, die Klippen um fünfzig oder sechzig Meter niedriger werden zu lassen?«

Uhura lachte leise und legte ihm zärtlich die Hand auf den Arm. »Wir haben jederzeit die Möglichkeit, uns mit der *Enterprise* in Verbindung zu setzen und den Transporteroffizier zu bitten, uns zum Lager zurückzubeamen.«

»Vielleicht sind auf diese Weise die Fische hierher gebracht worden – mit Hilfe von subplanetaren Transportern.«

»Jetzt geht deine Fantasie mit dir durch. Unsere Sensoren hätten die energetischen Emissionen sofort registriert.«

»Warum bist du nur immer so schrecklich realistisch«, klagte Maslin, streckte sich aus und legte den Kopf auf ihren Schoß.

»Weil das in meinem Job so verlangt wird«, erwiderte Uhura und strich Maslin sanft übers dichte Haar.

»Was wäre notwendig, um diesen Job zu ändern?«

»Keine Ahnung. Kommt ganz darauf an, wie groß dein Einfluß bei Starfleet ist.«

»Nicht groß genug, da bin ich ziemlich sicher.« Maslin zögerte, griff nach ihrer freien Hand und umschloß sie mit seinen Fingern. »Vielleicht sollten wir einen völlig neuen Posten für dich finden, außerhalb von Starfleet.«

Bei dieser Vorstellung entstand ein flaues Gefühl in Uhuras Magengrube. Sie gab keine Antwort, war nicht auf eine Erörterung dieses Themas vorbereitet. Sie wußte nicht so recht, was sie von der Zukunft erwarten sollte, und sie schreckte davor zurück, eine entsprechende Entscheidung treffen zu müssen. Bisher hatten sie noch nicht über Liebe gesprochen, und sie fühlte sich Starfleet so sehr verpflichtet, daß es eines zwingenden Anlasses bedurft hätte, um den Dienst zu quittieren.

Uhura wünschte sich, in den Rang eines Captains aufsteigen und ein eigenes Raumschiff befehligen zu können. Sie glaubte, eine gute Chance zu haben, dieses

Ziel einmal zu erreichen. Aber so etwas erforderte einen hohen Preis: Sie mußte sich einzig und allein auf die Arbeit konzentrieren, auf ihre Karriere. Captain Kirk war ein gutes Beispiel dafür. Ganz gleich, wie sehr er sich nach einer Frau sehnen mochte – für ihn gab es nur die *Enterprise*.

Soll ich mich etwa in ein Raumschiff verlieben? dachte Uhura trotzig. *Soll ich mein Leben einer Ansammlung von Schaltkreisen und Metall widmen, einem empfindungslosen Ding?*

Oder war es besser, sich für ein Heim zu entscheiden, für einen Ehemann, eine Familie? Konnte sie vielleicht beides haben? Oder handelte es sich dabei um einen naiven Wunsch, der für eine Starfleet-Frau immer ein Traum bleiben mußte?

Sie sah auf Guys Gesicht herab und stellte fest, daß er sie aufmerksam beobachtete. Zärtlich berührte sie seine Lippen, und er hauchte ihr einen Kuß auf die Finger. Möglicherweise nahm sie seine letzte Bemerkung zu wichtig. Guy war ein Mann, der auf Dutzenden von Welten zwischen vielen Frauen wählen konnte. Bestimmt war sie für ihn nicht mehr als eine flüchtige Affäre. Uhura hielt es plötzlich für närrisch, an eine feste Bindung zu denken und deswegen ihre berufliche Laufbahn in Frage zu stellen.

Sie lächelte und beugte sich herab, um ihn zu küssen. Maslin schlang die Arme um sie und drückte sie fester an sich. Uhura schloß die Augen und genoß es, ihm so nahe zu sein. Schließlich ließ er sie wieder los.

»Um ganz offen zu sein, Schatz: Ich glaube kaum, daß du in der Lage bist, einen neuen Posten für mich zu finden.« In ihrer Stimme ließ sich ein Hauch von Spott vernehmen.

»Und warum nicht?«

»Wie willst du imstande sein, dich um mich zu kümmern, wenn du nicht einmal auf dich selbst achtgeben kannst?«

»Das ist auch gar nicht nötig«, brummte Maslin unwillig. Sein Gesicht umwölkte sich, als er hinzufügte: »Es gibt Leute, die mich dauernd daran erinnern, was ich zu tun und zu lassen habe.« Er setzte sich auf, grub seine Hand in den Kristallstaub und ließ die Körner langsam zu Boden rieseln.

»Und ich gehöre zu ihnen, nicht wahr?« fragte Uhura gelassen. »Nun, ich habe die feste Absicht, in jene Rolle zurückzuschlüpfen, wenn wir wieder im Camp sind. Dr. McCoy wies ausdrücklich darauf hin, wie wichtig es ist, daß du dich schonst«, fuhr sie ruhig fort und klappte den Kommunikator auf. »Ich bin sicher, dabei hatte er keine Kletterpartien im Sinn.«

»Was hast du vor?«

»Ich nehme Kontakt mit der *Enterprise* auf und sorge dafür, daß wir zum Lager gebeamt werden.«

»Ich bin durchaus fähig, zu Fuß zurückzukehren«, sagte Maslin schroff.

»Daran zweifle ich nicht. Aber *ich* habe keine Lust dazu.«

»Warum hast du den Transporteroffizier nicht gleich darum gebeten, uns hierher zu beamen?« fragte er.

»Weil wir die Koordinaten nicht kannten. Jetzt braucht man uns bloß mit den Bordscannern zu lokalisieren; die Position des Lagers ist bekannt.«

»Und du bist ganz sicher, daß du mir damit nicht nur einen Gefallen tun willst?«

Uhura seufzte und ließ den Kommunikator sinken. Behutsam legte sie Guy die Hände auf die Schultern und sah ihn ernst an. »Nein, das bin ich nicht. Es geht dir ziemlich schlecht; daran kann gar kein Zweifel bestehen.« Sie zögerte. »Mir liegt etwas an dir, begreif das doch endlich. Und wenn ich eine Möglichkeit habe, dir zu helfen, so zögere ich nicht, sie wahrzunehmen.« Sie zog die Hände zurück und drehte den Kopf. »Jetzt muß ich wahrscheinlich einen neuen Wutanfall über mich ergehen lassen, oder?«

»Ach, Madam Starfleet«, sagte Maslin leise, umarmte sie und lehnte den Kopf an ihre Schulter. »Du zwingst mich ständig dazu, über meinen eigenen Schatten zu springen. Setz dich ruhig mit dem Schiff in Verbindung. Ich verspreche dir, daß ich nach unserer Rückkehr ins Camp wie ein braver Junge zu Bett gehe.« Gedankenverloren sah er den großen Taygetianer an, der gerade seine Mahlzeit beendete. »Sind die weiblichen Angehörigen deines Volkes ebenso schwierig wie menschliche Frauen?« Gelassen erwiderte das Wesen seinen Blick, holte tief Luft und begann wieder zu singen. »Offenbar ist das der Fall«, wandte sich Guy an Uhura. »Es bleibt ihm nichts anderes übrig, als in der Kunst Zuflucht zu suchen.«

Sie schaltete den Kommunikator ein und bedachte den Komponisten mit einem spöttischen Blick. »Wenn ich dieses Thema mit Kali besprechen könnte und wir in der Lage wären, uns mit einer Taygetianerin zu beraten, so kämen wir bestimmt in einem Punkt überein: Es sind die *männlichen* Vertreter der verschiedenen Spezies, die immer wieder Probleme verursachen.«

Unter den gegebenen Umständen hätte sich vermutlich auch Kirk dieser Meinung angeschlossen. Nach Spocks Bericht über die Jäger schickte er sofort eine Nachricht an die Föderationsbehörden und ersuchte um eine Reklassifizierung der Taygetianer als intelligente Lebensform. Anschließend blieb ihm nichts anderes übrig, als auf eine Antwort zu warten.

Spock blieb an Bord der *Enterprise* und kontrollierte die Scanner auf Fehlfunktionen. Nach einer Weile bestätigte er die Annahme von Lieutenant Mendez. Die sonderbaren Werte waren das Ergebnis eines Phänomens auf Taygeta V und ließen sich nicht mit schadhaften Schaltungskomponenten erklären. Verwirrt begab er sich in den Freizeitraum und versuchte, sich bei einer Schachpartie mit dem Captain zu entspannen.

Kirk lehnte sich in seinem Sessel zurück und beobachtete, wie die dünnen Finger des Vulkaniers eine Figur anhoben, kurz über ihre glatte Oberfläche strichen und sie dann auf ein anderes Feld setzten. Während Spocks Berichterstattung kam er zu dem Schluß, daß er seinen Ersten Offizier vermißt hatte. Es kam nicht oft vor, daß sie aufgrund verschiedener Pflichten voneinander getrennt wurden, und die Abwesenheit des hochgewachsenen und ruhigen Mannes beunruhigte ihn auf eine sonderbare Weise. Er erinnerte sich an Edith Keelers Beschreibung ihrer Beziehung, als Spock sie fragte, wo ihrer Meinung nach sein Platz sei. Ihre Antwort lautete: *An seiner Seite, so wie es bisher der Fall war – und immer sein wird.*

Ja, dachte Kirk. *Das bringt alles auf einen Nenner.* Er begriff, daß Spock seinen Bericht beendet hatte und still auf eine Antwort wartete. Der Captain räusperte sich und hob den Kopf.

»Wir stehen also noch immer am Anfang, sind in Hinsicht auf die Decodierung der taygetianischen Sprache keinen Schritt weiter?«

»Leider muß ich dieser Situationsbewertung beipflichten, Captain. Was den physiologischen Aspekt angeht, haben wir inzwischen eine Menge über die Eingeborenen in Erfahrung gebracht, aber unglücklicherweise sind wir nach wie vor weit davon entfernt, die Gründe für ihre sonderbare Sozialstruktur und den Gesang der Erwachsenen zu verstehen.«

»Dann war es vielleicht völlig sinnlos, Maslin mitgenommen zu haben.«

»Nein, Captain, das glaube ich nicht. Ich bin noch immer davon überzeugt, daß die Musik der Schlüssel für die Lösung dieses Rätsels ist, und nur Maslin bringt die notwendigen Voraussetzungen mit, die Bedeutung der Melodien zu erkennen.« Spock runzelte kurz die Stirn. »Als der erste Taygetianer starb, kam es zu einem seltsamen Zwischenfall. Der gräßliche Todesschrei führte bei den Mitgliedern des Einsatzteams zu einem ausgeprägten Schock, aber Maslin wurde davon besonders betroffen, sowohl physisch als auch psychisch – fast so, als sei durch die Musik zwischen ihm und den Taygetianern eine gewisse Beziehung entstanden. Seine Reaktion ähnelte der eines Telepathen, der von einem Augenblick zum anderen aus einer mentalen Verbindung gerissen wird.«

»Solche Talente kommen bei uns Menschen nicht sehr häufig vor.«

»Das ist mir klar. Aber vielleicht gehört Maslin zu den seltenen Fällen. Ich erwähne dies vor allen Dingen deshalb, weil der Vorfall auf die Existenz spezieller psychischer Kräfte bei den Taygetianern hindeuten könnte. Wenn das der Fall ist, sollten wir die Möglichkeit einer vulkanischen Bewußtseinsverschmelzung in Betracht ziehen.«

»Ich weiß, daß Sie so etwas sehr belastet, Spock, und ich mache mir immer große Sorgen um Sie, wenn Sie es in bezug auf eine fremde Rasse versuchen. Man kann nie wissen, welche Konsequenzen sich daraus ergeben. Ich schlage vor, wir setzen die konventionellen Untersuchungen fort – bis es keinen Zweifel mehr daran gibt, daß wir auf diese Weise tatsächlich nicht weiterkommen.«

»Wie Sie wünschen, Captain.«

Der Wandkommunikator summte. »Captain Kirk, wir haben gerade eine Botschaft von Federation Central erhalten.«

»Ich nehme sie in meiner Kabine entgegen. Begleiten Sie mich, Spock?«

»Captain, ich bedaure sehr, Ihnen mitteilen zu müssen, daß es nach Artikel 5, Abschnitt 301 des Kodex unmöglich ist, eine fremde Spezies ohne umfangreiche Ermittlungen durch eine xenologische Expertengruppe neu zu klassifizieren. Da sich an Bord der *Enterprise* keine solchen Fachleute aufhalten, muß ich Ihren Antrag leider ablehnen.«

Der dicke Mann auf dem Schirm nickte bedächtig, und unmittelbar darauf verdunkelte sich die Projektionsfläche.

»Das ist alles?« brachte Kirk ungläubig hervor. »Eine derart lapidare Bemerkung – nach einer zehnstündigen Wartezeit? Lieber Himmel, ich habe in meiner Nachricht ausdrücklich darauf hingewiesen, daß vor der ersten Klassifizierung keine gründliche Untersuchung vorgenommen wurde. Zum Teufel auch: Warum sind dann umfangreiche Ermittlungen notwendig, um einen früheren Fehler auszumerzen? Das ist doch völlig hirnverbrannt!« Er schlug mit der Hand auf den Tisch.

»Mit anderen Worten: Wir können nichts unternehmen.«

»Sie sollten mich eigentlich besser kennen, Spock. Vielleicht nützt es etwas, wenn wir Mr. Garyson gut zureden...«

»Captain«, unterbrach ihn T'zeelas Stimme. »Commander Kor möchte Sie sprechen.«

»Ich höre, Lieutenant.«

Das Bild auf dem Komschirm wechselte.

»Kirk, einige höchst unangenehme Vertreter Ihres Volkes treiben auf Taygeta V ihr Unwesen«, begann der Klingone und verzichtete auf eine Begrüßung.

»Ja, ich weiß, Commander. Mr. Spock und ich sprachen gerade über mögliche Maßnahmen gegen die Jäger.«

»Nun, während sie sich berieten, machte sich meine Frau auf den Weg, um auf eigene Faust zu handeln. Zum Glück benachrichtigten mich meine Männer, und es gelang mir gerade noch rechtzeitig, fatale Folgen der Konfrontation zwischen ihr und den Jägern zu verhindern. Kali ist außer sich, weil einige Taygetianer starben, und sie glaubt, wir könnten dadurch alle in Gefahr geraten.«

»Gibt es irgendwelche konkreten Anhaltspunkte, die diese Theorie stützen?«

Kor verzog das Gesicht. »Offenbar nicht. Kali wiederholt immer wieder, es sei ein *Gefühl*.«

»Wo sind Sie jetzt?«

»Auf dem Planeten. Ich hielt den Zeitpunkt für gekommen, einen direkten Eindruck von den merkwürdigen Wesen zu gewinnen.«

»Mr. Spock und ich beamen uns gleich runter. Wir treffen uns in unserem Lager, und dann stellen wir fest, ob irgend etwas nicht mit rechten Dingen zugeht. Abgesehen von den Jägern, meine ich.«

»Ich mache mich sofort auf den Weg.«

Maslin saß am Synthesizer, und hinter ihm drängten sich die anderen Mitglieder der Landegruppe. Einige von ihnen sprachen aufgeregt miteinander, und ab und zu ertönte ein erfreutes »He, seht nur!«, wenn sich die Darstellung auf dem Anzeigefeld des Instruments veränderte.

»Ich glaube, wir haben irgend etwas verpaßt«, sagte Kirk, als das Glühen des Transferfeldes verblaßte.

»Offenbar«, erwiderte Spock knapp.

Der Captain trat an die Gruppe heran und sah sich neugierig um. »Was ist geschehen?«

»Mr. Maslin hat es geschafft!« rief Unteroffizier Chou, und ihr zartes chinesisches Gesicht strahlte.

»Nun, das ist ein wenig übertrieben«, antwortete der Komponist, drehte sich auf dem Sitz um und hob die Hand, um Kirks Fragen zuvorzukommen. »Ich habe nur damit begonnen, ein strukturelles Muster in den Liedern der Sänger zu sehen. Es wird bestimmt noch eine Weile dauern, ihre Bedeutung zu erfassen.«

»Ich glaube, ich verstehe nicht ganz«, sagte Spock. »Wenn es Ihnen gelungen ist, die fremde Grammatik zu entschlüsseln, so müßte doch bald eine sinnvolle Transkription möglich sein, oder?«

»Im Prinzip schon – wenn nicht die verdammten Lücken im Gesang wären. Nach wie vor fehlen lange Sequenzen.«

»Wenn ich mich recht entsinne, haben Sie den Synthesizer doch auch auf die Frequenzbereiche programmiert, die von unseren Ohren nicht wahrgenommen werden können«, warf Kirk ein. Er bemerkte Kor und Kali, die etwas abseits der Gruppe standen und aufmerksam zuhörten.

»Ja, das stimmt. Aber das ist nicht das eigentliche Problem. Allem Anschein nach gibt es keine natürliche Ursache für jene Lücken. Stellen Sie sich ein Symphonieorchester vor, das nicht ganz vollständig ist. An einer bestimmten Stelle rechnen Sie mit einem Fagottsolo, aber es gibt kein solches Instrument, und deshalb herrscht einfach nur Stille.«

»Wie meinen Sie das?« fragte Kor und schob sich an den Menschen vorbei.

»Die Jäger«, brummte Maslin düster. »Es ist so, als schieße jemand mit einem Phaser auf eins meiner Orchester. Hier wird ein Flötist getötet, dort zwei Geiger und an anderer Stelle ein Trompeter. Das Ergebnis: Die Musik klingt noch immer recht gut, aber wenn man genauer hinhört, fällt einem der Unterschied auf.«

»Dann hatte ich also recht«, sagte Kali und warf Kor einen herausfordernden Blick zu. »Wir hätten die Jäger unschädlich machen müssen.«

»Ja, das stimmt zumindest in theoretischer Hinsicht. Aber die praktische Umsetzung dieser Entscheidung ließ zu wünschen übrig. Schließlich hat es keinen Sinn, mit Steinschleudern cxentarischen Raubkatzen nachzustellen.« Maslin lächelte, um seinen Tadel ein wenig zu mildern, und mit der Daumenkuppe strich er sich übers Kinn.

Das hitzige Temperament der Klingonin kühlte nur zum Teil ab. Sie musterte Kor aus blitzenden Augen. »Wir Frauen wußten die ganze Zeit über, daß die Jäger gefährlich sind, und da wir es jetzt endlich geschafft haben, euch Männer davon zu überzeugen... Was wollt ihr gegen sie unternehmen? Wenn ihr weiterhin zögert und wertvolle Zeit verliert, indem ihr über gesetzliche Vorschriften und ähnliche Dinge diskutiert, werden wir Frauen handeln. Habe ich recht, Uhura?«

»Und ob«, pflichtete ihr die Bantu bei, sah Spock und Kirk an und lächelte.

Der Captain verzog das Gesicht und wandte sich mit gedämpfter Stimme an Kor. »Ich beneide Sie nicht.«

»Ich mag Herausforderungen«, entgegnete der klingonische Commander ruhig. Kali starrte ihn finster an, und sein Lächeln wuchs in die Breite, als er ihren entschlossenen Gesichtsausdruck bemerkte.

»Nun, Kor, es sieht fast so aus, als verlören wir den Respekt unserer Untergebenen, wenn wir nicht sofort aktiv werden. Und da wir sicher eine Meuterei verhindern wollen, sollten wir wohl eine entsprechende Entscheidung treffen, nicht wahr?«

»Ein ausgezeichneter Vorschlag, Captain Kirk.«

»Mr. Ragsdale, Sie und Mr. Lindenbaum begleiten mich zu den Jägern.«

»Ja, Sir.«

»Wollen Sie sich uns anschließen, Commander?«

»Gern, Captain. Aber um nicht ganz allein zu sein und eine echte konzertierte Aktion zu ermöglichen, möchte ich einen meiner Leute zu uns beordern.«

»Wie Sie wünschen.«

Kor trat beiseite und holte seinen Kommunikator hervor.

»Was ist mit Ihnen, Mr. Spock?«

»Ich bleibe hier und befasse mich mit den Analyseergebnissen Mr. Maslins. Ich bin neugierig, wie ihm der Durchbruch gelang.«

»Mit einem intuitiven Erkenntnissprung«, erwiderte der Musiker mit einem Seitenhieb auf den Vulkanier.

Einige Sekunden später sahen sie das lautlose Glühen eines fremden Transporterfeldes, und ein außergewöhnlich attraktiver Klingone rematerialisierte. Kirk und die anderen sahen ihn zum erstenmal.

»Kandi, Captain der *Imperiumsstolz*«, sagte Kor. Anschließend stellte er die Menschen vor. Kandi nickte den Männern zu und verneigte sich andeutungsweise vor den Frauen. Er hob Uhuras Hand und führte sie kurz an die Lippen.

»Ich wußte gar nicht, daß menschliche Frauen so hübsch sind.«

»Und ich hatte keine Ahnung, daß sich klingonische Männer aufs Flirten verstehen«, antwortete sie, zog die Hand zurück und trat wieder an die Seite Maslins. Der Klingone folgte ihr und lehnte sich gelassen an die eine Seite des Synthesizers. Maslin sah verärgert zu ihm auf.

Kandi gab sich betont freundlich, als er Uhura musterte. »Sie besitzen nicht zufällig Aufzeichnungen von irdischen Holofilmen, die Sie mir zur Verfügung stellen könnten?«

»Kandi«, sagte Kor und rollte mit den Augen. »Wir möchten diese Sache noch vor Ablauf der nächsten Woche hinter uns bringen. Warten Sie eine bessere Gelegenheit ab, um die Besatzungsmitglieder der *Enterprise* in Hinsicht auf triviale Serienfilme zu belästigen.«

Der jüngere Mann seufzte. »Verschieben wir es also auf später«, sagte er zu Uhura und folgte den vier anderen Männern, die bereits über den Strand wanderten.

»Endlich«, stieß Maslin in gespielter Erleichterung hervor. Er schlang die Arme um Uhuras und Chous Taillen und zog die beiden Frauen zu sich auf die Sitzbank. Dann ergriff er Kalis Hand. »Sollen die Macho-Typen ruhig gegen die Bösewichter in den Kampf ziehen. Ich bleibe hier und unterhalte die Damen.«

»Ach, mein Held«, murmelte Uhura mit zärtlicher Ironie und strich ihm die Stirnlocke zur Seite.

Ragsdale führte Kirk und die anderen zum Lager der Jäger. Seine dicken Beine pumpten wie Kolben, und er wirkte wie ein menschlicher Panzer, der durch den Sand rollte. Offenbar war er ganz versessen darauf, Garyson das Handwerk zu legen. Zwar teilte Kirk die Motive des Sicherheitsbeamten nicht, aber er schritt ebenfalls eilig aus, um das Camp so rasch wie möglich zu erreichen. Die langen Stunden geduldiger wissenschaftlicher Arbeit an Bord der *Enterprise* hatten ihm ganz und gar nicht gefallen. Er war in erster Linie ein Mann der Tat, doch bei dieser besonderen Mission argwöhnte er, daß seine Abwesenheit den anderen überhaupt nicht auffiel. In dieser Hinsicht entsprach das Problem mit den Jägern genau seinem Geschmack, und er reagierte mit tiefer Dankbarkeit darauf, eine solche Gelegenheit bekommen zu haben.

Er sah über die Schulter zurück und stellte fest, daß Kor und Kandi einen gewissen Abstand zu den Menschen wahrten und leise miteinander sprachen. Nicht zum erstenmal wünschte er sich, die klingonische Sprache zu beherrschen. Der jüngere Klingone richtete einige ernste Worte an den Commander, der recht nachdenklich wirkte und den Kopf schüttelte. Kirk bedauerte, daß sich Spock ihnen nicht angeschlossen hatte. Mit dem Tricorder des Vulkaniers hätten sie die Unterhaltung aufzeichnen und später übersetzen können. Vielleicht enthielt sie Hinweise darauf, was sich an Bord der beiden Schlachtkreuzer im Orbit zutrug. Kirk glaubte noch immer, daß Kor in bezug auf seine Mannschaft mit einigen Schwierigkeiten zu kämpfen hatte.

Kurz darauf unterbrach er seine diesbezüglichen Überlegungen, als Ragsdale stehenblieb und auf einen nahen Felsvorsprung deutete. »Das Camp der Jäger befindet sich hinter der dortigen Gesteinsformation. Ich habe mir das Gelände gründlich angesehen; offenbar legten Garyson und seine Kumpanen keinen sonderlich großen Wert auf einen Lagerplatz, der sich gut verteidigen läßt. Sie müßten eigentlich recht leicht zu überwältigen sein.«

»Wir planen keinen Überfall, Mr. Ragsdale«, sagte Kirk. »Vielleicht hört Mr. Garyson doch noch auf die Stimme der Vernunft.« Der Sicherheitsbeamte sah das amüsierte Funkeln in den nußbraunen Augen des Captains und lächelte.

»Würden Sie mir glauben, wenn ich behauptete, ich besäße ein großes Anwesen auf Tumbolt V, dem berühmt-berüchtigten Vergnügungsplaneten der Föderation?«

»Nein, Mr. Ragsdale«, erwiderte Kirk. »Und ich verstehe, was Sie meinen.« Er drehte sich um und sah Kor an. »Nun, sollen wir jetzt herauszufinden versuchen, welche Art von Widerstand Mr. Garyson und seine Gefährten zu leisten beabsichtigen?«

»Ich bleibe direkt hinter Ihnen, Kirk. Die Kerle sind meiner Frau zu nahe getreten, und dafür müssen sie büßen. Bei unserer ersten Begegnung habe ich auf eine angemessene Bestrafung verzichtet, weil ich glaubte, Sie hätten Einwände gegen eine derartige Behandlung von Föderationsbürgern. Da ich jetzt weiß, daß Sie nichts dagegen haben, wird es mir ein Vergnügen sein, den Burschen Manieren beizubringen.«

»Übertreiben Sie es nur nicht«, warnte der Captain, als sie sich wieder in Bewegung setzten. »Ich möchte nicht, daß jemand verletzt wird. Deshalb justieren wir die Waffen auf Betäubung.«

Zum Glück hielten sich alle fünf Jäger im Lager auf. Die Männer saßen an einem Heizgerät, tranken Kaffee, warfen sich gegenseitig Kristalltränen zu und untersuchten sie. Sie sahen auf, als sich Kirk und seine Begleiter dem Camp näherten. Der Captain winkte, und darauf schwärmten die anderen rasch aus. Garyson runzelte unwillig die Stirn, als er Kor erkannte.

»Was, zum Teufel, hat das zu bedeuten?« fragte er scharf und stand auf.

Noch nie zuvor hatte Kirk einen derart wilden Haufen gesehen. Die Jäger erweckten den Eindruck, als trügen sie schon seit Jahren die gleiche Kleidung, und bei einem von ihnen fiel ihm völlig verdrecktes, blondes Haar auf. »Wir möchten Ihnen nur einen Freundschaftsbesuch abstatten und Sie davon überzeugen, wie wichtig es ist, die Jagd einzustellen«, sagte Kirk in einem gemütlichen Tonfall. Er trat vor und näherte sich dem untersetzten Anführer.

»Verdammt, wer sind Sie überhaupt?«

»Captain James T. Kirk vom Raumschiff *Enterprise*.«

Garyson wippte auf den Zehen und musterte den Captain verächtlich. »Ach, noch so ein hochnäsiger Regierungslakei. Nun gut, dann wiederhole ich das, was ich bereits Ihrem spitzohrigen Ersten Offizier sagte: Solange Sie mir keine Föderationsdirektive vorlegen können, in der steht, daß die Taygetianer intelligent sind, sammeln wir weitere Tränen. Ich besitze nämlich ein Dokument, in dem eindeutig von Tieren die Rede ist – und das mir das Recht gibt, auf sie Jagd zu machen.« Er sah seine Begleiter an, die daraufhin zustimmend brummten und nickten.

Das freundliche Lächeln Kirks verflüchtigte sich abrupt, und kühl starrte er den hochgewachsenen und muskulösen Mann an. »Mir steht die Feuerkraft eines Raumschiffs und eine Besatzung aus mehr als vierhundert Personen zur Verfügung, um Sie daran zu hindern. Haben Sie dem etwas entgegenzusetzen?«

»Das Gesetz steht auf meiner Seite, Kirk.«

»Vielleicht. Aber Repräsentanten von Starfleet haben das Recht, an Ort und Stelle Entscheidungen in Hinsicht auf die Behandlung fremder Lebensformen zu treffen – selbst dann, wenn sie im Widerspruch zu geltenden Gesetzen stehen. Natürlich können Sie Klage erheben, aber die Verhandlung wird auf der Erde oder in einer Starbase stattfinden. Und in der Zwischenzeit werden Sie sich an meine Anweisungen halten.«

»Ich schätze, das steht keineswegs fest, Kirk«, knurrte Garyson und wich einige Schritte zurück. »Es kommt ganz darauf an, ob wir bereit sind, uns Ihnen zu fügen. Mehmet!« rief er plötzlich, und von einem Augenblick zum andern ging es drunter und drüber. Die vier anderen Jäger sausten in verschiedene Richtungen davon. Lindenbaum stöhnte, sank zu Boden und tastete mit schmerzverzerrtem Gesicht nach dem Messer, das in seinem Oberschenkel steckte.

Der hagere und dunkelhäutige Mann, der es geworfen hatte, stürzte am Rande des Lagers in den Sand, als ihn der Strahl eines auf Betäubung eingestellten Intervallers zwischen den Schulterblättern traf. Ragsdale gab einen wütenden Schrei von sich, zog den Kopf ein und stürmte wie ein angriffslustiger Stier auf den Mann mit dem verfilzten Haar zu.

Kirk ging neben Lindenbaum in die Hocke und untersuchte die Wunde. »Ich bin soweit in Ordnung, Sir«, preßte der Sicherheitsbeamte hervor und schnitt eine Grimasse. »Die Wunde ist nicht weiter schlimm. Schnappen Sie sich die anderen.«

Der Captain sah sich um und beobachtete, wie Garyson hinter einem Felsen verschwand. Er sprang auf und stürmte los, blieb kurz darauf jedoch wie angewurzelt stehen, als er ein blaues Schimmern im Sand bemerkte. Fast gegen seinen Willen bückte er sich und hob die kristallene Träne auf. Sie schillerte wie blaues Feuer, und auf den glänzenden Facetten schien die Ewigkeit selbst zu funkeln. Für einige Sekunden verloren sich seine Gedanken im Geheimnis des Juwels, bevor er es sich vorsichtig in die Tasche schob.

Dann richtete er sich wieder auf und folgte Garyson. Er war zornig auf sich selbst, weil er sich von dem Kristall hatte ablenken lassen, ohne die geringste Möglichkeit, der saphirnen Pracht zu widerstehen. Er hoffte nur, daß die beiden Klingonen mit den restlichen Jägern fertig wurden, während er versuchte, den Anführer zu stellen. Nur wenige Sekunden später stellte er fest, daß er sich in dieser Hinsicht keine Sorgen zu machen brauchte. Als er am Fuß der Klippen entlanglief, kam er an Kandi vorbei, der vor einem auf dem Boden liegenden Mann stand und ihn spöttisch dazu aufforderte, sich zu erheben. Als der Mann in die Höhe kam, schlug ihn der Klingone nieder. Das wiederholte sich noch zweimal, bevor Kirk um den Felsvorsprung eilte und die beiden Gestalten außer Sicht gerieten.

Der Captain hielt sich dicht an der Klippenwand und folgte den deutlich sichtbaren Spuren, die Garyson im Sand hinterlassen hatte. Plötzlich aber verschwanden sie. Kirk verharrte, sah sich um und suchte nach einer Stelle, an der der Jäger die Flucht in eine andere Richtung fortgesetzt haben mochte. Nichts deutete darauf hin, daß Garyson in seinen eigenen Fußstapfen zurückgekehrt oder zur Wassergrenze gelaufen war. Somit blieb nur eine Möglichkeit übrig. Kirk wandte sich den Klippen zu, und genau in diesem Augenblick fiel ein scharfkantiger Kristallbrocken dicht an seinem Kopf vorbei.

Er zuckte zurück, reagierte jedoch nicht rechtzeitig genug. Das Wurfgeschoß prallte ihm auf die Schulter und lähmte den linken Arm bis hin zu den Fingerspitzen. Einen Sekundenbruchteil später stürzte sich Garyson auf ihn. Die Faust des größeren Mannes traf ihn an der Brust und schleuderte ihn zu Boden. Ein enormes Gewicht schien ihm die Luft aus den Lungen zu pressen, und der Captain überlegte kurz, ob ihm der Hieb des Jägers das Brustbein zerschmettert hatte. Glücklicherweise trug er eine dicke Parka, und der weiche Stoff absorbierte einen großen Teil des Schlages. Andernfalls wären bestimmt einige Rippen gebrochen.

Garyson streckte die Arme aus und schloß die Hände wie Schraubstöcke um Kirks Kehle. Der Captain begriff, daß er sofort handeln mußte, wenn er nicht in ernste Bedrängnis geraten wollte. Es galt, unverzüglich etwas zu unternehmen, um zu überleben. Schmerz durchflutete seinen Leib, aber es gelang ihm, die Knie anzuziehen. Gleich darauf streckte er die Beine ruckartig, und Garyson flog über ihn hinweg.

Kirk stemmte sich in die Höhe – und schien direkt gegen eine Ramme zu taumeln. Der mörderische Hieb seines Gegners warf ihn zurück. Vorsichtig betastete der Captain seinen Unterkiefer und stellte fest, daß der Knochen heil geblieben war. Aber einige Zähne saßen ziemlich locker, und er nahm den süßen, kupfernen Geschmack von Blut wahr. Bisher hatte er sich eher wie ein Sparringpartner verhalten, und verärgert beschloß er, dem ein Ende zu machen. Der linke Arm war noch immer taub und behinderte ihn, aber er konnte die Beine bewegen, und das genügte. Kirk spannte die Muskeln, sprang, drehte sich in der Luft und trat zu. Die Fußspitze traf Garyson am Kinn, und der Captain hörte ein dumpfes Knacken, als er sich auf dem Sand abrollte. Er empfand eine Mischung aus Genugtuung und Zufriedenheit, nahm an, daß der Kampf entschieden war.

Aber er irrte sich. Ein nicht ganz so kräftiger Mann hätte sicher das Bewußtsein verloren, aber Garyson schien nur benommen zu sein. Er schüttelte den Kopf, ballte dann erneut die Fäuste und kam einem menschlichen Bollwerk gleich heran.

Wie ein Dinosaurier, dachte Kirk überrascht, als er den bärenartigen Pranken des Jägers auswich. *So kleine Gehirne, daß sie nicht einmal begriffen, wann sie bewußtlos waren – oder es sein sollten,* fügte er hinzu und spürte einen Windhauch an den Wangen, als ihn ein weiterer Hieb Garysons nur knapp verfehlte.

Durch den letzten Schlag, der nicht das Ziel traf, verlor der Jäger das Gleichgewicht, und Kirk nutzte die gute Gelegenheit sofort aus. Er schirmte sich mit dem linken Arm ab, in den langsam das Gefühl zurückkehrte, und mit der rechten Faust hieb er mehrmals auf das breite Gesicht Garysons ein. Schon nach kurzer Zeit begannen seine Knöchel zu schmerzen, und er fragte sich verwundert, wie es dem großen Jäger gelang, nach wie vor auf den Beinen zu bleiben. Die Augen schwollen zu, und Blut tropfte aus den Mundwinkeln. Trotzdem gab er nicht auf, schwankte und taumelte, holte weiterhin aus. Kirk spürte einen jähen Schmerz an den Lippen, und einer der bereits lockeren Zähne löste sich ganz. Er wich kurz zurück und spuckte ihn aus.

Dabei machte er den Fehler, Garyson zu unterschätzen. Der Mann war noch immer kräftig genug, um eine erhebliche Gefahr darzustellen. Mit einem Satz war er heran und schlang die dicken Arme um Kirk. Mit einem grunzenden Knurren drückte der Jäger zu, und der Captain fühlte, wie sich sein Oberkörper immer weiter nach hinten neigte, wie der Schmerz im Bereich der Wirbelsäule heißer brannte. Garyson machte Anstalten, ihm das Rückgrat zu brechen.

Schweiß strömte ihm von der Stirn, und der Mund öffnete sich zu einem lautlosen Schrei. Seine Gedanken rasten, als er verzweifelt nach einem Ausweg suchte. Er saß in der Falle, und es mochte nur noch wenige Sekunden dauern, bis sich die Dunkelheit des Todes auf ihn herabsenkte. Aus den Augenwinkeln sah er den massiven Torso seines Gegners, und darunter... Der Captain mobilisierte seine letzten Kräfte und wandte sich zur Seite. Der Schmerz im Rücken wurde so heftig, daß er befürchtete, in Ohnmacht zu fallen, aber er hatte erreicht, was er wollte. Das Knie befand sich nun in der richtigen Position: Er hob es abrupt und stieß es in den Schritt des Jägers.

Garyson ächzte und stöhnte, ließ Kirk los und krümmte sich zusammen. Der Captain schnappte keuchend nach Luft und versetzte dem Mann einen letzten Tritt, der ihn am Kopf traf. Der muskulöse Hüne gab ein gurgelndes Geräusch von sich, sank in den Sand und blieb still liegen.

»Sehr interessant, was Sie unter der ›Stimme der Vernunft‹ verstehen«, ließ sich hinter ihm Kor vernehmen. Kirk wandte sich langsam zu dem Klingonen um. »Und es freut mich, daß Sie großen Wert darauf legen, niemanden zu verletzen.«

»Wie lange sind Sie schon hier?«

»Ich bin gerade eingetroffen, als Sie Mr. Garyson den Gnadenstoß versetzten – so heißt das doch bei euch Terranern, oder?« Kor hielt die Hand unter das Kinn des Captains und drehte den Kopf hin und her, um sich die Wunden im Gesicht des Menschen anzusehen. Bei der Berührung flammte neue Pein in Kirk auf, und er zuckte zurück. »Ich glaube, Mr. Garyson hat es weitaus schlimmer erwischt. Falls Sie das tröstet...«

»Kaum. Was ist mit den anderen Jägern?«

»Sie sitzen im Camp, sind lieb und artig und stehen zu Ihrer Disposition.«

»Wir sollten sie an Bord der *Enterprise* bringen und in der Arrestzelle einsperren, bevor sich der rachsüchtige Aspekt meines Wesens durchsetzt und mich zum Mörder macht.«

»Überlassen Sie uns das. Wir sind nicht so zimperlich wie Menschen.«

»In Ordnung.« Garyson stöhnte und kam langsam wieder zu sich. »Wie geht's Lindenbaum?« fragte Kirk, als sie den untersetzten Mann in die Höhe zerrten, ihn stützten und in Richtung Lager zurückkehrten.

»Den Umständen entsprechend. Vermutlich wird er froh sein, sich auf einer Liege in der Krankenstation ausstrecken zu können.«

»Was nur zu verständlich ist. Meine Güte, auch *ich* wäre überglücklich, mich der Obhut McCoys anzuvertrauen.«

Als sie im Transporterraum der *Enterprise* rematerialisierten, hatte sich Garyson wieder einigermaßen erholt und versuchte, mit Kirk abzurechnen. Ragsdale packte ihn am Kragen und zog ihn vom Captain fort. Scott musterte die vier finster dreinblickenden Gefangenen, und als er feststellte, daß sie nur von einem Sicherheitsbeamten und dem Captain begleitet wurden, alarmierte er weitere Wächter.

Kaum hatte die erste Gruppe die Plattform verlassen, schimmerte erneut die Energie eines Transferfeldes. Unmittelbar darauf rematerialisierten sowohl der fünfte Jäger als auch die beiden Klingonen und der verletzte Lindenbaum. McCoy, der mit einigen Assistenten im Transporterraum wartete, unterbrach seinen klagenden Monolog, trat vor und half dem jungen Mann auf eine Antigravbahre.

»Du solltest ebenfalls mitkommen«, sagte er, blieb vor Kirk stehen und betrachtete die blutigen Flecken in seinem Gesicht.

»Sobald wir diese Typen sicher in der Arrestzelle untergebracht haben.«

»Obwohl genügend kräftige Burschen zur Stelle sind, um sich um sie zu kümmern?« Der Arzt deutete auf die acht Männer aus der Sicherheitsabteilung, die die Gefangenen nicht aus den Augen ließen. »Wie du meinst...« fügte er resigniert hinzu und zuckte mit den Schultern.

Kor und Kandi standen noch immer auf der Transporterplattform. Als Kirk Anstalten machte, den Raum zu verlassen, rief ihm Kor nach: »Captain?«

»Ja, Commander?«

»Wenn Sie es vorziehen, an Bord Ihres Schiffes auf die Anwesenheit von Fremden zu verzichten, von denen Sie glauben, sie seien Ihnen möglicherweise feindlich gesinnt, so können Sie meinen Offizier und mich direkt zu unseren Kreuzern zurückschicken.«

Kirk blieb an der Tür stehen, drehte sich um und lächelte. »So seltsam es auch klingen mag, Commander: Ich beginne allmählich, Ihnen zu vertrauen. Es würde mich sehr freuen, von Ihnen begleitet zu werden. Nachdem wir die Gefangenen eingesperrt haben, begeben wir uns in die Krankenabteilung. Und während man mich dort behandelt, ist McCoy möglicherweise bereit, uns eine Flasche seines saurianischen Brandys zu spendieren.«

Kor wechselte einen kurzen Blick mit Kandi, der ihn hoffnungsvoll ansah. »Einverstanden, Captain. Das Angebot ist zu verlockend, um es abzulehnen. Wir nehmen Ihre Gastfreundschaft gern an.«

Garyson hatte zugehört, und sein Gesicht verwandelte sich langsam in eine Fratze der Wut. Rote Flecken des Zorns bildeten sich auf den fleischigen Wangen, und er starrte Kirk so an, als wolle er ihn mit einem Blick umbringen. Einer der Sicherheitsbeamten stieß ihn an der Schulter an, und er setzte sich widerwillig in Bewegung. Die anderen folgten ihm.

Als die aus vierzehn Menschen und zwei Klingonen bestehende Gruppe durch die Korridore der *Enterprise* wanderte, blieben manche Besatzungsmitglieder verblüfft stehen und sahen ihr erstaunt nach. Es dauerte eine Weile, bis sie in den Arrestbereich gelangten, und Kor vermutete, daß Kirk eine besondere Route wählte, um wichtige Sektionen des Schiffes zu meiden. Er machte dem Captain deswegen keinen Vorwurf, denn an seiner Stelle hätte er sich ebenso verhalten.

Man brachte die Jäger in einer großen Zelle unter, und anschließend wurden die Ergfelder am Zugang aktiviert. Garyson näherte sich der Energiebarriere und starrte dem Captain wütend nach, als er zusammen mit den beiden Klingonen fortging.

»Sie sind ein Verräter, Kirk! Ein verdammter Verräter! Sie machten gemeinsame Sache mit Klingonen und erlauben es ihnen, Bürger der Föderation anzugreifen! Wenn wir zurückkehren, sorge ich dafür, daß man Sie vor ein Kriegsgericht stellt und degradiert, vielleicht sogar unehrenhaft aus der Flotte entläßt.«

Der Captain blieb stehen, drehte sich um und sah zu dem stämmigen Jäger zurück. Ein ironisches Lächeln umspielte seine Lippen. »Tun Sie sich keinen Zwang an, Mr. Garyson. Ich fürchte allerdings, daß Sie sich dafür anstellen müssen. Vor Ihnen hat schon jemand anders Anspruch darauf erhoben, mir das Fell über die Ohren zu ziehen.«

KAPITEL 9

Kali sprang von der Transporterplattform und hielt auf die Tür zu. Der Techniker an der Konsole wollte einige Worte an sie richten, überlegte es sich dann aber anders, als er die zornigen Falten sah, die sich über den gegabelten Brauen tief in ihre Stirn gegraben hatten. Die Frau des Commanders war wegen ihres überschäumenden Temperaments bekannt, und der Klingone an den Kontrollen schreckte davor zurück, Kalis Aufmerksamkeit zu erwecken, während sie kurz vor einem Wutanfall stand.

Sie kochte noch immer, als sie durch den Korridor marschierte und sich der Brücke näherte. Sie konnte einfach nicht glauben, daß Kor unmittelbar nach der Gefangennahme der Jäger in die *Klothos* zurückgekehrt war. Sie hatte erwartet, daß er den Wunsch verspürte, eine Zeitlang bei ihr zu bleiben, denn immerhin waren sie schon seit einigen Tagen voneinander getrennt. Aber erstaunlicherweise schien das nicht der Fall zu sein. Verärgert erinnerte sie sich, im Lager der Menschen zwei Stunden lang vergeblich auf ihn gewartet zu haben. Kirk war zu seinem Ersten Offizier zurückgekehrt, um ihm von der erfolgreichen Aktion gegen die Jäger zu berichten, aber da er Kor unerwähnt ließ, nahm Kali an, daß sich ihr Mann wieder an Bord seines Kreuzers befand.

Als sich die Lifttür vor ihr öffnete, trat sie auf den Flur und blieb vor der Tür zur Kommandozentrale stehen. Sie straffte ihre Gestalt und preßte die Lippen zusammen, dazu entschlossen, keinen Hehl aus ihrer Wut zu machen. Kurz darauf öffnete sich das Portal, und Kali marschierte auf die Brücke. Nur einen Augenblick später verrauchte ihr Zorn, als sie feststellte, daß Kor nicht im Sessel des Befehlsstandes saß. Statt dessen fiel ihr Blick auf den rasierten Nacken Karsuls. Er trug das Haar immer ganz kurz, wie ein gewöhnlicher Jevul-Kämpfer, eine Angewohnheit, die Kali als närrisch und dumm empfand. Es lag ihr nichts an einem Gespräch mit dem Ersten Offizier, und deshalb wirbelte sie um die eigene Achse und machte Anstalten, die Brücke wieder zu verlassen.

Karsul bemerkte ihre Anwesenheit gerade noch rechtzeitig, wandte sich um und richtete einen durchdringenden Blick auf sie. Das seltsam dunkle Glitzern in seinen Augen weckte wie üblich Unbehagen in ihr, und einmal mehr kam sie sich wie ein kleines Insekt vor, das durch ein Mikroskop untersucht wurde.

»Suchen Sie nach Ihrem Mann?« fragte Karsul. Er zog das letzte Wort in die Länge, wodurch es fast wie eine Beleidigung klang.

»Ja, aber da er sich ganz offensichtlich nicht auf der Brücke befindet, ziehe ich mich in unser Quartier zurück.«

»Dort hält er sich ebenfalls nicht auf.«

»Wo ist er denn?« fragte Kali und hatte den spöttischen Tonfall Karsuls satt. Sie wünschte sich eine Möglichkeit, ihm den Hohn heimzuzahlen.

»Noch immer an Bord des terranischen Schiffes.«

»Es ist doch alles in Ordnung, oder?« Unruhig und besorgt trat sie einen Schritt vor.

»Soweit ja. Vermutlich macht es ihm nur Spaß, seine Zeit in der Gesellschaft von Menschen zu verbringen.« Als die ironischen Worte des Ersten Offiziers verklangen, ertönte irgendwo ein leises Kichern. Kali hielt zornig nach dem betreffenden Besatzungsmitglied Ausschau, und daraufhin wurde es schlagartig still im Raum.

Aus einem Reflex heraus ballte Kali die Fäuste und suchte nach den richtigen Worten für eine Antwort. Es erschien ihr töricht, angesichts einer derartigen Feindseligkeit an den vereinbarten Waffenstillstand zu erinnern. Andererseits durfte sie auch nicht zugeben, daß sie selbst Gefallen an menschlicher Gesellschaft gefunden hatte und Kor in dieser Beziehung durchaus verstehen konnte. Ein solches Eingeständnis mochte fatale Konsequenzen nach sich ziehen.

»Hm«, brummte sie nach einer Weile und senkte den Kopf. »Dann sollte ich wohl in unserer Kabine auf ihn warten.«

»Ich begleite Sie.«

»Nein!« widersprach sie scharf und wich einen Schritt zurück. Karsuls Gesicht verdunkelte sich vor Zorn, und Kali begriff, daß sie einen Fehler gemacht hatte. Rasch versuchte sie, den verlorenen Boden zurückzugewinnen, indem sie hinzufügte: »Ich meine: Besten Dank für Ihr Angebot, aber das ist nicht nötig. Außerdem halte ich es für besser, Sie bleiben hier auf der Brücke, damit Sie die notwendigen Entscheidungen treffen können, wenn es zu einem Notfall kommen sollte.«

»Was soll schon passieren? Ich bin sicher, unser ehrenwerter Commander behält die Menschen wachsam im Auge, um sicherzustellen, daß sie uns nicht angreifen.« Einige der anwesenden Klingonen lachten leise.

Kali versteifte sich und hob stolz den Kopf. »Die Terraner sind nicht unsere einzige Sorge«, erwiderte sie kühl. »Vergessen Sie nicht *das* dort!« Sie deutete auf den großen Bildschirm, der die wogenden Farbschlieren der Raum-Zeit-Anomalie zeigte. »Nur ein Narr verbarrikadiert die Tür und läßt die Fenster hinter sich offen.«

»Oh, danke für diesen Hinweis. Ich finde es überaus faszinierend, taktische Probleme mit einem strategischen Genie wie Ihnen zu diskutieren.«

»Jubeln Sie nicht zu früh«, preßte Kali zwischen zusammengebissenen Zähnen hervor. »Vielleicht nehme ich eines Tages Ihren Posten ein.« Sie drehte sich ruckartig um und betrat den Aufzug. Zu ihrem Kummer sah sie, daß Karsul den Befehlsstand verließ. Er folgte ihr und drängte sie in eine Ecke der Liftkabine.

»Sie könnten die Stellung wesentlich früher bekommen, als Sie glauben.«

»Ach?« erwiderte Kali. »Und wie? Indem ich Sie umbringe?«

Karsul lachte kehlig – ein dumpfes, raubtierhaftes Knurren, bei dem es der Klingonin kalt über den Rükken lief. Abrupt streckte er die Hand aus und umschloß ihr Kinn. Sie drehte den Kopf zur Seite und versuchte, sich aus dem Griff zu befreien, aber er drückte noch fester zu. Schmerz pulsierte in ihren Unterkiefern.

»Kleine Wildkatze... Nein, das meinte ich nicht. Ganz im Gegenteil: Du solltest nett zu mir sein. Wenn dein Mann nicht mehr zwischen uns steht und ich Captain geworden bin, ernenne ich dich vielleicht zum Ersten Offizier – und mache dich zu meiner Frau.«

Das Summen des Lifts verklang, und die Tür öffnete sich. Kali holte aus und hieb auf das Handgelenk des Klingonen vor ihr. Karsul gab einen gedämpften Schrei von sich und ließ sie los. Rasch sprang die Frau an ihm vorbei in den Korridor, so daß er sie nicht packen konnte, nahm dort eine kampfbereite Stellung ein und beobachtete Karsul wachsam. Haß und Furcht beschleunigten ihren Atemrhythmus.

»Ich soll nett zu Ihnen sein? Bei der Vorstellung wird mir übel! Und was die Möglichkeit angeht, nicht nur zum Ersten Offizier, sondern auch zu Ihrer Frau zu werden... Lieber arbeite ich als Köchin in der Kombüse eines Müllfrachters!«

Karsul hielt sich die verletzte Hand und starrte Kali mit einer Mischung aus Zorn und Begehren an. »Wenn das deinem Wunsch entspricht – ich werde dafür sorgen, daß er in Erfüllung geht. Aber erst nachdem ich dir Respekt Männern gegenüber beigebracht habe. Kor ist offenbar zu schwach, um dich zur Räson zu bringen, aber ich nicht! Unter meiner Anleitung wirst du lernen, wo der richtige Platz für eine Frau ist – zu Füßen ihres Mannes!«

Kali lächelte verächtlich und warf mit einer abrupten Kopfbewegung das lange Haar zurück. »Jede Klingonin wäre glücklich, einen solchen Platz einzunehmen – wenn sie es mit einem *richtigen Mann* zu tun hätte. Derzeit sehe ich leider keinen.«

Karsul zischte wütend und stürmte auf sie zu. Kali wich zur Seite aus, sauste durch den Gang und suchte in dem Quartier Zuflucht, das sie mit Kor teilte. Rasch preßte sie die Hand auf die elektronische Verriegelungsplatte, und nur einen Sekundenbruchteil später erreichte Karsul die geschlossene Tür. Erst jetzt reagierte die junge Klingonin auf die Konfrontation und begann zu zittern. Mit dem Rücken lehnte sie sich ans Schott, ließ sich langsam zu Boden sinken und schlang die Arme um ihre Knie.

»Kor«, flüsterte sie und unterdrückte ein Schluchzen. »Warum bist du nicht hier? Warum unternimmst du nichts, um mich zu beschützen?« Sie wußte, daß sie sich irrationalen Emotionen hingab, verfluchte ihre Schwäche und stand wieder auf. Sie versuchte vergeblich, sich zu entspannen, wanderte unruhig durchs Zimmer, wischte imaginäre Flecken vom Spiegel, ordnete die alten Waffen Kors, die an der Wand hingen, strich dann das Laken auf der Liege glatt. Als sie auf das Bett sah, das sie mit ihrem Mann teilte, stellte Kali fest, daß es der sinnlosen Aktivität nicht gelungen war, Furcht und Sorge aus ihr zu verbannen. Sie hielt sich erst seit dreißig Minuten an Bord der *Klothos* auf, und schon hatte sie der Besatzung neuen Anlaß gegeben, sie zu verspotten. So durfte es nicht weitergehen. Kali spürte, wie sich der Schatten einer drohenden Meuterei verdichtete, und eine Zeitlang lauschte sie den brummenden Stimmen verdrießlicher Männer jenseits der Tür.

Kor sollte an Bord seines Kreuzers sein, aber statt dessen hielt er sich bei den Menschen auf. Kali fragte sich, warum er den Terranern soviel Zeit widmete. *Er gießt Öl ins Feuer der ihm geltenden Antipathie, bestärkt die Vermu-*

tung seiner Männer, er sei ein Freund der Menschen, dachte Kali und starrte schwermütig aufs Bett.

Angesichts der Raum-Zeit-Anomalie hielt sie eine Kooperation mit den Menschen für durchaus angemessen, aber jetzt fragte sie sich, ob Kor nicht ein wenig übertrieb. Zu Anfang hatte er die Möglichkeit in Aussicht gestellt, die *Enterprise* anzugreifen, sobald das Rätsel des seltsamen Risses im Gefüge des Alls gelöst war, doch inzwischen zweifelte Kali daran, ob er beabsichtigte, an diesem Plan festzuhalten. Sie kannte Kor schon seit zwei Jahren, und während dieser Zeit hatte sie viel über Captain James Kirk und das Raumschiff *Enterprise* gehört. Kor bewunderte den terranischen Kommandanten und bedauerte noch immer die Intervention der Organianer. Die Frage war nur: Wünschte er sich nach wie vor eine Gelegenheit, seine Kräfte mit Kirk zu messen?

Plötzlich bereute es Kali, sich an das Debakel auf Organia erinnert zu haben, denn diese Gedanken weckten eine Furcht in ihr, die sie bisher nicht einmal ihrem Mann anvertraut hatte. Kontrastreiche Bilder stiegen aus den Gewölben ihres Gedächtnisses in den mentalen Fokus, und Kali hatte fast das Gefühl, noch einmal alles zu erleben. Die Organianer lösten die Flotten der Klingonen und der Föderation auf, verhinderten eine Raumschlacht und zwangen die beiden kriegführenden Parteien zum Frieden. Später suchte das Imperium nach einem Sündenbock für die erlittene Schmach. Es brauchte nicht lange Ausschau zu halten und lud die ganze Schuld auf Kor ab. Er wurde streng bestraft, verlor alles, was er im Verlaufe einer recht langen und bis dahin ehrenvollen militärischen Karriere erreicht hatte. Als Kali ihn kennenlernte, war er ein einfacher Lieutenant, der an einer Militärakademie außerhalb der Stadt Taktik lehrte – ein Mann, der nicht nur unter der Schande litt, sondern vor allen Dingen unter dem Verlust seines geliebten Schiffes.

Sie versuchte, ihn aufzumuntern und verliebte sich in den hochintelligenten und fähigen Mann, während Kor sich bemühte, wieder in seine alte Position aufzusteigen. Schließlich kam es zu einem politischen Klimawechsel, und dadurch erhielt er sowohl sein Kommando als auch das Schiff zurück. Als er glaubte, ihr etwas bieten zu können, machte er Kali einen Antrag – und sie willigte erfreut ein.

Jetzt aber, dachte sie betroffen, schien er bereit zu sein, alles Erreichte aufs Spiel zu setzen.

Langsam ließ sie sich aufs Bett sinken und zwang sich dazu, sich der Furcht zu stellen, die sie schon seit Monaten nicht mehr zur Ruhe kommen ließ. *War Kor nach wie vor ein loyaler Diener des Imperiums?* Und wenn nicht: Wie sollte sie sich dann verhalten? Die Pflicht verlangte von ihr, bei einem entsprechenden Verdacht unverzüglich dem Imperialen Kommando Meldung zu machen. Andererseits aber war Kor ihr Ehemann, der Partner, mit dem sie ihr Leben verbringen wollte – und den sie liebte, so banal das auch klingen mochte. Welchen Stellenwert hatte der Begriff *Pflicht,* wenn man ihn mit dieser Liebe verglich?

Ihre eigenen Überlegungen entsetzten sie. Kali stand nervös auf, schritt im Zimmer auf und ab und dachte konzentriert nach. Sie war Klingonin. Das Imperium hatte sie großgezogen, sie ausgebildet, ihr eine Karriere ermöglicht, und deshalb fühlte sie sich ihm verpflichtet. Doch als sie sich daran erinnerte, welches Unrecht Kor durch eben jenes Imperium widerfahren war, preßte sie wütend die Lippen zusammen. Das Imperiale Kommando hatte kein Recht, Kor auf eine solche Weise zu behandeln. Kein anderer Commander wäre in der Lage gewesen, sich der gewaltigen Macht der Organianer entschlossener zu stellen.

Außerdem logen die imperialen Autoritäten, fügte Kali in Gedanken hinzu und gewöhnte sich allmählich an das logische Gebäude, das hinter ihrer Stirn immer festere

Formen gewann. *Sie behaupteten, die Menschen seien grausam und barbarisch und machten sich einen Spaß daraus, klingonische Gefangene zu foltern oder in Konzentrationslagern verrecken zu lassen.*

»Aber das stimmt nicht«, sagte sie laut. Während der Zeit, die sie zusammen mit den Terranern auf Taygeta V verbracht hatte, war ihr aufgefallen, wie sehr sich Menschen und Klingonen ähnelten. Oh, sicher, die Besatzungsmitglieder der *Enterprise* zeichneten sich durch eine besondere Emotionalität aus, was ihrer Meinung nach eine gewisse Schwäche bedeutete, aber es fehlten verabscheuungswürdige Charakterzüge. Wenn man sie besser kennenlernte, konnte man sie sogar sympathisch finden.

Kali drehte sich um und starrte auf die Tür. Ihre Kiefer mahlten, als sie an Karsul dachte, an das Schicksal, das ihr drohte, wenn eine mögliche Meuterei gegen ihren Mann zum Erfolg führte. Nach der klingonischen Tradition war sie dann Beute, eine Trophäe für den Sieger. Wenn Karsuls ehrgeizige Ambitionen ihr Ziel erreichten, erwartete man von ihr, daß sie willig zu ihm ins Bett kroch. Wieder stieg Wut in Kali empor, und sie griff nach einem Fläschchen Parfüm, das auf der nahen Kommode stand, holte aus und schleuderte es an die Wand.

»Niemals«, stieß sie heiser hervor und beobachtete, wie die bernsteinfarbene Flüssigkeit herabtropfte und den Raum mit dem süßlichen Duft von Deenaelablüten erfüllte. »Niemals unterwerfe ich mich jenem Mann!« Kali war fest entschlossen, Widerstand zu leisten, trotz aller kulturellen Gebote Klinzhais! Sie wollte für immer an der Seite Kors bleiben, ganz gleich, welche Folgen sich daraus ergaben.

»Was ist mit dir?« fragte Maslin sanft, ging in die Hocke und streichelte seinen taygetianischen Schatten.

Hinter seinen Augen pochte dumpfer Schmerz, und

er fühlte sich ein wenig elend. Trotzdem beabsichtigte er nicht, ins Camp zurückzukehren. Vager Ärger regte sich in ihm, als er an die ungeduldigen und fragenden Blicke des Vulkaniers dachte, an die stummen Vorwürfe der anderen Angehörigen der Landegruppe. Vor einigen Tagen hatte er das Gefühl gehabt, kurz vor dem entscheidenden Durchbruch zu stehen und die Singsprache der Taygetianer bald entschlüsseln zu können. Die Antwort schien in greifbarer Nähe zu sein, rückte jedoch immer wieder von ihm fort, wenn er versuchte, sich auf sie zu konzentrieren. Er gewann allmählich den Eindruck, in einem komplexen musikalischen Labyrinth umherzuirren. Und draußen im All dehnte sich die Raum-Zeit-Anomalie aus, verschlang weitere Raumbereiche des taygetianischen Sonnensystems und wuchs dem Zentralgestirn entgegen.

Das pelzige Wesen trillerte freundlich und stieß ihn mit der Schnauze an. »Warum antwortest du mir nicht?« seufzte Maslin. »Es ist so wichtig, daß ich dich endlich verstehe, aber ich komme einfach nicht weiter. Ich weiß, daß ich nicht so dumm bin. Mit Hilfe des Synthesizers ist es mir gelungen, zumindest einen Teil der Grundlagen eurer Sprache zu dechiffrieren. Außerdem stellen die Jäger keine Gefahr mehr für euch dar. Warum also verweigerst du mir die Antwort?«

Der junge Taygetianer schien Maslins Stimmung zu spüren und zirpte kummervoll. »Oh, ich möchte dich nicht traurig stimmen, denn immerhin warst du mir bis jetzt ein guter und liebevoller Freund. Eigentlich geht es gar nicht um dich, sondern um deine Eltern. Du bist wenigstens so höflich zuzuhören, wenn mein Synthesizer und ich pfeifen, hupen und andere seltsam klingende Geräusche von uns geben. Aber die Erwachsenen...« Der Komponist gestikulierte hilflos. »Sie ignorieren mich einfach. Was kann so ungeheuer wichtig sein, daß sie nicht einmal fremden Wesen auf ihrer Welt Beachtung schenken?« fügte er leise hinzu und sprach dabei mehr zu sich selbst. Er ließ die Hand sinken, und der junge Sänger klagte mit einem melancholischen Trällern, schnappte behutsam nach dem Arm des Menschen und schüttelte ihn kurz.

Guy strich erneut über das seidenweiche Fell, und daraufhin schloß der Taygetianer die Augen und seufzte wohlig. Maslin lächelte amüsiert auf das glückliche Geschöpf herab.

»Bist ein kleiner Hedonist, was? Begreifst du denn gar nicht, daß dir schreckliche Gefahr droht?« Der Sänger öffnete ein Auge, sah einige Sekunden lang zu ihm auf und schien dann wieder einzudösen. »Offenbar nicht. Und wahrscheinlich ist es dir auch völlig egal. Solange jemand in der Nähe ist, der dich streichelt und krault, kann der Rest des Universums zum Teufel gehen.« Der Komponist lächelte erneut. »Nun, in dieser Hinsicht ähnelst du mir.« Diese Vorstellung erheiterte ihn so sehr, daß er laut lachte. Doch das Lachen verwandelte sich gleich darauf in einen Hustenanfall, der ihm die Kraft raubte und ihn vor Schwäche zittern ließ.

Er lag rücklings im Sand und schnappte keuchend nach Luft, während sich der junge Sänger auf den Vorderflossen hochstemmte und besorgt das kalkweiße Gesicht des Menschen beobachtete. Maslin versuchte sich aufzurichten, sank aber sofort wieder zurück, hilflos und erschöpft. Seine Arme schienen plötzlich bleischwer zu sein. Der Taygetianer begann aufgeregt zu pfeifen und sauste um den reglosen Mann herum. Plötzlich stimmte er einen wesentlich melodischeren Gesang an und flitzte über den Strand.

»He!« rief Maslin und trachtete danach, sich auf die Seite zu rollen. »Wohin willst du? Laß mich nicht allein!« Aber das pelzige Wesen achtete nicht auf ihn und eilte weiter. Der Komponist fiel auf den Boden zurück, und Furcht entstand in ihm. In all den Jahren seiner Krankheit hatte er sich noch nie so schlecht gefühlt. Schmerzen durchzuckten seinen bebenden Leib, und er hatte das Gefühl, als senge sonnenheißes Feuer die Nervenbahnen entlang.

Er griff in die Tasche, suchte nach seinen Tabletten und erinnerte sich daran, daß er sie im Zelt zurückgelassen hatte. Voller Sehnsucht dachte er ans Camp. Plötzlich schien es weitaus mehr Bequemlichkeiten und Komfort zu bieten als alle Urlaubsplaneten, die er jemals besucht hatte – und ebenso unerreichbar fern zu sein. Er war viele Kilometer weit gewandert, um mit seinen Depressionen und der Enttäuschung fertig zu werden, und niemand wußte, wo er sich befand. Maslin schloß die Augen und versuchte die Pein zu ignorieren.

»Uhura«, flüsterte er leise. »O Gott, jetzt brauche ich dich.« Nach einiger Zeit fiel er in einen unruhigen Schlaf und träumte, auf einer Welle aus goldener Musik zu tanzen. Er spürte Uhura in seinen Armen, und sie tanzten und wirbelten dahin wie die sprühende Gischt der Brandung. Überall um sie herum erstrahlte goldfarbener Glanz, und sie verschmolzen mit der Melodie. Die herrlichen Klänge führten sie an Sternen und Planeten vorbei, durch ausgedehnte Wolken aus glühendem Staub, wo sich die ersten Moleküle des Lebens bildeten. Maslin tastete nach der kostbaren Substanz. Wie diamantener Staub rieselte sie von seinen Fingern, und rasch hob er den Arm, so daß sie auf Uhuras dunklen Rücken fiel. Auf ihrem schwarzen Haarschleier funkelten und gleißten die winzigen Partikel wie Miniatursterne, verliehen ihr eine leuchtende Aura.

»Beeil dich«, sagte er zu ihr. *»Bestäub mich ebenfalls. Dies ist der Stoff des Lebens, und er macht uns unsterblich.«*

Aber plötzlich erschienen gesichtslose, uniformierte Gestalten, faßten Uhura an den Armen und zogen sie fort von ihm, zerrten sie in die Schwärze des Alls. Maslin rief nach ihr und versuchte, ihr zu folgen, aber die Musik schwoll wie eine Flutwelle an und spülte ihn weg.

»Nein!« Ruckartig richtete er sich auf, achtete nicht auf den Schmerz, der unmittelbar hinter seiner Stirn kochte und brodelte, streckte die Hände aus und bemühte sich, Uhura zu erreichen und zurückzuholen. Irgend etwas berührte seine zitternden Finger und hielten sie fest. Der Komponist zwinkerte und starrte verwirrt in ein dunkles und hübsches Gesicht.

»Es ist alles in Ordnung, Guy«, sagte Uhura. »Ich bin bei dir. Mach dir keine Sorgen.«

»Du hast mich verlassen!« krächzte er vorwurfsvoll. »Du gingst fort, und ich blieb allein und hilflos zurück. Du gabst mir nicht die geringste Chance.« Seine Stimme überschlug sich, und er schluchzte leise.

Uhura schlang die Arme um ihn und drückte ihn an sich, strich ihm zärtlich übers Haar. Der Komponist zitterte nach wie vor, und dort, wo ihn ihre Wange berührte, schien seine Haut zu brennen. Sie wich ein wenig zurück und musterte ihn, bemerkte die roten Flecken in seinem Gesicht, den stark beschleunigten Atemrhythmus, fühlte einen rasenden Puls. Sie ließ ihn nicht los, als sie den Kommunikator aufklappte und sich mit dem Raumschiff in Verbindung setzte.

»*Enterprise*.«

»T'zeela! Beamen Sie mich und Maslin an Bord. Sofort! Es handelt sich um einen Notfall. McCoy soll uns im Transporterraum erwarten.«

»Aye, aye, Sir!«

Einige Sekunden später empfand sie eine sonderbare Desorientierung, als sich ihr Körper in Energie verwandelte und an Bord der *Enterprise* rematerialisierte. Kyle starrte sie groß an, und ihr wurde klar, was für einen seltsamen Anblick sie bieten mußte: Sie saß auf der Transporterplattform und hielt Guy nach wie vor in den Armen. Kurz darauf kam McCoy herein. Er erfaßte die Situation mit einem Blick, und bevor Uhura ein Wort sagen konnte, sprang er auf die Transferfelder, ging neben ihr in die Hocke und hielt seinen Tricorder über den erschlafften Leib des Komponisten.

»Es ist die Krankheit«, sagte er ernst. Er blickte auf die

Anzeige des Geräts und nickte betroffen. »Sie wuchert in seinem ganzen Körper, hat eine hochaktive Phase erreicht. Lieber Himmel, Uhura«, brummte er über die Schulter hinweg, als er sich umwandte und an die Transporterkonsole herantrat. »Haben Sie denn überhaupt nichts davon bemerkt?«

Sie hielt den Vorwurf für ungerechtfertigt, ließ Guy vorsichtig zu Boden sinken, stand auf und sah McCoy finster an. »Wenn ich ein Medizinstudium absolviert hätte *und* über die Symptome der Krankheit Bescheid wüßte, wäre ich vielleicht imstande gewesen, seinen Zustand richtig zu diagnostizieren«, erwiderte sie sarkastisch. »Außerdem: Warum haben *Sie* nichts unternommen, obgleich Sie sicher wußten, daß es Guy immer schlechter ging? Oder glaubten Sie ihm etwa, als er dauernd behauptete, es sei alles in bester Ordnung mit ihm?«

»Tut mir leid, Uhura«, sagte der Bordarzt und kam zu ihr zurück. »Eigentlich bin ich gar nicht ärgerlich auf Sie, sondern auf mich selbst. Meine Aufgabe besteht darin, mich um die Leute an Bord dieses Raumschiffes zu kümmern, und ich hasse Komplikationen. Sie haben recht: Es wäre besser gewesen, jeden Tag einen Abstecher auf den Planeten zu machen, um Mr. Maslin gründlich zu untersuchen.«

»Was ihm bestimmt nicht sonderlich gefallen hätte«, meinte Uhura. Sie spürte McCoys Verlegenheit und sprach sanfter und ruhiger.

»Das ist keine Entschuldigung.« Der Arzt schaltete den Wandkommunikator ein und gab der Krankenstation die Anweisung, eine Bahre in den Transporterraum zu schicken.

»Wollen Sie nicht dem Captain Bescheid geben?«

»Sobald ich mich um den Musiker gekümmert habe. Kirk ist gerade in der Sporthalle und läßt Dampf ab. Ich möchte ihm erst dann mitteilen, daß ich die Sache verpatzt habe, wenn er sich ein wenig beruhigt hat.«

»Sie trifft keine Schuld«, wandte Uhura ein und nahm neben Guy Platz. »Zumindest nicht mehr als uns alle. Er hätte niemals dazu gezwungen werden dürfen, an dieser Mission teilzunehmen.« Sie sah in das bleiche Gesicht Maslins und strich ihm übers dunkle Haar.

Kirk eilte in die Krankenstation, als McCoy die erste Untersuchung des bewußtlosen Komponisten beendete. Er trug eine Sporthose, deren flexibler Stoff sich den Konturen seiner Beine anpaßte, und hatte sich ein Handtuch um den Hals geschlungen. Schweiß glänzte auf der nackten Brust des Captains.

»Was ist passiert? Lieber Himmel, Pille, warum hast du mich nicht sofort von Maslins Kollaps informiert?«

»Weil ich vermeiden wollte, daß du hier herumbrüllst, bevor ich Gelegenheit hatte, mir ein Bild vom Zustand des Kranken zu machen.« Mürrisch fügte McCoy hinzu: »Ich mag es nicht, wenn mir dauernd jemand über die Schulter sieht.« Er warf einen kurzen Blick auf Uhura, die neben der Liege stand und Maslins Hand hielt.

»Worin besteht das Problem?« fragte Kirk, trat an das Bett heran und sah auf den kleinen Mann herab. »Erschöpfung?«

»Ich wünschte, es wäre so einfach. Oh, sicher, wir haben es mit einem ausgeprägten Erschöpfungszustand zu tun, aber er wurde von einem gefährlichen Ausbruch des Syndroms verursacht. Und wenn es mir nicht gelingt, ihn innerhalb kurzer Zeit unter Kontrolle zu bringen, droht ihm der Tod.«

»Der Tod?« wiederholte Kirk.

»Ja, verdammt. Ich habe dir doch gesagt, daß wir ein großes Risiko eingingen, als wir ihn für diese Mission verpflichteten.«

»Was hast du jetzt vor?«

»Ich verabreiche ihm starke Cordrazin-Dosen, um die Intensität der Symptome zu lindern. Vielleicht läßt sich auf diese Weise die Aktivitätsphase der Krankheit beenden.«

»Gut. Halte mich auf dem laufenden, Pille. Falls du mich brauchen solltest: Ich bin in meiner Kabine.« Kirk hielt auf die Tür zu, drehte sich dann aber noch einmal um, als ihm etwas einfiel. »Weiß Spock Bescheid? Vielleicht hat er gerade damit begonnen, den ganzen Planeten abzusuchen, weil er glaubt, zwei Mitglieder der Landegruppe seien spurlos verschwunden.«

»Tut mir leid, Sir«, erwiderte Uhura kleinlaut. »Ich habe ganz vergessen, ihm eine Mitteilung zu machen.«

»Nun, dann holen Sie das jetzt nach«, sagte der Captain, seufzte unmittelbar darauf und winkte ab, als er sah, wie ungern Uhura von Maslins Seite wich. »Schon gut«, brummte er. »Ich kümmere mich darum.«

Uhura bedachte ihn mit einem dankbaren Blick und wandte sich wieder dem reglosen Komponisten zu.

»Spock...«

»Captain, entschuldigen Sie bitte, wenn ich Sie unterbreche«, warf der Vulkanier ein, und seine Stimme klang seltsam angespannt. »Wir haben hier unten ein Problem.«

»Ich glaube, da irren Sie sich«, sagte Kirk, wischte sich den Schweiß von der Brust und warf das Handtuch aufs Bett.

»Was meinen Sie damit?«

»Lieutenant Uhura und Mr. Maslin befinden sich an Bord der *Enterprise*.«

Spock wirkte einige Sekunden lang verwirrt und preßte die Lippen zusammen. »Darf ich fragen, wieso ich erst jetzt davon erfahre?«

»Es ging alles drunter und drüber. Maslin bekam einen Anfall. Uhura fand ihn und brachte ihn hierher.«

»Ich verstehe. Ist sein Zustand ernst?«

»Schwer zu sagen. McCoy gab sich in dieser Hinsicht recht zurückhaltend.«

»Wahrscheinlich deswegen, weil er sich mit der Krankheit nicht besonders gut auskennt«, entgegnete Spock mit einem Hauch von Sarkasmus. »Vielleicht sollte ich ins Schiff zurückkehren«, fügte er hinzu. »Wenn Mr. Maslin seine Arbeit nicht fortsetzen kann, müssen wir alternative Pläne entwickeln.«

»Besteht überhaupt die Möglichkeit dazu?« fragte Kirk skeptisch. »Schon seit drei Tagen suchen wir nach einer Lösung des Rätsels, aber wir treten noch immer auf der gleichen Stelle.«

»Gewisse Fortschritte lassen sich nicht leugnen.«

»Aber keiner davon steht in direkter Beziehung zur Raum-Zeit-Anomalie. Und ich fürchte, das strukturelle Phänomen gewährt uns keine Atempause.«

»Wir können uns ausführlicher darüber unterhalten, wenn ich wieder an Bord der *Enterprise* bin«, gab Spock zurück. »Vielleicht ging ich von falschen Prämissen aus, als ich annahm, es existiere ein Zusammenhang zwischen der Anomalie und den Taygetianern.«

»Ich hoffe nicht, Mr. Spock. In einem solchen Fall hätten wir *überhaupt keine* Theorie mehr, auf die sich unsere Ermittlungen stützen könnten.«

Kirk streckte sich auf seiner Liege aus, starrte an die Decke und wartete auf die Rückkehr seines Wissenschaftsoffiziers. Inzwischen verglich er das Phänomen mit einem Dämon, der sie alle verhöhnte, und dieses Empfinden verstärkte das Unbehagen in ihm. Er war James Tiberius Kirk, Captain der *Enterprise*, des besten Raumschiffes in der ganzen Flotte. Zusammen mit seiner Crew hatte er bereits Dutzende von außerordentlich schwierigen Aufgaben bewältigt. Jetzt aber schien ihnen das Schicksal einen üblen Streich zu spielen. Diesmal hatten sie es mit einem Problem zu tun, das den fähigsten Köpfen der Föderation die metaphorische Stirn bot. Kirk überlegte, ob er sich mit Starfleet in Verbindung setzen und um Hilfe bitten sollte.

Dieser Gedanke war ihm so zuwider, daß er ruckartig

aufstand und eine unruhige Wanderung durch sein Quartier begann. Er hatte noch nie um Hilfe bitten müssen, und die Vorstellung, in diesem besonderen Fall das eigene Versagen einzugestehen, erfüllte ihn mit Verbitterung. Außerdem: Auf einem weniger persönlichen und egoistischen Niveau seines Bewußtseins formte sich die Erkenntnis, daß ihnen die Anomalie möglicherweise gar nicht genug Zeit gab, um auf das Eintreffen von wissenschaftlicher Verstärkung zu warten. Mit jedem Tag dehnte sie sich in Richtung der taygetianischen Sonne aus, und wenn sie das Zentralgestirn verschlang, drohte sowohl den erwachsenen Sängern als auch ihren Kindern, die fröhlich am Strand umhertollten, der sichere Tod.

Kirk hatte plötzlich das Gefühl, als verwandle sich die Last seiner Verantwortung in eine schwere Bürde. Er wünschte sich, sie abstreifen zu können und keine weiteren Entscheidungen treffen zu müssen, die seine Mannschaft, die Föderation und die ganze Galaxis betrafen. Andererseits aber wußte er, daß er sich nicht einfach irgendwo verkriechen durfte. Er war der Kommandant eines Raumschiffes, zu sehr an die damit verbundene Macht gewöhnt.

Kor verstand ihn. Er erinnerte sich daran, das süße Opiat der Befehlsgewalt zusammen mit dem Klingonen nach der Gefangennahme der Jäger genossen zu haben. Bei einer Flasche saurianischen Brandys hatten sie Erinnerungen an zahllose Forschungsflüge durch die Milchstraße ausgetauscht.

Kirk lächelte unwillkürlich, als er sich an jenen Nachmittag entsann. Es geschah nicht oft, daß ein Captain die Gelegenheit erhielt, frei über das zu sprechen, was ihn bewegte – noch dazu mit jemandem, der eine vergleichbare Stellung einnahm. Seine Verantwortung machte ihn zu einem einsamen Mann. Einige Sekunden lang beneidete er Kor um seine Frau und fragte sich, ob es in Starfleet Platz genug gäbe für eine derartige Beziehung. Dann aber schüttelte er den Kopf und verdrängte die entsprechenden Überlegungen. Er war nicht bereit, ein solches Verhältnis einzugehen und sich fest an eine Partnerin zu binden – ganz gleich, wie nett und kompetent die betreffende Dame sein mochte. Seine Liebe galt allein der *Enterprise*, und er konnte sich nicht vorstellen, sie mit einer menschlichen Frau zu teilen.

Der Türmelder summte, und kurz darauf trat Spock ein. »Ich habe gerade einen Abstecher zur Krankenstation gemacht. McCoy meinte, Maslins Zustand sei besser geworden. Offenbar reagiert er gut auf das Cordrazin.«

»Das freut mich zu hören«, sagte Kirk. »Aber wir sollten uns trotzdem überlegen, wie wir ohne ihn weitermachen können.« Er holte eine frische Uniform aus dem Kleiderschrank und zog sich um. »Ich habe den Komponisten dazu gezwungen, an dieser Mission teilzunehmen, und ich möchte ihn nicht in einem Sarg nach Hause zurückbringen.«

»Vielleicht ließen sich mit einer Transmatrix-Sondierung weitere Fortschritte erzielen...«

Das Summen des Kommunikators unterbrach den Vulkanier. Kirk trat an den Tisch heran und schaltete das Gerät ein. Auf der Schirmfläche bildete sich das ernste Gesicht Sulus.

»Captain, die Anomalie hat den innersten Planeten des Sonnensystems erreicht. Wenn Sie beobachten möchten, wie große Massen auf das Phänomen reagieren...«

»Danke, Mr. Sulu. Das wäre bestimmt interessant. Mr. Spock und ich kommen gleich zu Ihnen.«

Stille herrschte auf der Brücke, als sie dort eintrafen. Scott hatte den Maschinenraum verlassen und war ebenfalls zugegen. Die anderen Offiziere sahen von ihren Konsolen auf und beobachteten die Darstellung auf dem großen Wandschirm. Spock wandte sich sofort den Instrumenten seiner wissenschaftlichen Station zu, und Lieutenant Mendez machte ihm rasch Platz. Der Vulkanier setzte sich und kommentierte mit knappen Worten die Anzeigen der Scanner.

»Mittlere Entfernung des Planeten von der Sonne: sechzig Komma drei Millionen Kilometer. Äquatordurchmesser: fünftausenddreiundzwanzig Kilometer. Masse: null Komma null sechs neun.«

Die schillernden Farbschlieren der Anomalie waberten und wogten, und erste faserige Auswüchse strichen über die pockennarbige und heiße Oberfläche des ersten Planeten. Er schien zu erzittern, wurde fast durchsichtig und verschwand dann einfach, als ihn der Raum-Zeit-Riß umhüllte.

Spock drehte sich in seinem Sessel um und sah Kirk an. »Alle Werte null. Die Sensoren registrieren nur die energetischen Störemissionen der Anomalie. Der Planet existiert nicht mehr.«

»Und was ist aus ihm geworden, Mr. Spock?« brummte Scott.

»Vielleicht befindet er sich jetzt in einer anderen Dimension.« Der Vulkanier deutete auf das Funkeln und Gleißen der Anomalie. »Jenseits der Phänomens.«

Von der Kommunikationsstation her ertönte ein leises Pfeifen. T'zeela beugte sich vor und betätigte eine Taste. Der Glanz des Strukturrisses im All wich dem Gesicht Kors.

»Haben Sie das gesehen, Captain?«

»Ja.«

»Nun, was sollen wir dagegen unternehmen?«

»Commander, unter den gegebenen Umständen bin ich für jeden Vorschlag dankbar.«

»Tut mir leid, ich habe keinen.«

Kirk drehte den Kopf und richtete seine Aufmerksamkeit auf Spock. »Dann bleibt uns wohl nichts anderes übrig, als unsere Bemühungen in der einmal eingeschlagenen Richtung fortzusetzen – und zwar noch entschlossener und intensiver.«

McCoy wandte Kirk und Spock den Rücken zu und starrte auf den Glasschrank in seinem Büro. Der Captain hatte seinen kurzen Vortrag beendet, und bedrükkende Stille folgte auf die Ausführungen. Plötzlich wirbelte der Bordarzt herum, und in seinen sonst so freundlich blickenden blauen Augen blitzte zornige Empörung. Er schüttelte den Kopf und verzog voller Abscheu das Gesicht.

»Ich fasse es einfach nicht. Nun, ich werde Uhura verständigen. Vielleicht ist sie in der Lage, euch zur Vernunft zu bringen. Offenbar habt ihr *mir* nicht zugehört.«

»Nein, bitte nicht, Pille«, sagte Kirk und hielt McCoy am Arm fest, als er den Kommunikator einschalten wollte.

»Was ist denn los? Schämst du dich wegen deiner Entscheidung? Willst du es vermeiden, dich Uhura gegenüber zu rechtfertigen? Himmel, wenn ich einen derart hartherzigen Vorschlag machen würde, könnte ich nicht einmal mehr mein eigenes Spiegelbild ertragen.«

»Der Captain ist nicht etwa rücksichtslos, sondern nur logisch«, warf Spock ein. »Das Leben eines Mannes steht dem potentiellen Tod vieler Millionen gegenüber. Und deshalb dürfen wir nicht zögern.«

»Entschuldigen Sie, Mr. Spock, aber im Gegensatz zu Ihnen bin ich in der unglücklichen Lage, Gefühle zu haben. Es ist verdammt einfach zu sagen, einige wenige Personen müßten leiden, um die große Mehrheit zu retten – solange man nicht zu den Betreffenden gehört.«

»Von solchen Erwägungen ließe ich mich nicht beeinflussen, Doktor. Ich bin jederzeit bereit, ein Opfer zu bringen, wenn die Pflicht das von mir erfordert.«

»Aber Sie hätten die Möglichkeit, sich aus *freiem Willen* dafür zu entscheiden«, entgegnete McCoy und deutete mit dem Zeigefinger auf Spock. »Das ist etwas völlig anderes. Mr. Maslin hingegen kann nicht wählen, sondern soll erneut zu etwas gezwungen werden.«

»Du hältst es also für falsch, ihn mitgenommen zu haben, Pille?« fragte Kirk. »Als wir vor Beginn der Reise darüber sprachen, hast du dich meinem Standpunkt angeschlossen.«

»Als sich die *Enterprise* noch im Raumdock von Starbase 24 befand. Inzwischen hat sich die Situation geändert. Maslin ist jetzt mein Patient, und es geht ihm verdammt schlecht. Ich bin nicht bereit, ihn auf den Planeten zurückzuschicken.«

»Wir zögen es ebenfalls vor, ihn zu schonen, aber leider bleibt uns keine Wahl«, antwortete Kirk.

»Bei allen Raumgeistern!« entfuhr es McCoy aufgebracht. »Habt ihr denn nicht begriffen, was ich euch vorhin sagte?« Abrupt streckte er die Hand aus und schaltete das Interkom ein.

»Kommunikationsstation«, klang Uhuras weiche Stimme aus dem Lautsprecher.

»Hier ist McCoy. Bitte kommen Sie in mein Büro.«

»Guy?« fragte Uhura besorgt.

»Nein, machen Sie sich keine Sorgen. Es geht ihm gut. Zumindest jetzt noch«, fügte er mit einem Blick auf Kirk und Spock hinzu.

»Ich bin unterwegs.«

Kurz darauf trat sie ein und sah die drei ernsten Männer fragend an. McCoy schlang ihr den einen Arm um die Taille und führte sie zu einem Stuhl. Dann musterte er Kirk herausfordernd. »Also gut – sag es ihr.«

»Was soll er mir sagen?«

Der Captain räusperte sich. »Uhura, wir brauchen Maslin und seine Fähigkeiten. Dr. McCoy meint, es ginge ihm inzwischen besser, und deshalb möchten wir Sie und den Musiker auf den Planeten zurückschicken.«

»Das billigen Sie doch wohl nicht«, wandte sich Uhura an den Bordarzt.

»Nein. Und deshalb habe ich Sie hierher gerufen. Eine zusätzliche Stimme der Vernunft kann bestimmt nicht schaden.«

Uhura warf einen demonstrativen Blick auf die Abzeichen ihrer Uniform und betrachtete dann die Streifen auf den Ärmeln der Männer. McCoy schüttelte unwillig den Kopf. »Vergessen Sie die Rangunterschiede und nehmen Sie kein Blatt vor den Mund.«

»Habe ich Ihre Erlaubnis, Sir?« fragte sie Kirk. Als der Captain nickte, holte Uhura tief Luft. »Sie dürfen Maslin keinen neuen Auftrag geben, Sir. Einen neuerlichen Anfall würde er nicht überleben.«

»Die Raum-Zeit-Anomalie bedroht die ganze Galaxis«, erwiderte Kirk ruhig. »Sie dehnt sich weiter aus, Lieutenant, zerstört alles, was sie berührt.«

»Guy hat sich große Mühe gegeben, und es ist ihm nicht gelungen, die taygetianische Sprache zu entschlüsseln! Wenn Sie ihn jetzt erneut hinunterschicken, damit er einen weiteren Versuch unternimmt, wird er mit ziemlicher Sicherheit sterben. Und sein Tod hätte überhaupt keinen Sinn!«

»Uhura...« Kirk trat auf sie zu und griff nach ihrer Hand. »Maslin ist unsere einzige Hoffnung.«

»Und der Mann, den ich liebe«, murmelte sie leise. Plötzlich sprang Uhura auf und zog die Hand zurück. Sie wandte sich um, ließ die Schultern hängen und versuchte, sich wieder in die Gewalt zu bekommen. Die Bedeutung ihrer eigenen Worte erschreckte sie, aber sie wußte nun, daß sie der Wahrheit entsprachen. Die Träume von einem eigenen Kommando, von Ruhm, Ehre und Abenteuern zwischen den Sternen – das alles verblaßte, als sie an Maslin dachte. Irgendwie war es ihr gelungen, die Gefühle unter Kontrolle zu halten, solange sie nicht darüber sprach, aber jetzt stürzten die emotionalen Schutzmauern ein.

Langsam drehte sie sich wieder zu den Männern um. »Captain, ich quittiere hiermit den Dienst. Ich werde weder nach Taygeta V zurückkehren noch zulassen, daß Maslin das Schiff verläßt. Wenn Sie mich jetzt bitte entschuldigen würden... Ich bin in meiner Kabine.«

Hinter ihr schloß sich die Tür mit einem leisen Zischen, und betrübt beobachtete Kirk den verblüfften Gesichtsausdruck McCoys. »Gratuliere, Pille. Warst du darauf aus? Jetzt muß ich nicht nur auf den Musikexperten verzichten, sondern auch auf meinen Kommunikationsoffizier.«

McCoy reagierte mit starrsinnigem Trotz. »Wir sollten endlich damit aufhören, an Bord dieses Schiffes so gottverdammt selbstherrlich zu sein. Jeder hat das Recht, sein eigenes Leben zu führen. Uhura liebt Maslin, und ich meine, wir sollten ihr gratulieren und Unterstützung gewähren – und ihr nicht etwa ein schlechtes Gewissen aufzwingen, weil sie sich gegen Starfleet entscheidet.«

»Ein sehr rührender emotionaler Ausbruch, Doktor«, bemerkte Spock trocken. »Leider ist es im höchsten Maße wahrscheinlich, daß niemand von uns eine Zukunft haben wird, wenn es uns nicht gelingt, den Raum-Zeit-Riß zu neutralisieren. Ich schlage vor, Sie denken einmal darüber nach«, fügte der Vulkanier hinzu, als er die Krankenstation verließ.

Kirk warf McCoy einen fragenden Blick zu, aber der Bordarzt schwieg.

KAPITEL 10

Maslin hatte das Bett verlassen, stand halb angezogen am Tisch und führte nervös einige Schaltungen durch, woraufhin sich die Darstellung auf dem Schirm des Lesegerätes veränderte.

»Was machst du da?« fragte Uhura und blieb in der Tür stehen.

»Ich bin gerade dabei, eine neue Theorie zu überprüfen. Wenn ich recht habe, müßte es eigentlich möglich sein...«

»Nein«, unterbrach sie ihn, eilte durchs Zimmer und schaltete den Projektor aus. »Es ist vorbei. Du bist fertig... Und ich ebenfalls.«

»Himmel, wovon redest du überhaupt?«

»Sie wollten dich auf den Planeten zurückschikken...«

»Nun, das ist mir nur recht. Wie soll ich sonst meine Arbeit beenden?«

»*Deine* Arbeit? Warum identifizierst du dich plötzlich mit dem militärisch-industriellen Komplex? Ich dachte, du nähmst nicht freiwillig an der Mission teil.«

Maslin lächelte verlegen. »Na schön: Ich habe meine Meinung geändert. Vielleicht hast du mich davon überzeugt, daß es Dinge gibt, die gewisse Opfer erfordern.«

»Wir sprechen nicht von *gewissen* Opfern, sondern davon, daß du sterben könntest! Und da wir gerade bei veränderten Standpunkten sind: Ich habe den Dienst quittiert. Na, was hältst du davon?«

Der Komponist ließ sich auf einen Stuhl sinken und sah ungläubig zu Uhura auf. »Du hast was?«

»Ich glaube, ich habe mich deutlich genug ausgedrückt.«

»Aber warum?«

»O nein«, sagte sie, lachte ironisch und schüttelte den Kopf. »Ich beabsichtige nicht, dir meine Motive zu erklären. Ich überlasse es ganz deiner Fantasie, eine Antwort auf diese Frage zu finden, habe keine Lust, dein Ego zu befriedigen, indem ich dir etwas erläutere, was eigentlich offensichtlich sein sollte. Vielleicht mangelt es mir an dem notwendigen Stolz, auf dich zu verzichten, aber andererseits besitze ich noch genug Ehrgefühl, um nicht vor dir zu kriechen.« Uhura wandte sich zur Frisierkommode um, ballte die Fäuste und versuchte, mit dem Vulkan ihrer Gefühle fertig zu werden.

Maslin trat an sie heran, griff nach ihren Händen und spürte, wie die zitternde Anspannung der jungen Frau langsam nachließ. »Komm«, sagte er, führte sie zum Bett und nahm mit ihr auf der Kante Platz. »Wir sollten über einige Dinge reden.«

»Das klingt ziemlich ernst. Willst du mir etwa den Laufpaß geben?«

»Nein, wohl kaum. Ich bin überwältigt und zutiefst beeindruckt, daß du bei mir bleiben möchtest – immerhin kennst du jetzt meine Launen, und die sind bestimmt alles andere als angenehm. Wenn du es trotzdem mit mir aushältst, bist du stärker, als ich bisher dachte. Eigentlich verdiene ich dich gar nicht.« Er winkte kurz und fügte hinzu: »Nun, das betrifft in erster Linie die Zukunft. Und die können wir nicht erreichen, ohne die Gegenwart zu akzeptieren. Uhura, ich *muß* nach Taygeta zurück. Es geht nicht nur darum, was der Captain von mir erwartet. Wenn es uns nicht gelingt, das Rätsel zu lösen, werden die Taygetianer sterben – und damit verlöre die Galaxis ihre herrliche Musik. Das möchte ich verhindern. Die Eingeborenen haben ebenso wie wir ein Recht darauf zu leben.« Maslin zögerte kurz und berührte Uhuras Wange. »Selbst mit dir an meiner Seite könnte ich nicht glücklich sein, ohne zuvor alles unternommen zu haben, um sie zu retten.«

»Es besteht die Möglichkeit, daß du dabei den Tod findest«, sagte Uhura so leise, daß sich der Komponist anstrengen mußte, um ihre Worte zu verstehen.

»Vielleicht. Aber ich bin zuversichtlich. Inzwischen fühle ich mich wesentlich besser, und ich glaube, wir stehen kurz vor einem Durchbruch. Bitte hilf mir, Uhura; laß mich jetzt nicht im Stich.«

Sie seufzte und schüttelte den Kopf. »Natürlich nicht«, erwiderte sie. »Ich habe mich für dich entschieden, Guy. Obgleich du manchmal ziemlich dumm bist.«

Maslin strahlte. »So ist es richtig. Und nun teil dem Captain mit, du hättest es dir noch einmal überlegt. Anschließend machen wir uns wieder an die Arbeit.«

»Kirk und die anderen halten mich bestimmt für eine Närrin. Und schlimmer noch: Ich habe mein strategisches Potential völlig verausgabt. Von jetzt an hat es keinen Sinn mehr, Kirk mit einer Quittierung des Dienstes zu drohen.«

»Ich bin sicher, das brauchst du auch gar nicht«, sagte Maslin, stand auf und kleidete sich an. »Jene Entscheidung hast du nur getroffen, um meinen ach so empfindlichen Leib vor den Plagen der Überanstrengung zu schützen.«

»Ja – und mit enormem Erfolg«, erwiderte Uhura sarkastisch. Sie machte Anstalten, das Zimmer zu verlassen, blieb dann noch einmal stehen und sah zurück. »Stört es dich jetzt nicht mehr, daß ich Starfleet angehöre?«

»Ich glaube, ich kann mich an alles gewöhnen«, entgegnete er mit gespieltem Spott und warf ihr einen Kuß zu. Uhura schnitt eine Grimasse und ging. Sie war sicher, daß sich Kirk über die Neuigkeiten freuen würde. Was sie selbst anging: Dunkle Vorahnungen verdichteten sich in ihr, und das Gefühl nahen Unheils schien eine besondere Ironie des Schicksals darzustellen, an einem Tag, der einer der glücklichsten in ihrem Leben sein sollte.

»Sieht ziemlich übel aus, Scotty«, brummte Kirk, als er zusammen mit dem Chefingenieur in die komplexe Vorrichtung der Winkelspiegel blickte und die zentralen Bereiche des Materie-Antimaterie-Wandlers beobachtete.

Das Feuer der nuklearen Reaktion brannte viel zu grell für menschliche Augen, und aus diesem Grund gab es Dutzende von speziellen Spiegeln, die den größten Teil des Lichts filterten und eine optische Kontrolle der Implosionskammer ermöglichten. Von den Aggregaten ging ein beständiges, lautloses Glühen aus, doch in dieser Hinsicht machte sich der Captain keine Sorgen. Seine Aufmerksamkeit galt den Dilithiumkristallen, und als er die Risse in ihnen sah, lief es ihm eiskalt über den Rücken.

»Aye«, pflichtete Scott ihm bei, drehte den Kopf und musterte Kirk. In seinen braunen Augen blitzte es aufgeregt. »Aber... Nun, vielleicht gibt es eine Erklärung.«

»Lieber Himmel, warum sagen Sie das erst jetzt?«

»Weil ich wollte, daß Sie sich ein Bild vom schlechten Zustand der Kristalle machen. Und um zu verhindern, daß Sie mir widersprechen, wenn ich Ihnen sage, welche Gegenmaßnahmen ergriffen werden müssen.«

»Ich schätze, Ihre Ausführungen werden mir nicht sonderlich gefallen, oder?«

»Wohl kaum«, bestätigte Scott und kehrte mit dem Captain in den Maschinenraum zurück. »Wissen Sie, zunächst war mir die Destabilisierung der Kristalle ein völliges Rätsel. Dann fiel mir ein, wie ein Sopran Glas splittern lassen kann, indem er gewisse Vibrationen hervorruft, die in der gläsernen Struktur zu reaktiven Schwingungen führen. Zwischen diesem Phänomen und dem, was mit den Kristallen geschieht, gibt es offenbar gewisse Parallelen. Nun, ich wies Mendez an, alle Frequenzen zu kontrollieren, und dabei stellte sich folgendes heraus.«

Er bedeutete dem Captain, am Pult Platz zu nehmen,

schaltete dann einen Lautsprecher ein. Ein dumpfes, kratziges Brummen hallte durch die Kammer. Schon nach wenigen Sekunden verspürte Kirk ein seltsames und schmerzhaftes Zittern in den Knochen, und in seinem mentalen Fokus bildeten sich visionäre Vorstellungen von dahinwirbelnden Galaxien, von gewaltigen, kollabierenden Sonnen, die in ihrem energetischen Todeskampf auseinanderplatzten, verschmolzene Protonen und Neutronen in den Raum eruptieren ließen. Weite Staubwolken bildeten sich, Geburtsstätten neuer Sterne und Planeten. Kurz darauf betätigte Scott einige weitere Tasten, und es wurde wieder still im Raum. Kirk zwinkerte und schauderte verwirrt.

»Zum Teufel auch, was war das?«

»Es handelte sich um eine Lautfolge, die durch den Subraum vibriert. Sie bewirkt Schwingungen in den Dilithiumkristallen, und dadurch entstehen die Risse.« Scott zuckte mit den Schultern. »Sie haben gefühlt, wie ein lebendiger Körper darauf reagiert. Stellen Sie sich jetzt einmal vor, was im empfindlichen Kristallgefüge passiert.«

»Und was ist die Ursache für die Subraum-Vibration?«

»Keine Ahnung. Ich kann nicht einmal ihren Ausgangspunkt feststellen.«

»Die Klingonen?« vermutete Kirk.

Scott schüttelte den Kopf. In diesem Punkt war er offenbar sicher. »Nein, das glaube ich nicht. Mendez hat die beiden Schlachtkreuzer überwacht und dabei festgestellt, daß ihr Energiepegel ebenfalls sinkt. Was auch immer der Grund sein mag: Sie sind ebenso betroffen wie wir. Tja, vielleicht hat diese Sache etwas mit den Taygetianern zu tun.« Der Chefingenieur gestikulierte vage. »Beweise dafür fehlen allerdings.«

»Haben Sie Spock von dieser neuen Entwicklung informiert?«

»Noch nicht.«

»Dann holen Sie das jetzt nach. Er soll sofort mit einer Analyse beginnen.«

»Aye, Sir. Oh, Captain…« rief Scott ihm nach, als Kirk auf die Tür des Maschinenraums zuhielt. »Wir haben noch nicht darüber gesprochen, wie wir die Kristalle schützen sollen.«

»Ja, stimmt. Was schlagen Sie vor, Mr. Scott?«

»Meiner Meinung nach sollten wir uns zurückziehen, Sir. Ich glaube, es hängt alles mit der Anomalie zusammen. Je weiter wir uns von ihr entfernen, desto sicherer sind die Dilithiumkristalle.«

»*Wie* weit, Scotty?«

»Vermutlich bleibt uns nichts anderes übrig, als das Sonnensystem zu verlassen.«

Kirk schüttelte den Kopf. »Kommt nicht in Frage. In einem solchen Fall könnten wir nicht rasch genug eingreifen, um der Landegruppe zu helfen. Außerdem besteht die Möglichkeit, daß Maslin in der Krankenstation behandelt werden muß. Ich habe ihn gerade auf den Planeten zurückgeschickt, und wir dürfen nicht riskieren, ihn zu verlieren. Darüber hinaus gibt es noch die beiden klingonischen Schlachtkreuzer.«

»Und wenn wir den Klingonen unseren Verdacht erklären? Vielleicht verlassen sie dann ebenfalls den Orbit.«

»Halten Sie das für wahrscheinlich?«

Scott senkte den Kopf. »Nein«, gab er zu. »Bestimmt hören Sie nicht auf uns.«

»Eben«, brummte Kirk. »Und deshalb bleiben wir.«

»Sir, unsere Energiereserven schrumpfen immer mehr zusammen. Ich kann für nichts garantieren, wenn wir kämpfen oder die Flucht ergreifen müssen.«

Kirk lächelte schief. »Da auch die Klingonen betroffen sind… Vielleicht bleiben sie friedlich.«

»Für wie wahrscheinlich halten Sie *das*?« fragte Scott und ahmte dabei den Tonfall des Captains nach.

»Bleiben wir weiterhin guter Hoffnung. Eigentlich

sitzen wir in einem Boot. Wenn wir uns nicht gegenseitig vertrauen, kommen wir in dieser Angelegenheit nicht weiter.«

»Vertrauen?« wiederholte der Chefingenieur und schüttelte den Kopf. Als Kirk den Maschinenraum verließ, rief er ihm nach: »Haben Sie schon versucht, einem elasianischen Feuerteufel die Hand zu reichen?«

»Vielleicht haben wir etwas für Sie, Mr. Spock«, sagte Kirk, nachdem sich T'zeela mit der Landegruppe in Verbindung gesetzt hatte.

»Ich bin für jeden Hinweis dankbar, Captain«, erklang die Stimme des Vulkaniers aus dem Lautsprecher. »Mr. Maslins frühere Erfolge erweiterten zwar unsere Datenbasis, aber seitdem treten wir erneut auf der Stelle. Wir haben es mit allen logischen Ermittlungsverfahren versucht und sogar einige ziemlich zweifelhafte Methoden angewendet – ohne Ergebnis. Ich muß zugeben, daß wir von einer Lösung fast ebensoweit entfernt sind wie zu Anfang.« Kirk glaubte, im Tonfall seines wissenschaftlichen Offiziers so etwas wie Verärgerung, Abscheu und sogar einen Hauch von Resignation zu hören. Zum ersten Mal zweifelte der Captain daran, ob es überhaupt möglich war, das Geheimnis der Taygetianer zu lüften und die von der Raum-Zeit-Anomalie ausgehenden Gefahren zu beseitigen. Diese Überlegungen verstärkten das Unbehagen in ihm. Bisher hatten die *Enterprise* und ihre Besatzung alle Aufgaben mit einer Problemlosigkeit gelöst, die das Erstaunen der Kommandanten anderer Raumschiffe und auch der Starfleet-Admirale weckte, doch in diesem Fall steckten sie offenbar in einer Sackgasse.

»Nun, stellen Sie fest, ob Sie damit etwas anfangen können«, brummte Kirk und versuchte, dabei möglichst optimistisch zu klingen. »Mr. Scott stieß darauf, als er die Ursache für die Destabilisierung der Dilithiumkristalle herauszufinden versuchte.«

Kirk nickte Mendez zu, die daraufhin eine Taste betätigte und die Aufzeichnung der Subraum-Schwingungen abspielte. Spock hörte einige Sekunden lang schweigend zu, und wachsende Aufregung vibrierte in seiner normalerweise immer ruhig klingenden Stimme, als er sagte: »Einen Augenblick. Ich gebe nur schnell Mr. Maslin Bescheid. Es hört sich ganz nach einem Teil der taygetianischen Lieder an, und ich bin neugierig, was der Musiker davon hält.«

Kurze Zeit herrschte Stille, und dann vernahm Kirk die Stimme Maslins. »In Ordnung, Captain, ich bin soweit.« Kirk gab Mendez ein Zeichen, die daraufhin die Aufzeichnung ein zweites Mal durch den Äther schickte. Der Komponist summte leise vor sich hin, und unmittelbar im Anschluß daran stieß er einen Freudenschrei aus. »Das ist es! Das ist es!« Leises Murmeln, als sich Maslin mit den anderen Mitgliedern der Landegruppe beriet. Dann plötzlich laute Rufe und Pfiffe, gefolgt von einem dumpfen, rhythmischen Pochen, das Kirk mit einem improvisierten Tanz assoziierte.

»Was ist denn los?« fragte der Captain und wünschte sich plötzlich, ebenfalls auf Taygeta V zu sein, anstatt den Planeten in einer Höhe von rund achttausend Kilometern zu umkreisen. Alles deutete darauf hin, daß es im Camp drunter und drüber ging.

»Wissen Sie...«, Maslins Stimme übertönte alle anderen, »...man könnte das Lied mit einem überaus komplexen Kanon vergleichen, in dem es eine zweite Melodie gibt, die die Lücken in der ersten füllt...«

»Spock!« knurrte Kirk.

»Ja, Captain?«

»Was geschieht bei Ihnen?«

»Ich glaube, wir haben endlich den erhofften Durchbruch erzielt, Captain.« Der Vulkanier unterbrach sich kurz und rief den Komponisten. »Mr. Maslin! Wenn Sie Ihren Begeisterungstaumel für einige Minuten unterbrechen könnten... Ich möchte in Erfahrung bringen, wo Mr. Scott die Schwingungen entdeckte. Es wäre sehr nett von Ihnen, aufmerksam zuzuhören. Sonst verlieren wir nur Zeit damit, alles noch einmal zu wiederholen.«

»Oh, natürlich.« Maslin schnaufte aufgeregt. »Ich bin ganz Ohr, Captain.«

»Scott hat die Risse in den Kristallen eingehend untersucht und meinte, sie erinnerten ihn an die Auswirkungen, die ein Sopran auf Glas haben kann. Er gab die Anweisung, die Scanner auf Multifrequenz-Ortung zu justieren, und dabei wurde eine Resonanz entdeckt, die zur Destabilisierung der Kristalle führt. Es handelt sich um eine seltsame Schwingung im Subraum. Die Vibration breitet sich auf einer Frequenz aus, die von keinen bekannten Intelligenzen benutzt wird; deshalb sind wir erst jetzt darauf aufmerksam geworden.«

»Captain, bitte fordern Sie Lieutenant Mendez auf, die entsprechenden Schwingungen weiterhin zu kontrollieren und die daraus resultierenden Daten direkt in Mr. Maslins Synthesizer zu übertragen.«

»Danke, Mr. Spock. Ich veranlasse sofort alles Nötige.« Im Hintergrund hörte Kirk die Stimme Maslins: »Jetzt kommen wir vielleicht einen entscheidenden Schritt weiter.«

Der Captain räusperte sich. »Wann rechnen Sie mit konkreten Resultaten?«

»Keine Ahnung, Captain«, erwiderte Spock. »Wir brauchen Zeit, um die Bedeutung der neuesten Informationen zu bewerten. Wir melden uns, sobald sich irgend etwas ergibt. Oh, da fällt mir ein: Bitte schicken Sie Dr. McCoy ins Camp. Es wäre besser, wenn er zugegen ist, falls Mr. Maslin Hilfe braucht.«

»Gute Idee. Ich schätze, ich begleite ihn – um zu sehen, welche Fortschritte Sie machen.«

»Das halte ich nicht für besonders ratsam, Captain.«

»Ach? Und warum nicht? Glauben Sie, ich sei nur im Weg?«

»Nun, ich hätte es etwas taktvoller ausgedrückt, aber im Prinzip trifft es den Kern der Sache. Für diese speziellen Ermittlungen fehlt Ihnen die notwendige Ausbildung, Captain. Wie dem auch sei: Ich versichere Ihnen, daß wir Sie auf dem laufenden halten. Spock Ende.«

»Wie Sie meinen«, murmelte Kirk und kam sich erneut überflüssig vor. Einige Sekunden lang blieb er still sitzen, doch dann fiel ihm ein, daß er McCoy verständigen und ihn bitten sollte, sich auf den Planeten zu beamen. Er verzog das Gesicht, als er daran dachte, daß man auch von Laufburschen Tüchtigkeit erwartete.

Spock nahm den langen Ausdruck in die Hand und blickte auf die Zahlen- und Buchstabenkolonnen. Sie befanden sich in dem Zelt, das Maslin und Uhura miteinander teilten, und auch Kali war anwesend. Der Vulkanier hatte ihr vor einer Weile Bescheid gegeben, da er sich verpflichtet fühlte, die Klingonen über die erzielten Fortschritte zu informieren.

Guys Kopf ruhte schwer an Uhuras Schulter. Während Spock stumm eine erste Analyse der neuen Daten vornahm, flüsterte Uhura dem Komponisten zu: »Warum legst du dich nicht hin?« Er schüttelte stur den Kopf, und daraufhin seufzte sie, sah durch den offenen Zugang nach draußen und beobachtete die drei Monde Taygetas.

Schließlich wandte sich Spock um. »Ich gratuliere Ihnen, Mr. Maslin. Allem Anschein haben wir jetzt die Basisstruktur einer Formel.«

Maslin lehnte noch immer an der Seite Uhuras, richtete sich auf und machte ein skeptisches Gesicht. »Nein, das bezweifle ich. Es sind Werte, die noch immer keinen Sinn ergeben.«

»Zumindest ermöglichen sie einige Rückschlüsse auf die mathematische Progression des Liedes, und das wiederum läßt einige Vermutungen in Hinsicht auf die

Funktionsweise des taygetianischen Bewußtseins zu. Ich glaube, unsere Ausgangsposition hat sich erheblich verbessert.«

»Es ist so, als wolle man ein Puzzle zusammensetzen, obgleich viele Teile fehlen«, brummte Maslin und rieb sich müde die Augen. Seine Wangen waren blaß, und einmal mehr wirkte er sehr erschöpft.

»Die Frage ist: Wie können wir es vervollständigen?« Kali saß dicht neben der zur Seite gerollten Zugangsplane des Zeltes und sah die anderen der Reihe nach an.

»Ich bin für jeden Vorschlag dankbar«, erwiderte Maslin.

»Bevor wir damit beginnen, irgendwelche Hypothesen zu entwickeln, für die es vermutlich keine logische Grundlage gibt, sollten wir noch einmal alle Fakten zusammenfassen.« Spock hob den Zeigefinger, wie ein Professor, der eine Studentengruppe ermahnte. »Erstens: Wir wissen, daß die Taygetianer mit etwas beschäftigt sind, das die ganze Kraft der erwachsenen Bevölkerung erfordert. Zweitens: Es geht dabei um ein Lied, dessen Bedeutung wir noch nicht verstehen. Drittens: Die Taygetianer sind offenbar in der Lage, Objekte zu entstofflichen und an einem anderen Ort zu rematerialisieren, wie bei den Fischen. Viertens: Die melodischen Vibrationen des Liedes breiten sich in allen Frequenzbereichen aus, nicht nur in den hörbaren, sondern auch in den anderen.«

»Um es klipp und klar auszudrücken: Wir haben noch immer keine Ahnung, worum es den Sängern geht.« Maslin schnitt eine verärgerte Grimasse.

»Nun gut, befassen wir uns mit dieser Frage. Wie ist Ihre Meinung, Mr. Maslin?« Der Komponist schürzte die Lippen und schüttelte den Kopf. »Lieutenant?«

Uhura seufzte. »Da muß ich passen, Mr. Spock. Ich habe die Daten so oft zu analysieren versucht, daß ich gar nicht mehr weiß, wo mir der Kopf steht.«

»Lieutenant Commander?« Der Vulkanier wandte

sich an die Klingonin. Kali saß wie in Trance, hatte die Augen halb geschlossen und lauschte verzückt dem auf und ab schwellenden Chorus, der wie ein sonderbarer Sirenengesang durch die Nacht hallte.

»W-was?« brachte sie verwirrt hervor und schüttelte sich, so als müsse sie sich physisch vom Bann des taygetianischen Liedes befreien.

»Ich bat um eine Deutung der Melodien.«

»Sie sind... Magie«, erwiderte Kali ernst und sah aus trüben, topasfarbenen Augen zu ihm auf.

»Ja, in der Tat«, entgegnete Spock herablassend, unterbrach sich dann und wirkte plötzlich sehr nachdenklich. »Magie«, wiederholte er leise und runzelte die Stirn.

Uhura neigte den Kopf zur Seite und musterte ihn aufmerksam. »Was ist denn los, Mr. Spock? Irgendeine Idee?«

»Vielleicht«, sagte er langsam. Er holte tief Luft und fügte lauter hinzu: »Mr. Maslin, bitte beschreiben Sie mir ganz genau, was Sie empfanden, als der erste Taygetianer starb.«

»Nun, ich will es zumindest versuchen, obwohl ich mich nur vage daran erinnere.« Der Komponist schloß die Augen und überlegte. »Ich verglich gerade einige Sequenzen des Liedes und war daher ganz auf die Musik konzentriert. Von einem Augenblick zum anderen hatte ich das Gefühl, als werde ein Teil von mir...« Er zögerte und suchte nach den richtigen Worten.

»Entfernt?« warf Spock ein.

»Ja! Genau. Es war, als risse man etwas aus mir heraus, und... Seltsam. Ich fühlte fast so etwas wie körperlichen Schmerz.«

»Tatsächlich verloren Sie für einige Sekunden das Bewußtsein«, erinnerte ihn Spock.

»Ja. Aber was hat das alles mit den Taygetianern zu tun?«

Der Vulkanier stand auf und wanderte in dem kleinen Zelt auf und ab. »Inzwischen gibt es keinen Zweifel mehr daran, daß der taygetianische Gesang sowohl in den hörbaren Frequenzen erklingt als auch im Ultra- und Infraschallbereich. Vor kurzer Zeit haben wir festgestellt, daß er auch den Subraum erfaßt, und deshalb frage ich mich: Betrifft er möglicherweise das *ganze* Spektrum? Vielleicht sogar den Warpraum und die Sphäre des Geistigen?«

»Eine recht gewagte Theorie, Spock«, sagte Uhura zurückhaltend. »Gibt es Anhaltspunkte dafür?«

»Zuerst einmal Mr. Maslins Reaktion auf den Tod eines Sängers.« Der Vulkanier sah den Musiker an. »Zu jenem Zeitpunkt vermutete ich, Sie seien vielleicht ein latenter Telepath.«

»Bei den Psi-Tests, die in der Schule durchgeführt werden, schnitt ich immer ziemlich gut ab. Aber ich schenkte dem keine große Beachtung.«

»Was durchaus verständlich ist. Auf der Erde werden derartige Talente kaum gefördert. Nun, mit einer vulkanischen Bewußtseinsverschmelzung läßt sich leicht feststellen, ob Sie wirklich ein Telepath sind. Möglicherweise sollten wir das einmal versuchen.«

»Angenommen, Ihre Vermutungen stimmen«, warf Kali ein. »Wie können wir sie empirisch erhärten? Mein Mann hält nichts von wilden Spekulationen und Dingen, die er als Mumpitz bezeichnet.«

»Captain Kirk ebenfalls nicht«, erwiderte Spock. »Und deshalb müssen wir einen hieb- und stichfesten Beweis finden.«

»Aber *wie*?« fragte Kali.

»Indem wir die Scanner der *Enterprise* einsetzen, um festzustellen, ob der Gesang auch im Warpraum nachweisbar ist. Wenn wir Glück haben, erhalten wir dadurch weitere Sequenzen des Liedes, und eine genaue Computeranalyse sollte uns in die Lage versetzen, die Auswirkungen der Melodien auf die psychische Ebene zu extrapolieren.«

»Warum führen Sie nicht einfach eine Mentalverschmelzung mit einem Taygetianer herbei?« erkundigte sich Uhura. »Auf diese Weise ließen sich Deduktionsfehler ausschließen.«

»Die Vorstellung, einen Erwachsenen zu stören, gefällt mir nicht sonderlich. Die jungen Sänger könnten uns sicher recht interessante, aber in diesem Zusammenhang bedeutungslose Informationen zur Verfügung stellen, die nur ihre eigene Gattung betreffen. Wie Sie wissen, leisten sie keinen Beitrag zum Lied, und deshalb dürfen wir nicht hoffen, von ihnen wichtige Dinge in Erfahrung zu bringen. Ich schlage vor, wir versuchen es zuerst mit den Scannern. Wenn damit ein Erfolg ausbleibt, können wir noch immer auf die Telepathie zurückkommen.«

»Wann fangen wir an?« fragte Kali.

»Jetzt sofort. Es wäre recht nützlich, wenn Sie Ihre eigenen Computer benützen würden. Vielleicht ergibt sich gerade durch die Programmierungsunterschiede ein wichtiger Hinweis für uns.«

»In Ordnung. Kor ist sicher damit einverstanden.«

»Äh, Spock«, sagte Uhura, griff nach dem Ellenbogen des Vulkaniers und zog ihn beiseite. »Es ist schon ziemlich spät, und Sie erinnern sich bestimmt an Dr. McCoys Rat. Wäre es nicht besser, erst morgen früh zu beginnen – oder Guy eine längere Ruhepause zu gönnen, während Sie alle notwendigen Vorbereitungen treffen?«

»Wir haben nicht gerade viel Zeit, Lieutenant, und jetzt kommt es ganz besonders auf Mr. Maslins Fähigkeiten an. Versuchen Sie wenigstens einmal, Ihre Gefühle beiseite zu schieben und der Rationalität den Vorrang zu geben.«

»Ich bin keineswegs nur emotional«, hielt ihm Uhura entgegen. Sie sprach leise, aber die Verärgerung in ihrer Stimme war unüberhörbar. »Ich appelliere an Ihren allmächtigen Gott, die Logik...«

»Uhura«, sagte Guy sanft, schlang den Arm um ihre Taille und drehte sie zu sich um. »Es ist alles in Ordnung. Du weißt doch, wie wichtig es ist, daß ich meine Arbeit hier zu Ende führe. Je eher wir diese Sache hinter uns bringen, desto schneller gelingt es uns, das Rätsel zu lösen. Und anschließend kann ich mich ganz dir widmen.« Er sah sie an, und in seinen Augen glänzte eine stumme Bitte. Schließlich seufzte Uhura und nickte. »Braves Mädchen«, sagte Maslin, hob ihr Kinn und küßte sie.

Kali preßte dem Vulkanier die Hände auf den Rücken und schob ihn nach draußen. »Kommen Sie, Mr. Spock. Wir beginnen mit den Vorbereitungen in Ihrem Zelt.«

»Aber…« begann er und sah zu den beiden Menschen zurück, die sich umarmten und aneinanderschmiegten.

»Sie werden uns bald folgen«, versicherte sie ihm, griff nach Spocks Arm und zog ihn mit sich. »Vertrauen Sie meiner größeren Erfahrung auf diesem Gebiet. Bei einer solchen Gelegenheit sollte die Logik ins zweite Glied zurücktreten und dem Gefühl weichen.«

Kirks Gedanken kehrten langsam aus dem Reich der Träume in die Wirklichkeit zurück, und nach einer Weile bemerkte er das beharrliche Summen des Tischkommunikators. Müde und benommen stand er auf und rieb sich den Schlaf aus den Augen.

»Hier Kirk«, brummte er.

»Spock spricht, Captain. Ich halte eine sofortige Unterredung für dringend angeraten…«

»Mr. Spock«, unterbrach ihn der Captain und betrachtete zwinkernd die Anzeige des Chronometers auf der kleinen Ablage hinter dem Bett, »es ist vier Uhr morgens…«

»Ich weiß, Captain, aber ich habe einige Informationen, die ich Ihnen unverzüglich mitteilen möchte.«

»Es ist Ihnen gelungen, die taygetianische Sprache zu

entschlüsseln«, vermutete Kirk, und die plötzlich emporkeimende Aufregung verdrängte die letzten Reste der Müdigkeit aus ihm.

»In der Tat, Captain.«

»Nun?« fragte Kirk einige Sekunden später, als der Vulkanier schwieg und nicht etwa mit einer Erklärung aufwartete.

»Lieutenant Commander Kali hat um eine Konferenz gebeten, so daß wir unsere Entdeckungen Ihnen und Commander Kor gleichzeitig schildern können. Sie meint, auf diese Weise werde ein ungerechtfertigter Informationsvorsprung der Föderation verhindert. Sie möchten vermeiden, daß die Klingonen ins Hintertreffen geraten.«

»Ist es so schlimm?« fragte Kirk und fühlte, wie sich in seiner Magengrube etwas zusammenzukrampfen begann.

»Ich will es so ausdrücken: Derjenige, der über die entsprechenden Daten verfügt, besäße ziemlich große Macht.«

Kirk dachte einige Sekunden lang darüber nach und versuchte, die Bedeutung der geheimnisvoll klingenden Worte Spocks zu erfassen. »Nun gut«, antwortete er schließlich und nickte knapp. »Ich bin einverstanden. Haben Sie sich bereits mit Kor in Verbindung gesetzt?«

»Kali spricht gerade mit ihm. Genügen Ihnen fünfzehn Minuten, um alles vorzubereiten?«

»Ja, geht klar. Kirk Ende.«

Der Captain betätigte eine andere Taste und wies die Brücke an, zwei Kommunikationskanäle für eine Telekonferenz zu schalten. Dann zog er rasch eine Uniform an und machte sich hastig auf den Weg zur Kommandozentrale. Das Herz pochte ihm bis zum Hals empor, und er dachte immer wieder: *Wir haben es geschafft! Wir haben es geschafft!* Dann wurde er plötzlich wieder nüchtern und schritt langsamer aus.

Kali bestand darauf, daß die beiden klingonischen Schlachtkreuzer und die *Enterprise* zur gleichen Zeit vom taygetianischen Geheimnis erfuhren, und Spocks seltsame Bemerkung deutete darauf hin, daß es sich dabei um eine sehr bedeutsame Angelegenheit handelte, die offenbar nicht ohne ein gewisses Gefahrenpotential war. Mit anderen Worten: Vielleicht verfügten die Sänger über eine Macht, die zu einer Bedrohung werden konnte. Und wenn das stimmte: Wie würden sich dann die Klingonen verhalten? Sie galten als ein Volk, das sich nicht an Vereinbarungen und Übereinkünfte hielt, wenn etwas Wichtiges auf dem Spiel stand.

Als ihn der Turbolift zum Kommandodeck der *Enterprise* emportrug, dachte Kirk erneut an die beiden klingonischen Raumschiffe, die nur einige wenige hundert Kilometer entfernt waren. Zugegeben: Aufgrund der Subraum-Schwingung und ihrer Auswirkung auf Dilithiumkristalle hatten sich die Energiepegel derart reduziert, was jedoch nichts an der zahlenmäßigen Überlegenheit des Gegners änderte. Kirk machte sich sehr große Sorgen.

Darf ich Kor vertrauen? Der Captain hatte bisher angenommen, diese Frage mit einem klaren »Ja« beantworten zu können, erinnerte sich an das lange Gespräch mit dem Commander und seinem Begleiter Kandi, an den saurianischen Brandy in der Krankenstation. Jetzt aber war er nicht mehr so sicher.

Als Kirk die Zentrale betrat, erhellte sich der große Wandschirm und zeigte Spock, Uhura, Kali und Maslin, der am Synthesizer saß. Neben ihnen stand ein tragbares Display. Auf der glatten Projektionsfläche glänzten einige komplizierte mathematische Formeln. Maslins Zustand schien sich wieder verschlechtert zu haben. Kirk sah dunkle Ringe unter den Augen des Komponisten, rote Flecken auf den eingefallenen Wangen. Gleichzeitig aber wirkte er aufgeregt. Gelegentlich berührten seine Finger einige Tasten des Synthesizers, und kurze Zeit später sprang er auf, eilte an das Display heran und veränderte bestimmte Zahlenfolgen.

»Alles klar, Mr. Spock. Wir sind soweit.« Kirk nahm im Sessel des Befehlsstandes Platz.

»Hier ist ebenfalls alles bereit«, klang Kors Stimme aus dem Lautsprecher.

»Haben Sie die Formeln gesehen?« fragte Spock.

»Ja«, erwiderten die beiden Kommandanten.

»Gut. Sie dienen als Arbeitsgrundlage für die wissenschaftlichen Gruppen an Bord der drei Raumschiffe. Allerdings nehmen wir uns nicht die Zeit, sie eingehender zu erklären. Eine kurze Zusammenfassung müßte genügen.«

»Danke, Spock«, murmelte Kirk leise.

»Mr. Maslin soll beginnen, denn seine Beobachtungen gaben uns die ersten Hinweise.«

Der Komponist drehte sich auf der Sitzbank um und stützte sich an der Seite des Synthesizers ab. »Sie erinnern sich bestimmt an meinen Bericht über die Fische, die plötzlich in den Grotten erschienen, als die jungen Taygetianer ein bestimmtes Lied sangen. Ich nahm an, wir hätten es mit einer besonderen Form der Telekinese zu tun. Einerseits interessant, andererseits aber eine Fähigkeit, die wir bereits von vielen anderen intelligenten Völkern her kennen.

Dann entdeckte Mr. Scott die Subraum-Schwingung, und das brachte uns ein ganzes Stück weiter. Wir postulierten eine Theorie, die davon ausging, daß der taygetianische Gesang das ganze Spektrum erfaßt, vom Hörbaren bis hin zum Mentalen. Mr. Spock setzte die Scanner der *Enterprise* ein und stellte fest, daß die Musik auch im Warpraum vibriert. Das erhärtete unsere Vermutungen, und als wir alle zur Verfügung stehenden Daten in die Computer speisten und analysieren ließen, ergab sich ein Bild von der musikalischen Progression des Liedes auf der psychischen Ebene.« Maslin deutete auf die Formeln. »Das ist das Ergebnis der Arbeit, die wir während dieser Nacht leisteten. Wir wissen jetzt, daß die Taygetianer keine schlichte Telekinse praktizieren. Kurz gesagt: Sie sind in der Lage, ihre physische Umgebung zu manipulieren.«

»Wälder dort, wo sich vorher Wüsten erstreckten«, flüsterte Mendez, die an den Konsolen der wissenschaftlichen Station saß.

»Genau, Lieutenant«, bestätigte Spock. »Mit den Instrumenten war alles in Ordnung. Ihre Anzeigen stimmten, doch wir machten den Fehler, sie zu ignorieren. Mit ein wenig mehr Vertrauen zu den Sensoren hätten wir wahrscheinlich nicht soviel Zeit verloren.«

»Nur um ganz sicher zu sein, daß ich alles richtig verstehe...« warf Kirk ein. »Die Taygetianer sind imstande, ihre Umgebung ganz nach Belieben zu gestalten?«

»Ja, Captain. Mit der Macht ihres Gesangs können sie Wüsten im wahrsten Sinne des Wortes in blühende Gärten verwandeln.«

»Und strahlungsverseuchte Planeten bewohnbar machen?«

»Ja.«

»Unglaublich.«

»Das ist noch nicht alles, Kirk«, sagte Maslin und lächelte triumphierend. »Wir haben das Problem der Raum-Zeit-Anomalie gelöst.«

»Was?«

»Nun, vielleicht nicht direkt *gelöst*, Captain«, wandte Spock rasch ein. »Aber inzwischen wissen wir, warum der Riß im All entstand. Die Ursache des Phänomens war eine Störung der Schwingung im Warpraum, hervorgerufen vom Tod der Sänger, die von den Jägern umgebracht wurden.«

»Und wie beseitigen wir die davon ausgehenden Gefahren?«

Spock zögerte und schüttelte den Kopf. »Das weiß ich nicht, Captain. Wir haben einige Theorien entwickelt, die wir erst noch überprüfen müssen. Ich bin jedoch zuversichtlich, daß wir dieses Problem in relativ kurzer Zeit aus der Welt schaffen können.«

»Das hoffe ich, Spock«, sagte Kirk. »Bevor der Riß die Sonne erreicht. Stimmt's, Kor?« Stille. »Kor?«

»Captain«, sagte T'zeela. »Wir haben den Kontakt zum klingonischen Flaggschiff verloren.«

»Deflektoren hochfahren«, wandte sich Kirk an Sulu. »Und behalten Sie die beiden Kreuzer im Auge.« Er zögerte kurz. »Irgendeine Reaktion auf die Aktivierung unserer Schilde?«

»Negativ, Captain. Energieniveau der Triebwerke konstant. Nichts deutet darauf, daß sie den Orbit verlassen wollen. Sie halten ihre Position.«

»Verdammt, Kali, was ist los? Warum hat Kor die Verbindung unterbrochen?«

Die Frage des Captains behagte der Klingonin nicht. Sie dachte einige Sekunden lang nach und überlegte, ob sie ihre Kameraden verriet, wenn sie Auskunft gab. Schließlich antwortete sie: »Ich nehme an, er will vermeiden, daß die Besatzungsmitglieder unserer Schiffe mehr erfahren. Vielleicht hält er die Informationen für zu gefährlich.«

»Warum? Und gefährlich für *wen*?«

»Wir sind kein besonders reiches Volk, Kirk. Das wissen Sie ja. Viele Kolonien des Imperiums sind unfruchtbare, öde Welten mit einem niedrigen Lebensstandard.« Kali zögerte erneut, und ihre Augen blickten besorgt. »Verstehen Sie unser Dilemma?«

»Meinen Sie, die Klingonen könnten auf den Gedanken kommen...«, Kirk brach ab und suchte nach einem möglichst taktvollen Synonym für *versklaven*, »...die Taygetianer für... für ihre Zwecke einzusetzen?«

»Kor bestimmt nicht«, erwiderte Kali hastig. »Aber die anderen... Sie sind ungeduldiger und hitzköpfiger als mein Mann. Und wenn sie beschließen, jetzt zu handeln...«

»Vielen Dank, daß Sie so ehrlich sind, Kali. Ich weiß,

daß es Ihnen nicht leichtfällt, aber es ist sehr wichtig, um die gegenwärtige Situation unter Kontrolle zu bringen.«

»Captain, soll ich an Bord der *Enterprise* zurückkehren?« fragte Spock.

»Nein, bleiben Sie, wo Sie sind. Und finden Sie eine Möglichkeit, den Raum-Zeit-Riß zu schließen. *Ich* kümmere mich um die Klingonen.«

Uhura, Maslin und die anderen schnitten grimmige Mienen, als Kirk abschaltete, und er vermutete, daß sein Gesichtsausdruck ebenfalls ziemlich finster war. Ganz plötzlich hatte sich ihre Lage drastisch verschärft: destabilisierte Dilithiumkristalle, ein immer niedriger werdendes energetisches Niveau, zwei klingonische Schlachtkreuzer in unmittelbarer Nähe... Und ihre einzige Hoffnung, ein Gefecht zu vermeiden, war Kor – ein Mann, von dem sie nicht einmal wußten, ob er überhaupt noch die Befehlsgewalt hatte.

KAPITEL 11

Alle Offiziere waren im Konferenzzimmer versammelt und beobachteten Kor aus zornig und erwartungsvoll blitzenden Augen. Die jungen Wölfe des Imperiums – bisher in Schach gehalten von seiner Autorität. Sie hatten nichts gegen ihn unternommen, weil es keinen echten Grund zur Auflehnung gab. Doch jetzt war die Situation eine völlig andere. Ganz plötzlich stand viel mehr auf dem Spiel.

»Was ist los, Kor?« fragte Kandi. »Was haben die Terraner entdeckt?« Er saß rittlings auf einem Stuhl, die Arme auf der Rückenlehne verschränkt. Während der Mitteilungen Spocks und Maslins hatte keine Komverbindung zu seinem Schiff bestanden.

Kor zögerte. In Karsuls Pupillen gleißte es boshaft, als er brummte: »Ja, Commander: Legen Sie die Karten offen auf den Tisch.«

Zu spät begriff Kandi, daß er Kor in den Rücken gefallen war. Er warf seinem Freund einen entschuldigenden Blick zu, und der Commander schüttelte andeutungsweise den Kopf. Dann holte er tief Luft, stützte sich auf der Tischkante ab und begann:

»Der Mensch namens Maslin hat es mit Hilfe des Vulkaniers geschafft, die Bedeutung des taygetianischen Liedes zu erfassen. Um es ganz schlicht auszudrücken: Die Eingeborenen des Planeten haben die Fähigkeit, Einfluß auf ihre Umwelt zu nehmen und sie zu verändern.«

Kandi pfiff leise und ließ das Kinn auf die verschränkten Arme sinken. »Eine äußerst nützliche Fähigkeit für Bewohner von Planeten, die nicht gerade einem Paradies gleichkommen. Ich möchte nicht illoyal klingen, aber selbst unsere Heimatwelt ist alles andere als ein Garten Eden.«

»Vielleicht gelingt es uns mit dem Mentalsondierer,

das Geheimnis der taygetianischen Macht zu enträtseln«, sagte der erste medizinische Offizier der *Klothos.*

»Es besteht keine Notwendigkeit für den Einsatz des Sondierers«, erwiderte Kor. »Bei den ambientalen Manipulationen verwenden die Taygetianer sowohl ihren Gesang als auch enorm hochentwickelte psychische Gaben. Es wäre absolut sinnlos, Aufschluß über die entsprechenden Methoden zu gewinnen, denn in unserem Volk sind psionische Fähigkeiten nur rudimentär vorhanden und darüber hinaus ausgesprochen selten.« Die Tür des Konferenzzimmers öffnete sich, und Kali kam herein. Nach den Mitteilungen Spocks und Maslins hatte Kor sie sofort zurückbeordert – ohne recht zu wissen, was er sich davon versprach. Vielleicht ging es ihm nur darum, einen Bericht aus erster Hand zu erhalten. Möglicherweise erhoffte er sich auch die Unterstützung von ihr, die er jetzt dringend brauchte. Ihre Blicke begegneten sich, und der warme Glanz in ihren goldenen Augen beruhigte ihn. Kor nickte knapp, und Kali nahm auf einem Stuhl abseits der anderen Platz.

»Es geht doch überhaupt nicht darum, die taygetianischen Fähigkeiten zu *erlernen!*« knurrte Tamboli, ein junger Lieutenant, der Karsul bewunderte und seinem Vorbild nacheiferte. Ruckartig stand er auf und schritt nervös umher. »Sind wir etwa schwache, greise Frauen, die verhandeln und die verdammten Terraner um ein Almosen bitten müssen? Nein! Ich bin stolz darauf, ein Klingone zu sein. Und Klingonen nehmen sich, was sie wollen! Jetzt schnappen wir uns die Taygetianer. Früher oder später werden sie sich unserem Willen fügen.«

»Dummer Narr«, sagte Kali und erhob sich ebenfalls. »Wie wollen Sie sie denn zum Gehorsam zwingen?« fuhr sie verächtlich fort. »Ich bin auf dem Planeten gewesen und habe die Sänger gesehen. Sie verhalten sich uns gegenüber völlig gleichgültig, sind ausschließlich auf ihr Lied konzentriert. Sie würden sie nacheinander töten – und hätten dann nichts weiter als einen leeren Planeten und einen Haufen verwesender Leichen.«

»Ich glaube, damit hat Lieutenant Commander Kali den Nagel auf den Kopf getroffen«, sagte Kor ruhig.

Tambolis Wangen röteten sich vor Wut. Karsul wandte sich um und legte dem jungen Mann beruhigend die Hand auf die Schulter. »Nicht so hitzig, mein Freund. Ich glaube, Sie hatten zumindest teilweise recht. Die meisten von uns sind nicht zu Frauen degeneriert, aber offenbar werden wir von ihnen befehligt.« Er sah Kali an, und seine Züge verhärteten sich. »Vergiß nicht, wo dein Platz ist«, zischte er hochmütig. »Wir sagen dir rechtzeitig, wann und wofür deine Dienste gebraucht werden.«

Kandi richtete einen unsicheren Blick auf Kor und fürchtete eine scharfe Reaktion des Commanders. Aber der Mann blieb gelassen und rührte sich nicht von der Stelle.

Karsul trat vor und lehnte sich an den Tisch. Auf diese Weise schirmte er Kor vor den anderen Offizieren ab und nahm praktisch seine Position ein.

»Die Aussicht, ganze Welten neu zu formen, mag recht faszinierend sein, aber ein anderer Punkt ist weitaus wichtiger. Wenn wir das Talent der Taygetianer richtig nutzen, können wir eine verheerende Waffe daraus machen. Nachdem die Menschen und ihre Verbündeten aus der Galaxis verjagt sind, haben wir immer noch Zeit genug, die klingonischen Kolonien in blühende Gärten zu verwandeln. Sicher, wir sind schon jetzt imstande, Planeten zu vernichten, aber dazu werden Raumschiffe, Soldaten und Bomben gebraucht. Wesentlich einfacher wäre es, die Taygetianer ein Lied singen zu lassen, das jegliches Leben von einer bestimmten Welt tilgt. Ich bin sicher, nach einigen solchen Demonstrationen unserer Macht würde die Föderation um Gnade winseln.«

»Offenbar haben Sie nicht richtig zugehört«, sagte

Kali und zeigte sich unbeeindruckt von der vorherigen Zurechtweisung. »Wir können uns nicht einmal mit den Taygetianern verständigen, und deshalb gibt es keine Möglichkeit, ihnen irgendwelche Befehle zu erteilen.«

»Aber die Menschen haben einen Mann, der bald in der Lage sein wird, mit den Eingeborenen zu kommunizieren«, entgegnete Karsul mit einem dünnen Lächeln. »Wir müssen die *Enterprise* angreifen, das Raumschiff zerstören und Maslin in unsere Gewalt bringen. Bestimmt läßt er sich dazu ›überreden‹, uns bei der Versklavung der Taygetianer zu helfen.«

»Nein!« entfuhr es Kali, und sie trat in die Mitte des Zimmers. »Ihnen darf kein Leid geschehen. Es sind prächtige Geschöpfe, voller Magie. Es wäre falsch, sie wie Werkzeuge zu benutzen. Damit befleckten wir die Ehre unseres Volkes auf eine Weise, die sich nicht wiedergutmachen ließe.« Sie blickte sich flehentlich um, starrte in verblüffte und zornige Mienen. »Warum? Warum müssen wir immer töten? Warum haben wir nicht den geringsten Respekt vor anderen Lebensformen?«

»Verräterin!« grollte Karsul, hob die Hand wie zum Schlag und näherte sich Kali. »Du bist keine Klingonin, denkst bereits wie das Menschengesindel. Du verdienst es nicht, eine Uniform zu tragen.«

Sie hielt seinem Blick trotzig stand, doch in ihren Pupillen glitzerte Furcht, als Karsul die Hand nach ihrem Gesicht ausstreckte. Aber die Finger berührten sie nicht. Plötzlich war Kor heran, packte Karsul am Arm und schleuderte ihn in eine Ecke des Zimmers. Der jüngere Offizier spuckte Blut und Zahnsplitter und versuchte, sich wieder in die Höhe zu stemmen. Kor trat lässig auf ihn zu, preßte ihm den einen Fuß auf die Brust und verhinderte damit, daß Karsul aufstand.

»Sie wollen also die *Enterprise* angreifen und zerstören, nicht wahr? Sie Idiot. Wir haben es mit Captain *Kirk* zu tun, nicht mit irgendeinem Schreibtischpiloten, der durch Zufall das Kommando über ein Raumschiff erhielt. Kirk ist eine lebende Legende. Er und seine Mannschaft haben Gefahren überstanden, denen sogar imperiale Schlachtkreuzer zum Opfer fielen.« Mit vor Hohn triefender Stimme fügte Kor hinzu: »Und ihr jungen *Schnösel* glaubt, mit einem solchen Mann fertig werden zu können? Ich fürchte, ihr habt noch eine Menge zu lernen, wenn ihr dem Imperium gute Dienste erweisen wollt.« Niemand widersprach ihm, als er die anwesenden Offiziere der Reihe nach musterte. »Deshalb entscheide allein *ich*, wann und wie wir die *Enterprise* angreifen.« Erneut ließ er seinen Blick langsam durch den Raum schweifen und bemerkte, wie einige Männer betreten den Kopf senkten. Ein humorloses Lächeln umspielte seine Lippen. »Es freut mich, daß wir einer Meinung sind«, sagte er trocken und reichte Kali die Hand. Es war vollkommen still, als er sie aus dem Zimmer führte.

»Bei allen Raumgeistern, Kali, nimm doch endlich Vernunft an und streite dich nicht dauernd mit mir!« fuhr Kor seine Frau an. Hartnäckig blieb sie auf der Treppe des Shuttles stehen und hielt sich mit beiden Händen am Rand des Schotts fest.

»Ich begleite dich zur *Enterprise*. Ich bleibe nicht allein an Bord dieses Schiffes.«

»Das brauchst du auch gar nicht. Ich möchte, daß du nach Taygeta zurückkehrst.«

»Nein. Das wäre genauso schlimm. Schon seit einigen Tagen sind wir voneinander getrennt, und von jetzt an weiche ich nicht mehr von deiner Seite.«

»Mögen mich die Götter mit Geduld segnen«, stöhnte Kor und schüttelte die Fäuste. »Kali, warum fliege ich wohl mit einem Shuttle zur *Enterprise*, anstatt den Transporter zu benutzen?«

»Weil du glaubst, Karsul und die anderen entscheiden sich bald zum Handeln«, erwiderte sie krächzend. Sie hatte plötzlich das Gefühl, als bilde sich ein Kloß in ihrem Hals.

»Ja. Und es wäre verdammt einfach, einen ›Transferunfall‹ zu arrangieren und meine Moleküle in der ganzen Galaxis zu verteilen. Begreifst du jetzt, warum ich dich auf Taygeta brauche, damit du Quarag und seine Leute im Auge behältst? Ich möchte auf jeden Fall vermeiden, daß Karsul den Komponisten Maslin entführt.«

»Ach, Kor«, seufzte Kali mit vibrierender Stimme. »Was ist, wenn sie dich töten, während ich auf dem Planeten bin? Das darf nicht geschehen!« Sie schlang die Arme um seinen Hals und schmiegte sich mit einer Verzweiflung an ihn, die fast den Kokon seiner Selbstbeherrschung zerbrochen hätte.

Er drückte ihren schlanken Körper an sich, strich mit der Wange über ihr Haupt und atmete den Duft ihres Haars ein. »Wenn sich die Dinge nicht so entwickeln, wie ich hoffe, so wende dich an Kirk. Er wird dich beschützen.«

»Ich soll mein Volk verlassen?« fragte sie entgeistert.

»Nun, das dürfte besser sein als ein Leben an der Seite Karsuls, oder?« erwiderte er und hob ihr Kinn, so daß er in ihre Augen sehen konnte.

»Du hast dich verändert, Kor«, sagte sie leise. »Bist du überhaupt noch ein Klingone?«

Er seufzte, ließ sich auf eine Treppenstufe sinken und zog Kali zu sich herab. »Zweifelst du daran?« fragte er sanft. »Ich bin jetzt ein *weiserer* Klingone, der zu viele Dinge gesehen und erlebt hat, um das imperiale Dogma blindlings zu akzeptieren. Um es ganz deutlich zu sagen: Kirk ist ein ehrenhafter Mann und guter Soldat. Ich würde mich über eine Gelegenheit freuen, mein Geschick mit dem seinen zu messen – aber nicht hier, nicht ausgerechnet jetzt. Er hat seine Integrität bewiesen, indem er sich an die Übereinkunft hielt und uns über alle Fortschritte informierte, die seine Landegruppe erzielte. Einer solchen Redlichkeit gegenüber möchte ich nicht das Gesicht verlieren.« Kor hauchte der Frau an seiner Seite einen Kuß auf die Stirn. »Erinnerst du dich an das, was du vorhin im Konferenzzimmer gesagt hast? Warum *müssen* wir immer töten? Warum haben wir keinen Respekt vor anderen Lebensformen?« Er seufzte. »Vielleicht ist jetzt der Zeitpunkt gekommen, um zu beweisen, daß Klingonen nicht nur blutrünstige Mörder sind.«

Zärtlich berührte Kali seine Wange und seufzte. »In Ordnung, ich kehre nach Taygeta zurück. Aber ich möchte den Transporter der *Enterprise* benutzen; auf diese Weise kann ich deine Gesellschaft noch ein wenig länger genießen.«

»Nichts ist mir lieber, als dich an meiner Seite zu wissen.« In den Mundwinkeln Kors zuckte das schiefe Lächeln, das sie so sehr liebte, und er beugte sich zu ihr vor und flüsterte: »Und was meine Gesellschaft angeht... Glaub' bloß nicht, du könntest ihr irgendwann entkommen. Du wirst mich führen müssen, wenn ich ein alter und schwacher Mann bin, und dann beneiden alle den Greis um seine wunderschöne junge Frau.«

»Achte nur darauf, daß du dich nicht vorher umbringen läßt«, erwiderte Kali, stand auf und betrat das Shuttle.

»Etwas zu trinken?« fragte Kirk und blieb vor dem automatischen Ausgabegerät des Besprechungszimmers stehen.

»Nur Tee«, gab Kor zurück. »Wenn ich jetzt mit etwas Stärkerem anfange, kann ich wahrscheinlich nicht mehr aufhören.«

»Probleme?« Die Stimme des Captains klang beiläufig, als er einige Tasten betätigte.

»Ach, Kirk, Sie sind ziemlich gerissen«, sagte der Klingone, lehnte sich in seinem Sessel zurück und beobachtete den Menschen amüsiert. »Sie würden gern meinen schwachen Punkt in Erfahrung bringen, nicht wahr?«

»In dieser Hinsicht genügen einige Schlußfolgerungen. Aus welchem Grund sind Sie mit einem Shuttle hierher gekommen? Und warum haben Sie Ihre Frau von Bord der *Enterprise* aus auf den Planeten geschickt, anstatt den Transporter Ihres Kreuzers zu benutzen?«

Kor winkte ab. »Im Augenblick spielt das alles keine Rolle. Ich mache mir in erster Linie Sorgen in bezug auf die Entdeckungen der Landegruppe. Ich muß wissen, welche Entscheidungen Sie in diesem Zusammenhang getroffen haben, Captain, denn sonst könnte ich mich dazu gezwungen sehen, Ihr Schiff zu vernichten.«

»Versuchen Sie es nur. Allerdings bin ich sicher, meine Besatzung und ich würden dabei nicht einfach ruhig zusehen.«

»Das ist mir völlig klar. Sie sind eine Legende, Kirk. Es brächte mir große Ehre ein, Sie im Kampf zu besiegen. Aber der Gedanke, dabei eine Niederlage zu erleiden, behagt mir überhaupt nicht.«

»Wie wär's, wenn Sie auf einen Kampf verzichten?« fragte der Captain, legte die Füße auf den Tisch, setzte die Kaffeetasse an die Lippen und musterte den Klingonen.

»Genau darum geht es, nicht wahr? Gebrauchen wir die Waffen, oder sollen wir darauf verzichten? Soll die Macht der Taygetianer zum Guten verwendet werden – oder dazu, Welten zu zerstören? Und wenn ich die Sänger Ihrer Obhut überlasse – was wird die Föderation in dieser Beziehung unternehmen?«

Kirk runzelte nachdenklich die Stirn. »Ich verstehe Ihre Frage nicht ganz, Kor. Wir stellen einen diplomatischen Kontakt her, schicken Wissenschaftler aus, um weitere Informationen über die Taygetianer zu gewinnen, und geben ihnen ebenfalls die Möglichkeit, sich ein Bild von uns zu machen. Schließlich stellen wir ihnen die Mitgliedschaft in der Föderation in Aussicht, und dann liegt es ganz bei den Bewohnern des Planeten unter uns, das Angebot anzunehmen oder abzulehnen.«

»Entweder sind Sie ausgesprochen naiv, Kirk – oder Sie bluffen verdammt gut.« Kor stand auf und wanderte im Zimmer auf und ab. »Was ist mit der anderen Möglichkeit, Captain? Meine jungen Offiziere haben sie sofort erkannt. Warum sollten Sie die taygetianische Macht nicht als eine Waffe verwenden?«

»Das ließe sich zwar bewerkstelligen, aber es entspräche nicht unserem Stil.«

»Nun, meinem ebensowenig«, sagte Kor scharf, drehte sich ruckartig um und sah den Captain an. »Ein direkter Kampf, Schiff gegen Schiff, Mann gegen Mann – das kann ich akzeptieren. Was den Rest betrifft...« Müde fuhr er sich mit der Hand durchs Gesicht und ließ sich wieder in den Sessel sinken. Einige Sekunden lang starrte er stumm ins Leere, und dann bedachte er Kirk mit einem ironischen Blick. »Ich glaube, ich werde langsam alt. Ich verliere den Gefallen an Eroberungsfeldzügen, die ganze Welten verwüsten.«

»Wenn derartige Einstellungen die Folge eines Alterungsprozesses sind...« Kirk lächelte dünn. »Ich wünschte fast, wir könnten jene seltsame Strahlungsart in der Galaxis verteilen, die uns während eines Aufenthaltes auf Gamma Hydra IV überraschte. Nachdem wir alle davon überzeugt sind, daß Frieden besser ist als Krieg, machen wir einfach die Auswirkungen wieder rückläufig, und anschließend wäre dann alles in bester Ordnung.«

»Sie sind ein Träumer, Kirk«, sagte Kor leise und trank einen Schluck Tee. »Es ist ganz natürlich, daß zwischen den Völkern Krieg herrscht. Vermutlich hört der Kampf erst auf, wenn das letzte lebende Geschöpf stirbt – oder das Universum kollabiert.«

»Ich halte Ihre Einstellung für zu pessimistisch, Kor.

Frieden ist durchaus möglich. Denken Sie nur an die Vulkanier. Oder an die Organianer.«

Der Klingone schnitt eine Grimasse. »Lieber nicht, vielen Dank. In gewisser Weise sind die Organianer für die Probleme verantwortlich, die mich derzeit so sehr belasten.«

Kirk faltete die Hände hinterm Kopf und beobachtete den Klingonen eine Zeitlang. Dann schwang er die Füße vom Tisch und beugte sich vor. »Schluß mit den philosophischen Erwägungen. Ich bin sicher, Sie sind nicht deshalb hierher gekommen, um über die Vorzüge von Krieg und Frieden zu diskutieren oder mir von Ihren Zweifeln zu berichten. Was ist der Grund für Ihren Besuch?«

»Offenbar halten Sie nicht sonderlich viel von Takt, Kirk.«

»Als Klingone sollten Sie eigentlich daran gewöhnt sein.«

Kor lachte kehlig und hob die Hand. »Diese Runde geht an Sie.« Er wurde rasch wieder ernst, stellte die Tasse Tee ab und sah Kirk in die Augen. »Nun gut, verzichten wir auf überflüssiges Gerede. Ich weiß nicht mehr ein noch aus.« Er sah, wie Kirk die Brauen hob. »Ja, das ist die Wahrheit. Wir umkreisen einen Planeten, dessen Bewohner eine geradezu erschreckende Macht haben, und ich frage mich ständig, wie ich mich verhalten soll. Wenn ich die Taygetianer der Föderation überlasse: Besteht dann die Gefahr, daß man sie als Waffe gegen uns verwendet? Andererseits: Wenn ich im Namen des Imperiums Anspruch auf Taygeta V erhebe, läßt sich ein Kampf zwischen uns wohl kaum vermeiden, und dann...« Kor unterbrach sich und senkte den Kopf. Er holte tief Luft, so als erfordere es besonderen Mut, die nächsten Worte zu formulieren. »Ehrlich gesagt: Ich befürchte, meine Regierung wird die Macht der Eingeborenen mißbrauchen und die Sänger versklaven, wenn sie eine Gelegenheit dazu erhält. Nun, es gibt noch eine dritte Möglichkeit: Ich könnte beschließen, alle Taygetianer zu töten, so daß niemand von uns in der Lage ist, ihre Lieder zu einem Vernichtungsinstrument zu machen.«

»Was ist mit der vierten Option?«

»Bitte?« fragte Kor und musterte Kirk verwirrt.

»Stellen Sie sich die Taygetianer als ein freies und unabhängiges Volk vor, das seine besonderen Fähigkeiten anderen Rassen anbietet, im Austausch gegen Waren und Dienstleistungen.«

»Singende Kaufleute?«

»Ja, warum nicht? Sie meinten, viele Ihrer Kolonien seien kaum mehr als Wüsten. Nun, die Sänger könnten kargen Felsboden in fruchtbares Ackerland verwandeln – und Sie bezahlen sie dafür.«

»Würden Sie das erlauben?«

»Die Taygetianer sind nicht das Eigentum der Föderation. Sie können nach Belieben Verträge schließen.«

»Ich weiß nicht«, sagte Kor so leise, daß Kirk ihn kaum verstand. »Wir gingen ein nicht unerhebliches Risiko ein.«

»Irgendwann kommt einmal der Zeitpunkt, an dem man selbst alten Gegnern vertrauen muß, Kor. Inzwischen sollte uns eigentlich klar sein, daß uns unter den gegebenen Umständen gar nichts anderes übrigbleibt.« Kirk stand auf, trat um den Tisch herum und näherte sich dem untersetzten Klingonen. Einige Sekunden lang sahen sie sich schweigend an, und dann fügte der Captain hinzu: »Ich gebe Ihnen mein Ehrenwort, daß die Föderation nicht versuchen wird, die Taygetianer als Waffe einzusetzen.« Er streckte die Hand aus.

Kor ergriff sie zögernd. »Das ist ein höchst bedeutsames Versprechen, und es verdient meinen Respekt. In Ordnung, Kirk. Ich überlasse Taygeta den Sängern.«

KAPITEL 12

Kirk eskortierte den Klingonen zu seinem Shuttle, als Chekovs aufgeregte Stimme aus den Interkom-Lautsprechern klang.

»Captain! Captain Kirk, bitte setzen Sie sich sofort mit der Brücke in Verbindung.«

Die beiden Kommandanten wechselten einen kurzen Blick. Der Captain trat hastig an einen Wandkommunikator heran und schaltete ihn ein. »Hier Kirk. Was ist los, Mr. Chekov?«

»Wir sind nicht ganz sicher, Sir, aber die Klingonen verhalten sich auf eine recht seltsame Art und Weise.«

»Ich bin unterwegs. Kirk Ende.« Er desaktivierte das Gerät, wandte sich zu Kor um und sah ihn fragend an.

Der Klingone schüttelte den Kopf und breitete die Arme aus, eine Geste der Hilflosigkeit. »Ich bin ebenso überrascht wie Sie. Vielleicht sollte ich den Start mit dem Shuttle verschieben, bis wir genau wissen, was vor sich geht. Darf ich Sie zur Brücke begleiten?«

»Keine schlechte Idee, Commander. Und um ganz offen zu sein: Ich ziehe es in dieser Situation vor, Sie im Auge zu behalten.«

»Eine kluge Vorsichtsmaßnahme, Captain«, erwiderte Kor und schloß sich dem Menschen an. »Obgleich ich Ihnen versichere, daß ich nicht die Absicht habe, Ihre Phaser zu sabotieren.«

Kurz darauf erreichten sie die Brücke, und als Kirk auf den großen Wandschirm blickte, sah er, daß die beiden klingonischen Kreuzer ihre Position verändert hatten und nun rechts und links neben der *Enterprise* schwebten. Mit einigen raschen Schritten trat der Captain an die Navigationskonsole heran und starrte über Sulus Schalter.

»Sie drängen uns in Richtung des Planeten ab. Ganz offensichtlich soll unsere Manövrierfähigkeit eingeschränkt werden. Steuern Sie uns in einen höheren Orbit, Mr. Sulu.«

»Aye, aye, Sir. Kurs?«

»Vertikaler Vektor. Wir brauchen mehr Platz.«

Langsam gewann die *Enterprise* an Höhe, und Kirk verfluchte die destabil gewordenen Dilithiumkristalle. Er hatte ganz vergessen, wie sehr ihre Energiereserven zusammengeschrumpft waren. Das Raumschiff sprang nicht etwa aus der zuschnappenden Falle, sondern kroch wie eine greise Schildkröte. Glücklicherweise hatte sich die Leistungsfähigkeit der klingonischen Triebwerke ebenfalls drastisch reduziert.

»Wenn Sie das angeordnet haben, Kor, so läßt Ihr Timing sehr zu wünschen übrig«, brummte Kirk mit einem Seitenblick auf den Commander. »Sie hätten sich mehr Zeit nehmen sollen, um die *Enterprise* zu verlassen.«

»Leider – oder zum Glück; es kommt ganz auf den jeweiligen Standpunkt an – bin ich nicht dafür verantwortlich. Ich hätte einen weitaus besseren Plan entwikkelt.« Er zögerte und räusperte sich. »Nun, Captain, ich fürchte, die gegenwärtigen Ereignisse deuten darauf hin, daß ich nicht mehr die Befehlsgewalt über die beiden Kreuzer besitze.«

»Wie dem auch sei: Ich schätze, wir haben noch das eine oder andere As im Ärmel. Wer sind die Kommandanten?«

»An Bord der *Klothos* sicher mein Stellvertreter Karsul. Was das andere Schiff angeht...« Kor zuckte mit den Achseln. »Kandi hätte mich bestimmt nicht verraten, aber ich weiß nicht, wer jetzt seinen Platz einnimmt. In einem Punkt bin ich jedoch sicher: Bestimmt ist Karsul der Drahtzieher.«

»Beschreiben Sie ihn mir.«

»Jung, intelligent – doch hitzköpfig und unerfahren.«

»Ein Pluspunkt für uns«, sagte Kirk und nahm im Sessel des Befehlsstandes Platz.

»Sie scheinen ja ganz versessen darauf zu sein, sich selbst eine Schlappe beizubringen«, entfuhr es Scott, der an den Generatorkontrollen saß. »Warum sollten wir ausgerechnet *Ihnen* vertrauen? Warum wollen Sie, daß wir den Sieg über Ihre Kameraden erringen?«

»Zwei berechtigte Fragen«, brummte Kirk und sah zu dem Klingonen auf.

»Mr. Scott, bitte glauben Sie mir: Ich hoffe inständig, daß Sie Erfolg haben. Falls nicht, sterbe ich entweder, wenn die Intervaller der beiden Kreuzer dieses Raumschiff in atomare Schlacke verwandeln – oder ich muß damit rechnen, von meinem Ersten Offizier hingerichtet zu werden. Darüber hinaus würde ich meine Frau an ihn verlieren.«

»Nun, ich glaube, das sind sehr einleuchtende Gründe dafür, Ihnen zu vertrauen«, entgegnete Kirk. Er richtete seine Aufmerksamkeit auf den Navigator. »Mr. Sulu, fahren Sie die Schilde hoch und beschicken Sie die Phaser mit Energie. Sobald wir die unmittelbare Nähe des Planeten verlassen haben, möchte ich die Kreuzer aufs Korn nehmen.«

»Aye, Sir.«

Zehn Sekunden verstrichen, während sich die Entfernung zu Taygeta V langsam vergrößerte. Kirk spürte, wie sich seine Nackenhaare aufrichteten, und er zog unwillkürlich den Kopf ein, so als rechnete er jeden Augenblick mit dem Aufblitzen einer Intervallersalve. Als nichts dergleichen geschah, ließ er erleichtert den Atem entweichen. Unmittelbar darauf zuckte er plötzlich zusammen. Der große Wandschirm zeigte einen dritten klingonischen Kreuzer, der nur dreihundert Kilometer vor ihnen den Warptransfer beendete. Wie ein ausgehungerter Raubvogel flog er ihnen entgegen, und es konnte kein Zweifel daran bestehen, daß er im Gegensatz zu den beiden anderen Schiffen und der *Enterprise* über volle Energie verfügte.

»Captain!«

»Lieber Himmel!«

»Was machen wir jetzt?«

»Sehen Sie nur, Captain!«

Aufgeregte und besorgte Stimmen erklangen. Kirk schenkte ihnen keine Beachtung und spürte den fragenden Blick Sulus auf sich ruhen. »Runter! Zum Planeten zurück.«

»Offenbar hat Karsul heimlich Verstärkung angefordert«, murmelte Kor mehr zu sich selbst. »Bestimmt hat der dritte Kreuzer am Rande des Sonnensystems gewartet, außerhalb des Einflußbereiches der Warpvibration.« Dumpf fügte er hinzu: »Ich hätte den verdammten Kerl schon vor einigen Monaten erschießen sollen.«

»Ich hoffe, Sie nehmen mir diese Bemerkung nicht übel, aber das wäre tatsächlich besser gewesen«, warf Kirk ironisch ein. Sulus Finger huschten geschickt über die Tasten der Navigationskonsole, und die *Enterprise* erzitterte. Eine Intervallerentladung traf die obere Peripherie der Deflektoren, als das Raumschiff hinter die schützende Wölbung des Planeten sank. Die energetische Druckwelle ließ es erbeben, und einige Offiziere suchten nach Halt, um nicht von den Sitzen geschleudert zu werden. Kor hielt sich an der Rückenlehne des Sessels fest, in dem Kirk saß. »Gleich tauchen wir direkt vor den Zieloptiken der beiden anderen Schiffe auf«, knurrte er.

»Ich weiß, aber wenigstens haben sie nicht dieselbe Feuerkraft wie unser Freund dort oben.«

»Unglücklicherweise wird er ebenfalls einen Beitrag zur Zerstörung der *Enterprise* leisten wollen.«

»Und wenn das geschieht, könnte es uns wirklich an den Kragen gehen. Aber zuvor zeigen wir die Zähne.« Kirk blickte auf die Computergrafik der taktischen Situation, und ein dünnes Lächeln umspielte seine Lippen. »Mr. Sulu, beschleunigen Sie auf Warpgeschwindigkeit. Kurskoordinaten null zwei sieben.«

»Captain, damit verbrauchen wir unsere letzte Energie!« wandte Scott ein und trat einige Schritte auf den Befehlsstand zu.

Kor starrte ebenfalls auf die schematische Darstellung und nickte abrupt. »Oh, jetzt verstehe ich, was Sie vorhaben. Und ich bin sicher, Karsul fällt darauf herein.«

Einige Sekunden verstrichen. Der dritte klingonische Kreuzer ging ebenfalls in den Warptransfer und folgte der *Enterprise*.

»Captain«, sagte Chekov. Seine Stimme klang nervös.

»Sie brauchen mich nicht extra darauf hinzuweisen, Fähnrich. Behalten Sie weiterhin die beiden anderen Schiffe im Auge. Phaser laden.«

»Phaser bereit, Sir.«

Sie erreichten den angegebenen Koordinatenpunkt, und Sulu unterbrach den Warpflug – direkt zwischen den Kreuzern im Orbit.

»Feuer!« Chekov löste die Bordgeschütze aus, und zwei helle Strahlbahnen rasten dem Schiff vor ihnen entgegen. »Und jetzt – geben Sie Schub, Mr. Sulu!«

Die *Enterprise* beschleunigte in dem Augenblick, als die klingonischen Einheiten das Feuer auf sie eröffneten. Die destruktiven Energien der Intervaller loderten an den Deflektoren der beiden Kreuzer. Kirk hörte die triumphierenden Rufe seiner Offiziere und lächelte.

»Nicht schlecht, Captain«, sagte Kor. »Was halten Sie von einer Zugabe?« Er deutete auf das dritte Schiff, das die Distanz zu ihnen verringerte.

»Wiederholen Sie die Frage in einer Minute«, erwiderte Kirk und rieb sich nachdenklich das Kinn. »Vielleicht kann ich Ihnen dann eine Antwort darauf geben.«

»Herr im Himmel!« rief Ragsdale, als ein Intervallerstrahl dicht an seinem linken Ohr vorbeizuckte. Er sprang zur Seite, ließ das Tablett mit den gefüllten Tellern zu Boden fallen und ging hastig in Deckung.

Maslin saß an seinem Synthesizer und blickte in konzentrierter Faszination auf die Anzeigen des Gerätes, während rund hundert junge Sänger in der Nähe hockten und auf die nächste Musiksequenz warten. Als er das Zischen und Fauchen der Entladungen hörte, sprang er auf und duckte sich hinter das große Instrument. Unmittelbar darauf begriff er, daß er damit die kostbare Apparatur in Gefahr brachte, lief los und sprang auf eins der Zelte zu. Hinter ihm gab eins der pelzigen Wesen einen qualvollen Schrei von sich, als heiße Energie über ungeschütztes Fell sengte, und Maslin hätte sich fast dazu hinreißen lassen, zu dem verletzten Taygetianer zurückzukehren. Im letzten Augenblick kam er wieder zur Vernunft und setzte die Flucht in Richtung Unterstand fort.

Sein Atem ging rasselnd, und als er die dreißig Meter zurückgelegt hatte, die ihn vom Zelt trennten, brannten seine Lungen. Er preßte sich flach zu Boden und schnappte keuchend nach Luft. Sein Puls raste, und das Herz hämmerte so heftig, als könne es von einer Sekunde zur anderen platzen. Um ihn herum sangen die jungen Taygetianer ein Lied des Entsetzens, und dann und wann hüpften einige der Geschöpfe vorbei. Er sah eins mit einem goldfarbenen Fleck am Nacken; diesen Sänger hatte der Komponist besonders liebgewonnen. Das Wesen wimmerte kummervoll, und Maslin streckte rasch die Arme aus und zog es in den Schutz des Unterstandes. Gerade jenem Taygetianer war er zu großem Dank verpflichtet, denn als er fern vom Camp den Anfall erlitt, dem er fast zum Opfer gefallen wäre, lief der junge Sänger ins Lager zurück, um Uhura zu verständigen. Er klagte mit melodischer Stimme und preßte den Kopf an die Schulter des Menschen. Maslin hielt ihn fest an sich gedrückt, während Energiestrahlen über den sandigen Boden kochten.

Auf der anderen Seite des Camps verfluchte McCoy die hinterhältige Heimtücke der Angreifer. Spock hielt den Phaser schußbereit in der Hand und beobachtete die Klippen.

»Verdammte Klingonen! Ich wußte, daß es ein Fehler war, ihnen zu vertrauen. Es ist mir ein Rätsel, wieso Jim...«

»Doktor«, unterbrach ihn der Vulkanier, »da Sie nicht bewaffnet sind, sollten Sie sich mit der *Enterprise* in Verbindung setzen und dem Captain unsere Situation erklären.«

»Das wollte ich gerade«, erwiderte McCoy mürrisch.

»Sie erstaunen mich«, gab Spock trocken zurück und schoß auf einen Klingonen, der unvorsichtigerweise hinter einem Felsen hervorspähte, etwa in halber Höhe der Klippenwand.

McCoy ignorierte ihn und klappte seinen Kommunikator auf. T'zeelas Stimme klang leise aus dem Lautsprecher, fast übertönt von statischem Rauschen.

»Doct... einen Augenblick. Der Captain wird... gleich...«

»Jim!« rief McCoy ins Mikrofon. »Was ist los bei euch?«

»Klingonen. Wir...« Der Rest verlor sich in einem lauten Kratzen und Knacken.

»Was? Bitte wiederhole die Antwort. Ich habe dich nicht verstanden.«

Das Rauschen und Knistern ließ ein wenig nach, und kurz darauf ertönte erneut die Stimme des Captains. »Wir stehen unter schwerem Beschuß, und deshalb seid ihr für eine Weile auf euch allein gestellt. Haltet durch. Kirk Ende.«

»Captain? Captain? Jim!« McCoy schüttelte den Kommunikator und drehte die Justierungsschalter, aber er erhielt keine Antwort.

»Versuchen Sie nicht, erneut mit ihm Kontakt aufzunehmen, Doktor«, sagte Spock. »Der Captain ist ganz offensichtlich beschäftigt, und wir dürfen ihn nicht ablenken.«

»Was schlagen Sie vor?«

»Wir verteidigen uns und hoffen das Beste.«

»Ich wünschte nur, angesichts der gegenwärtigen Situation führte jemand anders das Kommando«, brummte McCoy und erinnerte sich daran, daß Spock den Befehl übernommen hatte, als das nach Galileo 7 fliegende Shuttle vom Kurs abkam und auf Taurus II landen mußte. Dicht neben ihm brodelte ein Energiestrahl durch den Sand, und der Arzt sprang eilig hinters Zelt.

»Es ist mir durchaus klar, daß Sie meine Fähigkeiten als militärischer Kommandeur bezweifeln, Doktor.« Spock unterbrach sich kurz und feuerte. Eine kleine Gestalt krümmte sich zusammen und stürzte von der Klippenwand. »Aber glauben Sie mir: Ich kann sehr wohl kämpfen, wenn es darauf ankommt.«

»Das erleichtert mich ungemein, Mr. Spock«, entgegnete McCoy. Er ging in die Hocke und blickte zu seinem eigenen Unterstand zurück, der knapp zwanzig Meter entfernt war. Er bedauerte es jetzt, daß er den Phaser bei seinen übrigen Sachen zurückgelassen hatte.

Auch Maslin fühlte sich hilflos – und während er hinter dem Zelt lag, mit dem Taygetianer in den Armen, vibrierte ein fast lähmender Schrecken in ihm. Er hoffte inständig, daß ihn kein schlecht gezielter Schuß traf, und wenn er das Fauchen und Zischen einer nahen Entladung hörte, spannte er unwillkürlich alle Muskeln an – so als rechne er jeden Augenblick damit, einen heißen Schmerz zu spüren, auf den dann der Tod folgen mochte.

Er hörte das Pochen eiliger Schritte, und als er vorsichtig den Kopf hob, sah er Donovan, der über die freie Fläche in der Mitte des Camps hastete und nach neuer Deckung suchte. Irgendwo im Bereich der Klippen blitzte es rot auf, und unmittelbar darauf sank Donovan zu Boden und rollte einige Meter weiter, bevor er liegenblieb – dicht vor dem Versteck des Komponisten. Maslin kroch rasch los, packte den Mann an der Schulter und versuchte, ihn hinter den Unterstand zu ziehen. Donovans Leib war erschlafft, und voller Grauen sah der Musiker, daß sich sein Gesicht in eine verbrannte, blutige Masse verwandelt hatte. Er drehte den Kopf, übergab sich, schlang die Arme um die Knie und wippte erschüttert vor und zurück. Der Taygetianer schluchzte verzweifelt und begann damit, am Rande des Zeltes ein Loch zu graben. Kurz darauf duckte sich das pelzige Wesen zitternd in die Mulde und wimmerte leise.

Erneut nahm Maslin ein energetisches Pfeifen wahr und sprang eilig hinter das Zelt zurück. Dann hob er den Kopf und sah den Phaser Donovans. Die Waffe lag kaum einen Meter entfernt im Sand, und der Musiker beschloß, ein Risiko einzugehen. Er ließ sich auf den Bauch sinken, kroch auf allen vieren los, nahm den Strahler an sich und ging erneut in Deckung.

Er untersuchte den Phaser, machte sich mit seiner Funktionsweise vertraut und überlegte, was aus Uhura geworden war. Als er sich vorstellte, daß sie ein ähnliches Schicksal wie Donovan erlitten haben mochte, entstand ein stechender Schmerz in seiner Brust, so heftig, daß er einige Sekunden lang glaubte, einen Herzanfall zu erleiden.

Als junger Mann war er zusammen mit seinem Vater in den Adirondacks auf Jagd gegangen, und die alten Reflexe existierten nach wie vor. Maslin blieb auf dem Boden liegen, stützte den Phaser auf seinen linken Unterarm und wartete. Als er am Fuß der Klippen eine Bewegung ausmachte, zielte er sorgfältig und drückte ab. Er hörte einen dumpfen Schrei, und der laufende Klingone taumelte und brach zusammen. *Das ist für Donovan und den erschossenen Taygetianer. Ich wünschte, Uhura hätte mich gesehen.* Geduldig hielt er nach einem anderen

Ziel Auschau. *Bestimmt wäre ihr dann klar, daß ich durchaus auf mich achtgeben kann.*

Kali saß im Lager der Klingonen und versuchte, die Fesseln zu lösen, mit denen man sie an die Mittelstange ihres Zelts gebunden hatte. Sie fühlte, wie der Strick schmerzhaft tief in die Haut an ihren Handgelenken schnitt, aber er gab nicht nach. Vor rund einer Stunde waren zehn weitere Klingonen im Camp eingetroffen, und sie hatte gehört, wie Karsul den Befehl gab, die Landegruppe der *Enterprise* anzugreifen und alle Menschen zu töten. Betroffen erinnerte sie sich an ihre Furcht, an Bord des Kreuzers zurückgeschickt zu werden, und da sie die Menschen warnen wollte, versuchte sie, sich aus dem Lager zu schleichen. Doch Quarag erwischte sie, bevor sie den Hang des Hügels hinter sich bringen konnte, fesselte sie anschließend in ihrem Zelt.

In der Ferne hörte sie nun das Surren und Summen abgefeuerter Energiewaffen, und daraufhin verdoppelte sie ihre Bemühungen, sich zu befreien. Fünf Minuten später war sie erschöpft und noch immer im Unterstand gefangen. Blut rann warm über ihre zerschundenen Handgelenke. Verzweifelt sah sie sich um, und dabei fiel ihr Blick auf den Rucksack. Darin befand sich ein Messer, und wenn es ihr gelang, die Klinge herauszuziehen…

Kali holte tief Luft, versuchte, die wachsende Unruhe aus sich zu verdrängen und spannte dann ruckartig die Muskeln. Die Stange erzitterte, löste sich jedoch nicht aus ihrer Verankerung. Mit drei weiteren Versuchen gelang es ihr, sie umzustoßen, und dadurch senkte sich die Zeltplane auf sie herab. Kali lag unter dichtem und schwerem Stoff, atmete schnaufend und bemühte sich, nicht die Orientierung zu verlieren. Vorsichtig schob sie sich über den Boden, indem sie mehrmals die Beine anzog und streckte.

Zehn Minuten darauf war sie frei und kroch unter der

Plane hervor. Quarag hatte ihren Intervaller an sich genommen, und eine rasche Suche nach einem anderen Strahler blieb ergebnislos. Kali brummte enttäuscht, riß ein dünnes Kabel aus einem der Geocorder und prüfte die Festigkeit. Da sich keine Waffe auftreiben ließ, blieb ihr nichts anderes übrig, als eine zu improvisieren. Sie zögerte nicht und eilte in die Richtung, aus der sie das Zischen und Fauchen vernahm.

Im Laufschritt näherte sie sich dem Lager der Menschen, ohne dabei die verschiedenen Deckungsmöglichkeiten auszunutzen. Bestimmt galt die Aufmerksamkeit von Karsuls Männern in erster Linie den Terranern, und vermutlich rechneten sie nicht mit einem Angriff von hinten. Kurz darauf erreichte Kali den linken Felsvorsprung, der die kleine Bucht mit dem Camp auf der einen Seite abschirmte, und dort verharrte sie kurz. Sie wußte, daß sie nun wesentlich vorsichtiger sein mußte, wenn sie nicht blindlings einem der Klingonen in die Arme laufen wollte, die sie nun als ihre Gegner erachtete.

Kali duckte sich, lauschte und versuchte, aufgrund des Intervallerfeuers auf die Positionen der Angreifer zu schließen. Kaum dreißig Meter von ihr entfernt schien einer in Stellung gegangen zu sein. Sie hielt den Atem an, spähte über den Felsen und sah Kopf und Schultern eines Klingonen. Sofort ging Kali wieder in die Hocke und schlich los. Sie huschte an mehreren Gesteinsformationen vorbei, bis sie sich direkt hinter dem Gegner befand.

Sie war ihm nun so nahe, daß sie sein Keuchen hörte, einen gelegentlichen Fluch, wenn ein Phaserstrahl dicht neben ihm über die Felsen kochte. Erneut zog sie versuchsweise das Kabel in die Länge, und plötzlich entstanden Zweifel in ihr. Sie machte Anstalten, einen Artgenossen zu töten, einen Waffenbruder. Und warum? Um einige Terraner zu retten, *Menschen,* die sie bis vor kurzer Zeit für Erzfeinde gehalten hatte. Kali schlang die Arme um ihren zitternden Leib, lehnte sich an den rauhen Fels und versuchte, eine Entscheidung zu treffen. Sie wünschte sich, Kors Rat einholen zu können.

Der Gedanke an ihren Mann verfestigte Kalis Entschlossenheit, und sie erinnerte sich daran, schon vor einigen Tagen einen Beschluß gefaßt zu haben: Selbst wenn sie zwischen Kor und dem Imperium wählen mußte – ihr Mann kam immer an erster Stelle. Jetzt ging es darum, konsequent zu sein. Ganz offensichtlich hatte Kor das Kommando über die beiden Kreuzer verloren, und wenn er seinem Rivalen Karsul in die Hände gefallen war, mochte er bereits tot sein. Was sie selbst betraf... Vielleicht erwartete sie ein noch schlimmeres Schicksal. Möglicherweise endete sie als Bettgefährtin des Klingonen, der ihren Mann ermordet hatte.

Zornig preßte sie die Lippen zusammen, und im Schutze der Felsen verkürzte sie die Distanz zu der Gestalt vor ihr. Der weiche Sand dämpfte das Geräusch ihrer behutsamen Schritte, und der Gegner starb, bevor er überhaupt begriff, was mit ihm geschah. Ruhig löste Kali die Schlinge vom Hals des Toten, griff nach dem zu Boden gefallenen Intervaller und reinigte den Lauf. Im Anschluß daran sah sie sich nach weiteren Zielen um.

Weiter rechts bewegte sich ein dunkler Schemen, und Kali zögerte nicht: Sie legte an und feuerte. Der Strahl verbrannte den Schädel des Mannes. Es gelang ihr, zwei weitere Gegner außer Gefecht zu setzen, bevor die restlichen Klingonen feststellten, daß jemand ihre rückwärtige Flanke bedrohte.

Etwas weiter entfernt, im Camp der Terraner, merkte Spock, daß sich die Situation zu ihren Gunsten veränderte. Von den Klippen her erklang noch immer das Pfeifen abgefeuerter Intervaller, aber die tödlichen Energien entluden sich nicht mehr im Lager. Statt dessen schienen die Klingonen gegen einen fremden Angreifer zu kämpfen.

»Was, zum Teufel, hat das zu bedeuten?« fragte McCoy, als er vorsichtig den Kopf hob und hinter dem Zelt hervorblickte.

»Ich bin mir nicht sicher, Doktor. Jemand scheint auf unsere Gegner zu schießen.«

»Was Sie nicht sagen, Spock«, erwiderte McCoy spöttisch. »Das ist schon seit fünfzehn Minuten der Fall. Schließlich haben wir nicht einfach die Hände in den Schoß gelegt.«

Spocks Lippen bildeten eine dünne Linie. »Seien Sie nicht noch begriffsstutziger als sonst, Doktor. Die Klingonen feuern auf jemanden, der sich *hinter* ihnen befindet.«

»Auf wen denn? Taygetianer?«

»Wohl kaum. Die Sänger machen sich nicht einmal die Mühe, sich selbst zu schützen. Warum sollten sie uns helfen?«

»Hm, das stimmt.«

»Wie dem auch sei: Wir sollten diese Diskussion auf später verschieben. Ich glaube, es wird Zeit, daß wir einen Gegenangriff beginnen.« Der Vulkanier klappte seinen Kommunikator auf. »Mr. Ragsdale?«

»Aye, Sir«, klang die Stimme des Sicherheitschefs aus dem Lautsprecher.

»Wie ist die Lage bei Ihnen?«

»Unteroffizier Chou und ich sind gut verschanzt.«

»Ausgezeichnet. Und Mr. Brentano?«

»Er hat sein Versteck vor einigen Minuten verlassen.«

Spock nickte, schaltete auf eine andere Frequenz um und setzte sich mit Uhura in Verbindung.

»Lieutenant?«

»Hier, Sir.«

»Ist Mr. Maslin bei Ihnen?«

»Nein. Ich habe keine Ahnung, wo er steckt.« Deutlich war die Besorgnis in ihrer Stimme zu hören.

»Hält sich sonst jemand in Ihrer Nähe auf?«

»Nein, Sir. Ich bin allein.«

»Nun gut. Bereiten Sie sich vor. Wir stürmen gleich die Klippen.«

»Ja, Sir.«

»Und ich?« warf McCoy ein.

»Sie haben keine Waffe, und deshalb ist es besser, Sie warten hier. Sie sollten sich in Bereitschaft halten – für den Fall, daß jemand verwundet wird und Ihre Hilfe braucht.«

»Ach, legen Sie plötzlich Wert auf meine medizinischen Fachkenntnisse?«

»Ein Scharlatan ist immer noch besser als gar nichts, Doktor.«

»Danke für Ihr enormes Vertrauen«, brummte McCoy und schnitt eine Grimasse. »Ich hoffe, Sie werden getroffen. Dann habe ich endlich Gelegenheit, meine Künste an Ihnen auszuprobieren.« Sein sorgenvoller Blick nahm den bissigen Worten die Schärfe.

Spock versuchte vergeblich, Kontakt mit Donovan aufzunehmen, und daraus schloß er, daß der junge Mann zumindest verletzt, wenn nicht gar tot war. Da er wußte, daß Maslin keinen Kommunikator bei sich führte, ließ er ihn beim Angriffsplan unberücksichtigt. Vorsichtig sah er auf, beobachtete die Klippen und entschied sich für eine bestimmte Strategie. Mit einigen raschen Worten informierte er die anderen von den Zielen; dann duckte er sich wieder und wartete, bis gleichzeitig mehrere Intervallerblitze über die Felsen am Rande der Klippen zuckten. Nach wie vor ignorierten die Klingonen die Landegruppe der *Enterprise*.

»Jetzt!« befahl der Vulkanier. Sie sprangen hinter ihren Deckungen hervor und liefen in Richtung der hohen Kristallbarriere.

Aus den Augenwinkeln beobachtete Spock, wie auch Maslin hinter einem Zelt hervorsauste, in der rechten Hand einen Phaser. »Zurück!« rief er. »Gehen Sie wieder in Deckung!« Aber Maslin schüttelte nur den Kopf und stürmte weiter.

Plötzlich blickte Uhura zurück und bemerkte den Komponisten. Spock fragte sich besorgt, ob sie die Disziplin vergessen und zu Maslin zurückkehren würde, aber einmal mehr bestätigte sie seine hohe Meinung von ihr. Die dunkelhäutige Frau verharrte kurz, justierte ihren Phaser neu, legte an und betäubte den Musiker mit einem gut gezielten Schuß. Der kleine Mann klappte einfach zusammen und fiel in den Sand. Spock nickte zufrieden und hielt weiterhin auf die Klippen zu.

Einige Blitze rasten über sie hinweg, als die Klingonen auf sie aufmerksam wurden und begriffen, in welcher Gefahr sie schwebten. Aber da sie nach wie vor von hinten bedroht wurden, konnten sie sich nicht ausschließlich auf Spock und seine Gefährten konzentrieren. Der Vulkanier sah, wie vier weitere Gegner zu Boden gingen, als Ragsdale und die anderen das Feuer eröffneten, und dieser Umstand versetzte der Moral des Feindes einen empfindlichen Schlag. Die fünf übriggebliebenen Klingonen versuchten, sich in Richtung Strand abzusetzen und aus dem tödlichen Kreuzfeuer zu entkommen. Einer von ihnen starb, als der unbekannte Verbündete erneut einen Treffer erzielte. Die drei anderen Gegner lösten noch einmal ihre Waffen aus, und Unteroffizier Chou gab einen schmerzerfüllten Schrei von sich, sank in den Sand und preßte die Hände auf das verletzte Bein.

Lieutenant Uhura eilte an die Seite der jungen Frau, und Spock sah, wie sich inmitten der Felsen eine kleine Gestalt erhob. Er schirmte die Augen vor dem Glanz der Sonne ab, der sich grell auf den kristallenen Klippen widerspiegelte, und schließlich erkannte er Kali. Er winkte, und mit katzenhafter Eleganz kletterte sie zu ihm herunter.

»Danke für Ihre Hilfe«, sagte er förmlich. »Ohne Ihr rechtzeitiges Eingreifen hätte es ziemlich übel für uns ausgesehen.«

»Das war ich Ihnen schuldig.«

Der Vulkanier runzelte die Stirn und blickte sich um. »Wie viele haben wir getötet?«

»Zehn, glaube ich.«

»Aber Ihre Gruppe bestand doch nur aus fünf Personen...«

»Ja«, erwiderte sie. »Sie haben recht. Aber vor einigen Stunden traf Verstärkung ein.«

»Und die *Enterprise* wurde in ein Gefecht verwickelt«, fügte Spock hinzu, als sich die einzelnen Mosaiksteine zu einem einheitlichen Bild zusammenfügten.

»Ich glaube, wir können mit ziemlicher Sicherheit davon ausgehen, daß mein Mann nicht mehr das Kommando führt. Mit anderen Worten: Der Waffenstillstand ist beendet.«

»Dem muß ich leider beipflichten.«

Brentano und Ragsdale stützten Unteroffizier Chou und kehrten mit ihr zum Camp zurück. McCoy beugte sich über Maslin und untersuchte ihn mit seinem Tricorder.

»Ist alles in Ordnung mit ihm?« fragte Uhura und eilte an seine Seite.

»Ja. Die Betäubungsenergie hat keine körperlichen Schäden verursacht. Aber die anderen Anzeigen hier gefallen mir nicht sonderlich.«

»Die Krankheit?«

»Ja. Es steht eine neue aktive Phase seines Leidens bevor. Spock, bitte helfen Sie mir, ihn ins Zelt zu tragen.«

Nachdem sie Maslin ins Bett gelegt hatten, trat der Vulkanier an den großen Computer heran, der mit dem Synthesizer verbunden war. Seine langen Finger betätigten einige Tasten.

McCoy schickte Uhura fort, und daraufhin näherte sie sich dem wissenschaftlichen Offizier und beobachtete ihn neugierig. »Was haben Sie vor, Mr. Spock?«

»Dieser Computer diente bisher als Datenbrücke zwischen der *Enterprise* und dem Synthesizer. Vielleicht gelingt es uns, erneut Kontakt mit dem Raumschiff aufzunehmen und festzustellen, in welcher Lage sich die Besatzung befindet.« Um ihre unausgesprochene Frage zu beantworten, fügte er hinzu: »Nein, ich verwende keinen Kommunikator, denn ich möchte es vermeiden, den Captain zu stören.«

Kali kam heran, und kurz darauf trafen auch Brentano und Ragsdale ein. Sie warteten gespannt, während Spock die Programmierung des Rechners veränderte. Farben glühten auf dem Monitor, und kurz darauf zeigte er eine seltsam in die Länge gezogene Darstellung des Wandschirms auf der Brücke der *Enterprise*. Einige Sekunden lang starrten sie schweigend auf die Anzeigefläche, ohne recht zu verstehen, was sich ihren Blicken darbot. »Es sind nicht nur zwei Kreuzer, sondern *drei!*« entfuhr es Kali plötzlich. »Woher kam der dritte?«

Spocks Gesicht wurde noch ernster, als er eine Datenanfrage eingab. Es summte leise, und kurz darauf hörten sie die kühle, feminine Stimme des Computers.

»Deflektorenstabilität zweiundfünfzig Prozent. Phaserenergie: ein Drittel der normalen Ladungsstärke. Manövrierfähigkeit um einundsechzig Prozent reduziert...«

»Halt«, sagte der Vulkanier. »Berechne maximale Einsatzfähigkeit der betroffenen Systeme.«

»Analyse beginnt.«

Die Anspannung wurde zu einem dumpfen Schmerz, der hinter Spocks Stirn zu pochen begann. Er bedauerte es sehr, auf Taygeta V festzusitzen, während sich der Captain im All bemühte, drei feindlichen Schiffen zu entkommen und die *Enterprise* vor der Vernichtung zu bewahren. Er verabscheute seine gegenwärtige Hilflosigkeit, hätte es vorgezogen, aktiv in den Raumkampf einzugreifen. Lieutenant Mendez war jung und unerfahren, konnte Kirk nicht die knappen Informationen zur Verfügung stellen, die er benötigte, um schnell genug Entscheidungen zu treffen und dem Gegner ein Schnippchen zu schlagen.

Er ballte jäh die Faust und schlug auf den Schutzbehälter, in dem der Synthesizer transportiert worden war. Das Material gab unter dem heftigen Hieb nach, und die anderen Personen in der Nähe des Vulkaniers zuckten unwillkürlich zusammen. Spock hatte sich zu einer heftigen emotionalen Reaktion hinreißen lassen, die er sofort darauf bereute. Er holte tief Luft, straffte seine Miene wieder zu einer ausdruckslosen Maske und richtete die Aufmerksamkeit erneut auf den Monitor. Die Darstellung des in die Länge gezogenen Wandschirms zitterte und bebte, als die Schilde der *Enterprise* eine weitere Salve absorbieren mußten.

McCoy trat heran, gefolgt von einem Maslin, der noch ein wenig unsicher auf den Beinen zu sein schien. Der Komponist näherte sich Uhura und musterte sie nachdenklich.

»Ich billige dein Verhalten nicht«, sagte er schließlich.

»Das hatte ich auch nicht erwartet.«

»Warum hast du mich dann betäubt?«

»Um dich zu schützen.«

»Sie brachten Donovan und den jungen Sänger um«, murmelte Maslin kummervoll. »Und ich wollte es den Klingonen heimzahlen.«

Plötzlich wirkte er wieder wie ein kleiner Junge, und sie hatte Mitleid mit ihm. Bestimmt war er jetzt zum erstenmal mit dem Tod konfrontiert worden, und das kam einem Schock gleich. Sie erinnerte sich an ihre eigene Betroffenheit, als sie nach einem erbitterten Kampf gegen die Rebellen auf Wynet V den erschossenen Captain des kleinen Kreuzers fand, dem sie unmittelbar nach dem Akademieabschluß zugewiesen worden war. Uhura streckte die Hände aus, zog den kleinen Komponisten behutsam an sich und schlang die Arme um ihn.

»Ich habe Unteroffizier Chou ein schmerzstillendes

Mittel gegeben, aber sie sollte so schnell wie möglich in der Krankenstation untergebracht werden«, wandte sich McCoy an Spock. Der Vulkanier drehte sich um und sah den Arzt an.

»Ich fürchte, derzeit steht uns keine solche Möglichkeit offen, Doktor.«

»Wieso denn nicht?« fragte Maslin. »Was ist denn los?« Er hob den Kopf von Uhuras Schulter.

»Was halten Sie davon, eine menschliche Kolonie auf dieser Welt zu gründen?« brummte Ragsdale, bevor Spock eine Antwort geben konnte.

»Ich verstehe nicht ganz...« Maslin zwinkerte verwirrt.

»Die *Enterprise* wird von feindlichen Raumschiffen angegriffen«, erklärte Kali ruhig. »Und ich bezweifle, ob sie dieses Gefecht übersteht. Ungeachtet ihres hervorragenden Kommandanten«, fügte sie hastig hinzu, als sie bemerkte, wie ihr die Menschen finstere Blicke zuwarfen.

»Ich glaube, Ihre Vorstellungen von einem beschaulichen Leben auf diesem Planeten müssen ein Wunschtraum bleiben, Mr. Ragsdale«, ließ sich der Vulkanier vernehmen. »Wenn die *Enterprise* zerstört wird, landen die Klingonen, um uns entweder gefangenzunehmen oder zu töten.«

Bedrückendes Schweigen folgte auf diese Worte, und Kali beobachtete, wie sich die Blicke der Terraner wieder auf den Monitor richteten. Plötzlich verstummte das Summen des Computers, und eine gleichgültig klingende Stimme verkündete: »Zeit bis zum endgültigen Versagen aller Bordsysteme: neunzehn Minuten und sieben Sekunden.«

Irgend jemand stöhnte leise, doch sonst blieb es still. Ein Kommentar war auch gar nicht notwendig.

Auch Kirk wußte, daß ihm immer weniger Zeit blieb, um sein Schiff in Sicherheit zu bringen. Er beobachtete die kleinen Datenfelder in der Armlehne des Sessels, behielt gleichzeitig den Wandschirm im Auge und versuchte, den Angreifern weiterhin einen Schritt voraus zu bleiben.

Die *Enterprise* erbebte einmal mehr, als eine energetische Salve an den Deflektoren zerstob, und die heftigen Erschütterungen warfen einige Offiziere zu Boden. Kor griff nach der Lehne des Sessels, in dem Kirk saß, und langsam zog er sich wieder hoch.

»Vielleicht sollten Sie einen Kurswechsel vornehmen«, raunte er dem Captain zu. »Die Kommandanten der drei Kreuzer wissen inzwischen, in welcher Richtung wir unterwegs sind, und deshalb können sie uns mit ihren Zielerfassungsgeräten problemlos anpeilen. Wir müssen mit weiteren Treffern rechnen, und zwar in immer kürzeren Abständen.«

»Ich weiß. Aber ich habe nicht die Absicht, wertvolle Energie mit nutzlosen Manövern zu verschwenden. Ich schätze, unsere Gegner erleben gleich eine ziemliche Überraschung.«

»Sie meinen, Sie haben einen *Plan*?«

Kirk verzog andeutungsweise das Gesicht. Die besondere Betonung des letzten Wortes entlockte ihm ein schiefes Lächeln. »Ja, Commander, das habe ich tatsächlich.« Und damit richtete er seine Aufmerksamkeit wieder auf den Schirm.

Er war dankbar, als Kor stumm hinter den Befehlsstand zurücktrat. Es lag ihm nichts daran, den Plan zu erläutern – seine Entscheidung erfüllte ihn nach wie vor mit Unbehagen, aber er sah keine Alternative. Bisher war es ihm immer wieder gelungen, selbst die haarsträubendsten Situationen zu meistern, und noch nie zuvor hatte er Selbstmord als einen möglichen Ausweg empfunden. Diesmal jedoch schien ihm keine Wahl zu bleiben. Er durfte es auf keinen Fall zulassen, daß die Klingonen die Taygetianer versklavten und die gewaltige Macht der Sänger als eine Waffe gegen die Föderation benutzten. Darüber hinaus wußte er, daß der Gegner nicht in der Lage war, eine weitere wissenschaftliche Expedition auszuschicken, bevor die Raum-Zeit-Anomalie das Zentralgestirn des Sonnensystems erreichte. Und wenn der Stern im Strukturriß verschwand, konnte nichts mehr den Tod der Sänger verhüten. Eine grausam und unbarmherzig erscheinende Lösung – aber wenigstens stellte sie sicher, daß den Bewohnern vieler anderer Welten keine Gefahr von Klingonen drohte, die über die taygetianische Macht geboten. Jetzt kam es nur noch darauf an, die klingonischen Kreuzer zu eliminieren.

Seine innere Nervosität verstärkte sich, als er daran dachte, daß er nicht nur sich selbst und sein Schiff opferte, sondern auch die Crew an Bord. Aber er ließ sich davon nicht beirren, hielt weiterhin an dem fest, was er für seine Pflicht hielt. Das einzige Problem bestand darin, die Klingonen in die Falle zu locken.

Auf dem Wandschirm schwoll der zweite Planet des taygetianischen Systems an. Kirk holte tief Luft und hielt den Atem einige Sekunden lang an, während er sich zum letzten Mal voller Stolz auf der Brücke umsah und den Blick über seine Kameraden schweifen ließ, mit denen er bei so vielen erfolgreichen Unternehmungen so viele Gefahren überstanden hatte.

»Mr. Sulu, Deflektoren aus. Leiten Sie die Energie direkt in die Triebwerke. Mr. Chekov, das gilt auch für die Phaserbatterien. Sofort im Anschluß daran gehen Sie auf volle Beschleunigung, Mr. Sulu. Bringen Sie uns über den Planeten hinweg und gehen Sie auf der anderen Seite tiefer.«

»Captain, aber...« begann Scott und trat einen Schritt auf Kirk zu.

Der Captain hob die Hand, und der Chefingenieur blieb stehen. »Bitte, Scotty. Ich brauche möglichst viel Schub.«

»Aber dadurch werden die Kristalle überlastet!«

wandte der Schotte in einem klagenden Tonfall ein. »Vielleicht splittern sie sogar!«

»Das spielt keine Rolle mehr, wenn wir den zweiten Planeten hinter uns gebracht haben«, erwiderte Kirk ruhig. Kor sah ihn verblüfft und bewundernd an.

»Die Anomalie. Sie wollen uns in den Riß hineinsteuern und hoffen, daß die Kommandanten der drei Kreuzer so dumm sind, uns zu folgen – bevor sie begreifen, auf was sie sich einlassen.«

»Genau darin besteht meine Absicht.« Einige der Offiziere murmelten leise, doch es wurde sofort wieder still.

»Energietransfer beendet, Captain«, meldete Sulu, nachdem der bleiche Chekov genickt hatte.

»Volle Beschleunigung, wenn ich den Befehl dazu gebe.« Angespannt beobachtete Kirk den Wandschirm und wartete darauf, daß die klingonischen Einheiten noch näher herankamen. Die *Enterprise* war nicht mehr in den schützenden Kokon ihrer Deflektoren gehüllt, und vielleicht nahm Karsul an, nun leichtes Spiel zu haben. »Jetzt!« rief der Captain und schlug mit der flachen Hand auf die Sessellehne, so als gebe er das Zeichen zum Beginn eines Rennens.

Die *Enterprise* machte einen jähen Satz nach vorn und sprang dem Planeten entgegen. Sulu jagte sie dicht über die felsige Oberfläche hinweg und verschwendete weder Energie noch Zeit, indem er das Schiff in einen weiten Bogen zwang. Wenige Sekunden später befanden sie sich auf der anderen Seite des Trabanten, und die bunt glühenden Pseudopodien der Raum-Zeit-Anomalie tasteten ihnen entgegen.

Kirk vernahm ein leises Läuten, wie von winzigen Glocken, und im nächsten Augenblick *schmeckte* er dieses Geräusch. Er schüttelte sich und versuchte, einen klaren Kopf zu bewahren, als seinen Sinnen eine wahre Flut ebenso sonderbarer wie bizarrer Eindrücke entgegenwogte. Die an den Konsolen sitzenden Offiziere verloren die Kontrolle über sich. Jemand kicherte und wankte unsicher dahin, und einige andere starrten wie gebannt auf etwas, das sich nun ihren Blicken offenbarte.

Von den Instrumenten und Geräteblöcken ging ein geisterhafter Glanz aus. Irrlichter tanzten in einem seltsamen Reigen über Boden und Decke, begleitet von einer wunderschönen, zirpenden Melodie. Dann verschwammen die Konturen. Feste Gegenstände lösten sich auf, und Kirk stellte fest, daß sich sein Bewußtsein vom Körper gelöst hatte. Er schwebte neben seinem Leib, der noch immer im substanzlos gewordenen Sessel des Befehlsstandes saß.

»Captain«, hörte er die leise Stimme Kors. »Es war mir eine große Ehre, Sie kennengelernt zu haben. Ich bedaure es, daß Sie nicht meinem Volk angehören.« Und dann herrschten Stille und Leere.

KAPITEL 13

Spock starrte auf die graue Anzeigefläche. Nacken und Schultern waren steif vor Anspannung, und die Hände schlossen sich langsam um die Kanten des Synthesizers, drückten so fest zu, daß Beulen in der Verkleidung entstanden.

Aus einem instinktiven Reflex heraus beugte sich Maslin vor, griff nach dem einen Arm des Vulkaniers und versuchte, ihn von dem Gerät fortzuziehen. Die Berührung schien Spock wieder zu sich zu bringen. Langsam straffte er seine Gestalt und drehte sich wie in Zeitlupe zu den anderen Mitgliedern der Landegruppe um.

»Wohin sind sie verschwunden, Mr. Spock?« fragte Uhura leise. Sie klang schockiert und entsetzt.

»Wer weiß, Lieutenant?« Er blickte auf den leeren Monitor. »Vielleicht in ein anderes Universum. Möglicherweise befinden sie sich noch immer in diesem Kosmos, in einer anderen Existenzform.«

»Ob es Ihr heldenhafter Captain auch diesmal schafft, sein Schiff zu retten?« fragte Maslin. Die Worte waren sarkastisch, der Tonfall ernst und betroffen.

»Nein«, sagte Spock – eine ehrliche Antwort, die jede Hoffnung im Keim erstickte.

Kali stand ein wenig abseits der Menschen und hatte die Arme so fest um ihren Leib geschlungen, als fürchtete sie, er könne von einem Augenblick zum anderen auseinanderplatzen. Ihr Gesicht war ausdruckslos, aber in ihren Augen glänzten Trauer und Verzweiflung. Uhura trat neben sie und legte ihr tröstend die Hand auf die Schulter.

»Wenigstens hatte Karsul keine Gelegenheit, meinen Mann umzubringen«, preßte die Klingonin leise hervor. Ihre Lippen zitterten. »Bestimmt gefiel ihm die Art und Weise, in der Ihr Captain die Kreuzer ins Verderben lockte. Ein derart heldenhafter Tod...« Kali brach ab und begann leise zu schluchzen. Sie versuchte, sich zu beherrschen, aber trotzdem zitterte sie.

»Sind sie tot?« fragte Maslin dumpf.

»Das glaube ich nicht«, erwiderte Spock, nannte jedoch keinen Grund für seine Annahme. Seine Überlegungen waren derart unlogisch, daß er sich fast wie ein Narr vorkam. Dennoch klammerte sich ein Teil seines Wesens an der Hoffnung fest, daß es Kirk und den anderen gelang zu überleben. Nach wie vor existierten die festen Bande zwischen ihm und dem Captain, und aus irgendeinem irrationalen Grund war er davon überzeugt, daß sie erst dann rissen, wenn einer von ihnen starb.

Maslin grub die Hände tief in die Taschen, kniff die Augen zusammen und blickte an den glitzernden Klippen hoch. Noch immer sangen die erwachsenen Sänger in ihren kristallenen Grotten. Plötzlich wirbelte der Komponist um die eigene Achse, nahm auf der Sitzbank Platz und wandte sich dem Synthesizer zu.

»Was machen Sie da?« fragte Spock und musterte das bleiche Gesicht des kleinen Mannes.

»Die Taygetianer verfügen über die Macht, Materie zu manipulieren, vielleicht sogar das Gefüge der Raum-Zeit, auf eine Weise, die uns noch immer ein Rätsel ist. Vielleicht sind sie in der Lage, die *Enterprise* zurückzuholen.«

»Das meinen Sie doch wohl nicht im Ernst. Wir haben keine Beweise dafür, daß sie zu so etwas fähig sind.«

Der Musiker drehte den Kopf und bedachte den Vulkanier mit einem herausfordernden Blick. »Aber es spricht auch nichts *gegen* eine solche Möglichkeit. Daher schlage ich vor, daß wir es zumindest versuchen. Das ist immer noch besser, als einfach abzuwarten.«

»Erinnern Sie sich an das, was ich Ihnen im Zelt sagte«, warf McCoy ein. »Sie haben die Krise noch nicht überwunden. Wenn Sie sich jetzt übermäßig anstrengen, könnten sie einen neuen Anfall erleiden – und das wäre Ihr sicherer Tod.«

»Doktor, wir *alle* werden sterben, wenn wir nichts unternehmen. Die Anomalie dehnt sich weiter in Richtung Sonne aus, und wenn das Zentralgestirn im kosmischen Strukturriß verschwindet, gibt es für uns ebensowenig Hoffnung wie für die Taygetianer!«

»Wieso glauben Sie, jetzt Erfolg haben zu können, obwohl Ihre bisherigen Bemühungen scheiterten?« erkundigte sich Spock.

»Furcht«, antwortete Maslin knapp. »Eine verdammt gute Motivation für kreative Erkenntnisse.«

»Das halte ich für unlogisch.«

»Ja, und deshalb bin ich Musiker und Sie nicht. Trotz Ihrer sehr ausgeprägten technischen Fähigkeiten wird nie ein echter Künstler aus Ihnen, denn wenn man alle mathematischen und theoretischen Aspekte entfernt, bleibt nur noch *Kunst* übrig – und die läßt sich nicht mit dem Verstand erfassen, sondern nur mit der Seele und dem Herzen.« Der Komponist justierte den Synthesizer und speiste das taygetianische Sprachprogramm ein, das er im Verlauf der letzten Tage zusammen mit Spock entwickelt hatte. »Inzwischen verstehe ich einen großen Teil der grammatikalischen Grundlagen und des Vokabulars. Unser Problem besteht also nur noch darin, eine echte Kommunikation mit den Sängern herbeizuführen, uns ihnen verständlich zu machen.«

»Ich fürchte, das hört sich wesentlich leichter an, als es in Wirklichkeit ist«, sagte McCoy leise.

»Mag sein, Doktor – aber wir müssen die Chance nutzen.« Maslin begann zu spielen, eine herrlich klingende Improvisation, die auf dem taygetianischen Lied basierte. Kurz darauf kehrten die jungen Sänger zurück, und wie hingerissen lauschten sie den melancholischen Melodien.

Uhura stand steifbeinig neben Kali und beobachtete, wie die langen und dünnen Finger des Komponisten über die Tasten tanzten. Deutlich zeichneten sich die Muskeln und Sehnen in seinem Nacken ab, wenn er ruckartig den Kopf zurückwarf. Er konzentrierte sich ganz auf die Musik, starrte aus halb geschlossenen Augen auf die Anzeigen der komplexen Apparatur vor ihm. Uhura hatte den warnenden Hinweis McCoys gehört, und sie wußte auch, welches Risiko Maslin einging. Der Umstand, daß er sein Leben aufs Spiel setzte, erfüllte sie mit einem emotionalen Schmerz, der fast zu körperlicher Pein führte.

Nein, bitte nicht, wollte sie ihm zurufen. Uhura verspürte den Wunsch, an seine Seite zu eilen und ihn anzuflehen, ins Zelt zurückzukehren und sich ins Bett zu legen. Aber gleichzeitig war ihr klar, daß eine solche Intervention keinen Sinn hatte. Männer wie Kirk, Maslin oder Spock folgten nur dem Diktat ihres Gewissens, handelten ausschließlich nach ihrem eigenen Ehrenkodex, blieben einzig und allein dem treu, was sie für ihre Pflicht hielten. Liebe und Besorgnis anderer Personen mochten sie belasten und Unbehagen in ihnen wecken, aber in erster Linie hörten sie auf die Stimme der Verantwortung.

»Manchmal kommt es mir wie ein Fluch vor, solche Männer zu lieben«, sagte Kali ruhig. Die Klingonin hatte sich von dem Schock erholt, wirkte nun wieder stolz und gefaßt.

»Sie wissen darüber Bescheid, nicht wahr?«

»Leider ja.«

»Und wie werden Sie damit fertig?«

»Indem ich Kor liebe und unterstütze – und die Götter darum bitte, ihn lebend zu mir zurückkehren zu lassen, nachdem er den Geboten seines Traums gehorchte.«

»Aber warum müssen unsere Träume so unterschiedlich sein?« fragte Uhura klagend.

»Weichen Sie nicht von seiner Seite«, sagte Kali leise. »Und helfen Sie ihm, soweit Sie dazu in der Lage sind.«

Sie gab der dunkelhäutigen Frau an ihrer Seite einen vorsichtigen Stoß. Uhura trat rasch an den Synthesizer heran, blieb neben Maslin stehen und legte ihm wie besitzergreifend die Hände auf die Schultern. Er reagierte mit einem flüchtigen Lächeln und spielte weiter. Uhura blieb an Ort und Stelle stehen, zog die Arme nicht zurück. Es war, als sei ihre Gegenwart ein Garant für seine Sicherheit.

Kali beobachtete das Paar einige Sekunden lang. Dann ging sie fort, ließ sich am Strand zu Boden sinken und blickte stumm übers Meer, während das dahinwehende Lied geheimnisvolle Klangmuster bildete und den Kummer in ihrem Herzen ein wenig linderte.

»Antwortet!« entfuhr es Maslin plötzlich. »Verdammt, warum reagiert ihr nicht?« Verzweifelt holte er aus und hieb mit den Fäusten auf die Kante des Synthesizers.

»He, immer mit der Ruhe, Mr. Maslin«, sagte Ragsdale und klopfte dem Komponisten auf die Schulter. »Hier, trinken Sie einen Tee. Gönnen Sie sich eine Ruhepause.«

»Nein, dadurch verlieren wir nur kostbare Zeit«, brummte Guy. Aber er setzte sich nicht zur Wehr, als ihm der Sicherheitschef von der Sitzbank half und zu einem nahen Stuhl führte.

Die unverletzten Mitglieder der Landegruppe hatten sich am Synthesizer versammelt, um zu beobachten, welche Fortschritte der Komponist machte. Auch eine Gruppe junger Taygetianer war zugegen. Die pelzigen Wesen bildeten einen Kreis um das große Gerät und hörten aufmerksam zu, doch nach wie vor verhielten sie sich völlig passiv. Reglos hockten sie im Sand, so unbewegt wie Plüschtiere in den Regalen eines Spielzeugladens. Sie schienen zu lächeln, und ihre blauen Augen blickten glücklich und wachsam.

Als die Sonne unterging, kam böiger Wind auf, der stöhnend und ächzend über den Strand strich, dann und wann Sand aufwirbelte und das Haar der Menschen zerzauste. In jener Nacht glühte nur ein Mond am Himmel. Langsam glitt er übers Firmament, gefolgt von einigen Wolkenformationen, die ab und zu den perlmuttenen Glanz trübten. Es war ziemlich kalt, und Spock ordnete an, sowohl das Heizgerät als auch alle Lampen in unmittelbarer Nähe des Synthesizers aufzustellen. Maslin schien mit seinen Kräften fast am Ende zu sein. Seine bleiche Haut wirkte fast transparent, und der Vulkanier befürchtete allmählich, daß der Komponist nicht lange genug überleben würde, um eine Möglichkeit zu finden, die *Enterprise* zu retten.

Ragsdale drückte dem Musiker einen dampfenden Becher mit Tee in die Hände, und Uhura schlang ihm den Arm um die Taille, drückte ihn wie ein hilfloses Kind an sich. Guy seufzte und stützte den Kopf an ihre Schulter. Seine Augen lagen tief in den Höhlen, und die Lippen sahen aus wie zwei blutleere Striche.

McCoy trat an Spock heran.

»Ich kann ihm nicht noch mehr Cordrazin geben.«

»Ich weiß.«

»Wir sehen zu, wie er stirbt.«

»Uns allen droht der Tod, Doktor. Wenn uns die Bemühungen des Komponisten tatsächlich helfen könnten, müssen wir ihm erlauben, die Arbeit fortzusetzen.«

»Ein notwendiges Opfer, hm?« brummte McCoy.

»Angesichts der derzeitigen Umstände wäre das durchaus lo…«

»Bitte nicht, Spock«, unterbrach ihn der Arzt. »Ich kann dieses Wort nicht mehr hören.«

»Warum antworten sie mir nicht?« fragte Maslin dumpf und zog sich die dicke Parka enger um die Schultern. »Ich gebe mir solche Mühe…«

»Ich weiß«, sagte Uhura und strich ihm übers Haar. »Vielleicht läßt sich gar keine Verständigung mit den Taygetianern herbeiführen.«

»Musik ist Musik«, widersprach Maslin und schnitt eine schmerzerfüllte Grimasse, als er aufzustehen versuchte.

»Ich weiß, ich weiß«, sagte sie leise, um ihn zu besänftigen. Sie hielt ihn nach wie vor fest und versuchte, ihn dazu zu zwingen, sich zu entspannen. »Es ist nicht deine Schuld, Guy.«

»Wessen dann?« erwiderte er scharf. »Ich bin doch der Experte, von dem man erwartet, alle musikalischen Rätsel zu lösen!«

»Ohne dich wären wir keinen einzigen Schritt weitergekommen.«

»Himmel, ich will nicht auf diesem Frostball sterben«, flüsterte er plötzlich. »Ich möchte nach Hause zurückkehren, dich heiraten, eine Symphonie komponieren.«

Uhura hatte das Gefühl, als schnüre ihr irgend etwas den Hals zu, und sie schluckte mehrmals. »Mach dir keine Sorgen«, hauchte sie. »Bestimmt gehen deine Wünsche in Erfüllung.«

»Du bist also bereit, meine Frau zu werden?« fragte Guy. Die dunklen Züge seines eingefallenen Gesichts erhellten sich, als neue Hoffnung in ihm entstand.

»Hast du jemals daran gezweifelt?«

»An unserem ersten Abend hättest du mir bestimmt einen Korb gegeben.«

»Vermutlich«, gestand Uhura ein und lachte leise. »Ich hielt dich für abscheulich.«

»Und jetzt?« Er musterte sie aufmerksam.

»Jetzt liebe ich dich«, sagte sie schlicht. Gleich darauf sah sie sich verlegen um und hoffte, daß ihre Kameraden nichts gehört hatten. Erleichtert stellte sie fest, daß McCoy und die anderen einige Meter entfernt standen und ihnen somit eine gewisse Privatsphäre ermöglichten.

Maslin hob die Hand und berührte ihre Wange. Uhura drehte den Kopf und preßte die Lippen auf seine Finger, spürte erschrocken, wie kalt sie waren. Rasch griff sie nach seinen Händen und wärmte sie mit ihrem Atem.

»Nein«, sagte er, schüttelte den Kopf und umarmte sie. »Etwas anderes brauche ich dringender.«

Sie nickte und küßte ihn. Sie schmiegten sich eng aneinander, und Uhura versuchte, ihre verzweifelte Situation zu vergessen. Sie wünschte sich nichts sehnlicher, als zusammen mit Maslin ins Zelt zurückzukehren, unter die Decke zu kriechen und in seinen Armen auf den Tod zu warten. Tränen brannten in ihren Augen, und sie spürte, wie sie ihr feucht über die Wangen rannen. Maslins zärtliche Finger strichen die salzige Nässe fort; dann legte er ihr die Hände an die Wangen und sah sie an.

»Weine nicht, Schatz. Jetzt ist nicht der richtige Zeitpunkt, um uns gehenzulassen.«

»Was erwartest du denn von mir?« erwiderte sie und rang sich ein Lächeln ab.

»Sing für mich.«

»Was möchtest du hören?«

»Ein Lied, das ich selbst komponiert habe – was dachtest du denn?« Er grinste ironisch.

»Verzeih mir meine Naivität, großer Meister.«

Uhura überlegte und entschied sich schließlich für eine Ariette, die Guy während der ersten Tage an Bord der *Enterprise* für sie geschrieben hatte. Ein Teil des Textes bestand aus italienischen Versen, die aus dem siebzehnten Jahrhundert stammten. Gerade dieses Lied liebte sie besonders, denn es markierte den Wendepunkt in ihrer Beziehung zu Maslin. Erneut drückte sie den kleinen Mann an sich und begann zu singen. Spock und die anderen kamen näher und hörten zu. Das Trällern der jungen Taygetianer verstummte, und die niedlichen pelzigen Wesen näherten sich ebenfalls und lauschten mit offensichtlichem Interesse.

»Lasci ancora posare un stanco, un stanco«, intonierte sie.

»Laß den Müden weiterhin ruhen.« Uhuras volltönende Stimme hallte weit durch die Nacht, und die Melodie schien ein harmonisches Netz in der Dunkelheit zu weben. Plötzlich seufzten die jungen Taygetianer, und Guy riß unwillkürlich die Augen auf.

»Mein Gott! Mein Gott! Mein Gott!« platzte es aus ihm heraus, als er aufsprang.

»Stimmt irgend etwas nicht?« fragte Uhura besorgt. Sie erhob sich ebenfalls, griff nach Maslins Arm und versuchte, ihn festzuhalten.

»Das ist es!« entfuhr es ihm aufgeregt.

»Was denn?« fragte Kali.

Andere Stimmen erklangen, überrascht, verwirrt.

»Beruhigen Sie sich!« wies McCoy den Komponisten an. Maslin achtete überhaupt nicht auf ihn.

»Verstehen Sie denn nicht?« erwiderte der Musiker, drehte sich zu Spock um und starrte ihn nervös an. »Wir haben unsere Arbeit allein auf Instrumente beschränkt! Aber bei den Taygetianern kommt es auf *Stimmen* an. Vielleicht hielten sie unsere Musik für recht nett – aber bedeutungslos. Schließlich *sprachen* wir nicht zu ihnen.«

»Sind Sie sicher?« fragte Spock skeptisch.

»Ich glaube schon. Verdammt! Ich verstehe den musikalischen Code, und eigentlich hätten die Sänger längst antworten müssen. Warum war das bisher nicht der Fall? Ganz einfach: Wir haben nicht das richtige Übertragungsmedium benutzt. Und dafür gibt es nun auch einen empirischen Beweis.«

»Ach?« machte der Vulkanier und hob die Brauen.

Maslin ergriff Uhura an den Schultern und drehte sie zu dem wissenschaftlichen Offizier um. »Hier! Die Taygetianer haben auf ihr Lied reagiert. Sie erfassen nicht den Sinn der Worte, da es sich um eine andere Sprache handelt, aber sie erkennen sie als Kommunikation.«

»Kommen Sie, Spock«, warf McCoy ein und nickte. »Es ist zumindest einen Versuch wert.«

»Ich habe nicht etwa deswegen gezögert, weil ich den Sinn eines derartigen Versuchs in Frage stelle, Doktor. Vielmehr überlegte ich gerade, auf welche Weise wir dabei vorgehen sollten.«

»Kein Problem«, sagte Maslin und nahm zusammen mit Uhura vor dem großen Gerät Platz. »Ich zeichne Uhuras Gesang auf und speise ihn in den Synthesizer ein. Die Maschine übersetzt die betreffenden Lautfolgen in den taygetianischen Code – und dann müßte eine Verständigung möglich sein.«

»Vielleicht. Allerdings dürfen wir dabei nicht vergessen, daß die Sänger auch telepathische Fähigkeiten besitzen.«

»Nun gut«, erwiderte Maslin ungeduldig. »Dann konzentrieren wir uns eben auf den Bedeutungsinhalt der Worte, während Uhura singt.« Er winkte. »Lassen Sie uns jetzt endlich beginnen.«

»Meinetwegen.«

»Ich kann nicht einfach so ohne musikalische Begleitung singen«, wandte Uhura ein.

»Ich improvisiere etwas«, schlug Maslin vor und rutschte unruhig auf der Sitzbank hin und her. »Und du paßt dich der Melodie an. Das haben wir schon oft genug probiert.«

»Was ist mit den Worten, dem Text? Es ist ziemlich schwierig, sich während eines Liedes neue Verse einfallen zu lassen.«

»Stimmt. Warte einen Augenblick.« Guy riß ein Blatt Papier von dem Notizblock ab, der auf dem Synthesizer lag, nahm einen Stift zur Hand und sah auf. »Wie wär's mit ein wenig Hilfe?« rief er den anderen Mitgliedern der Landegruppe zu. »Versteht sich jemand von Ihnen aufs Reimen?«

»Meine Güte, was für eine Aufgabe«, brummte Kali und ließ sich neben Uhura auf die Sitzbank sinken. »Was sollen wir sagen?«

»Wir müssen den Text möglichst einfach halten,

denn immerhin beziehen sich unsere Worte auf eine Begriffswelt, die den Taygetianern völlig fremd ist.«

»Zuerst die Anomalie«, schlug Spock vor.

»Dann meine Kameraden«, sagte Kali.

»Das Gefecht im Raum«, fügte Ragsdale aufgeregt hinzu.

»Und beschreiben Sie auch, wie die Schiffe im Strukturriß verschwanden«, ließ sich auch noch Dr. McCoy vernehmen.

»Schließlich bitten wir die Sänger darum, unsere Gefährten zurückzubringen«, schloß Uhura ernst.

»Und zwar alle, ohne Ausnahme«, meinte Kali und maß die Menschen mit einem herausfordernden Blick.

»Aber dann müssen wir damit rechnen, erneut von den Klingonen angegriffen zu werden«, protestierte Ragsdale.

»Vielleicht gelingt es meinem Mann, die Kontrolle übers Flaggschiff zurückzugewinnen.« Kali zögerte und musterte die fremden Gesichter. »In dem Fall hätten wir nichts zu befürchten.« Etwas leiser fügte sie hinzu. »An Bord der Kreuzer befinden sich gute Freunde von mir. Sie dürfen nicht sterben, nur weil Karsul und einige andere kein Ehrgefühl besitzen.«

»Nun gut«, sagte Spock und begriff, daß Kali in diesem Punkt zu keinen Kompromissen bereit war. »Wir bitten die Sänger darum, alle Raumschiffe zu retten.«

»Lieber Himmel«, stöhnte Maslin und schüttelte den Kopf. »Wie wär's, wenn wir ihnen auch noch die Evolution des Homo sapiens, die Eroberung des Alls und die Gründung der Föderation erklären?« Mißmutig starrte er auf seine Notizen.

»Bleibt uns keine andere Wahl?« warf Kali ruhig ein.

»Ein guter Hinweis. Na schön, fangen wir an.«

Es dauerte zwei Stunden, um die Botschaft in Form von Versen und Reimen zu formulieren. Maslin las sie mehrmals laut vor, änderte hier und dort einige Passagen und schnitt dann eine Grimasse.

»Ich schätze, Goethe würde sich im Grab umdrehen, aber vielleicht kommen wir damit tatsächlich weiter«, sagte der Komponist. Uhura zog ihm das Blatt aus den Händen und überflog die Zeilen noch einmal.

»Glücklicherweise handelt es sich nicht um einen Lyrikwettbewerb«, kommentierte McCoy. »Außerdem: Vielleicht klingt es auf Taygetianisch besser.«

»Das bezweifle ich. In der Regel geht bei Übersetzungen in dieser Hinsicht eine Menge verloren.«

»Mr. Maslin, ich glaube, ästhetische Gesichtspunkte spielen derzeit eine untergeordnete Rolle.«

»Sie haben recht, Mr. Spock. Entschuldigen Sie bitte. Vielleicht bin ich zu pedantisch.« Guy lächelte verlegen. »Versuchen Sie, mich zu verstehen. Diesmal habe ich ein Stück verfaßt, dem eine ganz besondere Premiere bevorsteht.«

»Wir sollten jetzt beginnen«, sagte Uhura und wandte sich von der Gruppe ab. Ihre Züge wirkten angespannt.

»Wir benutzen einen einfachen Rhythmus«, teilte ihr Maslin mit. »Dies ist die Basismelodie.« Er beugte sich zu dem Synthesizer vor und spielte einige Takte, die sich wie eine musikalische Entsprechung ihrer verzweifelten Situation anhörten. »Im Mittelteil wechseln wir zu einer anderen Modulation, und wenn du die Taygetianer um Hilfe bittest, kehren wir zur ursprünglichen Tonart zurück.«

»Laß es mich bitte noch einmal hören.«

Guy wiederholte die Sequenz, und Uhura neigte den Kopf zur Seite, schloß die Augen und hörte konzentriert zu. Ihre eine Hand bewegte sich im Takt, und bei einigen schwierigen Stellen summte sie leise vor sich hin. Als sie fertig waren, warf Maslin ihr einen fragenden Blick zu. Sie nickte, hob das Blatt mit den Versen und blieb neben dem Synthesizer stehen. Guy reichte ihr ein Transkriptionsmodul, das mit den Speicherbänken des Geräts verbunden war. Auf diese Weise wurde ihr Gesang aufgezeichnet und für die jungen Taygetianer übersetzt.

Stille senkte sich auf sie herab, und alle warteten gespannt auf das Ergebnis dieses Tests. Gerade ging die Sonne auf und tauchte die Spitzen der hohen Kristallklippen in purpurnes Feuer. Die faserigen Wolkenschleier am Himmel nahmen rosa- und bernsteinfarbene Tönungen an.

Maslin improvisierte eine Einleitung. Uhura holte tief Luft und begann zu singen.

Hört, o Sänger, versammelt hier,
In dieser Stunde verlaßt uns nicht.
In großer Gefahr sind wir,
Denn der Schatten des Todes verdunkelt das Licht.

Die pelzigen Wesen erzitterten und stimmten ein aufgeregtes Heulen an, das sich völlig von ihrem üblichen melodischen Murmeln unterschied. Uhura zögerte kurz, atmete tief durch und fuhr fort:

Die Finsternis das Feuer schürt –
Der Regenbogen tanzt und wogt.
Für immer verloren ist, was er berührt.
Und auch der Sonne droht der Tod.

Uhura streckte die Hand aus und deutete auf die Sonne, und mit den folgenden Versen versuchte sie, sowohl die Anomalie als auch die von ihr ausgehende Gefahr zu beschreiben. Anschließend schilderte sie die Ankunft der *Enterprise* und der Klingonen, das Gefecht im All, den Verlust aller Raumschiffe. Inzwischen sangen die jungen Taygetianer ebenfalls ein komplexes und aufgeregtes Lied, dessen Melodie sich den Klängen des Synthesizers anzupassen schien. Spock hatte seinen Tricorder eingeschaltet und zeichnete alles auf. Nach einer Weile erreichte Uhura das Ende ihres Vortrages und warf Guy und Kali einen bittenden Blick zu, woraufhin sie ebenfalls sangen.

Maslin unternahm einen letzten Versuch, die Melodien der pelzigen Geschöpfe zu begreifen. Auf irgendeine rätselhafte Weise dehnten sich seine Gedanken aus, und er fühlte sich seltsam verwirrt, als er die Bewußtseinssphären der Taygetianer berührte und zum Teil damit verschmolz. Plötzlich drehte sich alles um ihn herum, und Schmerz explodierte hinter seinen Augen. Aber er löste die Verbindung nicht, denn jetzt *verstand* er endlich. Auf irgendeine Weise kommunizierten die jungen Sänger mit ihm.

»Personen! Es sind Personen!« Ein musikalischer Ruf, der von einem der niedlichen Wesen stammte. Maslin senkte den Kopf und beobachtete einen Taygetianer, der ein besonders helles Fell hatte, dicht neben dem Synthesizer im Sand lag und sich nun auf den vorderen Flossen in die Höhe stemmte.

Guy riß Uhura das Transkriptionsmodul aus der Hand und ignorierte ihren verblüfften Blick. Er war viel zu sehr darauf konzentriert, nach den richtigen Lauten zu suchen. Er hatte sich so eingehend mit der taygetianischen Sprache beschäftigt, daß er inzwischen glaubte, ausreichend mit ihr vertraut zu sein und ein gutes Gefühl für die Syntax entwickelt zu haben. Trotzdem zögerte er, von ihr Gebrauch zu machen, nahm sich Zeit, um während dieser überaus wichtigen Phase Fehler zu vermeiden.

»Ja, wir sind Personen«, sang er, während seine Fingerkuppen weiterhin über die Tasten des Synthesizers glitten. *»Und wir möchten euch helfen.«*

»Und doch bittet ihr uns um Hilfe«, erwiderte der junge Sänger verwundert.

»Ja, das stimmt, denn unsere Gefährten sind in der Raum-Zeit-Anomalie verschwunden. Wenn sie nicht zurückkehren, um die Gefahr zu bannen, werden wir alle sterben. Der Riß im All dehnt sich weiter aus, und nachdem er die Sonne ver-

schlungen hat, wird es hier so kalt, daß selbst die Atmosphäre gefriert, und dann geht alles Leben auf dieser Welt endgültig zugrunde.«

»Du behauptest, es sei möglich, daß die Sonne einfach verschwindet? Das ist doch absurd. Es wären tausend... notwendig, um Einfluß auf sie zu nehmen.«

Guy runzelte die Stirn, als er eine ihm unbekannte Lautfolge hörte, doch da ihm Bezugspunkte fehlten, hielt er sich nicht weiter damit auf. *»Trotzdem kann so etwas geschehen. Wenn der Riß im All feste Körper berührt, die in dieser Raum-Zeit existieren, transferiert er sie in ein... ein anderes Kontinuum.«* Dem Komponisten fiel kein besseres Wort ein. *»Ich habe das selbst beobachtet. Der von der Sonne aus gesehen erste Planet des Systems existiert nicht mehr.«* Die pelzigen Wesen zirpten kummervoll, und Maslin begriff, daß die Taygetianer alles andere als primitiv waren. Offenbar verfügten sie über detaillierte astronomische Kenntnisse und wußten um die Beschaffenheit ihres Sonnensystems.

Die Unterhaltung nahm viel Zeit in Anspruch, denn manchmal verstand Guy bestimmte Gesangssequenzen nicht oder gab Geräusche von sich, die für die Taygetianer ohne Bedeutung blieben und sie verwirrten. Hinzu kam die ausgeprägte Neugier der jungen Sänger. Immer wieder wechselten sie das Thema und stellten Fragen, bei denen es nicht etwa um die Anomalie ging, sondern um die Menschen: Sie erkundigten sich nach ihrer Lebensweise, ihrer Heimat, fragten interessiert danach, wie sie nach Taygeta gekommen waren. Guy versuchte, nicht die Beherrschung zu verlieren, und er zwang sich dazu, ruhig zu bleiben. Er wußte, daß es ein großer Fehler gewesen wäre, ausgerechnet jetzt ungeduldig zu werden. Nach einer Weile schienen seine Zuhörer mit den Auskünften zufrieden und wieder bereit zu sein, über die *Enterprise* zu sprechen.

»Was sollen wir eurer Meinung nach unternehmen?« fragte ihr Wortführer.

»Wendet die Fähigkeiten an, die ihr auch in Hinsicht auf die Fische, die Wüsten und den Regen eingesetzt habt. Holt die Raumschiffe damit zurück.«

»Zeig mir, wie sie aussehen.«

Guy starrte verblüfft auf den jungen Sänger herab und wandte sich dann hilflos an Spock. Während der Kommunikation mit den Taygetianern hatte er überhaupt nicht mehr auf die anderen Angehörigen der Landegruppe geachtet, und zum Glück waren sie so umsichtig gewesen, ihn nicht zu stören. Doch jetzt brauchte er ihre Unterstützung. Er bemühte sich, seinen Geist aus der Bewußtseinssphäre der Eingeborenen zu lösen, und widerstrebend gaben sie seine Gedanken frei.

Als der Kontakt abbrach, krümmte sich Maslin zusammen und wäre fast zu Boden gesunken. Uhura hielt ihn gerade noch rechtzeitig fest.

»Sie möchten wissen, wie die Schiffe aussehen«, brachte er keuchend hervor und bebte am ganzen Leib. »Zum Teufel auch, ich habe keine Ahnung. Deshalb muß mich jemand ablösen.«

»Sie standen in telepathischer Verbindung?« fragte Spock.

»Natürlich«, erwiderte der Komponist schroff. Die Erschöpfung machte ihn mürrisch und verdrießlich. »Dachten Sie etwa, ich hätte mit offenen Augen geschlafen?«

Spock ignorierte die schlechte Laune des Musikers und ging vor dem Sprecher der jungen Sänger in die Hocke. Vorsichtig streckte er die Hand nach dem kleinen und runden Schädel des Taygetianers aus. Das pelzige Wesen wich nicht zurück, offenbarte keine Furcht. Es neigte sich sogar dem Vulkanier entgegen.

»Warten Sie«, sagte Kali, bevor Spock mit der Mentalverschmelzung beginnen konnte. »Zeigen Sie ihnen Kor. Sie sollen ihn an Bord des Flaggschiffes transferieren, wenn das möglich ist. Das versetzt ihn in die Lage, die Meuterei zu beenden und wieder das Kommando zu übernehmen.«

Die Menschen lachten anerkennend. »Ich bin froh, daß Sie auf unserer Seite stehen, Kali«, sagte McCoy und lächelte. »Sie sind verdammt gerissen.«

Spock starrte ins Leere, und das deutete darauf hin, daß er sich in einen tranceartigen Zustand zurückzog. Doch er wurde erneut gestört.

»Einen Augenblick!« rief Maslin. »Es ist mehr nötig als nur ein Kontakt zwischen den Gedankensphären. Sie brauchen auch Musik. Ich spiele für Sie.«

»Na schön. Können wir jetzt endlich anfangen?«

Maslins Finger huschten über die Tasten des Synthesizers. Spock nahm im Sand Platz, beugte sich in meditativer Konzentration vor und sang in einem angenehmen Bariton. Der hochgewachsene und schlanke Vulkanier bot einen sonderbaren Anblick, als er vor dem kleinen weißen Geschöpf saß, das ihn aus klugen blauen Augen ansah. Plötzlich trillerte das Wesen aufgeregt, und Spock zog die Hände zurück. Einige Sekunden lang herrschte Stille, und selbst die in telepathischer Hinsicht völlig tauben Menschen spürten den mächtigen psychischen Ruf, der in ihren geistigen Gewölben widerhallte.

»Zum Teufel auch, was war das denn?« entfuhr es McCoy. Er preßte sich die Hände an die Schläfen.

»Shing – so lautet der Name des Taygetianers vor mir – hat der obersten Autorität seines Volkes eine Nachricht zukommen lassen«, erklärte Spock. »Offenbar werden die Anwendungen des Liedes von einem strengen, traditionellen Reglement bestimmt. Mit Hilfe der üblichen Richtlinien kann nicht über unser Anliegen entschieden werden. Deshalb müssen die jungen Sänger erst um Erlaubnis ersuchen, bevor sie unsere Bitte erfüllen können.«

Maslin zitterte noch immer und stützte den Kopf einmal mehr an Uhuras Schulter ab. Seine Lippen waren blau angelaufen, und das Gesicht wirkte noch bleicher als zuvor. Uhura hielt ihn fest an sich gedrückt und sah zu Kali auf. »Er muß sofort ins Bett...«

»Seht nur!« rief Kali, streckte den Arm aus und deutete auf die Klippen. Alle sahen in die entsprechende Richtung und beobachteten einen erwachsenen Taygetianer, der langsam und mit majestätisch wirkenden Bewegungen herabkletterte und sich ihnen näherte. Das Schimmern der hohen Kristallwand spiegelte sich hell auf dem Pelz wider und ließ ihn wie kostbares Metall erstrahlen. Trotz seiner massigen Gestalt zeichnete sich der Sänger durch eine erhabene Eleganz aus. Spock und seine Begleiter rührten sich nicht von der Stelle, reagierten mit Ehrfurcht, so als seien sie Zeugen eines ebenso einzigartigen wie geheimnisvollen Vorgangs. Die jungen Wesen begrüßten den Erwachsenen mit einem respektvollen Heulen und eilten ihm entgegen. Der große Taygetianer verharrte kurz. Zärtlich beleckte er die wesentlich kleineren Geschöpfe mit einer rauhen, schwarzen Zunge, bevor er den Weg zu den wartenden Menschen fortsetzte.

»Mr. Maslin«, sagte Spock, ohne den Blick vom erwachsenen Sänger abzuwenden. »Ich brauche noch einmal Ihre Hilfe.«

»In Ordnung.« Maslin setzte sich auf und wandte sich der Tastatur des Synthesizers zu. Seine Hände zitterten so heftig, daß seine Begleiter bezweifelten, ob er spielen konnte. Doch der Anblick der Bedienungselemente schien ihm neue Kraft zu geben, und kurz darauf ließ das Zittern nach.

Eine Schar umhertollender Pelzwesen begleitete den großen Taygetianer, als er das Camp erreichte. Aus großen blauen Augen musterte er Spock und die anderen. Nur wenige Menschen konnten seinen Blick ertragen. Die meisten zuckten unwijllkürlich zusammen und senkten den Kopf. Nur Maslin sah fasziniert in die opalfarbenen Brunnen, die bis in die Ewigkeit zu reichen schienen, und eine eigentümliche Ruhe breitete sich in ihm aus.

Spock trat vorsichtig auf den Taygetiner zu, und als er bereit war, gab er dem Komponisten ein Zeichen. Der Vulkanier legte sich die ersten Worte zurecht, doch noch bevor er den Kontakt herstellte, fluteten ihm die Gedanken des überaus starken Bewußtseins der Matriarchin entgegen.

»Wer seid ihr, daß ihr es wagt, die Heiligkeit des Großen Liedes zu stören?«

»Wir sind Reisende, die hierher kamen, um euch vor einer großen Gefahr zu bewahren.«

Die Matriarchin schien amüsiert zu sein. *»Wir sind nicht in Gefahr. Das Große Lied schützt uns alle. Außerdem seid ihr es doch, die um Hilfe bittet.«*

»Das stimmt. Unsere Gefährten sind einem langen Strukturriß in der Raum-Zeit zum Opfer gefallen. Wir brauchen eure Hilfe, um sie zu retten.«

»Das ist unmöglich. Nichts darf das Lied unterbrechen, das über diese Welt wacht.«

»Aber die jungen Taygetianer haben sich bereits angeboten, für uns zu singen«, wandte Spock ein. *»Dazu brauchen sie nur noch deine Erlaubnis.«*

Die Erwachsene richtete einen fragenden Blick auf die kleinen Pelzbündel, und Shing gab ein aufgeregtes, melodisches Zirpen von sich. Die Laute und Gedankenfragmente folgten so rasch aufeinander, daß Spock sie nicht zu interpretieren vermochte. Nachdem die Matriarchin eine Zeitlang dem leidenschaftlichen Flehen der jungen Sänger zugehört hatte, seufzte sie – eine recht menschliche Reaktion.

»Nun geht, unsere Kinder bekommen die Genehmigung, euch zu helfen. Ihr habt uns von den Jägern befreit, die unseren Frieden störten, und dafür sind wir euch einen Gegendienst schuldig. Aber sobald die Raumschiffe zurückgebracht werden, müßt ihr den Planeten verlassen. Ihr lenkt uns von wichtigen Aufgaben ab.«

»*Aber...*« begann Spock.

»*Damit ist die Diskussion beendet.*« Die Matriarchin wandte sich um und kroch in Richtung Klippen davon.

»Nun?« fragte McCoy. »Sind die Taygetianer bereit, uns zu helfen?«

»Die jungen Sänger haben die Erlaubnis dazu erhalten. Doch die Matriarchin verlangt, daß wir ihre Heimat sofort verlassen, nachdem die *Enterprise* zurückgebracht wurde.«

»Nun«, brummte Ragsdale. »Die Eingeborenen sind in keiner besonders erfreulichen Lage, aber gegen ihren Willen können wir nichts für sie tun. Ich schlage folgendes vor: Sobald die *Enterprise* in eine Umlaufbahn schwenkt, beamen wir uns an Bord und verschwinden.«

»Ich glaube, wir sind ein wenig zu voreilig«, sagte McCoy. »Woher wollen wir denn wissen, ob die Taygetianer überhaupt fähig sind, die Schiffe zurückzuholen? Bisher kennen wir nur einige nette Tricks in bezug auf Fische, Bäume und so weiter. Vielleicht erweist sich die Raum-Zeit-Anomalie als ein zu harter Brocken für sie.«

»Da muß ich Ihnen zustimmen, Doktor«, sagte Spock.

Maslin verlor das Interesse an dem Gespräch. Er fühlte sich schrecklich schwach und elend, und er sehnte sich nach der komfortablen Ruhe in der Krankenstation der *Enterprise*. Er sah auf Shing herab, der unmittelbar neben der Sitzbank hockte. Behutsam beugte er sich vor, berührte den Kopf des pelzigen Wesens und stellte dadurch einen neuerlichen telepathischen Kontakt her. Diesmal fühlte er sich dadurch nicht verwirrt.

»Ist alles in Ordnung, kleiner Kerl? Könnt ihr uns helfen?«

»Ja, Liedsänger, es ist alles bestens. Und nun beginnen wir mit unserem Gesang.«

Er hüpfte fort und schloß sich den anderen Taygetianern an, die einen Kreis um die Menschen bildeten. Plötzlich schien die Luft zu knistern, und Maslin hatte das Gefühl, als ballten sich gewaltige Energien zusammen. Dann richteten sich die jungen Sänger auf und stimmten ihr Lied an. All jene, die es hörten – die wenigen überlebenden Klingonen in ihrem Lager, die Landegruppe der *Enterprise* – duckten sich unwillkürlich unter der enormen, melodischen Macht. Einige Leute preßten sich die Hände an die Schläfen, taumelten unsicher umher und suchten vergeblich nach einem Refugium, um den seltsamen Klängen zu entkommen. Nur der Komponist blieb aufrecht stehen. Er wirkte wie verzaubert, und in seinem Gesicht strahlte eine Mischung aus tiefem Respekt und euphorischer Freude. Vorsichtig glitten seine Fingerkuppen über die Tasten des Synthesizers, um die Sänger zu begleiten und ihre anstrengenden Bemühungen zu unterstützen.

Tief im All teilten sich die Schleier zwischen alternativen Raum-Zeiten, jene Barrieren, die die *Enterprise* in einem anderen Kontinuum gefangenhielten. Psychische Kraft wogte dem Raumschiff entgegen, riß es aus dem Zentrum der Anomalie und brachte es in den taygetianischen Orbit zurück.

Jenseits des Strukturrisses herrschte Zeitlosigkeit, und erst nach dem Retransfer ertönten all die Schreie, die Dutzende von Männern und Frauen bei der Passage durch das Phänomen ausgestoßen hatten. Lärmendes Stimmengewirr drang aus den Interkom-Lautsprechern. Kirk stand schwankend auf und beobachtete verwundert den blaugrünen Planeten auf dem Wandschirm. Hinter ihm zischte es leise, und es klang wie Wind, der über die kalten Meere Taygetas wehte. Der Captain drehte sich abrupt um und sah gerade noch, wie Kor verschwand.

Chekov stöhnte dumpf, und daraufhin wirbelte Kirk erneut um die eigene Achse. Niedergeschlagen und verbittert starrte er auf die drei klingonischen Kreuzer, die nur wenige hundert Kilometer entfernt in der Umlaufbahn schwebten.

Rasch kehrte er zum Befehlsstand zurück und rief einige Anweisungen. Es war nicht fair, dachte er, als sich fast so etwas wie Verzweiflung in ihm regte. Durch irgendeine Laune des Schicksals bekamen sie eine zweite Chance, und er zweifelte daran, ob es ihnen noch einmal gelang, den Feind zu überlisten.

KAPITEL 14

Karsul schüttelte benommen den Kopf und versuchte, sich zu orientieren und wieder zu *denken*. Seine Verwirrung nahm zu, als er sich an die Reise ins Nirgendwo erinnerte, ins andere Kontinuum, in dem nichts einen Sinn zu ergeben und selbst das Leben an sich ein flüchtiger Traum aus einer fernen und irrealen Welt zu sein schien. Erschrockene Stimmen murmelten und ächzten, als sich die Offiziere auf der Brücke bemühten, die plötzliche Rückkehr ins gewohnte Universum zu begreifen.

Karsul betrachtete die Darstellungen des Hauptschirms und kniff triumphierend die Augen zusammen, als er im Zentrum der Projektionsfläche die *Enterprise* erkannte. Abrupt beugte er sich vor, und seine Hände schlossen sich fest und aufgeregt um die Armlehnen des Kommandosessels.

»Jetzt sind die Terraner erledigt«, zischte er zufrieden und wandte sich dann an seine Crew. »Sie unternehmen nichts, um sich zu schützen. Offenbar brauchen sie länger als wir Klingonen, um sich von dem Schock des Retransfers zu erholen. Khant, machen Sie die Phaser bereit. Auf mein Zeichen hin eröffnen Sie das Feuer.« Aber der Waffenoffizier blieb reglos sitzen. Er erbleichte plötzlich und starrte am Befehlsstand vorbei. »Bei allen Raumteufeln!« entfuhr es Karsul wütend. »Was ist los mit Ihnen, Mann? Ich habe Ihnen einen Befehl gegeben. Führen Sie ihn aus!«

Dann begriff er, daß irgend etwas nicht mit rechten Dingen zuging. Er sprang auf und wirbelte keuchend herum. »Sie!« fauchte er und fletschte die Zähne. Doch in seinen dunklen Augen glänzte Furcht, als er wie hypnotisiert auf den Lauf des Intervallers starrte, mit dem Kor auf seine Brust zielte. »Wie sind Sie hierher gekommen?« brachte Karsul krächzend hervor. »Sie befanden sich an Bord der *Enterprise,* und unsere Schilde sind nach wie vor stabil. Sie konnten also nicht den Transporter benutzen...«

»Karsul«, sagte Kor, und in seiner dumpfen Stimme kam so etwas wie herablassendes Mitleid zum Ausdruck. »Sie sollten stets verlangen, die Leiche des Commanders zu sehen, dessen Platz sie einnehmen möchten. Sonst könnte er irgendwann zurückkehren, um mit Ihnen abzurechnen. Aber Sie waren noch nie besonders gründlich. Und dieser Fehler ist Ihr letzter.« Kaltblütig drückte Kor ab. Karsul starb auf der Stelle und fiel vor dem Befehlsstand zu Boden. Die energetische Entladung hatte einen großen Teil der Uniform verbrannt, und an einigen Stellen rauchte der verkohlte Stoff.

»Bringt die Leiche fort und werft sie über Bord!« befahl Kor und winkte mit seiner Waffe. Die Klingonen an den Konsolen sahen ihn einige Sekunden lang erschrocken an. Dann setzten sich zwei von ihnen hastig in Bewegung, um der Aufforderung des Commanders nachzukommen. »Hat jemand was dagegen, daß ich jetzt wieder das Kommando übernehme?« fragte Kor in einem betont freundlichen Tonfall, als die sterblichen Überreste Karsuls in den Lift geschleift wurden. »Nein?« Er hob die Brauen. »Gut, dann wäre diese Angelegenheit geregelt. Wo ist Captain Kandi?« Kor drehte den Kopf und wandte sich an den Kommunikationsoffizier. »Ist er hingerichtet oder einfach nur unter Arrest gestellt worden?«

»Ich glaube, Karsul ließ ihn verhaften, Sir«, erwiderte der nervöse Klingone mit zittriger Stimme.

»Dann sorgen Sie dafür, daß er sofort freigelassen wird. Anschließend setzen Sie sich mit dem Kommandanten des dritten Kreuzers in Verbindung. Ich vermute, es ist Shibot, nicht wahr?«

»Das nehme ich an, Sir.«

»Sie scheinen heute in keinem Punkt besonders sicher zu sein, Korax«, brummte Kor.

»Nein, Sir.« Der Kommunikationsoffizer schluckte nervös.

»Nun, ich schätze, unter den gegebenen Umständen ist das eine sehr kluge Einstellung«, sagte Kor gönnerhaft und nahm in seinem Sessel Platz.

Kurze Zeit später flackerte es in der großen Projektionsfläche, und der Schirm zeigte das fleischige Gesicht Captain Shibots. Zunächst verblüffte es ihn, daß jemand anders Karsuls Posten einnahm, aber innerhalb weniger Sekunden erholte er sich von dem Schock und rief jovial: »Kor, mein alter Freund. Es freut mich, Sie wiederzusehen.«

»Und bestimmt sind Sie ziemlich erstaunt.«

»Nun, was das angeht...«

»Schon gut«, unterbrach ihn Kor. Plötzlich war seine Stimme scharf. »Wie Sie sehen können, besitze ich wieder die Befehlsgewalt über meine Schiffe, und da Ihre Dienste hier nicht länger gebraucht werden, schlage ich vor, Sie verlassen das Sonnensystem und setzen den routinemäßigen Patrouillenflug fort.«

»Aber die *Enterprise*...«

»Braucht uns nicht weiter zu interessieren.«

»Aber...«

»Shibot, wollen Sie unbedingt erfahren, was es bedeutet, drei zu eins unterlegen zu sein?« warnte Kor. »Es gilt, dringendere Probleme zu lösen, und in diesem Zusammenhang spielt ein Raumschiff der Föderation keine Rolle. Ich wiederhole es noch einmal: Verschwinden Sie von hier.«

»Darüber werde ich Bericht erstatten.«

»Machen Sie ruhig Meldung. Inzwischen ist mir das Oberkommando völlig gleichgültig. Entweder kehre ich als Held zurück, weil es mir gelang, das Rätsel der Anomalie zu lösen, oder ich sterbe bei einem entsprechenden Versuch.«

»Oh, ich verstehe. Ganz gleich, was auch geschieht: Der Bericht macht keinen Unterschied.«

»Eine ausgezeichnete Schlußfolgerung, Shibot.«

Der Kommandant des dritten Kreuzers rieb sich kurz das Kinn, sah dann wieder auf und lächelte. »Ich glaube, die Logbucheintragungen können auf angemessene Weise geändert werden.«

»Gut.«

»Und übrigens: Herzlichen Glückwunsch zu Ihrer Heirat«, sagte Shibot, bevor er abschaltete.

»Vielen Dank«, murmelte Kor leise, als der Schirm bereits wieder grau geworden war. Beim Gedanken an Kali entstand ein dumpfer Schmerz in seiner Brust. »Zur Hölle mit der Anomalie«, preßte er leise hervor. Er entschied, zuerst nach Taygeta zurückzukehren und festzustellen, wie es seiner Frau ging. Er fragte sich, wie er reagieren mochte, wenn sich herausstellte, daß sie von den Meuterern umgebracht worden war – und einige Sekunden lang wünschte er sich, Karsul nicht einfach erschossen zu haben. Wenn Kali tatsächlich den Tod gefunden hatte, konnte er sich nicht mehr mit der Folter an dem dafür Verantwortlichen rächen.

Ein auf und ab schwellendes Summen deutete auf eine neuerliche externe Komverbindung hin, und auf dem Schirm bildete sich Kandis Gesicht. Er wirkte müde und erschöpft. Unter den Augen und Wangen zeigten sich einige Flecken, aber ansonsten schien er wohlauf zu sein.

»Wieder alles unter Kontrolle?« fragte Kor.

»Ja, Sir. Haben Sie irgendwelche Anweisungen für uns?«

»Ja. Steuern Sie den Rand des Raum-Zeit-Risses an, wenn Sie mit den Meuterern fertig sind. Die Zeit wird immer knapper, und ich möchte keine Überraschung erleben.«

»Es finden bereits die ersten Exekutionen statt«, erwiderte Kandi tonlos. »Ich mache mich sobald wie möglich auf den Weg. Was ist mit Ihnen?«

»Mein Schiff bleibt zusammen mit der *Enterprise* im

taygetianischen Orbit. Ich möchte bei der Landegruppe nach dem Rechten sehen.«

»Ich hoffe, es ist alles in Ordnung«, antwortete Kandi leise, und Kor sah die Besorgnis in den Zügen des jüngeren Mannes.

»Danke. Das hoffe ich ebenfalls.«

Kor hatte sich gerade wieder zurückgelehnt, als sich noch einmal jemand mit ihm in Verbindung setzte. Diesmal war es Kirk.

»Ich dachte mir schon, daß Sie sich an Bord Ihres Schiffes befinden«, sagte der Captain der *Enterprise*, ohne zunächst einen Gruß an ihn zu richten. »Aber ich würde gern wissen, was eigentlich passiert ist.«

»Mir ergeht es nicht anders. Ehrlich gesagt: Ich habe nicht die geringste Ahnung. Aber als ich plötzlich hier rematerialisierte, nutzte ich die Gelegenheit sofort aus.«

»Welche Botschaft haben Sie dem dritten Kreuzer übermittelt? Er ist so plötzlich davongerast, als sei der Teufel höchstpersönlich hinter ihm her.«

»Ich wies den Kommandanten nur auf die Nachteile hin, es mit *drei* Gegnern zu tun zu bekommen.«

Kirk lachte leise. »Schade, daß ich an dem Gespräch nicht beteiligt war. Ich hätte Ihre Angaben bestätigen können.«

»Ich beabsichtige, auf die Oberfläche des Planeten zurückzukehren. Was ist mit Ihnen?«

Der Captain nickte. »Wir treffen uns unten.«

»Meine Landegruppe läßt nichts von sich hören. Liegen Ihnen irgendwelche Nachrichten von Mr. Spock und den anderen vor?« Kor zeigte seine Besorgnis nur ungern, aber als er sich vorstellte, was Kali zugestoßen sein mochte, schob er alle Bedenken beiseite.

»Es gibt einige starke Interferenzen, die unsere Signale stören. Bisher ist es meinem Kommunikationsoffizier nicht gelungen, sie herauszufiltern. Wir können nur das Beste hoffen.«

Kali brummte zustimmend und unterbrach die Verbindung. Er brauchte nur wenige Minuten, um sich auf den Transfer nach Taygeta V vorzubereiten und dort einen unmittelbaren Eindruck von der Lage zu gewinnen.

»Aufhören! Sagen Sie ihnen, sie sollen aufhören!« rief Spock und versuchte, den auf und ab schwellenden Chorus der Sänger zu übertönen. »Wenn ihr Lied irgend etwas bewirken kann, so müßte inzwischen etwas geschehen sein. Aber die Melodie erzeugt Interferenzen, die meine Kommunikatorsignale stören. Bei diesem Lärm kann ich nicht feststellen, ob die *Enterprise* zurückgekehrt ist.«

»Sie erheben sicher keine Einwände, wenn ich ein wenig mehr Takt walten lasse«, erwiderte Maslin ebenso laut. »Nachdem sie sich so sehr für uns eingesetzt haben, würde ich ihre Musik nicht unbedingt als ›Lärm‹ bezeichnen.«

»Ganz wie Sie wollen, Mr. Maslin. Sorgen Sie nur dafür, daß die Taygetianer aufhören.«

»Ich bin müde«, wandte sich Guy an Uhura. »Würdest du für mich singen, während ich spiele?«

»Natürlich«, entgegnete sie und nahm wieder neben ihm auf der Sitzbank Platz. Maslin schaltete den Verstärker des Synthesizers ein, und Uhura zog das Mikrofon zu sich heran. Nacheinander beendeten die pelzigen Wesen ihren Gesang, als sie die Stimme der Frau vernahmen.

Nachdem die Menschen etwa zwanzig Minuten lang die lauten Melodien der jungen Taygetianer vernommen hatten, empfanden sie die Stille als seltsam und verwirrend. Die Erwachsenen sangen noch immer das Große Lied, aber nach dem lauten Zirpen, Trällern und Hupen ihrer Kinder schien fast so etwas wie friedliche Ruhe zu herrschen.

Der Vulkanier klappte seinen Kommunikator auf.

»Spock an *Enterprise*. Bitte kommen. Empfangen Sie mich?«

»Klar und deutlich, Mr. Spock.« Kirks Stimme ertönte hinter dem wissenschaftlichen Offizier. Alle drehten sich um; Spock zuckte unwillkürlich zusammen und zwinkerte. Der Captain stand nur einige Schritte entfernt, begleitet von mehreren Sicherheitsbeamten.

Ein Transporterfeld summte, und kurz darauf rematerialisierten auch Kor und einige bewaffnete Wächter. Kali seufzte glücklich und lief auf ihren Mann zu. Sie prallte so heftig auf ihn, daß der Commander schwankte, und einige Sekunden lang umarmten sich die beiden Klingonen. Die Menschen wandten sich höflich von ihnen ab und näherten sich Kirk.

»Es freut mich, Sie hier anzutreffen, Mr. Spock«, sagte der Captain. »Ich muß zugeben, daß ich mir ziemliche Sorgen machte, als Kor das Kommando über seine Schiffe verlor.«

»Wir konnten den klingonischen Angriff abwehren, aber leider kamen dabei zwei Mitglieder der Landegruppe ums Leben. Und Unteroffizier Chou wurde beim Kampf verletzt.«

»Tut mir leid, daß wir nicht rechtzeitig genug zurückkehrten, um das zu verhindern. Übrigens...« fügte Kirk hinzu, runzelte verwundert die Stirn und sah sich fragend um. »Haben Sie irgendeine Ahnung, warum wir uns plötzlich in der Umlaufbahn wiederfanden?«

»Ja, Captain. Wir schilderten den Taygetianern Ihre Lage, und daraufhin sangen sie Sie in unser Universum zurück.«

»Dann ist es Ihnen also gelungen, ihren sprachlichen Code zu entschlüsseln?«

»Ja. Aber nur die jungen Sänger verhalten sich uns gegenüber recht aufgeschlossen. Wir führten ein kurzes Gespräch mit einer erwachsenen Taygetianerin, die sich als Matriarchin bezeichnete, doch...«

»Jim, Spock«, warf McCoy plötzlich ein. »Allem Anschein hat uns die alte Dame noch etwas zu sagen.« Die beiden Offiziere beobachteten die Klippen, und ihr Blick fiel auf ein großes und massiges Pelzwesen, das sich ihnen näherte.

Kor schlang den Arm um Kalis Taille und trat auf die drei Männer von der *Enterprise* zu. »Was ist los?«

»Ich glaube, man gewährt uns eine weitere Audienz«, erwiderte McCoy leise. »Und ich frage mich, was sie uns diesmal mitzuteilen hat. Beim erstenmal schien sie nur widerwillig dazu bereit zu sein, uns anzuhören, aber jetzt kommt sie, ohne daß sie jemand darum gebeten hat.«

»Spekulationen ohne handfeste Fakten führen zu nichts, Doktor. Ich schlage vor, wir warten einfach ab.«

Die Matriarchin verharrte auf einem kleinen Sandhügel, neigte würdevoll den Kopf und bedeutete den Besuchern damit, daß sie bereit war, sie zu empfangen. Die jungen Sänger versammelten sich um sie herum wie die Höflinge einer Königin. Hier und dort erklang ein melodisches Murmeln, doch es wurde sofort wieder still, als die Erwachsene zu sprechen begann.

»Wir haben eure Bitte erfüllt«, sang sie. Spock konzentrierte sich ernst und übersetzte. *»Jetzt müßt ihr diese Welt verlassen. Eure Anwesenheit stört uns. Zuerst war es die Präsenz der mordlustigen Jäger, die das Große Lied beeinträchtigte, und nun sind es eure internen Auseinandersetzungen.«*

»Das Große Lied?« flüsterte Kirk. »Was hat es damit auf sich?«

»Offenbar ist damit der immerwährende Gesang der Erwachsenen gemeint«, antwortete Spock.

»Ja, aber was bedeutet...« setzte der Captain an, brach jedoch ab, als erneut die Stimme der Matriarchin erklang.

»Nichts darf die heilige Arbeit gefährden, die unsere Heimat schützt, und ihr erweist euch immer mehr als Störfaktoren. Deshalb fordern wir euch auf, uns zu verlassen.«

»Aber die Raum-Zeit-Anomalie...« wandte Kirk ein. »Spock, es kommt darauf an, ihnen die enorme Gefahr klarzumachen, die von dem Strukturriß ausgeht. Wir müssen hierbleiben, um irgendeine Möglichkeit zu finden, das Phänomen zu neutralisieren.«

»Es dürfte sehr schwierig sein, ihnen zu einem entsprechenden Erkenntnisprozeß zu verhelfen, denn ganz offensichtlich erachten die Taygetianer unsere Anwesenheit als eine Störung in Hinsicht auf ein Ritual von großer religiöser Signifikanz.«

Kirk rollte mit den Augen, als er die umständliche Ausdrucksweise des Vulkaniers hörte.

»Nun, versuchen Sie's. Wir können sie doch nicht einfach im Stich lassen.«

»Lieutenant...« Spock sah Uhura an.

»Ja, Sir«, sagte sie. Sie holte tief Luft, aber Guy machte keine Anstalten, sie musikalisch zu begleiten. Stattdessen starrte der Komponist verzückt ins Leere.

Kirk wurde nun zum erstenmal auf den kleinen Mann aufmerksam, und er erschrak geradezu, als er Maslin musterte. Er wirkte ausgemergelt, erweckte den Eindruck, als sei er in wenigen Tagen um zwanzig Jahre gealtert. Straff spannte sich die Haut über den Jochbeinen, und die Augen lagen tief in dunklen Höhlen. Uhura berührte ihn sanft an der Schulter, und daraufhin zuckte er zusammen. Langsam wurde er sich wieder seiner Umgebung bewußt.

»Ja?« fragte er heiser.

»Ich brauche Musik.«

»In Ordnung.«

»Ehrenwerte Dame«, sang Uhura. *»Vom Himmel her droht eine Gefahr, die weitaus größer ist als...«*

»Schweig!« befahl die Taygetianerin und schüttelte energisch den Kopf. *»Wir sind ein friedliebendes Volk, dem nichts daran liegt, anderen Lebewesen ein Leid zuzufügen. Aber seid gewiß: Wenn ihr diese Welt nicht verlaßt, werden wir euch töten. Wir haben die Macht, zu bewahren und zu*

schützen. Doch unsere Fähigkeiten können auch zu destruktiven Zwecken verwendet werden.«

»Und was machen wir jetzt?« Kor schnitt eine Grimasse.

Kirk breitete hilflos die Arme aus. »Keine Ahnung. Irgendwelche Vorschläge?« Er sah sich um und ließ den Blick über die besorgten Gesichter seiner Kameraden schweifen.

»Wir sollten der Aufforderung nachkommen«, knurrte Ragsdale. »Uns bleibt wohl nichts anderes übrig.«

»Aber damit lösen wir nicht das Problem der Anomalie«, protestierte McCoy.

»O doch«, widersprach Maslin, der noch immer am Synthesizer saß. Alle starrten ihn verblüfft an. »Eigentlich ist die Sache ganz einfach«, fuhr er fort, stand auf und wankte Kirk entgegen. »Ich frage mich, warum ich das nicht schon vor einigen Tagen begriff. Die Anomalie hat sich gebildet, weil beim Gesang der erwachsenen Taygetianer einige Stimmen fehlen – wofür die Jäger verantwortlich sind. Die Dissonanz in der Harmonie ließ den Strukturriß entstehen. Er wird sich wieder schließen, wenn die Sänger ihr Lied beenden.«

»Es spielt eine so wichtige Rolle für die Eingeborenen dieses Planeten, daß sie wohl kaum freiwillig bereit sind, den Gesang einzustellen«, gab Spock zu bedenken.

»Die Entscheidung fällt nicht unbedingt ihnen zu«, erwiderte Kor trocken. »Wenn das Phänomen die Sonne erreicht, endet alles Leben auf Taygeta V. Und Tote können nicht mehr singen.«

»Eine endgültige Lösung – von der ich jedoch nicht sonderlich viel halte.« Spock schüttelte den Kopf. »Wir haben es mit einer hochintelligenten Spezies zu tun. Sie hat ein Recht darauf zu überleben.«

»Und wie wollen Sie sie zum Schweigen bringen?« fragte Kor scharf.

»Indem wir sie davon überzeugen, daß keine Notwendigkeit mehr besteht, das Große Lied fortzusetzen.«

»Aber wenn es eine religiöse Funktion erfüllt...«

»Der Sinn des Gesangs beschränkt sich nicht nur *darauf*«, behauptete Maslin mürrisch und gestikulierte nervös. »Verstehen Sie denn noch immer nicht? Die Taygetianer glauben, sie müssen weiterhin singen, um ihre Welt vor der Strahlungsfront der Nova zu schützen.«

»Was?« ertönte es von ihren Zuhörern.

»Eine interessante Theorie, Mr. Maslin. Aber gibt es irgendwelche konkreten Beweise dafür?« Spock musterte ihn skeptisch.

»Wir wissen um die Verheerungen auf den anderen Planeten dieses Sonnensystems und haben uns immer wieder gefragt, wieso sich die Oberfläche von Taygeta V nicht ebenfalls in radioaktive Schlacke verwandelte. Es muß hier irgend etwas gegeben haben, das den Planeten abschirmte. Nun, inzwischen ist uns klar, daß die Sänger mit ihren Liedern nicht nur Einfluß auf die Materie nehmen können, sondern sogar auf das Gefüge der Raum-Zeit. Sie stellen ihren Gesang nie ein. Warum sollten sie sich so sehr bemühen, wenn sie nicht davon überzeugt wären, eine Katastrophe verhindern zu müssen?«

»Aber die Strahlungsfront erreichte dieses Sonnensystem vor rund dreitausend Jahren«, wandte Kirk ein. »Die Gefahr ist längst vorbei.«

»Einen Augenblick, Captain.« Der Vulkanier hob den Kopf. »Mr. Maslins Überlegungen haben durchaus etwas für sich. Ich glaube ebenfalls, daß es die besonderen Fähigkeiten der Sänger waren, die Taygeta V vor der Vernichtung bewahrten.«

»Drei Jahrtausende, Spock«, wiederholte Kirk. »Das ist verdammt viel Zeit.«

»Vielleicht dauerte es einige Jahrzehnte, bis die Strahlung auf ein ungefährliches Maß sank. Und möglicherweise vergaßen die Eingeborenen bis dahin den eigentlichen Zweck des Liedes. Anschließend gewann es eine rein religiöse Bedeutung.«

Kirk richtete seine Aufmerksamkeit auf Maslin. »Wären Sie imstande, das Lied zu übersetzen und festzustellen, ob unsere Vermutungen den Tatsachen entsprechen?«

»Das habe ich schon einmal versucht. Es ist viel zu komplex für eine detaillierte Interpretation. Ich würde bestimmt einige Wochen brauchen, und ich glaube, soviel Zeit bleibt uns nicht. Doch eins steht fest: Von der Form her ähnelt es den manipulativen Gesängen der jungen Taygetianer, mit denen sie Fische teleportieren und Wälder schaffen. Mit anderen Worten: Es handelt sich um Melodien, mit denen Einfluß auf die Umwelt ausgeübt wird.«

»Mit nur einem Unterschied«, fügte McCoy hinzu und sah an den kristallenen Klippen hoch. »Das Große Lied ist wesentlich mächtiger.«

»Mein Gott«, murmelte Kirk und folgte dem Blick des Arztes. »Was für eine Tragödie. Ein ganzes Volk, das seine gesamte Kraft darauf verwendet, sich vor einer Gefahr zu schützen, die überhaupt nicht mehr existiert. Dreitausend Jahre lang kam es weder zu künstlerischen noch wissenschaftlichen Entwicklungen, denn für solche Dinge konnte keine Energie erübrigt werden.« Leise schloß er: »Ich frage mich, zu welchen Leistungen diese Spezies unter anderen Umständen imstande gewesen wäre...«

»Denken Sie nur an die jungen Sänger«, sagte Uhura, sank auf die Knie und streichelte eins der niedlichen Wesen. »Wie schrecklich muß es sein, in dem Wissen aufzuwachsen, daß einem später ein Leben endloser Plackerei bevorsteht. Ohne die Chance, sich für etwas anderes zu entscheiden.«

»Nun gut – was unternehmen wir jetzt?« fragte Kirk und sah sich um.

»Wir sollten ihnen einfach mitteilen, daß die Gefahr nicht mehr existiert«, sagte Maslin ungeduldig. Er trat wieder auf den Synthesizer zu. »Das liegt doch auf der Hand, oder? Immerhin kennen wir jetzt ihre Sprache.« In einem Anflug des für ihn typischen Sarkasmus fügte er hinzu: »Aber vielleicht gibt es irgendeinen Grund, warum Sie dauernd alles komplizierter machen müssen.« Er trat wieder an den Synthesizer heran und nahm ächzend auf der Sitzbank Platz.

»Ein Vorschlag, der mir logisch erscheint, Captain«, sagte Spock. »Aber da die Taygetianer ausgeprägte telepathische Gaben besitzen, wäre es besser, ich führe eine Mentalverschmelzung mit der Matriarchin herbei. Unsere Kenntnisse in Hinsicht auf die Sprache der Taygetianer sind hier und dort noch unvollständig, und wir haben es mit einer viel zu wichtigen Angelegenheit zu tun, als daß wir uns das Risiko eines Mißverständnisses leisten könnten.«

»Dem kann ich nur beipflichten. Wie gehen wir vor?«

»Sie appellieren an die Taygetianer, Captain, und Mr. Maslin, Lieutenant Uhura und ich sorgen dafür, daß Ihre Botschaft die Sänger erreicht.«

Kirk wandte sich von den anderen ab, um seine Gedanken zu sammeln. Er konzentrierte sich auf die glitzernden Klippen, und dann und wann ballte er eine Hand zur Faust – deutliches Zeichen seiner inneren Anspannung.

»Es hat ganz den Anschein, als könnten die Menschen bald einen weiteren Erfolg für sich verbuchen«, raunte Kor und sah Kali an.

»Das haben sie auch verdient«, erwiderte sie. Ihr Blick verweilte eine Zeitlang auf dem hohlwangigen und bleichen Gesicht des Komponisten, glitt dann weiter zu Uhura. Sie musterte die anmutigen Züge der jungen Frau, beobachtete anschließend den Vulkanier, der sich vorsichtig der Matriarchin näherte. »Wir hingegen können nicht besonders stolz auf uns sein. Wir haben praktisch keine konstruktiven Beiträge geleistet, sie sogar bei ihren Forschungsarbeiten behindert.«

»Ich schätze, das imperiale Oberkommando wird deine Ansicht nicht teilen.«

Kali zuckte mit den Schultern. »Dann sollten wir unseren Bericht so abfassen, daß er auf Wohlwollen stößt.«

Kor lachte leise und drückte Kali fester an sich. »Was für eine schlaue kleine Klingonin.«

»Manchmal bezweifle ich, ob ich wirklich eine gute Klingonin bin«, sagte sie und sah ernst zu ihm auf. »Ich *mag* die Menschen.«

»Ich auch, Schatz. Zumindest diese hier«, fügte Kor nach kurzem Nachdenken hinzu und seufzte. »Allerdings weiß ich nicht, ob es mir gefallen würde, mein Leben in ausschließlich menschlicher Gesellschaft zu verbringen.«

»Nun, dann müssen wir unter allen Umständen verhindern, daß das Oberkommando von unserer Zusammenarbeit mit den Terranern erfährt. Denn sonst haben wir keine andere Wahl, als bei der Menschheit Zuflucht zu suchen.«

Kirk kehrte zu der Gruppe zurück und blieb neben Spock stehen. »Alles klar?« fragte er gepreßt.

Der Vulkanier nickte. »Die Matriarchin scheint nichts dagegen zu haben, daß ich sie berühre. In dieser Hinsicht brauchen wir uns keine Sorgen zu machen.«

»Nun, dafür werden sich gleich andere Probleme ergeben«, brummte der Captain und warf Maslin und Uhura einen kurzen Blick zu. »Fertig?«

»Ja, Sir«, bestätigte Uhura. Maslin gab keine Antwort. Statt dessen starrte er aus trüben Augen auf die Tasten des Synthesizers und atmete mehrmals tief durch, so als bereite er sich auf eine letzte große Anstrengung vor.

Spock streckte die Hand aus und strich mit den Fingerkuppen behutsam über den runden Schädel der alten Taygetianerin. Sie sah zu ihm auf und blickte ihn aus ihren blauen Augen an. Einmal mehr kamen ihre Pupillen Toren zur Ewigkeit gleich. Plötzlich schnappten sowohl der Vulkanier als auch die drei anderen Personen nach Luft und erstarrten förmlich. McCoy kniff alarmiert die Augen zusammen und wollte sich ihnen nähern, aber Kor hielt ihn zurück.

»Stören Sie sie nicht! Offenbar haben ihre Gedanken jetzt einen Kontakt mit der Bewußtseinssphäre der Sängerin hergestellt. Es könnte zu fatalen Konsequenzen kommen, wenn Sie jetzt eingreifen.«

»Das wäre auch möglich, wenn ich *nichts* unternehme!« erwiderte McCoy aufgebracht, aber Kor ließ den Arm des Arztes nicht los.

Maslin beugte sich ruckartig vor und begann zu spielen. Eine Melodie schwermütiger Verzweiflung wehte dem silbrigen Himmel entgegen. Kirks Blick reichte in die Ferne, als sich seine Lippen bewegten und er erste Worte formulierte, und wenige Sekunden später stimmte Uhura ein Lied an. Spock diente als Fokus für die geistigen Energien; er zuckte wie eine Marionette, an deren Führungsfäden jemand zerrte, und sein Gesicht wurde zu einer schmerzerfüllten Grimasse.

Kirk hatte das Gefühl, als sei er erneut in der Anomalie gefangen. Farbschleier wirbelten und tanzten um ihn herum, und der Kosmos bestand aus Musik, aus Melodien, die auch in seinem Innern erklangen. Er fühlte, wie sich der Teil von ihm trennte, der sich an eine individuelle Identität erinnerte, an eine ganz bestimmte Absicht. Der Kern seines Ichs verflüchtigte sich, ging ein in den Mahlstrom zarter Klänge, die ein rein musikalisches Universum durchzogen und eine neue Art von Realität bestimmten. Er sehnte sich danach, die Arme auszubreiten und sich einfach davontreiben zu lassen.

Plötzlich spürte er andere Präsenzen in seiner unmittelbaren Nähe, andere Selbstfaktoren, die zusammen mit ihm durch eine silbrige Hyperwelt wanderten. Irgend etwas berührte ihn, und er assoziierte das Empfinden mit Zuneigung und unerschütterlicher Loyalität. Spock. Der vertraute Kontakt brachte ihm das Identitätsgefühl zurück, und daraufhin entsann er sich wieder an seine Aufgabe. Kurz darauf nahm er auch die anmutige Wärme Uhuras wahr, dann noch ein anderes Ich-Konglomerat, irrgartenhaft komplex, wie die Flamme einer Kerze, die im Wind flackerte. Irgend etwas war damit nicht in Ordnung. Das Licht des Selbstfeuers trübte sich, brannte unstet, während das Glühen der anderen Präsenzen gleichmäßig und beständig blieb.

Hinter sich spürte er ein weiteres Ich, auf die Art und Weise, wie ein Blinder den warmen Schein der Sonne auf der Haut fühlt. Langsam drehte er sich um – obgleich es im Seelenkosmos keine Richtungen gab, weder oben noch unten, weder vorn noch hinten – und erblickte die Taygetianerin. Aufgrund der psychischen Emanationen, die von der weißen und goldenen Gestalt ausgingen, wußte er sofort, daß er es mit der Matriarchin zu tun hatte. Kirk erlitt fast einen Schock, als er begriff, daß er die Sängerin so sah, wie sie sich anderen geistigen Wesen darbot. Vorsichtig näherte er sich ihr. Er fürchtete sich nicht etwa vor ihr, denn ihre Ausstrahlungen hatten nichts Bedrohliches an sich, aber die gewaltige Macht, die sie verkörperte, erfüllte ihn mit tiefem Respekt.

»Ehrenwerte Dame«, sagte er und stellte verblüfft fest, daß seine Stimme ein hallendes Echo erzeugte.

»Sprich, Mensch.«

»Matriarchin, die Gefahr, vor der ihr euch mit dem Großen Lied schützt, besteht längst nicht mehr.«

»Woher soll ich wissen, ob das der Wahrheit entspricht? Bisher hat sich deine Spezies uns gegenüber nicht sonderlich freundlich verhalten.«

»Wir bedauern es sehr, daß die Jäger auf dieser Welt ihr Unwesen treiben konnten. Aber ich bitte dich, nicht alle Menschen nach dem Gebaren einiger skrupelloser Personen zu beurteilen.

Was den Beweis angeht... An Bord meines Raumschiffes gibt es einige Instrumente, mit denen wir das All beobachten können. Sie versetzen uns in die Lage, Erkenntnisse über besondere Vorgänge im Kosmos zu gewinnen. Als wir deine Heimat erreichten, stellten wir fest, daß vor langer Zeit die Strahlungsfront einer Nova durch dieses Sonnensystem zog, und wir haben ihre Spuren weit über Taygeta hinaus verfolgt. Die anderen Welten wurden vor dreitausend Jahren von dem tödlichen Partikelschauer heimgesucht, und inzwischen sind nur noch wenige Reste übriggeblieben.«

Stille folgte, und Kirk versuchte, sich an seiner Identität festzuklammern und sich nicht im silbrig schimmernden Gedankenuniversum zu verlieren. Während er dahinschwebte, spürte er, wie irgend etwas behutsam nach seiner Seele tastete. Es fühlte sich an, als erforschten sanfte Finger die dunklen Kammern des Gedächtnisses und der Emotionen.

»Ich habe dein Bewußtsein sondiert, und offenbar sagst du die Wahrheit.« Kirk nahm die kummervolle Verwirrung der Taygetianerin wahr. Plötzlich hatte er Mitleid mir ihr. »Dennoch bin ich der Ansicht, das ändert nichts an der gegenwärtigen Situation. Das Große Lied ist eine heilige Wahrheit, die uns von Nasul überliefert wurde, dem Oberhaupt unseres Volkes. Er lehrte uns, die individuellen Kräfte miteinander zu verschmelzen, um unsere Welt zu retten.«

»Aber es kann doch nicht Nasuls Absicht gewesen sein, dein Volk zu einer endlosen Tätigkeit zu verdammen, die überhaupt keinen Sinn hat«, erwiderte Kirk verzweifelt, als er merkte, daß die Taygetianerin Anstalten machte, den psychischen Kontakt zu beenden. »Und bestimmt wäre er entsetzt, wenn er wüßte, daß seine Nachkommen dabei sind, blindlings in den sicheren Tod zu gehen. Bitte, hör mich an! Das Große Lied ist kein Instrument des Schutzes mehr. Statt dessen hat es sich in eine Waffe verwandelt, die euch bedroht! Der Riß im Gefüge der Raum-Zeit entstand, weil einige der Sänger starben. Wenn ihr jetzt nicht aufhört, wird die Anomalie das Zentralgestirn erreichen, und das bedeutet das Ende eurer Spezies! Die Erfüllung deiner Pflicht erfordert es doch nicht, alle Taygetianer dem Tod preiszugeben!«

»Zeig mir die Gefahr. Ich möchte mir den Strukturriß ansehen. Führ mich dorthin.«

»Aber...« begann Kirk, doch dann konnte er kein Wort mehr hervorbringen. Jähe Übelkeit stieg in ihm empor, und kurz darauf sah er, daß er über seinem zusammengebrochenen Körper schwebte. Mit beiläufigem Interesse beobachtete er, wie McCoy von ihm zu Spock eilte und anschließend auch Uhura und Maslin untersuchte. Er wollte dem Arzt etwas zurufen, ihm versichern, es sei alles in Ordnung, aber die Worte erreichten McCoy nicht – obgleich er deutlich hörte, wie er sie formulierte.

»Machen wir uns jetzt auf den Weg«, sagte die Matriarchin, und Kirk folgte ihr, schwebte durch das kalte All. Zwar begriff er auf einer rein rationalen Ebene, daß sein Körper nicht dem tödlichen Vakuum ausgesetzt wurde, aber trotzdem regte sich so etwas wie Panik in ihm.

»Faszinierend«, erklang rechts von ihm die Stimme Spocks. Kirk wandte den Blick zur Seite und sah ein glühendes Etwas, eine psychische Entität. »Eine Form astraler Projektion«, fügte der Vulkanier hinzu. »Offenbar mit beschränkter Reichweite.«

Kirk stellte fest, daß er wesentlich weiter und besser sehen konnte als mit seinen menschlichen Augen. Er erkannte die *Enterprise* in der Umlaufbahn des Planeten, dicht daneben Kors Schlachtkreuzer. Sehnsucht und Stolz erfüllten ihn, als er die geschmeidigen Konturen seines Schiffes betrachtete. In größerer Entfernung bemerkte er die zweite klingonische Einheit. Sie schwebte dicht am Rande der Anomalie und wirkte wie ein zerbrechliches Spielzeug. Das Phänomen schimmerte und gleißte, stellte einen bunten Vorhang dar, der zwei völlig verschiedene Universen voneinander trennte. Die taygetianische Sonne... ein trübes, gelbes Leuchten jenseits des unheilvollen Schleiers, der einen immer breiter werdenden Riß im Gefüge des Weltraums und der Zeit verkörperte. Zwar waren auch Maslins und Uhuras Körper zu Boden gesunken und lagen reglos neben dem Synthesizer, aber noch immer erklang Musik. Kirk nahm an, er ›hörte‹ die Klänge einer Melodie, die ihre Bewußtseinssphären durchzog. Sie war herrlicher als alle Musikarten, die er von der Erde her kannte.

»Das ist es also«, sagte die Matriarchin leise, und ihre Gedanken sickerten dem Captain grau und hoffnungslos entgegen. »Jetzt sehe ich das, was unser Schicksal besiegelt.«

»Noch könnt ihr etwas dagegen unternehmen!« erwiderte Kirk hastig. »Die Anomalie wird nur dann zu eurem Verhängnis, wenn ihr das Große Lied fortsetzt. Ihr habt den Riß im All selbst geschaffen, aber ihr seid auch in der Lage, ihn wieder zu schließen. Hört einfach mit dem Gesang auf!«

Er spürte die Unentschlossenheit der alten Taygetianerin, und er suchte nach den richtigen Worten, nach einem anderen stichhaltigen Argument, um sie zu überzeugen.

Plötzlich sauste eine Gruppe junger Sänger wie ein funkelnder Kometenschwarm an ihnen vorbei. Auf dem Strand mochten sie unbeholfen wirken, aber im dunklen Ozean des Weltraums bewegten sich ihre astralen Körper mit der anmutigen Eleganz erfahrener Tänzer. Sie wirbelten um den Captain und seine Begleiter herum, und vor dem Hintergrund schimmernder Sterne spielten sie auf verwirrende Weise Fangen.

Die Possen von Kindern, dachte Kirk. *Wie auch auf vielen anderen Welten. Aber dies sind ganz besondere Wesen! Sie können die Sterne zu ihrer Spielwiese machen. Oder nicht? Sobald sie erwachsen geworden sind, müssen sie die Spiele zugunsten der Pflicht aufgeben – einer Pflicht, die längst sinnlos geworden ist und ihre Talente vergeudet.*

Von einem Augenblick zum anderen begriff der Captain, welche Worte er an die Matriarchin richten mußte.

»Ehrenwerte Dame, wenn dir nichts daran liegt, die Erwachsenen zu retten, so bewahrt wenigstens das Leben der Kinder. Beendet das Lied, bevor es euch alle vernichtet. Seit vielen Generationen erwartet die jungen Sänger eine Zukunft aus immerwährender Mühsal – obgleich die Gefahr schon seit mehreren tausend Jahren nicht mehr besteht. Vertrau uns. Wir bieten euch die Sterne an. Als Mitgliedern der Föderation stehen euch Potential und Wissen Hunderter von Planeten zur Verfügung. Und eure große Macht könnte zum Vorteil vieler anderer Völker genutzt werden. Matriarchin, ich flehe dich an: Ermögliche den Kindern eine bessere Zukunft!«

Die Musik, die Kirks Ausführungen bis zu diesem Zeitpunkt leise untermalt hatte, schwoll zu einem glücklichen Crescendo an. Es betonte die Aufrichtigkeit des Captains, seine verzweifelte Hoffnung. Es schien, als beschrieben hundert Orchester – übertönt von einer lauten Stimme – eine so herrliche Zukunft, daß nur ein besonders herzloses Geschöpf derartige Visionen ignorieren konnte.

Erneut verspürte Kirk eine Mischung aus Übelkeit und Verwirrung – und dann fühlte er wieder seinen Körper und stand unsicher auf. Sand rieselte von seiner Parka, und aus einem Reflex heraus strich er einige glitzernde Körner von der Hose.

»Jim! Jim! Ist alles in Ordnung mit dir? Was ist geschehen?« McCoy packte ihn an den Schultern, und überall um ihn herum erklangen aufgeregte Stimmen. Dann gab die Matriarchin einen langen, heulenden Schrei von sich, der immer schriller wurde – und die Melodie des Großen Liedes verklang. Stille senkte sich über die silbrig schimmernde Kristallwelt der Sänger. Zum erstenmal seit dreitausend Jahren herrschte Ruhe. Die einzigen Geräusche stammten von den Wellen, die zischend und gurgelnd am Strand ausrollten. Leise seufzte der Wind über die hohen Klippen, und irgendwo schluchzte leise eine Frau.

KAPITEL 15

Kirk wandte sich von McCoy ab und trat auf Uhura zu. Sie rutschte von der Sitzbank des Synthesizers, ließ sich in den Sand sinken und hielt Maslin in den Armen. Das Gesicht des Komponisten war weiß und wächsern, und er atmete ungleichmäßig und rasselnd.

McCoy schob sich hastig am Captain vorbei und hielt seinen Tricorder über den erschlafften Körper des Musikers. Kurz darauf sah er Kirk an und schüttelte andeutungsweise den Kopf.

»Hast du keine Möglichkeit, ihm zu helfen, Pille?« fragte Kirk gedämpft.

»Ich könnte es ihm bequemer machen und den einen oder anderen Trick versuchen, aber ich bezweifle, ob das etwas nützt«, erwiderte McCoy ebenso leise. »Es wäre besser, ihn an Bord des Schiffes zurückzubringen.«

»Nein.« Nur ein Wort, kaum mehr als ein Hauch, gefolgt von einem keuchenden Hustenanfall. Und doch gelang es Maslin, eine ganz besondere Schärfe zum Ausdruck zu bringen. Der Komponist rang sich ein müdes Lächeln ab und sah zu Kirk auf. »Nein«, wiederholte er. »Könnte sich ein Musiker mehr wünschen, als auf einer solchen Welt zu sterben?«

»O Guy, nein«, flüsterte Uhura entsetzt. Tränen glänzten in ihren Augen.

Kirk spürte plötzlich einige betroffene Blicke auf sich ruhen und erinnerte sich an die Sicherheitsgruppe, die ihn beim Transfer begleitet hatte. »Thomas«, wandte er sich an den Leiter. »Brechen Sie mit Ihren Leuten auf und suchen sie die Klingonen, die den Angriff auf unser Camp überlebten.«

»Aye, Sir.«

»Sie schließen sich ihnen an«, befahl Kor seinen eigenen Wächtern und winkte sie fort.

»Weine nicht, Schatz«, murmelte Guy Uhura zu, als Kirk seine Aufmerksamkeit wieder auf das Paar richtete. »Das Leben ist nur sehr selten so, wie wir es uns wünschen.«

»Wenn du nur nicht an der Mission teilgenommen hättest«, entfuhr es Uhura schmerzerfüllt, und für Kirks empfindsame Nerven kamen ihre Worte einem Peitschenhieb gleich. Voller Unbehagen wartete er auf die Antwort des Komponisten.

»Wenn ich nicht mitgekommen wäre, hätte ich dich nicht kennengelernt.« Er griff nach ihrer Hand und führte sie zitternd an seine Lippen. »Außerdem...« Er zögerte kurz, und für einen Sekundenbruchteil zeigte sich fast so etwas wie Freude in seinen bleichen Zügen. »Ich habe hier mein bestes Stück geschrieben. Diesmal erreichte meine Musik den Himmel.«

»Ach, Guy...« Uhura unterbrach sich, als der Kommunikator des Captains summte.

»Hier Kirk.«

»Scott spricht, Captain. Ich wollte nur berichten, daß die Anomalie ebenso verschwunden ist wie die Warpvibration, die unsere Dilithiumkristalle destabil werden ließ.«

»In Ordnung, Scotty. Kümmern Sie sich um das Schiff und warten Sie auf meine Nachricht.«

»Aye, Sir.«

»Wir haben es also geschafft, Kirk«, brachte Maslin mühsam hervor.

»Das ist vor allen Dingen *Ihr* Verdienst.«

»Wie soll ich das denn verstehen?« erwiderte Maslin mit einem Hauch seines alten Spotts. »Wird der berühmte Captain der *Enterprise* plötzlich bescheiden? Kommen Sie, Kirk, ruinieren Sie nicht das Bild, das ich mir von Ihnen gemacht habe.«

Kirk sank neben dem sterbenden Komponisten auf die Knie. »Ich habe mich in Ihnen getäuscht«, meinte er und berührte die kraftlos gewordene Hand Maslins.

»Und ich möchte Ihnen sagen, daß es mir leid tut. Ich wollte nicht, daß es auf diese Weise endet...«

»Bitte werden Sie jetzt nicht sentimental, Kirk.« Maslin winkte ab und bedachte den Captain mit einem ironischen Blick. »Übrigens... Sie hatten recht. Es gibt tatsächlich Dinge, die wichtiger sind als unsere egoistischen Wünsche. Ich bin froh, den Taygetianern begegnet zu sein.« Der junge Sänger, der in der letzten Zeit nicht von Maslins Seite gewichen war, schien zu spüren, was geschah. Er hüpfte besorgt heran und kuschelte sich an den Komponisten.

Maslins Lider schlossen sich, und erneut trat McCoy einen Schritt vor. »Ich beschwöre dich, Jim! Gib mir die Erlaubnis, ihn zur *Enterprise* zurückzubringen.«

»Nein.« Uhura schüttelte den Kopf. »Respektieren Sie seinen letzten Willen. Lassen Sie ihn hier sterben.«

»Das ist die richtige Einstellung, Madam Starfleet«, krächzte Guy und schlug noch einmal die Augen auf. »Ein fester Standpunkt hat noch nie geschadet.« Er musterte sie und lächelte müde. »Habe ich dir jemals gesagt, wie sehr ich dich liebe?«

»Nicht oft genug«, erwiderte Uhura mit vibrierender Stimme.

Kali breitete plötzlich die Arme aus und drängte die Zuschauer zurück, wie eine Mutter, die eine Schar aufsässiger Kinder verscheuchte.

»Das ist unsere Kali, immer so einfühlsam«, murmelte Guy so leise, daß Uhura ihn kaum mehr verstehen konnte. Sie sah, wie sich seine grünen Augen trübten.

»Verlaß mich nicht, Guy.«

»Nein, ich bleibe bei dir. Wir... wir haben viel voneinander... gelernt, nicht wahr? Ich... werde immer... in deiner Nähe weilen«, brachte er stoßweise hervor. »Und jetzt... solltest du dich... auf den Weg machen. Sonst schaffst du es nicht... Captain zu werden. Zeig den anderen, was... du auf... dem Kasten hast, Schatz...«

Uhura schloß ihm sanft die Augen, und die jungen Taygetianer um sie herum stimmten einen kummervollen und klagenden Gesang an. Das pelzige Wesen, das sich an Guy geschmiegt hatte, hob abrupt den Kopf, sah Uhura an und weinte eine einzelne, funkelnde Träne. Als sie auf die ausgestreckte Hand der dunkelhäutigen Frau fiel, floß sie nicht etwa auseinander, sondern blieb kühl und glatt liegen.

Dann begann Uhura zu weinen. Ihre eigenen Tränen rannen heiß über die Wangen, als sie die Leiche des Mannes an sich drückte, den sie geliebt hatte.

»Das wär's also«, sagte Kor, als er zusammen mit Kali, Kirk und Spock durch die Korridore der *Enterprise* schritt. Ihr Ziel war der Transporterraum. »Erneut gibt man uns nicht die Möglichkeit zu einem fairen Duell.«

»Machen Sie mir deswegen keine Vorwürfe«, erwiderte Kirk und hob wie abwehrend die Hand. »Wenn ich mich recht entsinne, entschieden *Sie* sich gegen einen Kampf und für die Zusammenarbeit mit uns.«

»Unsere Kooperation war recht nützlich, nicht wahr?« fragte Kor lächelnd.

»Ja, das glaube ich auch. Und jetzt?«

»Jetzt kehren wir nach Hause zurück und hören uns die Musik an, die uns dort erwartet.« Er lachte kurz. »Bitte entschuldigen Sie das Wortspiel.«

»Wird es schlimm werden?«

»Ich hoffe nicht. Immerhin haben Kali und ich einige Wochen Zeit, um die Berichte zu frisieren. Wir behaupten einfach, wir hätten einen triumphalen Sieg errungen, während Sie eine schwere Niederlage hinnehmen mußten und sich als geschlagener Mann auf den Rückweg machten.«

Kirk hob die Hand vor die Augen. »Ach, mein Ruf«, stöhnte er. »Was sollen nur all meine Fans von mir halten?«

»Ihre verdammte Reputation braucht nicht erneut bestätigt zu werden«, sagte Kor offen. »Sie sind schon jetzt eine lebende Legende.« Kirk senkte verlegen den Kopf. »Und außerdem: Ich muß Ihnen erneut das Feld überlassen.«

»Kriegsglück, weiter nichts.«

»Aber diesmal hatten wir es nicht mit einem Krieg zu tun. Denken Sie einmal genau darüber nach, Kirk. Es waren nicht die Organianer, die einen Kampf zwischen uns verhinderten.«

»Vielleicht sind wir alle klüger geworden«, brummte Kali leise.

»Leider ging es dabei nur um zwei Raumschiffe«, schränkte Spock ein. »Ihr Imperium und unsere Föderation stehen noch immer Gewehr bei Fuß.«

»Seien Sie nicht zu pessimistisch, Spock«, antwortete Kali und verzog des Gesicht. »Ich behaupte nicht, wir hätten alle Probleme gelöst, aber zumindest haben wir bewiesen, daß der Frieden zwischen unseren Völkern möglich ist.«

»Da wir gerade bei Problemen sind«, knurrte Kor, zögerte und räusperte sich. »Sobald die Verhandlungen zwischen den drei taygetianischen Botschaftern beginnen und diplomatische Beziehungen zwischen der Föderation und der Heimatwelt der Sänger hergestellt sind... Glauben Sie, wir könnten uns dann einige Taygetianer *ausleihen,* um die Umweltbedingungen auf einigen klingonischen Planeten zu verbessern?«

»Kommen Sie als Leiter einer Handelsdelegation zur Erde – ich werde zur Stelle sein und dafür sorgen, daß alles klargeht.«

»Einverstanden.« Sie betraten den Transporterraum und blieben vor der Plattform stehen, um sich zu verabschieden.

»Ich sage Ihnen nicht Lebewohl, sondern ›Auf Wiedersehen‹, denn ich bin sicher, wir begegnen uns noch einmal«, meinte Kor und umfaßte die Oberarme des Captains.

»Das hoffe ich, Commander. Und was die Taygetianer angeht: Wenn Sie die Fähigkeiten der Sänger anwenden, um die ambientalen Bedingungen Ihrer Planeten zu verbessern, so könnte das zu einer regen Handelstätigkeit zwischen unseren Einflußbereichen führen. Ich verspreche Ihnen, Ihr Anliegen in der Föderation zu unterstützen.«

»Im Ernst?«

»Sie haben mein Ehrenwort.«

»Ist Ihnen eigentlich klar, um was Sie mich bitten, Kirk?« fragte Kor, als sie sich die Hände schüttelten. »Sie fordern mich auf, einen grundlegenden Wandel im Imperium zu bewirken.«

»Commander, ich glaube, für eine derartige Aufgabe sind Sie geradezu prädestiniert. Ich bin sicher, Sie sind auf dem besten Wege, ebenfalls zu einer lebenden Legende zu werden.«

»O nein, Captain.« Kali legte ihrem Mann die Hände auf die Schultern und schob ihn in Richtung Transferplattform. »Kor ist bereits eitel genug. Wenn Sie so weitermachen, schnappt er noch ganz über.«

»Ach, Schätzchen«, seufzte der untersetzte Klingone. »Wenn das geschieht, wirst du mich sicher sofort vom Thron meines Größenwahns herunterholen.«

Kali gab sich entrüstet. »Als wenn ich jemals versucht hätte, dein Licht unter den Scheffel zu stellen. Warum...« Kor unterbrach sie, indem er sie umarmte und ihr einen Kuß gab.

»So wird man mit Frauen fertig«, sagte er zu Kirk, zwinkerte und ließ seine Frau auf ein Transporterfeld herab. »Und nun, Captain... Auf Wiedersehen. Bis zum nächsten Mal.«

»Ja, Commander.« Kirk nickte und hob die Hand.

»Du solltest hoffen, dann noch am *Leben* zu sein«, warnte Kali ihren Mann. Unmittelbar darauf verwandelten sich die beiden Klingonen in schimmernde Energiesäulen.

»Ziemlich impulsive Personen«, bemerkte Spock, nachdem der Transfer erfolgt war.

»Ja, Mr. Spock. Aber ich mag sie.«

»Der menschliche Geschmack war mir schon immer ein Rätsel«, erwiderte der Vulkanier trocken, als er zusammen mit dem Captain den Transporterraum verließ.

»Vermutlich liegen wir auf einer Wellenlänge.«

Spock hob eine Braue. »Ich verstehe nicht ganz, was Frequenzen damit zu tun haben sollen.«

»Eben.« Kirk grinste.

Sie traten in den Turbolift, und der Captain gab dem Computer die Anweisung, sie zur Brücke zu bringen. »Nun, beim Rückflug haben wir einen ganzen Haufen Passagiere an Bord. Wenn ich an die taygetianischen Botschafter und die Jäger in der Arrestzelle denke...«

»In der Tat. Aber unglücklicherweise fehlt derjenige, der uns nach Taygeta begleitete.«

Kirk nickte betroffen, schwieg nachdenklich und erinnerte sich an die Bestattungszeremonie an der Küste des silbernen Meeres. »Aber für keinen Menschen wurde jemals eine solche Totenmesse zelebriert.«

»Der Gesang hätte ihm bestimmt gefallen.«

Kirk blieb einige Sekunden lang still, und dann fragte er plötzlich: »Glauben Sie, Uhura wird darüber hinwegkommen?«

»Da es mir an Verständnis in Hinsicht auf menschliche Gefühle mangelt, Captain, sollten Sie diese Frage an jemand anders richten. Dr. McCoy hält sich für einen Experten in bezug auf alle Seelengeheimnisse. Vielleicht kann er Ihnen Auskunft geben.«

Kirk brummte leise vor sich hin, und kurze Zeit später schoben sich vor ihnen die beiden Türhälften mit einem verhaltenen Zischen auseinander. Auf der Brücke herrschte rege Aktivität. Der Captain blieb eine Weile auf der obersten Stufe stehen und nahm die vertrauten Eindrücke in sich auf. Alle Angehörigen der ersten

Crewgruppe waren zugegen: Sulu saß am Navigationspult, und Scott beobachtete die Generatorkontrollen. Uhura bediente die Kommunikationssysteme, und Spock nahm seinen Platz an der wissenschaftlichen Station ein. Kirk war erleichtert, alle seine Offiziere wieder an Bord zu wissen, und er entsann sich daran, wie sehr er sie vermißt hatte. Er hoffte, daß sich nie wieder eine Situation ergab, die ihn von seinen Kameraden trennte.

Er nahm im Sessel des Befehlsstandes Platz und drehte sich halb zur Seite, so daß er Uhura ansehen konnte. Seit Maslins Tod war sie still und in sich selbst zurückgezogen; ihr sonst so ruhiges und gelassenes Gesicht hatte sich in eine starre, ausdruckslose Maske verwandelt.

Sie hob den Arm, um den Decoder an ihrem Ohr zurechtzurücken, und bei dieser Bewegung schwang etwas zwischen ihren Brüsten hin und her. Kirk sah genauer hin und erkannte den Gegenstand als eine kristallene Träne. Sie hing an einer langen Kette und funkelte in kaltem, blauem Feuer. Der Captain schauderte unwillkürlich und fragte sich, wie sie ein solches Objekt tragen konnte. Riß der Anblick des Juwels nicht die alten Wunden in ihr auf, die gerade erst zu verheilen begannen?

Er starrte weiterhin auf den funkelnden Kristall, wie hypnotisiert. *Sonderbar*, dachte er, *daß so kleine Objekte im Zentrum der ganzen Mission standen.*

»Menschliche Habsucht«, murmelte er.

»Wie bitte, Sir?« Uhura wandte sich um.

»Ich habe nur laut gedacht, Lieutenant.«

Sie musterte ihn einige Sekunden lang. Dann sagte sie: »Ich trage sie als Andenken, Sir.«

Kirk lehnte sich überrascht zurück und überlegte, ob der intensive Kontakt mit den telepathischen Taygetianern latente übersinnliche Fähigkeiten in ihr geweckt hat. Er verdrängte das Unbehagen aus sich, stand auf und trat an ihre Seite.

»Das habe ich bereits vermutet«, sagte er leise und beugte sich zu ihr herab. »Aber wäre es nicht besser, alles hinter sich zurückzulassen, zu vergessen?«

»Kummer und Trauer sind nicht unbedingt negativ, Captain«, erwiderte Uhura sanft. »Oftmals wachsen wir durch solche Erfahrungen.« Sie hob das Juwel, ließ die Kette langsam an den Fingern entlanggleiten und beobachtete den herrlichen Glanz des Kristalls. »Außerdem: Dies ist eine Träne, die von einem Sänger stammt…« Sie hob den Kopf und sah in die Augen des Captains. »In gewisser Weise halte ich das für angemessen.«

Kirk griff nach ihrer Hand und drückte sie kurz, bevor er zum Befehlsstand zurückkehrte. Noch einmal sah er sich auf der Brücke um und nickte zufrieden.

»Mr. Sulu, nehmen Sie Kurs auf Starbase 23. Warpfaktor drei.«

»Aye, aye, Sir.«

Das dumpfe Brummen der Triebwerke wurde ein wenig lauter. Taygeta V, eine geheimnisvolle und in silbrige Wolken gehüllte Welt, schrumpfte rasch und blieb hinter ihnen zurück. Einen Augenblick lang hörte er einen Abschiedschorus, der melodisch durch die Gewölbe seines Ichs hallte, dann befand sich die *Enterprise* bereits außerhalb der Reichweite des telepathischen Gesangs. Kirk rechnete nicht damit, diese besondere Musik jemals wieder zu hören. Aber eines Tages, mit Hilfe der drei Taygetianer an Bord, würden jene Sphärenklänge vielen Welten Glück bringen.

HEYNE SCIENCE FICTION UND FANTASY

HEYNE BÜCHER

STAR TREK™

Die erfolgreichste Filmserie der Welt

06/4499

06/4474

06/4535

06/4646

06/4458

06/4662

Wilhelm Heyne Verlag
München